남북이 함께 읽는 우리 옛이야기

# 남북이 함께 읽는 우리 옛이야기

**초판 1쇄 발행** 2017년 05월 31일
**초판 2쇄 발행** 2017년 12월 20일

**기획** 건국대학교 통일인문학연구단
**지은이** 김종군, 박현숙, 김종곤, 박재인, 김지혜, 한상효, 박성은, 남경우, 윤여환, 풍영순
**삽화** Chora 이메일 chora20170213@gmail.com
**펴낸이** 박찬익 | **편집장** 권이준 | **책임편집** 조은혜
**펴낸곳** ㈜ **박이정** | **주소** 서울시 동대문구 천호대로 16가길 4
**전화** 02) 922-1192~3 | **팩스** 02) 928-4683 | **홈페이지** www.pijbook.com
**이메일** pijbook@naver.com | **등록** 2014년 8월 22일 제 305-2014-000028호

ISBN 979-11-5848-297-8 (03810)

* 책값은 뒤표지에 있습니다.

이 책은 2009년 정부(교육과학기술부)의 재원으로 한국연구재단의 지원을 받아 제작되었습니다.(NRF-2009-361-A00008)

남북이
함께
읽는

# 우리 옛이야기

건국대학교 통일인문학연구단 기획

김종군 · 박현숙 · 김종곤 · 박재인 · 김지혜
한상효 · 박성은 · 남경우 · 윤여환 · 풍영순 지음

(주)박이정

# 『남북이 함께 읽는 우리 옛이야기』를 내면서

북녘에서 전해지는 옛이야기는 어떤 모습일까? 『조선민화집』·『조선력사일화집』·『조선사화전설집』·『조선민화그림책』 등이 시리즈로 출판되고 있으며, 평양이나 금강산·칠보산과 같은 명승지에 얽힌 전설집들도 다수 발간되고 있다. 이 옛이야기책의 독자층은 성인과 어린이를 아우르는 전 세대이다. 옛이야기를 다양한 주제와 내용으로 기획하여 출판하고, 독자층을 두텁게 확보하고 있다는 점이 특징이다.

현재 남녘의 옛이야기는 전래동화라는 이름으로 동화작가들이 재화하여 출판하는 형식이 일반적이다. 재화의 과정에서 동화작가는 개인적 창작의도에 따라 원천 이야기의 화소들을 취사선택하는 경향은 있지만 옛이야기에 담긴 의미를 되도록 유지하는 편이다. 주 독자층인 어린이들의 가독성을 고려하여 아동어로 문장을 구사하는 수준이다. 그러나 북녘에서 출판되는 옛이야기는 인민 교화와 교양의 수단으로 적극적으로 활용되는 측면이 크다. 그래서 주 독자층을 일반 대중으로 삼는 경우가 많다. 물론 어린이용 동화나 그림책도 시리즈로 출판되고 있다. 북에서는 옛이야기를 현대인의 입맛에 맞도록 새롭게 꾸미는 일을 재화라는 말 대신 수집 정리라는 용어로 사용한다. 그리고 이야기의 정리자가 인민 교화의 의도성을 가지고 적극적으로 서사문맥을 변개하여 인위적 요소가 많이 보이는 특징도 있다. 옛이야기의 유통에서 나타나는 이런 남북의 차이는 통일시대에 민족 공통의 문화 자산인 옛이야기의 불통으로 다가올 수 있다. 통일시대를 대비하여 우리가 북녘의 옛이야기를 알아야하는 이유가 여기에 있다.

이 책은 북녘에서 출판된 설화집에 실린 옛이야기를 남녘에서 전승되어 온 설화와 비교하여 그 현대적 의미를 밝힌 대중서이다. 〈아기장수〉, 〈나무꾼과 선녀〉와 같이 우리에게도 친숙한 옛이야기가 북녘에서는 어떠한 형태로 전해지고 있으며, 남과 북이 공유하는 문제의식과 더불어 변이된 형태에 따라 달라진 의미를 인문학자의 시선으로 해석하였다.

70여 년 간 지속되고 있는 분단은 그 세월만큼 남북의 정치 · 경제 체제뿐만 아니라 정서 · 가치 · 생활문화 측면에서도 큰 차이를 만들어 왔다. 그런 이유로 현재 남과 북은 서로에 대한 몰이해로 소통의 장애를 경험하고 있으며 나아가 갈등과 반목을 지속하고 있는 상황이다. 그렇기에 서로가 가진 차이를 이해하고 인정하며 그것에 공감하는 것은 분단 극복과 통일을 위한 과정에서 결코 간과할 수 없는 실천적 과제라고 할 수 있다. 하지만 이는 통일의 과정에서만 중요한 것이 아니다. 독일이 통일 이후 동독과 서독 주민들의 통합 문제로 골머리를 앓고 있는 것처럼 우리 또한 통일 이후 남과 북 주민들 사이의 문화적 차이로 그와 같은 전철을 밟을 수 있다. 그렇기 때문에 차이의 이해 · 인정 · 공감은 통일 이후 더 절실히 요구되는 미래적 과제라고 할 수 있다.

이 책은 이러한 관점에서 기획되었다. 남과 북에서 현대까지 전승되는 옛 이야기를 통해 남북이 함께 공유할 수 있는 정서적 가치를 발굴하고, 그것의 사회적 확산을 위한 기초를 제공하는 데에 1차적 목적이 있다. 하지만 그것이 복고적인 동질성 회복을 전제로 하여 이루어지는 것은 아니다. 함께 공유할 수 있는 가치라는 것은 서로가 다름을 인정하는 가운데 남과 북이 우애롭게 상생할 수 있는 미래지향적 가치를 말하는 것이다. 그래서 이 책은 분단 이전부터 함께 향유하던 설화를 소개하면서, 자유로운 '개인'으로부터 출발하면서 '둘' 혹은 '다수'의 '관계'를 맺어가는 문법을 제안하며 현대적 가치를 발견하는 데에까지 나아가고자 하였다.

또한 이 책은 남과 북에서 전해지고 있는 유사한 설화를 찾아 그것의 유사점과 차이점을 독자들에게 전달하고자 하는 목적을 지니고 있다. 남녘의 설화와는 다르게 북녘의 설화는 정리과정에서 많은 변개가 이루어지고 있다. 그래서 각 장에서 북녘 설화의 전문을 실어 변화된 이야기를 1차 자료로 제공하고자 하였다. 그리고 변개되기 전의 원천 이야기를 남녘에서 출판된 자료에서 찾아서 비교 분석하면서 공통과 차이를 되짚어 보았다. 그 공통과 차이에서 찾을 수 있는 정서적 가치와 의미를 인문학자의 시선으로 해석하여 학문적인 전문성도 담고자 하였다.

이 책의 필진들은 통일의 과정과 통일 이후의 남북 문화 소통을 염두에
두고 북녘의 옛이야기를 남녘의 독자들에게 소개하는 일을 함께하고 있다.
이미 출판한 『우리가 몰랐던 북녘의 옛이야기』는 북에서 출판된 옛이야기
책에 수록된 독창적인 이야기를 찾아서 원문과 함께 그 서사 의미를 쉽게
풀어쓰고자 하였다. 이 책은 그 후속으로 남북이 함께 향유하는 공통 유형
의 이야기에 주목하였다. 우리 민족이 향유하던 공통 유형의 이야기가 분
단 이후 남과 북에서 어떻게 달라졌는가를 찾고, 그 의미를 쉽게 해석한 것
이다. 분단 이후 출판물을 자유롭게 공유하지 못한 한계를 극복하려는 이
런 노력들은 계속될 것이다. 자료를 확보하기 위해 특수자료 취급 도서관
을 방문하는 발품을 기꺼이 팔고, 오랜 시간 공동 집필 세미나를 마다 않고
연구 공동체를 잘 꾸려준 필진들이 고맙기 그지없다.

　남북의 옛이야기 서사를 한 장의 삽화로 잘 표현해준 'Chora'팀과 기꺼이
출판을 맡아준 ㈜박이정의 박찬익 사장님과 편집부 선생님들께 감사드린
다. 모두의 노력이 통일시대 문화 소통에 기여할 것이라고 굳게 믿는다.

2017년 5월
통일시대 문화의 소통을 꿈꾸며
필진을 대신하여 김종군 쓰다.

● 차례

**3부** '우리'라는 이름으로 더불어 살기

1부

/

# 내 삶의 주인공은
# 바로 나!

　　남과 북에서 전해지고 있는 이야기들 중에서 자신의 삶을 주체적으로
꾸려나가는 사람들의 이야기가 많다. 기존의 틀을 거부하고 스스로의 삶을
만들어가며 자신을 삶의 주인공으로 우뚝 세운 사람들, 자신에게 주어진 한계를
넘어서 더 넓은 나만의 세상으로 나서는 사람들의 이야기. '내 삶의 주인공은
바로 나!'라고 외치는 주인공들은 동서고금을 막론하고 언제나 읽는 이의
가슴을 뛰게 하는 힘을 지니고 있다.

# 아기장수, 민중의 영웅으로 우뚝 서다

– 북녘이야기 〈북동산의 어린 장수〉 & 남녘이야기 〈아기장수 우뚜리〉

## 혁명의 역사, 달라지지 않는 세상

'당신은 행복합니까?', '당신은 현재 삶에 만족합니까?'

이 질문에 선뜻 그렇다고 긍정의 답을 내놓는 경우가 얼마나 될까? 자연인으로서 자신의 삶에 대해서는 그나마 자유 의지에 따라서 불행과 불만의 답이 덜할지 모르지만 사회적 존재로서 살아가는 자신을 돌아보면 불행과 불만의 요소들이 너무나 많은 것이 현실이다.

동양에서는 일찍이 세상에 대처하는 인간들의 자세를 독선기신(獨善其身)과 겸선천하(兼善天下)라는 두 가지 방향으로 제시하였다. 독선기신의 시각에서는 인간을 다른 동물들과 마찬가지로 대자연의 일부인 생명체로 보았다. 그러니 대자연의 법칙인 생태계의 법칙을 좇아서 사는 삶인 무위자연을 처세의 방식으로 택한다. 그에 비해 겸선천하의 시각에서는 인간을 생명체이면서도 다른 동물과는 달리 영혼을 가진 존재로 보는데, 이 영혼에 호소하면 인간을 착하게 교화할 수 있다는 처세관을 드러낸다.

독선기신의 삶-대자연의 일부로 자신의 삶을 영위하면서 주변에 구애받지 않고 살아갈 수 있다면 행복과 불행이 크게 문제되지 않을 것이다. 그러나 인구가 늘어나고 세상이 점점 복잡해지면서 사람들은 남들과 더불어 사회라는 조직 속에서 살아갈 수밖에 없게 된다. 그래서 우리는 일찍이 겸선천하의 삶-남들과 더불어 사회를 만들어 살아가는 방식에 대부분 동의하였고, 공익을 위해서는 자신이 소속된 사회와 국가의 통제를 당연한 것으로 수용하였다. 이 과정에서 전제 조건은 사회와 국가의 통제가 착해야 한다는 점이다. 세상이 합리적으로 온당하게 운영되는 가운데 우리는 사회와 국가의 통제를 수용한다는 암묵적인 합의가 있다고 보아야 한다.

그러나 우리가 살아가는 세상은 합리적이지도 온당하지도 않은 경우가 많다. 개인들 사이에서는 자신의 욕망을 채우기에 급급하여 분쟁이 끊이지 않고, 국가 사이에도 국익을 좇아서 전쟁을 일으키기도 한다. 집단에서는 지배자나 권력층이 가지지 못한 자들을 억압하고, 그들의 비리는 부의 불균형, 기회의 불평등을 불러오면서 이에 대한 불만은 곳곳에 존재한다. 이것은 동서고금, 봉건사회로부터 현대의 자본주의 사회에까지 달라지지 않는 병통이다.

중국 최초의 왕조인 하(夏)나라의 마지막 임금 걸(桀)이 주지육림(酒池肉林)의 고사를 만들어낼 정도로 호랑 방탕한 폭거를 저지를 때 제후국인 은(殷)나라의 탕(湯)임금은 역사상 처음으로 혁명(革命)을 주창하며 세상을 바로잡았다. 그러나 은나라의 마지막 임금 주(紂)는 걸왕에 뒤지지 않는 포악함으로 역시 제후국인 주(周)나라 무(武)임금에게 죽임을 당해야 했다. 역사는 항상 혁명의 반복이었다. 백이숙제(伯夷叔齊) 형제가 폭력으로써 기존의 폭력을 바꾸는[以暴易暴] 부당함에 항거하여 굶주려 죽었지만 사람살이는 그 틀에서 크게 달라지지는 않았다.

권력을 쥔 자는 다시 폭력적으로 변하고, 가지지 못한 자·힘없는 자들을 탄압하기에 이른다. 그 가운데 민초들은 항상 지배 권력의 희생양으로 또 다른 억압과 착취를 감내해야 했다. 그래서 혁명에서도 항상 배제되어 온 힘없는 민초들은 어지러운 세상을 바로잡고 그들을 대변할 수 있는 영웅의 출현을 갈망한다.

## 민중 영웅의 승리, 〈북동산의 어린 장수〉

정의롭지도 온당하지도 않은 난세에 세상을 바로잡아 줄 영웅이나 진인의 출현을 바라는 민초들은 우리의 역사에서 태봉국 궁예의 비극적 최후를 보고서 녹록치 않다는 것을 알았을까? 〈정감록〉의 정도령처럼 아직 나타나지는 않았지만 언젠가는 나타날 것이라는 소망으로 영웅의 출현을 보류해 두기까지 했다. 현실이 그렇고 보니 민초들이 누려온 우리의 옛이야기에서는 난세를 바로잡을 민중의 영웅으로 어린 아기를 설정하기도 했다. 〈아기장수〉라는 제목으로 한반도 전역에 전해지는 이 이야기에서 민초들은 자신들을 억압하는 세상의 권력을 뒤집을 영웅으로 비범한 아기를 등장시킨다. 그러나 이 이야기에서도 세상을 뒤집을 것으로 기대했던 아기장수가 세상을 움직이는 거대한 권력에 좌절하고 만다. 세상을 뒤집을 용기는 폭압적인 현실의 벽 앞에서 아직 기를 펴지 못하고, 허구의 이야기에서조차도 좌절되고 마는 것인가?

좌절된 희망을 바라보기도 버거웠을 텐데 이 이야기가 전국적으로 구비 전승되는 이유는 무엇일까? 언젠가 나타날 정도령처럼, 거대한 권력 앞에 번번이 꺾이지만 언젠가는 번듯하게 서서 세상을 바로잡을 것이라는 민초들의 질긴 희망의 반복이 아니겠는가! 밟아도 다시 일어서는 들풀처럼 말이다.

이렇게 비극적인 영웅 이야기에는 민중의 끈질긴 생명력이 짙게 깔렸다고 긍정적인 해석을 해보지만, 약자로서 거대한 권력의 박해를 감내해야 한다는 조바심을 떨치기는 어렵다. 그런데 〈아기장수〉의 좌절된 희망을 승리의 서사로 바꾼 이야기가 북녘에서 새롭게 회자되어 눈길을 끈다. 1950년대 조사된 이야기 〈북동산의 어린 장수〉는 이런 비극적 결말구조를 과감하게 깨고 있어서 매우 흥미롭다.

일제가 조선을 강점하던 첫 시기 그림처럼 아름다운 농촌 어느 마을에 젊은 과부가 살고 있었다. 그 때 과부는 태기가 있었다. 하루는 과부가 우물에서 물을 푸려고 하는데, 물에 어린 아이의 얼굴이 어른거렸다. 과부는 자기의 눈을 의심하고 우물을 다시 보았다. 틀림없는 아이의 얼굴이 비치기에 옆을 보니, 늠름하게 생긴 어린 사내아이가,

"어머니!"

하고 품에 안기는 것이었다. 아이의 거동에 놀란 과부는,

"네가 누구냐?"

하고 물었다.

"예, 저는 어머니의 아들이옵니다. 저는 뜻을 못 다 이루고 돌아가신 아버지의 뜻을 이으려고 일찍이 이 세상에 나왔습니다."

하고 어린 아이는 대답하는 것이었다. 그 때에야 과부는 틀림없이 자기 뱃속에 있던 아들인 줄 알고 신기하게 생각하면서,

"네가 그래 어떻게 아버지의 뜻을 이을 테냐?"

하고 물었다. 그러자,

"예, 저는 왜놈들과 싸워 나라를 찾겠습니다."

하고 선뜻 대답하는 것이었다. 어머니는 아들의 뜻을 알고,

"네가 나라를 찾겠다고 하는데, 그럼 네 재주를 한 번 부려 보아라."

하였다.

아들은 집으로 총총 달려가더니 겨릅대(껍질을 벗긴 삼대)를 한 줌 쥐고

왔다. 어머니는 아들의 거동을 살피고 있는데, 갑자기 영롱한 무지개가 서더니 아들은 그 무지개를 타고 손에 쥐었던 겨릅대를 개천 바닥에 확 뿌리는 것이었다. 그러자 갑자기 뇌성벽력 치듯 하늘과 땅이 쩌렁쩌렁 울더니 수만 명의 병사가 나타나 대열을 짓는 것이었다. 그러자 아들은 백마에 앉아 지추뇌(군사를 거느리는 법)를 하였다. 어머니는 아들의 비상한 재주에 감탄하여 남편이 쓰던 장검을 내어 주었다.

그 후부터 어린 장수는 북동산에서 마술을 하였는데, 한 번 칼을 들었다 놓으면 불시에 칼에서 바람이 일어 그 바람 속에 드는 왜놈들은 일제히 쓰러지곤 하였다. 그때부터 우리나라 북동산에 어린 장수가 났다는 소문이 화살처럼 조선 팔도에 퍼졌다. 그러자 방방곡곡에서 젊은 청년들이 모여들기 시작하였는데, 그들은 모두다 북동산의 어린 장수처럼 왜놈들을 미워하고 하루 빨리 조선 독립을 찾으려는 애국 청년들이었다.

그런데 이상한 일은 가끔 북동산의 어린 장수가 인민들이 사는 마을에 내려 와서 그들의 집에서 하루 밤 자기도 하고, 그들이 살아가는 일을 걱정도 하며, 일도 도와주고 하였는데, 그 때에는 그가 누구인지 몰랐으나, 후에 알고 보니 다름 아닌 북동산의 어린 장수였다고 하는 것이었다.

그래서 마을 사람들은 북동산의 어린 장수를 똑똑히 보지 못한 것을 여간 서운해 하지 않았다. 이렇게 북동산의 어린 장수가 마을에 한 번씩 내려오면 그 마을의 왜놈들은 모두 몰살당하였다. 이리하여 왜놈들은 북동산의 어린 장수를 잡으려고 사방에 방을 놓았으나 잡을 도리가 없었다.

어느 날 왜놈 잡이를 떠난 어린 장수의 뒤를 발끝까지 무장한 왜놈들이 살금살금 따랐다. 어린 장수는 왜놈들이 뒤따르는 것을 알고 있었으나 일부러 모르는 체하고 자기 병사들을 숨기고는 북동산으로 계속 들어갔다. 왜놈들은 북동산의 어린 장수가 자기들이 뒤따르고 있다

는 것을 모르는 줄만 알고 줄곧 따랐는데 깊숙한 골짜기에 이르자 어린 장수는 감쪽같이 없어졌다. 왜놈들은 바위틈과 나무 위에까지도 샅샅이 찾았으나 끝내 찾지 못했다. 왜놈들은 이상하다고 하늘만 자꾸 쳐다보았다. 바로 그때 북동산 제일 높은 봉우리로부터 탕탕하는 소리가 울리더니 하늘에서 푸른 번개가 일고, 비가 강물처럼 쏟아지더니 왜놈들이 어정거리던 골짜기가 일시에 물바다가 되어 수만 명이나 되던 왜놈들이 물속에서 허우적거리다가 몰살당하였다.

이 소문을 들은 인민들은 어쩌나 기뻤던지 덩실덩실 춤을 추었다. 그리고 이 소문은 전 조선 팔도에 퍼졌는데, 떠도는 말에 의하면 북동산의 제일 높은 봉우리에 깊고 깊은 물이 고여 있는데, 북동산에 강물처럼 비가 오게 한 것은 북동산의 어린 장수가 새끼손가락으로 그 물을 튕긴 것이고, 번개가 번뜩인 것은 어린 장수가 병사들을 풀어 놓았는데 그 병사들이 칼을 휘둘러 그 칼에서 인 불이 마치 번갯불처럼 보였다는 것이다.

그때부터 북동산의 어린 장수는 축지법을 쓴다느니, 없다가도 나타난다느니, 수백만 병사들을 몸에 품고 다닌다느니, 물속에서 사는 고기처럼 인민들 속에서 사는 장수라느니 하는 이야기와 함께 놈들이 망할 날이 멀지 않다고 사람들은 입에 침이 마르도록 서로 밤이 가는 줄 모르고 이야기하였다.

― 〈북동산의 어린 장수〉
『인민창작』(1961년 제1호), 과학원출판사, 1961.

이 이야기는 우리가 익히 알고 있는 〈아기장수〉 이야기의 일제강점기 버전이라고 볼 수 있다. 북에서는 구비 전승되는 이야기와 민요를 일반적으로 '구전문학'이라고 부르지만, 이야기를 만들고 향유하는 주체에 주목하면서 '인민창작'이라는 새로운 용어로 부르기도 한다. 1960년 6월에 민간에 떠도는 이야기와 노래·속담 등을 수집하여 계간지로 처음 출판하였는데, 그 책 제목이 『인민창작』이었다. 이 이야기는 1961년 1호에 '해방전 이야기' 부분에 실려 있는데, 조사 장소와 구술자·수집자를 명확하게 밝히고 있다. 이 책은 특히 1930년대 항일무장투쟁 시기에 새롭게 개작된 이야기에 의미를 두고 적극적으로 수집 소개하고 있는데, 이 이야기가 대표적인 작품으로 꼽힌다.

이야기의 전체 구조는 일제강점기 당시 농촌 마을에 과부의 아들로 태어난 아기장수가 일제에 억압당하는 우리 민족들을 보호하기 위해 일본군을 쳐부순 무용담의 형식을 띠고 있다. 구술자는 이야기에서 어린 장수가 일본군을 무찌른 곳을 북동산이라고 불렀고, 북동산 봉우리에 고인 물을 튕겨서 일본군을 섬멸하였다고 하였다. 그런데 책에서는 북동산을 백두산으로, 북동산 봉우리에 고인 물을 천지라고 주석을 붙여 두었다. 구술자는 이야기의 배경을 아름다운 농촌 어느 마을이라고 하였고, 어린 장수가 일본군을 피해서 숨은 곳을 마을 뒷동산쯤으로 이야기하였는데, 책을 출판하는 과정에서 북동산을 백두산으로, 산봉우리에 고인 물을 천지로 단정한 것이다. 민간에서 널리 전승되던 이야기를 백두산 기슭으로 한정하면서 이야기의 성격을 변화시키고 있다. 그리고 구술자가 구술 과정에서 비록 일본군을 왜놈이라고 지칭했더라도 활자화하는 과정에서 순화하는 것이 상식인데, 이를 그대로 수용한 점도 북녘에서의 반일 적대감을 고스란히 드러내고자 한 의도로 읽힌다.

민중들이 기존에 전해지던 〈아기장수〉 범주의 영웅 이야기를 외침 세력인 일본군을 쳐부수는 무용담으로 새롭게 개작하였고, 이를 구전하면서 즐기고 있다는 인민창작의 사례를 구체화하기 위해 백두산 기슭에서의 항일무장투쟁 이야기로 성격을 새롭게 규정하고 있다.

# 영웅 이야기의 전통과 민중의 은폐 전략, 〈아기장수 우뚜리〉

이 이야기는 우리 옛이야기를 구성하는 대표적인 방식인 영웅의 일생 서사 구조를 닮아 있다. 영웅의 일생 이야기는 ①고귀한 혈통, ②비정상적인 잉태 또는 출생, ③범인과는 다른 탁월한 능력, ④어려서 버림받거나[棄兒] 죽을 고비, ⑤구원자·양육자를 만남, ⑥자라서 다시 위기에 처함, ⑦위기를 투쟁으로 극복하고 위업 달성하는 것으로 서사가 구성된다. 물론 이 가운데 어떤 요소는 누락되기도 한다. 그 대표적인 이야기가 〈주몽신화〉라고 할 수 있다.

북녘의 이야기는 일제강점기라는 암울한 시대 배경 속에서 민중들이 〈아기장수〉와 같은 비극적 영웅 이야기를 〈주몽신화〉와 같은 승리의 서사로 재구성하고 있어서 색다르다. 우선 아버지도 없이 홀어머니에게서 태어난 어린 장수의 출생 자체가 경이롭다. 산통을 겪는 것도 아니고 우물물에 비친 사내아이가 어머니를 부르며 곁에 나타나는 것으로 출생 과정을 그리고 있다. 영웅의 일생 서사에서 기이한 출생은 주인공 인물의 비범함을 드러내는 장치로 필수적이다. 그래서 주몽이나 혁거세·수로 같이 나라를 세우는 창건주는 알에서 태어나기도 하고, 정상적인 산도(産道)가 아니라 겨드랑이에서 불쑥 튀어나오기도 한다. 주몽의 어머니 유화는 왼쪽 겨드랑이로 다섯 되 크기의 알을 낳았고, 신라의 시조 혁거세의 왕비가 된 알영부인 역시 계룡의 왼쪽 겨드랑이에서 출생하였다. 이야기 속의 어린 장수도 어머니의 산도를 통하지 않고 어머니가 인지하지도 못하는 사이에 뱃속에서 나와 있으니, 남들과 달리 기이하게 출생했다고 볼 수 있다.

영웅의 일생 이야기의 또 다른 특징은 주인공이 고귀한 혈통인 아버지의 부재로 홀어머니의 손에 자란다는 것이다. 그리고 아버지가 이루지 못한 과업을 홀어머니의 후원을 받으면서 성취하고 있다. 주몽의 아버지는 천제의 아들인 해모수였다. 하늘에서 북부여 땅을 다스리기 위해 오룡거를 타고 내려와서 유화를 보고는 세상을 다스릴 아들을 낳을 만한 존재라고 탐낸다. 유화의 아버지 하백의 반대에도 두 사람은 사랑을 나누고, 해모수는 하늘나라로 올라가 버린다. 그 길로 주몽이야기에서 해모수는 다시 등장하지 않는다. 그 후 유화는 부모의 허락 없이 남자를 만났다는 이유로 아버지인 하백에게 쫓겨난다. 그리고 동부여 금와왕에게 구출되어 보호를 받는데, 유화는 햇빛을 받아 임신을 하는 것으로 그려진다. 나라를 세우겠다던 아버지는 세상을 다스릴 아들을 임신만 시켜두고는 사라지고 마는 것이다. 이러한 서사 전통을 이 이야기는 수용하고 있다. 어머니는 과부의 몸이었고, 태어난 아들은 아버지가 못 다 이룬 과업—일본군을 무찌르는 일을 대신하겠다는 것이다. 추측컨대 아버지는 우리 민족을 괴롭히는 일본군과 싸우다가 전사한 마을의 지도자쯤으로 보인다.

어머니가 이제 갓 태어난 어린 아들에게 어떤 재주로 일본군을 무찌를 것인가를 묻자 아들은 집에 쌓인 겨릅대를 한 아름 가져와서는 무지개를 타고서 개천에 던진다. 그런데 그 겨릅대가 수만의 병사로 변하는 것이 아닌가? 이 지점에 오면 이야기는 영웅의 일생 구조에서 벗어나고 있다. 영웅서사는 부모로부터 버림을 받은 상태에서 도인이나 기인을 만나 무예를 익히는 것으로 이야기가 전개된다. 그런데 난데없이 겨릅대로 병사를 만들어 내다니.

이러한 신이한 행동은 〈아기장수〉 종류의 이야기에서 발견된다. 가난한 농부 내외는 아이가 태어난 지 사흘 만에 천장에 붙어있거나 마당의 감나무를 타고 넘는 것을 보고 경악한다. 세상을 뒤엎을 장수가 태어났음을 알고 역적으로 몰릴 것을 두려워한 아버지가 맷돌이나 볏섬으로 아이를 눌러 죽였다는 비극적인 이야기가 이야기의 기본적인 얼개이다. 우리나라 전역에 퍼져있는 이 〈아기장수〉 이야기는 다양한 버전이 존재하는데, 그

중 신통력을 부려 군사들을 만들어내는 대표적인 이야기가 〈아기장수 우뚜리〉이다.

　전라도 한 고을에 가난한 농사꾼 부부가 살고 있었다. 농사꾼 부부는 품을 팔아서 겨우 먹고 살았는데, 하루는 남의 집 논일을 하다가 일에 정신이 팔려 고을 사또의 행차를 보지 못했는데, 절을 하지 않았다는 괘씸죄에 걸려 관아에 끌려갔다. 매를 심하게 맞은 농사꾼은 끙끙 앓다가 그만 세상을 등지고 말았다. 억울하게 남편을 잃은 농사꾼 아내는 뱃속에 새 생명이 자라고 있었는데, 당장 먹고 살 길이 막막해 배가 불러와도 쉴 새 없이 일을 해야 했다. 그러던 어느 날 남의 집 비탈밭에서 일을 하다가 혼자서 아기를 낳았는데, 탯줄을 자를 칼도 없어 밭둑에 나풀거리는 억새풀을 꺾어 탯줄을 자르고 쓰러졌다. 겨우 깨어나 아기를 본 농사꾼 아내는 기절할 뻔했다. 아기는 다리가 없이 윗도리만 있는 것이었다. 그래서 이웃사람들은 아기를 '우뚜리'라고 불렀다. 우뚜리는 두 다리가 없는 대신 윗몸은 보통 아이보다 크고 통통해서 잘 자랐다. 우뚤네가 우뚜리를 등에 업고 품을 팔러 가면 일하러 가는 집에서 싫은 내색을 해서 어린 아들을 혼자 집에 남겨놓고 나가곤 하였다. 어느 날 우뚤네가 일을 하다 말고 들어와 젖을 먹이고 돌아섰는데, 우뚜리가 날개를 파닥거리고 천장으로 날아오르는 것을 문틈으로 보았다. 우뚜리의 겨드랑이에는 물고기 비늘처럼 생긴 날개가 돋아 있었다.

　우뚤네는 아들이 세상을 바꿀 장수임을 알았지만, 이 소문이 나면 벼슬아치들이 분명히 우뚜리를 죽이려고 덤벼들 것을 알고 꽁꽁 숨겼다. 여러 해가 지나 우뚜리가 여섯 살이 되었을 때, 나라 안에 아기장수 우뚜리에 대한 소문이 퍼지기 시작했다. 벼슬아치들은 우뚜리를 잡아 죽이려고 칼잡이를 우뚜리 집으로 보냈다. 칼잡이가 온 줄을 알고 우뚜리는 지붕 위로 날아올라 위험을 피했다. 우뚜리는 집을 떠나야 한다며 어머니께 검은 콩 한 말을 구해서 한 알도 빠뜨리지 말고 볶고, 팥 한 말, 좁쌀 서 말을 함께 구해달라고 했다. 우뚤네는 콩을 볶다가 잘 익었나 싶어 콩 한 알을 집어먹었다. 이것이 뒷날 두고두고 후회할 일이 되리라고는 꿈에도 몰랐다. 우뚜리는 어머니와 함께 자기가 태어난 산비탈로 가서 석 달 열흘 동안 바위 속에 들어가 살 것이니 아무에게도 말하지 말라고 했다. 어머니는 집에 돌아와 마을 사람들에게 우뚜리가 죽었다고 했다. 우뚜리가 바위 속으로 사라진 뒤 벼슬아치들의 욕심에 굶어죽는 백성들이 수두룩했고, 백성들의 한숨소리가 하늘에 닿을 듯 했다. 또다시 아기장수 우뚜리에 대한 소문이 연기처럼 피어났다.

이 소문은 우뚜리가 산을 내려오기도 전에 벼슬아치들의 귀에 들어가고 말았다. 칼잡이는 우뚤네를 잡아다 우뚜리 있는 곳을 바른대로 대라고 족치기 시작했다. 우뚤네는 제정신이 아니어서 무심코 뒷산 산비탈 바위 밑에 우뚜리가 있다고 말해버렸다. 벼슬아치들이 군사를 이끌고 가 뒷산 바위를 가르자 우뚜리와 수만 명의 군사들이 말을 타고 훈련을 하고 있었다. 우뚜리가 가져간 팥은 말이 되고 좁쌀은 군사로 변해 있었다. 우뚤네가 볶아준 검은 콩은 갑옷으로 변해 있었다. 우뚜리는 용감한 장수가 되어 몸통 아래엔 없었던 두 다리도 튼튼하게 자라 있었지만 안타깝게도 그날은 석 달 열흘에서 하루 모자란 날이었다. 별안간 햇빛을 받은 우뚜리의 군사들이 스르르 녹아버리고 말았다. 그러나 우뚜리는,

"백성들을 괴롭혀 온 너희들은 내 칼을 받아라!"

하며 수백 명의 군사들을 낙엽처럼 쓰러뜨렸다.

이때 칼잡이는 군사들에게 한꺼번에 우뚜리를 향해 활을 쏘게 하였다. 그런데 화살 하나가 우뚜리의 갑옷을 뚫고 들어와 박혀 우뚜리 몸에서 피가 콸콸 쏟아졌다. 예전에 우뚤네가 콩을 볶다가 무심코 한 알을 집어먹은 것이 가슴에 콩알 하나만큼 빈자리가 생겼던 것이다. 우

뚜리는 벌떡 일어나 칼잡이의 목을 단칼에 베어버리고 쓰러지고 말았다. 우뚜리가 죽자 용마는 하늘을 우러르며 구슬피 울었다. 그렇게 사흘을 꼬박 울던 용마는 우뚜리를 입에 물고 산비탈 아래에 있는 연못 속으로 뛰어들었다. 지금도 전라도에 가면 우뚜리가 숨어있었던 바위와 용마가 뛰어든 연못이 그대로 남아 있다고 한다. 사람들은 그 바위를 장수바위라 부르고 연못을 용소라고 부른다.

―〈아기장수 우뚜리〉
송 언, 『아기장수 우뚜리』, 한겨레아이들, 2000.

한반도 전역에 퍼져있는 이런 종류의 이야기는 시골 마을 부근의 용소와 용마바위·장수바위라는 지명전설의 형태로 구전되고 있다. 우리나라의 마을 근처에는 어디에라도 개천이 흘러 고이는 소(沼)가 있고, 그 옆에는 너럭바위가 존재하니, 민중들은 자신들을 대변할 아기장수의 출현을 여기에 대입하게 되는 것이리라.

대체로 아기장수 이야기에서 그 출생과정은 평범하다. 가난한 농부 내외가 아들을 낳았는데, 어머니가 젖을 먹이고 돌아 나오면서 문틈으로 보니 갓난아기가 천장으로 날아오르더라는 것이다. 깜짝 놀라서 내려 보니 겨드랑이에 날개와 같은 비늘이 있었고, 이를 남편에게 이야기를 하자 남편은 이 소문이 밖으로 나면 반드시 역적으로 몰려 온 식구가 죽임을 당할 것이므로 아기를 죽이자고 한다. 그리고 아내 역시 이에 합의한다. 이야기에 따라 엎어놓고 발로 작신 밟았다는 것도 있고, 맷돌이나 볏섬을 두세 개 올려서 죽였다는 것도 있다. 아기가 죽자 마을 앞에 용마가 나타나 길게 울고는 하늘로 승천했다거나 그 자리에서 죽었다거나 용소로 뛰어들었다고 한다. 그리고 그 용마가 승천하면서 발돋움한 바위에 말 발자국이 남거나 용마가 죽은 자리에 바위가 생겨서, 그 바위를 용마바위 또는 장수바위로 부르고, 용마가 뛰어 든 웅덩이를 용소라고 불렀다는 것이다. 〈아기장수〉 이야기의 기본형은 이 정도이다.

그런데 위에 든 〈아기장수 우뚜리〉 이야기는 이 기본형에 다른 신이한 요소들이 많이 삽입되어 이야기가 더욱 풍부하고 흥미롭다. 우선 이야기 전체에 부도덕한 지배 권력과 억압당하는 민중들의 대결 구도가 설정된 점이 서사의 갈등 구조를 고조시킨다. 고된 노동에 정신을 놓고 고을 사또의 행차에 절을 하지 않았다는 말도 안 되는 이유로 우뚜리의 아버지는 죽임을 당한다. 이러한 지배층과 피지배층의 갈등 구조는 우뚜리의 출생과정에서 더욱 극대화되고 있다. 임신을 한 상태에서 남편의 죽음을 슬퍼할 겨를도 없이 어머니는 노동력을 착취당한다. 그리고 밭을 매다가 혼자 산통을 겪고 출산을 하는데, 탯줄을 자를 가위도 없어 산천에 지천으로 널린 억새를 꺾어 탯줄을 자른다. 삼을 가른 억새의 질긴 생명력은 민중들의 억척같은 삶의 투영으로 다가온다.

그런데 이 이야기가 기본형의 〈아기장수〉에서 더욱 확대되는 지점은 태어난 주인공의 몸이 불구라는 데 있다. 몸이 엉덩이까지만 있고 두 다리는 없는 불완전한 상태이다. 그래서 상반신을 가진 존재라서 이름을 윗도리-우뚜리라고 부른다. 당연히 그 어머니는 우뚜리의 어머니니 우뚤네로 불린다. 그런데 이런 불구의 몸 상태에서도 겨드랑이에는 날개가 돋아있어서 천장으로 날아오르기까지 한다.

우뚜리는 태생적으로 우리의 서사 전통인 영웅의 일생 구조와는 다른 출생과정을 거친다. 평범했던 아버지의 죽음, 그리고 불구의 몸으로 출생, 그럼에도 겨드랑이에 날개를 가지고 있어 날 수 있는 존재였다. 민중들이 설정한 영웅 이야기에서 고귀한 혈통이나 비범한 출생은 크게 필요하지 않았다. 자신들과 같이 핍박받는 부모가 억새풀처럼 자식을 배태하였고, 상황은 더 열악하여 온전한 몸도 아닌 위쪽만 있는 반쪽으로 세상에 던져지는 주인공이다. 그런데 그런 존재가 겨드랑이에 날개를 숨기고 있었고, 남들에 비해 탁월한 힘을 가지고 있다. 겉모습이나 환경은 민중과 같거나 모자란 존재이지만 그 능력은 세상을 뒤집을 만한 인물로 설정하고 있다. 자신들을 구제할 아기장수를 그토록 희망하였고, 그 소원이 받아들여져 번번이 출현한 아기장수는 세상의 법−권력자를 두려워 한 부모에 의해 죽임을 당하면서 반복적으로 실패하고 있었다. 이제 그러한 실패의 반복을 벗어나기 위해서 아비도 없고, 몸도 불구인 우뚜리로 주인공을 설정한 것이 아닐지? 그 불구의 몸에 숨겨진 비범함은 거대한 권력과 맞서기 위한 은폐된 전략으로 읽힌다.

낭중지추(囊中之錐)라고 했던가! 주머니 속에 감춰진 송곳은 그 날카로움을 아무리 숨기려 해도 끝이 비집고 나오게 마련이다. 변변하게 양육을 책임질 아비도 없고, 불구의 몸에 은폐된 우뚜리의 비범함이 시간이 지날수록 세상의 입소문으로 퍼져나간다. 부정한 권력을 지탱하기 위한 감시의 눈들이 이를 놓칠 리가 없다. 결국 권력의 하수인 칼잡이를 시켜 뒤를 쫓게 한다.

그런데 권력의 위협을 피해서 숨는 우뚜리의 행적이 기이하다. 어머니 우뚤네에게 검은콩 한 말을 볶아달라고 하고, 팥 한 말, 좁쌀 서 말을 구해달라는 것이다. 그리고 어머니가 준비해준 곡식 자루를 가지고 산속 바위틈에 숨어드는 것이다. 석 달 열흘 동안 바위틈에서는 상상도 못할 일이 벌어지고 있었다. 불구의 몸 우뚜리에게 아랫도리가 생겨나고, 볶은 검은콩은 튼튼한 철갑옷으로, 팥 한 말은 말들로, 좁쌀 서 말은 수많은 병사들로 변하는 시간이었다. 꽁꽁 은폐되었던 우뚜리의 비범함이 세상을 뒤집을 위력을 발휘하는 인고의 시간이었다. 이 장면이 이 이야기에서 가장 극적인 장면으로 보인다. 온갖 패악을 일삼으며 세상을 통제하는 철옹성 같은 부패한 권력과 맞서기 위해서는 이 정도의 신통력은 가져야 하는 것이리라.

이 장면을 〈북동산의 어린 장수〉에서는 겨릅대를 날려서 군사로 변하는 것으로 수용하고 있다. 주곡인 쌀이 아닌 콩과 팥, 좁쌀을 보호 장비와 지원군으로 활용하는 우뚜리, 삼베 옷감을 짜기 위해 질긴 섬유질은 모두 벗겨지고 불쏘시개로밖에 쓸 수 없는 겨릅대를 병사로 변화시키는 북동산의 어린 장수는 민중들이 먹고 입는 것의 부산물 같은 하찮은 것들로 전투력을 충당하고 있다. 철저하게 민중들의 삶에 바탕을 둔 변신 모티브로 읽힌다.

〈아기장수〉 기본형에서는 하늘이 낸 영웅을 지배 권력의 탄압을 미리 두려워 한 아버지가 살해하면서 민중의 희망은 피어보지도 못하고 꺾였다. 이를 극복하는 대안으로 〈아기장수 우뚜리〉에서는 비범한 영웅을 은폐하면서까지 그려냈지만 그 결말은 결국 좌절로 끝을 맺는다. 바위틈새에서 세상을 바로 세우고자 절치부심하던 우뚜리의 노력은 풍문을 타고 다시 권력자에게 전달되고, 권력의 공포를 이미 알고 있던 어머니는 아들과의 약속을 지켜내지 못한다. 우뚜리가 숨어서 혁명을 준비한 바위가 열리면서 민중의 영웅 우뚜리는 비극적 최후를 맞게 된다. 온전한 기한인 백일에서 하루를 채우지 못한 날, 팥에서 변한 말들과 좁쌀에서 변한 병사들은 뜨거운 햇빛을 받고는 스르르 녹아버리고 만다. 이미 온전한 장수의 풍모를 갖추고 갑옷을 챙겨 입은 우뚜리는 자신을 옹위할 병사가 하나도 없는 상황에서 수만 명의 적들을 쓰러뜨리는 무용을 펼친다. 그러나 이미 지배 권력의 잔악함에 수도 없이 실패를 경험한 어머니의 금기 위반은 우뚜리의 전투력에 결정적인 흠을 남겼다. 검은콩 한 말 중 한 알이라도 놓쳐서는 안 된다고 신신당부를 했건만 어머니는 콩을 볶으면서 밖으로 튄 콩 한 알을 버리기 아까워 입에 넣고 만 것이었다. 검은콩 한 말이 오롯이 우뚜리의 철갑옷이 되었건만 한 알이 모자라 가슴팍에 콩알만 한 틈새가 생길 줄이야. 결국 쏟아지는 화살 중 하나가 가슴의 콩알 틈새를 꿰뚫고 우뚜리는 피를 쏟고 죽고 만다. 민중들이 그토록 소망한 구세의 아기장수 우뚜리는 혁명의 기한 백일 중 하루가 모자란 아흔아홉 날에 비참한 최후를 맞이하고 만다.

민중의 간절한 소망을 담아 비범함을 철저히 은폐하면서 만들어진 아기장수 우뚜리는 지배 권력의 간악함에 철저히 파괴되고 만다. 권력의 간악함은 아기장수의 양육을 전담할 아비를 먼저 죽이고, 여린 감성을 가진 어미 우뚤네를 모질게 탄압하고 끈질기게 회유하여 꺾어버리고 마는 것이다. 그토록 갈망한 민중의 영웅은 거대한 권력의 구조 앞에서 영원히 좌절하고 마는 것인가!

## 비극적 서사에서 승리의 서사로, 민중이 바라는 지도자 자질

〈북동산의 어린 장수〉는 일제강점기에 전국에 퍼져 전승되던 〈아기장수 우뚜리〉 전설을 새롭게 개작한 것으로 보인다. 어린 장수라는 비범한 캐릭터가 극명하게 우뚜리와 겹쳐서 다가온다. 특히 민중들 사이에서 손쉽게 구할 수 있는 콩·팥·좁쌀로 갑옷과 병마를 만드는 우뚜리의 신통함과 겨릅대를 개천에 던져 수만의 병사를 만들어 내는 북동산 어린 장수의 변신술 모티프는 매우 흡사하다. 아버지가 부재한 가운데 홀어머니의 유복자로 태어난다는 모티프도 그러하고, 민중들을 괴롭히는 공동의 적을 무찌르기 위해 뜻을 세운다는 이야기의 근본 주제도 아기장수 영웅담으로 일치하고 있다.

그러나 두 이야기는 결말 구조에서 뚜렷한 차이를 보인다. 〈아기장수 우뚜리〉가 여러 가지 은폐 장치로 비극을 막으려고 했지만 결국은 좌절의 서사로 결말을 맺는다면 〈북동산의 어린 장수〉는 시종일관 전형적인 영웅의 서사로 전개되면서 승리의 서사로 끝을 맺고 있다. 일제강점기 북녘

땅에서 새롭게 만들어진 이 이야기는 간악한 일제의 탄압을 이겨내고 민족의 독립을 이루겠다는 민중들의 간절한 소망의 결과물로 보인다. 〈북동산의 어린 장수〉에서 민중의 적은 지배 권력이라는 내부 요인이 아니라 일제라는 외침 세력으로 설정되고 있다. 그리고 부재한 아버지도 지배 권력에게 부당하게 죽임을 당한 나약한 존재가 아니라 일제와 장검으로 싸우다가 장렬하게 전사한 투사로 그려진다. 어머니 역시 어린 아들의 영웅적 기개를 독려하는 형상으로, 주몽의 어머니 유화와 닮아 있다. 우뚤네가 아들의 비범함을 알고 노심초사하는 소박한 듯 나약한 산골 아낙의 형상으로 그려지는 것과는 결을 달리한다. 이러한 인물의 성격 설정에서부터 〈북동산의 어린 장수〉는 영웅의 일생 구조에 가까워 보인다.

태어나자마자 아버지가 못다 한 과업을 이루겠다는 강한 의지를 보인 어린 장수는 그 능력을 보고 싶다는 어머니를 위해 겨릅대로 병사를 만들어내고 진두지휘하는 장수의 역량을 과시하고 있다. 이에 어머니는 감추어두었던 남편의 장검을 아들에게 전한다. 〈아기장수 우뚜리〉에서는 대적할 상대가 구체적이지 않고 민중을 탄압하는 지배 권력으로 가늠되었다면 〈북동산의 어린 장수〉에서는 왜놈을 적으로 명시하고 있으며, 어린 장수는 빼앗긴 나라를 되찾겠다는 포부를 명확하게 하고 있다. 그리고 그 어머니는 근엄하게 아들의 무훈을 후원하는 존재로 그려진다. 이 지점에서 이 이야기는 건국신화의 서사 문맥과 많이 닮아 보인다.

결국 민중의 소망으로 만들어진 우뚜리와 같은 비극적 영웅으로는 외세인 왜놈을 무찌를 수 없다는 절실함으로 북동산의 어린 장수와 같은 새로운 캐릭터가 만들어진 것이 아니겠는가! 북동산의 어린 장수를 통해 민중들이 제안한 새로운 지도자의 자질을 살필 수 있겠다. 그 첫 번째 자질로 민중공동체를 구제하겠다는 강인한 의지를 꼽을 수 있다. 어린 장수는 태어나면서부터 자신의 과업을 뚜렷하게 천명하고 있다. 그것은 아버지가 못다 이룬 과업, 마을 사람들을 괴롭히는 일본군을 무찌르는 일이다. 공동체를 위한 선을 구현하겠다는 강한 의지가 지도자의 가장 우선적인 자질로 읽힌다.

그리고 두 번째 자질은 목표를 관철시킬 수 있는 개인적인 역량이다. 태어나면서부터 병사를 지휘하는 법(지추뇌)을 체득한 어린 장수는 일사천리로 일본군들을 쳐부순다. 여기에 더하여 겨릅대를 병사들로 변신시키는 신통력까지 갖추고 있다. 천부적으로 타고난 출중한 무예 능력만으로도 민중을 구제할 수 있는데, 변신술을 부릴 수 있는 신통함까지 부여한 의미는 무엇인가? 이 겨릅대 병사들은 과연 전투를 수행할 수 있는 존재들일까? 눈에는 보이지만 실체가 없는 허깨비 같은 존재라고 볼 수 있다. 개인의 역량이 아무리 빼어나도 수많은 적들을 상대할 때 적을 교란시키는 전법으로 겨릅대를 병사로 변신시키는 신통술을 배치한 것으로 보인다.

세 번째 자질은 민중의 지지를 모으는 통솔력이다. 빼앗긴 나라를 되찾을 어린 장수가 북동산에 났다는 말을 듣고 전국의 청년들이 모여들었다. 마치 의병들이 지도자를 찾아 모여드는 형상으로 보인다. 겨릅대 병사들은 허깨비들로 직접적인 전투를 수행할 수 없으니, 실제로 전투를 수행할 병사들이 필수적이다. 이들은 일제의 폭압에 항거할 뜻은 있으나 지도자를 만나지 못해 지리멸렬 흩어져 있던 청년들이다. 어린 장수가 민중을 구제하겠다는 강한 사명감과 출중한 무예 실력을 갖추었다는 소문을 듣고 지도자로 추대하겠다는 의지로 뭉친 존재들이다. 어린 장수는 뿔뿔이 흩어져 있던 민중의 소망을 한데 모을 수 있는 강인한 통솔력을 가진 존재인 것이다.

네 번째 자질은 민중과 함께하는 포용력으로 볼 수 있다. 민중이 소망하는 불세출의 영웅은 싸우는 능력에 못지않은 또 다른 자질을 가지고 있었으니, 그것은 민중의 마음을 헤아릴 줄 아는 아량이었다. 밤이면 민가에 몰래 내려와서 백성들의 이야기를 들어주고, 일상의 노동을 함께하는 어진 마음을 가진 존재로 그려진다. 가히 민중의 지도자가 지녀야 할 또 다른 자질이라고 할 수 있다. 곧 백성의 마음을 얻음으로써 민중의 지도자로 우뚝 서게 되는 것이다.

〈북동산의 어린 장수〉는 수천 수만 번 난세를 구제할 영웅을 갈망하면서 민중이 만들어 냈다가 결국 거대한 기득권 앞에 비극적인 죽음을 맞이하는 아기장수의 좌절의 서사를 한순간에 승리의 서사로 전환시키고 있다. 수 없는 시도에도 실패를 기정사실로 받아들여야 했던 나약한 민중들의 소망을 일대 전환시키고 있는 것이다. 이를 위해 민중들이 설정한 지도자의 상은 이상적인 듯하면서도 현실적이다. 개인적으로는 비범한 자질을 갖추고 태어나 민중공동체의 적을 우선 무찌를 수 있는 존재, 그러나 역부족의 상황에서는 견고한 적들을 혼자의 힘으로 대적할 수 없으므로 의병을 모으는 통솔력을 갖춘 존재, 더 나아가 민중의 일상을 돌보는 아량으로 지배자로 군림하는 것이 아니라 백성들과 더불어 함께하는 어짊을 갖춘 존재인 것이다. 결국 이러한 용감하고 어짊을 겸비한 자질로 민심을 얻은 지도자는 뜻을 같이하는 동지들과 공동의 적을 일망타진하게 되고 승리를 거두는 것으로 이야기를 새롭게 구성한 것이다.


## 민중 혁명은 가능한가?

우리는 자신이 몸담고 살아가는 세상에 부조리와 부당함이 만연할 때 변화를 꿈꾼다. 그러나 그 변화는 힘없고 나약한 민중이 소망하는 대로 쉽게 이루어지지 않는다. 민중들을 질기게 억눌러온 거대한 기득권층이 자신의 통제력을 결코 놓지 않고 반발하는 민중들을 더욱 가혹하게 탄압한 것이 동서고금의 역사였다. 그렇다고 요지부동 철옹성 같던 부조리한 권력이 영구적으로 유지된 것은 결코 아니었다. 민중들은 그들의 뜻을 모아 난세를 뒤집을 영웅들을 찾아내고, 이를 지지하면서 세상을 변화시켜 왔다. 그 변화를 위해 목숨을 내놓아야 했고 장구한 시간이 필요하기도 했지만 결코 포기하지는 않았다.

무수한 인간군상이 살아가는 이 세상에서 천하가 더불어 착해져야 한다는 겸선천하의 처세관을 저버릴 수는 없을 것 같다. 천태만상의 인간들은 각자 제 나름의 착함을 가지고 살아가는데, 좀 더 많이 착한 사람이 덜 착한 사람을 교화시켜 착하게 만들어가야 한다는 당위성을 받아들인 것이다. 우리는 나보다 착한 존재를 선생(先生)으로 삼아 따른다. 세상의 수많은 선생들 중 천하를 경영할 만한 대표를 군자(君子)라고 칭하는데, 지도자의 자질을 갖춘 존재들이다. 그리고 여럿의 군자 가운데 천명(天命)을 얻은 자가 천하를 다스릴 제왕(帝王)이 된다는 것이 겸선천하 논리이다.

그렇다면 여기서 말하는 천명은 무엇인가? 우리가 이고 있는 저 하늘에서 세상을 경영할 지도자를 정해주는 것은 아닐 것이다. 그래서 일찍이 맹자는 백성이 곧 하늘이라고 설파하였다. 민심(民心)이 곧 천심(天心)이라는 세상 이치를 익히 알고 있었던 것이다. 결국 일백 성받이[百姓]—민중이 지지하는, 천하에서 가장 착한 이가 지도자가 되어 세상을 맡아서 경영할 뿐인 것이다.

그런데 동서고금의 역사를 돌아보면 백성들에게서 천하를 경영할 자격을 위임받은 지도자들이 시간이 지나면서 착각을 일으켜 통치 권력을 남용하는 경우가 비일비재했다. 세상을 경영할 권한을 부여한 민중들을 발 아래에 두고 탄압하면서 무소불위의 권력을 휘두르는 잘못된 지도자는 역사에 수도 없이 등장한다. 그들은 정말 하늘이 자신에게 천하의 통치권을 부여한 것으로 착각하면서 권한의 발원지인 민심을 망각했다. 지도자도 사람인지라 실수도 있을 수 있다고 보고 주변에서 무수히 간언도 해본다.

그러나 한 번 권력의 맛을 본 자는 쉽게 변하지 않는다. 결국 잘못 부여된 천명을 거두는 수밖에는 방법이 없다. 천명을 바꾸는 일이 곧 혁명(革命)이다. 인류 역사상 최초로 혁명을 언급한 은나라 탕임금은 하나라 우임금이 구년치수(九年治水)의 공덕으로 천명을 받은 것은 인정하였지만 그 후손 걸임금의 폭정에 와서는 천명이 유지되는지 알지 못하겠다고 선언하고 혁명의 명분을 삼았다. 그런데 전 왕조의 폭정을 바로잡은 탕임금의 후손인 주임금도 지독한 폭정으로 다시 주나라 무임금의 혁명 대상이 되고 만다. 통치권이 세습되는 가운데 비리와 부정은 필수적으로 발생하는 요소인가?

   민중들은 이러한 혁명의 악순환 속에서 기득권을 가진 자들에게 혁명의 주체를 부여하기를 주저한 것은 아닐까? 그래서 차라리 평지돌출처럼 민중들 사이에서 비범함을 가지고 태어난 어린 장수에게 어지러운 세상을 구제할 영웅성을 부여하고 혁명의 주체로 세워보고 싶은 소망을 투사한 것으로 읽을 수 있다. 민중과 함께하는 정의가 곧 성공한 혁명이라는 강한 믿음과 함께 말이다.


〈김종군〉

# 기적을 만들어내는 '나를 믿는 힘'

— 북녘이야기 〈오누이와 나무군〉 & 남녘이야기 〈해와 달이 된 오누이〉

## 여리고 약한 어린이들이 호랑이를 물리친 이야기

"떡 하나 주면 안 잡아먹지!"

한국 사람이라면 누구나 알고 있는 명대사이다. 품삯으로 떡을 얻어 집으로 돌아오던 한 여인에게 호랑이가 던진 말이 그랬다. 호랑이는 이 말을 시작으로 여인의 모든 것을 앗아갔다. 떡은 물론이며, 여인의 팔과 다리, 온 몸에 이르기까지 먹어치웠다. 그리고 여인의 옷을 입고 그 자식들이 살고 있는 오두막집으로 달려갔다. 여리고 약한 아이들마저 해치우기 위해서.

이는 〈해와 달이 된 오누이〉 혹은 〈해님달님〉으로 알려진 우리 민족의 옛이야기이다. 제목처럼 어린 오누이는 호랑이의 위협으로부터 벗어나 하늘로 올라가 해와 달이 된다. 그래서 이 옛이야기는 해와 달이 생기게 된 유래를 담은 일월기원설화로 꼽히기도 한다. 전해 내려오는 옛이야기 가운데 이처럼 신성성에 빛나는 신화적 면모를 갖추고, 또한 우리 삶에 밀착된 지혜를 담은 민담의 특성을 고루 갖춘 이야기도 참 드물다. 그만큼 이 이야기에서 무시무시한 호랑이를 물리치는 오누이의 활약상은 대단하다.

북녘에서도 이 이야기는 대표적인 옛이야기로 알려져 있다. 북녘의 옛이야기 자료집이나 아동을 위한 동화책에서도 늘 이 옛이야기를 발견할 수 있다. 우리와 다른 세상에서도 오누이의 승리 과정을 높이 평가하고 있는 것이다. 그런데 간혹 이 옛이야기는 북녘의 관점에 따라 특별히 각색되어 전해지기도 한다. 2000년에 제작된 애니메이션 〈오누이와 나무군〉이 그러하다. 어떻게 얼마만큼 달라졌을까. 〈오누이와 나무군〉의 스토리 속으로 들어가 보자.

한가로운 어느 날 숲속 오두막에서 오누이 시내와 호동이가 술래잡이(숨바꼭질의 북한어) 놀이를 하고 있었다.

"꼭꼭 숨어라. 머리카락 보인다. 머리카락 보이면 범이 온다."

누이 시내가 술래가 되어 남동생을 찾았다. 호동이는 장독 옆에 몸을 숨기고 있었는데, 누이가 아닌 다른 사람이 동생을 잡았다.

"잡았다! 하하."

그 사람은 아랫마을의 장쇠였다.

"어머니, 아랫마을의 장쇠오빠가 왔어요."

"엄마, 장쇠형이 이 달래를 주었다! 참 맛있다."

장쇠는 오누이와 오누이의 어머니를 도와주는 착한 이웃이다. 오늘은 장쇠가 오누이의 어머니에게 약을 드리러 왔다.

"시내 어머니 먼저 이 약을 써보소이다."

"아니, 너 나무를 해서 마련한 돈으로 약을 사온 것이 아니냐? 아이고, 나 때문에 네가 고생을 하는구나."

"아하, 그런 말씀 마소이다. 이웃들끼리 서로 도우며 살아야지요."

"고맙다, 고마워."

"저 고개너머에 어머니 병에 더 좋은 약초가 있다는데 제가 거기를 다녀오겠소이다."

그러자 오누이의 어머니는 만류하였다.

"아, 정신 있냐? 요새 늙어빠진 범 한 마리가 나다닌다는데, 어쩌려고…. 그 놈이 하도 오래 살다보니 사람 말까지 하면서 못된 짓을 다한다누나. 하늘에서 벌을 콱 내릴 게지."

"어머니 하늘을 쳐다 볼 게 있나요? 그까짓 놈 맞닥뜨리면 확 족쳐버리죠, 뭐."

"아니, 애!"

어머니의 만류에도 그렇게 장쇠는 약을 구하러 길을 나섰다. 그때 그와 함께 가고 싶어 했던 오누이는 귓속말을 나누고 그의 뒤를 따라갔다.

새소리만 들리는 울창한 숲길에 장쇠가 홀로 걸어갔다. 그때 누군가 나무줄기에 숨어서 살금살금 움직이고 있는 것이었다. 장쇠는 밧줄로 단번에 나무줄기를 잡아챘다. 속이 빈 나무줄기에서 남동생 호동이가 굴러 나왔고, 누이 시내의 웃음소리가 들렸다. 아이들은 장쇠에게 함께 가자고 매달렸다.

"으흠, 거기가 어디라고, 안돼. 어머니가 걱정하실 텐데, 빨리 집으로 내려가."

"우리도 어머니 약을 마련하게 해줘요, 예?"

"약은 내가 해올 테니 더 따라오지 말라우."

"장쇠형은 우리 마음을 너무도 몰라줘."

장쇠가 그렇게 가버리자 오누이는 숲속을 걸어 집으로 향했다. 해는 저물어 깜깜한데 갑자기 천둥번개가 쳤다.

"호동아, 우리끼리 이렇게 가다가 범이라도 만나면…."

"범?"

오누이는 두려워하며 하늘을 쳐다봤고, 빗방울은 굵어졌다. 오누이는 비를 피해 바위틈에 몸을 숨겼다.

"비가 언제 그칠까?"

그때 망태기를 둘러쓴 호동의 머리에 털이 많고 두꺼운 손이 드리웠다.

"나도 비를 좀 피하다가 갈까? 으하하, 놀라지 마라!"

그것은 다름 아닌 호랑이였다. 호랑이가 긴 꼬리로 오누이를 휘감았고, 오누이는 비명을 지르며 무서워하였다. 그때 갑자기 하늘에서 번개가 쳤다. 그 소리에 놀란 호랑이는 순간 꼬리에 힘을 빼버렸고, 오누이는 그 틈에 풀려났다.

"빌어먹을 놈의 하늘!"

호랑이가 다시 오누이를 덮치려고 하자, 또 하늘에서 번개가 쳤다. 번개에 큰 나무가 부러지더니 호랑이 위로 덮치었다.

"아이고, 내 허리야! 나 죽는다!"

호랑이가 고통에 몸부림치는 사이 오누이는 천둥번개 사이로 전력을 다하여 도망갔다.

다시 오누이의 오두막집, 다행히 집에 돌아온 오누이는 어머니에게 혼이 났다.

"에효, 이 어미 말을 듣지 않더니 무슨 일을 칠 뻔 했느냐, 응? 하늘이 도와주지 않았다면 너흰…."

어머니 말에 누이 시내가 이렇게 말했다.

"어머니, 정말 하늘이 우리를 도와 줬을까요?"

동생 호동이도 물었다.

"엄마, 그게 맞나요?"

어머니는 오누이를 안아주며 대답했다.

"암, 그렇지 않고. 저 하늘은 말이다. 우리처럼 가난하고 불쌍한 사람들은 도와주기도 하고, 그 범처럼 나쁜 놈들에게는 벌을 내리기도 하지. 그래서 옛날부터 하늘에 소원을 말하기도 하면 무엇이나 다 풀어준다고 했단다.”

“엄마 엄마, 그럼 나 하늘에다 대고 소리칠 테야요.”

호동이는 이렇게 말하고 앞마당으로 나갔다. 그러는 호동이를 따라 시내도 나섰다. 오누이는 마당에 나와 하늘을 보며 소리쳤다.

“하늘아, 우리 엄마 병을 빨리 낫게 해주렴!”

오누이의 소원에 대답하듯 깜깜한 밤하늘의 보름달이 훤하게 비추었다.

얼마 후 화창한 어느 날 장쇠가 나무지게를 지고 뛰어 오누이를 찾아왔다.

“얘들아, 이 약초를 받아라.”

“고마워요, 오빠.”

“형, 이제 약초 캐러 안 가도 돼. 우리가 하늘에 대고, ‘우리 엄마 병을 빨리 낫게 해주렴!’ 하고 말했거든.”

그러자 장쇠는 크게 웃었다.

“얘들도 참…. 하늘이 어머니 병을 어떻게 낫게 해주겠니? 어머니 병이야 우리가 고쳐 드려야지.”

그러더니 장쇠는 이전 날 오누이가 범을 만난 일을 안다며 큰 일이 날 뻔하지 않았느냐고 하였다. 그러면서 자기 같으면 그 놈을 도끼로 족쳐버렸겠다고 했다. 장쇠의 말에 호동이는 고개를 갸우뚱하며 생각에 빠졌다.

그날 저녁 어머니의 약이 다려지고 있는 부엌에서 호동이가 이것저것 둘러보더니 한숨을 쉬었다.

“힝, 먹을 게 하나도 없구나.”

“호동아, 어머니가 앓으시는데 배고파도 좀 참자.”

시내는 호동이를 달래며 안아주었다. 방 안에서 오누이의 대화를 들은 어머니는 걱정스러운 얼굴을 하였다.

날이 밝자 어머니는 아이들에게 산에서 버섯을 캐다가 낱알로 바꾸어 오겠다고 하였다. 약을 먹었더니 병이 고새 다 나았다고 오누이를 안심시키고 집을 나서려는 것이었다. 시내가 산에서 범을 만나시면 어쩌느냐고 걱정하였지만, 어머니는 병이 다 나아서 괜찮다고 하며 올 때 호동이가 좋아하는 달래를 따오겠다고 하고 길을 나섰다.

"시내야, 엄마가 돌아올 때까지 문을 꼭 걸고 있어야 한다."

"네, 빨리 와요!"

한편 숲속에서 호랑이는 허리에 흰 천을 두르고 끙끙 앓고 있었다. 이전에 나무 기둥에 허리를 찧어 낮은 벼랑도 오르지 못할 만큼 힘을 쓰지 못하였다.

"저 놈의 하늘 때문에 이 꼴이 되다니…."

자신의 신세를 한탄하던 중 호랑이는 산 속에서 버섯을 캐던 오누이의 어머니를 보았다. 입맛을 다시고 어머니에게 다가가 어머니를 위협하였다. 어머니는 호랑이를 피하다가 낭떠러지까지 쫓기었다. 막다른 길에서 어머니는 소리쳤다.

"어, 어, 이놈아, 길을 비켜라! 불쌍한 내 자식들이 집에서 이 어미가 돌아오길 기다리고 있다!"

"헤헤, 그럼 내 배는 어떻게 하고!"

호랑이 아랑곳하지 않고 어머니를 덮치려는데, 어머니는 그만 낭떠러지에서 떨어지고 말았다. 허리가 다친 호랑이는 더 이상 뒤따르지 못하고 낭떠러지 아래를 보며 속상해 하였다.

"분명 저 아래로 떨어졌는데 어디로 갔을까? 다 먹은 걸 놓치다니! 아이고, 허리야, 허리야."

그러다가 호랑이는 버섯과 다래가 담긴 어머니의 망태기를 발견했다.

"그렇지, 집에서 애새끼들이 기다린다고 했지! 이것을 가지고 가서 …. 으허허."

호랑이는 아픈 허리에 둘렀던 흰 끈을 풀어버리고, 어머니의 망태기를 들고 사라졌다.

낭떠러지에 떨어졌던 어머니는 낙엽 사이로 고개를 들고 오누이에게로 달려가는 호랑이를 보았다.

그 날 오누이의 집에서는 장쇠가 어머니 혼자 산에 갔다는 이야기를 들었다. 장쇠는 오누이에게 집에 잘 있으라고 하고는 급히 어머니를 마중하러 갔다. 그리고 밤 늦도록 오누이는 집에 단둘이 남게 되었다.

"누나, 엄마가 왜 안 올까? 나 배고파."

호동이는 누이에게 안기었다.

"조금만 참아. 이제 엄마가 달래랑 많이 따가지고 와. 호동아, 엄마가 올 때까지 우리 술래잡이 할까? 내가 범이 될게, 넌 숨어."

"응!"

"꼭꼭 숨어라. 머리카락 보인다. 머리카락 보이면 범이 온다."

그렇게 오누이가 술래잡이를 시작하는데, 호랑이가 오누이의 집에 도착했다.

"어허, 저 놈들이 내가 오는 걸 어떻게 알까?"

호랑이는 깜짝 놀라 창호지 문의 구멍으로 방안을 들여다 보았다. 누이가 '범이 온다'고 하니, 남동생이 얼른 장 속으로 몸을 숨기었다.

"내가 무섭긴 무서운 모양이지! 흐흐."

오누이의 술래잡이 놀이를 보고 호랑이는 자신을 무서워한다며 기뻐서 웃음을 참지 못하였다. 그러고는 문고리를 잡아 당겼다. 문은 열리지 않고 덜컹거리기만 했다. 그 소리에 장 속에 숨었던 호동이가 나왔다.

"어? 이게 무슨 소리야?"

시내는 걱정하는 동생을 달래주었다.

"바람 소리 같아."

문구멍으로 훔쳐보던 호랑이는 흠씬 놀라 뒤로 물러섰다.

"흐음, 문을 단단히 걸어 두었구나. 어떻게 한다?"

주위를 둘러보던 호랑이는 빨랫줄에 걸린 옷을 보고 어머니 흉내를 내어 문을 열게 하려고 했다. 어머니 옷으로 변장한 호랑이는 다시 문고리를 잡아당겼다.

"하아, 문 열어라. 엄마가 왔다."

호동이가 기뻐하며 문을 열려고 하자 시내가 동생을 붙잡았다.

"가만, 목소리가 이상해. 엄마 같지 않아."

호동이가 말했다.

"우리 엄마 목소리는 그렇지 않아요. 누구냐요?"

"으히, 늙다리 범놈한테 쫓기면서 하도 소리를 쳤더니 목이 다 쉬었구나. 콜록콜록. 어서 문을 열어라."

"그럼 내가 뭘 따다 오라고 했는지 맞춰 보아요."

"허, 그, 그, 그거야 이 다래지. 하하하. 어서 문을 열고 실컷들 먹어라."

호랑이는 창호지 문 밖에서 다래가 든 망태기를 들어 비춰 보였다.

호동이가 엄마가 맞다며 문을 열려고 하자 또 시내가 동생을 말렸다.

"호동아, 덤비지 말어. 엄마 손은 저렇게 크질 않어."

시내는 창호지 문에 비치는 큰 손을 보며 어머니가 아니라고 하는 것이었다. 이번에는 시내가 물었다.

"그, 그럼, 호동이는 누구야요?"

이 질문에 호랑이는 얼른 문구멍 사이로 보이는 어린 남자아이를 바라보며 대답하였다.

"흐흐흐, 그거야 귀여운 내 아들이지. 이래도 믿지 못하겠느냐? 어서 문을 열어라."

"어?"

오누이가 망설이자 호랑이는 더욱 재촉하였다.

"어이구 저기 무서운 범놈이 나타났다. 어서 문을 열어라. 어서 문을 열어!"

동생이 걱정하며 누나를 설득했다.

"누나야, 어서 열어주자."

시내는 망설였다.

"분명 엄마가 아닌데."

"아니긴 뭘 아니야, 빨리!"

동생이 재촉하는데 시내는 고민했다. 밖에서 호랑이는 더욱 재촉했다.

"아니, 니 어미가 죽는 걸 보려고 그르느냐! 으히."

그래도 시내는 꿈쩍하지 않았다.

"에잇, 내가 연다!"

결국 호동이가 뛰어나가 문을 열었다.

"호동아!"

열린 문으로 큰 몸집의 호랑이가 들이닥쳤다.

"깍! 범이다!"

"하하하. 애들아, 기다리던 엄마가 왔다! 속았지!"

"까악!"

오두막집에서 호랑이가 오누이를 공격할 때, 어두운 밤 깊은 산속에서 장쇠는 오누이의 어머니를 찾아다녔다.

"어머니! 시내 어머니!"

그러다가 산길에 쓰러져있던 시내 어머니를 찾아냈다.

"범놈이 우리 집으로…. 내 걱정은 말고 빨리 먼저 가서 애들을…."

"이놈, 어디 맞서 보자!"

장쇠는 바삐 집으로 갔다.

다시 오누이의 오두막집, 오누이네 방안에 침입한 호랑이는 오누이를 잡으려 방안을 날뛰다가 그만 호롱불에 걸려 넘어 졌다.

"으앗, 뜨거워라!"

오누이는 그 틈을 타서 재빨리 창문을 넘어 도망쳤다. 호랑이도 오누이를 따라 창문으로 나서려고 하였다. 그러나 큰 몸집에 작은 창틀에 걸려 대롱대롱 매달리고 말았다. 오누이는 더 멀리 도망갈 수 있었다.

오누이는 힘껏 뛰었다. 그러다가 호동이가 바닥에 떨어져 있는 도끼를 발견하고 우뚝 섰다.

"호동아!"

누이가 재촉하듯 동생을 불렀다. 호동이는 가만히 서서 이전에 장쇠
형이 해준 말을 떠올렸다.

'나 같으면 그 놈을 도끼로 족쳐버리겠다.'

호동이는 창문에 끼어 버둥대는 호랑이에게 도끼로 덤비려고 했다.

"아니야, 호동아. 네가 저 놈을 어쩐다고! 어서 도끼를 버리고 뛰자!"

시내는 동생을 말리며 도끼를 내던졌다. 도끼는 반짝 빛을 내며 땅
위로 떨어졌다.

한참을 버둥대던 호랑이가 겨우 창틀에서 빠져왔다. 더욱 약이 오른
호랑이는 오누이를 찾으려 혈안이 되었다.

"어디 숨었어, 이놈들!"

호랑이는 집안 곳곳을 뒤지다가 우물 속에서 오누이를 발견하였다.
호랑이는 기뻐하여 오누이에게 어서 나오라더니 우물 속으로 돌을 던
졌다. 그러자 우물 속의 오누이의 형체가 사라졌다 다시 나타났다.

"허윽, 어떻게 된 거야?"

호랑이가 어리둥절해하자, 어디선가 인기척이 들렸다.

"하하."

사실은 오누이가 큰 나무 위로 올라가 숨어 있었는데, 달빛에 우물
물위로 오누이의 모습이 비쳤던 것이었다. 호랑이가 우물에 비친 오누
이를 보고 그들이 우물 속에 들어가 있는 줄 알자, 호랑이의 바보 같은
모습을 보고 호동이가 웃음을 참지 못하고 웃어 버렸다. 그 소리에 그
만 호랑이는 오누이가 나무 위에 있다는 것을 알아차리고 말았다.

"어허, 네 놈들이 거기에 숨었구나. 야, 당장 내려오지 못하겠어!"

그 사이 장쇠가 집으로 돌아왔다. 나무 위의 오누이와 그 뒤를 쫓는
호랑이를 보고 장쇠는 밧줄을 들고 어디론가 뛰어갔다.

호랑이는 오누이를 잡으려고 있는 힘껏 나무로 오르려 안간힘을 썼다.

"아이고, 허리야."

"그렇지, 저놈은 전번에 허리를 상해서 올라오지 못해, 누나야. 하하하."

"정말, 호호호."

나무 위로 오르지 못하고 자꾸만 떨어지는 호랑이를 보고 오누이는 깔깔댔다.

"이 놈들 거기를 어떻게 올라갔어?"

호랑이가 다그치자, 누이가 웃으며 말했다.

"하하하, 그것도 몰라. 참기름을 바르고 올라왔지!"

"뭐? 차, 참기름?"

시내의 말을 들은 호랑이는 부엌에서 참기름을 꺼내다가 바르고 나무 위로 올라탔다. 그러고는 바로 주르륵 미끄러져 떨어졌다. 그 꼴이 우스워 죽겠다는 호동이가 말했다.

"하하하. 이 우둔한 놈아! 도끼로 찍으면서 올…."

얼른 누이가 호동이의 입을 막았지만, 이미 호랑이는 그 말을 알아들었다.

"뭐? 도끼? 으흐흐흐."

"아이고, 야단났구나."

호랑이는 도끼로 나무를 찍으며 한 걸음 한 걸음 오누이 곁으로 다가갔다. 오누이는 나무 위에서 공포에 질렸다.

"누나야, 계속 올라와."

"아, 이럴 때 하늘에서 밧줄을 내려 보내주어 우리를 살려주었으면…."

시내가 슬퍼하며 하늘을 보고 말했더니 정말 하늘에서 밧줄이 내려왔다. 믿을 수 없는 광경이 펼쳐지자 시내는 눈을 비비고 다시 확인했다.

"하, 정말 하늘이 우리 마음을 알아주는 구나!"

오누이는 밧줄을 타고 하늘로 올라갔다. 겨우 나무 꼭대기에 도착한 호랑이는 한탄했다.

"그러니 하늘이 정말…."

하늘로 올라가는 오누이를 보고, 호랑이는 눈물을 흘리며 하늘에 대고 소리쳤다.

"어이고, 하늘이시어! 굶어 죽게 된 나를 불쌍히 여기셔서 어서 밧줄을 내려 보내 주소서."

그러자 호랑이에게도 밧줄이 내려왔다. 호랑이는 신나하며 재빨리 밧줄을 잡고 올라섰다. 하늘로 올라가던 오누이는 뒤따라오는 호랑이를 보고 놀랐다.

"저것 봐, 범놈이 따라와!"

"아하하, 살 줄 알았지!"

절망한 시내는 울면서 말했다.

"하늘아 어째서 범놈에게도 밧줄을 내려 보내준단 말이냐. 어서 우리 오누이를 구원해주렴, 하늘아…."

그때 호랑이가 타고 있던 밧줄이 끊어졌다. 호랑이는 그만 우물 속으로 떨어져 죽고 말았다.

"이야! 범놈이 죽었다!"

안전하게 땅으로 내려온 오누이는 호랑이가 빠진 우물 속을 들여다보고 기뻐하였다.

"이야, 하늘이 정말 우리를 도와주었지, 누나야!"

"그래, 이번에도 하늘이 도와주지 않았다면…."

이때 갑자기 하늘 쪽에서 우렁찬 웃음소리가 들렸다.

"하하하."

오누이가 고개를 들어 위를 바라보니, 저쪽 언덕 위에서 장쇠가 오누이를 바라보며 웃고 있었다.

"아니, 장쇠형이…."

장쇠는 밧줄을 타고 내려와 오누이에게 다가왔다. 그러고는 상황을 이야기하였다.

"그러니 이 밧줄을 내려보내준 것도, 범놈을 족쳐버린 것도 하늘이 아니라 장쇠오빠였단 말이에요?"

"그래."

"이야, 우린 그런 것도 모르고…."

"너희는 도끼를 들고도 범놈을 족칠 생각을 못했지? 급할 때일수록 겁을 먹고 하늘을 쳐다 볼 것이 아니라, 자기 힘으로 뚫고 나가야 하거든. 그러면야 범 따위가 다 뭐겠니?"

장쇠의 힘찬 말을 듣고 호동이는 박수를 쳤다. 그리고 무사히 집으로 돌아온 오누이의 어머니가 오누이를 안아 주었고, 장쇠에게 감사하였다.

— 〈오누이와 나무군〉
조선4.26아동영화촬영소. 2000.

북녘의 〈오누이와 나무군〉은 우리가 잘 알고 있는 "떡 하나 주면 안 잡아먹지!"라는 대사로 시작하지 않는다. 몸이 아픈 홀어머니와 어린 오누이가 오두막집에서 평화롭게 살고 있는 장면에서 시작한다. 그리고 이들에게는 늘 아낌없이 도와주는 장쇠라는 이웃이 있다.

이 애니메이션의 독특한 이야기 전개는 후반부에서 돋보인다. 하늘이 내려준 밧줄을 타고 위기에서 벗어난 오누이는 호랑이에게도 밧줄이 내려오는 것을 보고 좌절한다. 그러다가 호랑이의 밧줄이 끊어져 그가 땅으로 추락하자 이내 안심하고, 정말 하늘이 우리를 살려주었다고 기뻐한다. 그때 우렁찬 웃음소리가 들려왔다. 사실 오누이에게 밧줄을 내려 주어 구출한 것도, 호랑이에게 약한 밧줄을 내려주어 떨어지게 한 것도 장쇠가 한일이었다. 낮에 오누이의 말을 듣고 산 속으로 어머니를 찾으러 간 장쇠는 호랑이가 오두막집에 찾아갔다는 사실을 알고 오누이를 구할 방책을 마련했던 것이다. 어머니도 무사히 집으로 돌아오고, 오누이의 가족과 장쇠는 서로를 부둥켜안고 기뻐하였다. 오누이 가족 모두가 다치지 않고 무사히 상봉하는 마지막 장면을 뒤로, "우리 마을 참말 용감한 오빠, 슬기로운 우리의 미더운 형님, 지혜와 힘으로 구원해주소."라는 노래가 흘러나오며 막을 내린다.

## 북녘의 옛이야기, 어디까지 바꾸었나?

북녘에서도 우리 민족의 옛이야기를 활용하여 아동을 위한 문학으로 재탄생시킨다. 이때 옛이야기 스토리는 과감하게 바뀔 수 있다. 아동을 위한 문학은 사상교양의 목적성을 띠어야하기 때문이다. 그들의 중심 가치인 혁명적이고 주체적인 사상이 두드러지도록 옛이야기는 획기적으로 변형될 수 있다. 그래서 때로는 본래의 형태를 짐작할 수 없을 정도로 바뀌기도 한다. 그에 비하면 이 애니메이션은 사상 목적이 노골적으로 드러나기보다는 본래 옛이야기가 지닌 의미와 가치가 잘 보존된 경우라 할 수 있다. 본래의 옛이야기를 살펴보며 어떤 부분이 어떻게 달라졌는지 생각해보자.

홀어미가 가난한 살림에 젖먹이 어린 아기와 대여섯 살 된 아들딸을 데리고 살고 있었다. 하루는 품일을 하고 개떡을 얻어 돌아오는데, 호랑이가 나타나 개떡을 달라고 하더니 점점 머릿수건과 저고리, 치마 등을 요구하다가 온 몸통을 잡아먹었다.
호랑이는 어머니의 옷을 입고 오누이의 집에 가서 어머니 흉내를 내며 문을 열어 달라고 했다. 아이들은 목소리와 손이 다르다며 거부하다가 이내 곧 문을 열어 주었다. 방안에 들어온 호랑이는 아기를 안고 윗목으로 가서 잡아먹었다. 오독오독 하는 소리를 듣고 아이들이 먹을 것을 나눠 달라고 하자 호랑이가 아기 손가락을 던져 주었다. 아이들은 아기 손가락을 보고 호랑이 정체를 눈치 채고, 똥이 마렵다는 핑계로 도망가 우물가에 있는 나무 위로 올라갔다.

호랑이는 우물에 비친 아이들의 모습을 보고 아이들이 그 속에 들어가 있는 줄 알았는데, 아이들은 그 모습이 우스워서 소리 내어 웃다가 나무 위로 피신한 사실을 들켜버렸다. 호랑이가 나무 위로 올라갈 방도를 물으니 처음에는 기름칠을 하고 올라오라고 속였다가, 다시 물으니 도끼질로 올라왔다고 말했다.

호랑이가 아이들 있는 곳까지 올라오게 되자, 아이들은 하늘에 대고 우리를 살리시려거든 새 동아줄을 내려주고 죽이시려거든 썩은 동아줄을 내려달라고 빌어서, 하늘이 내려준 새 동아줄을 타고 올라갔다. 하늘로 간 사내아이는 달이 되고, 딸은 해가 되었다. 호랑이도 이를 따라했는데, 하늘에서 썩은 동아줄을 내려주어 수수밭 위로 떨어져 죽었다. 호랑이는 수숫대에 찔려 피를 흘리며 죽었는데, 그래서 수숫대가 붉어졌다고 전해진다.

— 〈해와 달이 된 남매〉

『한국구전설화 · 평안북도 편 II 』(임석재 전집2), 평민사, 1988.

위의 자료는 분단 이전에 평안북도에서 전승되고 있던 〈해와 달이 된 오누이〉이다. 남한에서 전해지는 옛이야기는 이와 비슷하다. 동화책이나 애니메이션으로 만들어진 현대적 매체에서도 크게 다르지 않으며, 간혹 잔혹한 장면이 걸러진 형태로 전해지기도 한다.

여기에서는 우리가 익히 알고 있는 바와 같이 "떡 하나 주면 안 잡아먹지!"하는 호랑이의 말로 이야기가 시작된다. 어머니는 호랑이에게 처참히 당하고, 호랑이는 어머니에게서 뺏은 옷을 입고 오누이에게 어머니 흉내를 내며 다가간다. 어머니의 죽음과 생존이 본래 이야기와 북한 애니메이션의 차이점이다.

본래의 옛이야기에서는 오누이 말고도 갓난아이가 있어 아기를 잡아먹는 일로 오누이가 호랑이의 정체를 알아차리게 된다. 갓난아이를 오독오독 하며 씹어 먹는 소리야말로 이 이야기를 실감나게 전하는 핵심이기도 하다. 그리고 원래의 이야기에서 늘 오라비와 누이동생이 등장하며, 호동이의 잦은 실수와 같이 어린 누이동생의 잦은 실수로 위험에 빠지게 된다. 호랑이에게 희생당한 갓난아이가 등장하지 않는 것이나 오누이의 역할이 바뀐 것 또한 애니메이션에서 각색된 점이다.

그리고 북녘의 애니메이션에서 확연히 달라진 점은 의로운 청년 장쇠의 등장과 결말이다. 본래의 이야기에서는 오누이가 호랑이의 정체를 알아차리고 나무 위로 도망쳤다가 절명의 순간에 하늘의 구원을 받는다. 그리고 오누이는 밝은 빛의 존재인 해와 달이 된다. 북녘의 〈오누이와 나무군〉에서는 하늘의 구원이 사라지고 장쇠가 그들을 구원하며, 오누이가 해와 달이 되는 결말 대신 장쇠의 가르침을 받는 결말로 바뀐 것이다.

이렇게 북녘의 이야기는 어린 오누이가 무서운 호랑이로부터 벗어나는 승리의 과정을 다른 모습으로 꾸려내고 있다. 어머니의 죽음을 생존으로 바꾸어 오누이의 가족이 모두 무사할 수 있었고, 하늘의 구원이 장쇠의 구원으로 바뀌며 오누이가 해와 달이 되는 결말은 끼어들 틈이 없어졌다. 환상적인 요소들은 사라지고 사실적인 장면으로 채워지며, 어느 누구도 죽지 않고 모두가 행복한 결말로 바뀐 것이다.


## 어머니의 죽음과 어머니의 생존

이 이야기에서 사건은 어머니가 없을 때 호랑이의 침입으로 시작된다. 이는 분단 이전의 옛이야기에서도, 남과 북의 이야기 모두에서도 동일하다. 어머니가 없을 때 오누이가 포악한 호랑이를 어떻게 물리치느냐가 이 이야기의 핵심이라고 할 수 있다. 보호자가 부재한 상황에서 작고 연약한 오누이의 생존력이 빛을 발하고 있다는 점이 특별하다. 그래서 남한의 옛이야기에서도, 북녘의 애니메이션에서도 어머니의 부재를 부각시켜 그리고 있다. 다만 부재의 상황을 다른 모습으로 그려내고 있다는 차이점을 보인다.

남한의 옛이야기에서는 어머니가 죽어가는 과정을 매우 공포스럽고 인상 깊게 그려낸다.

> 하루 품 씩 하루품삯 받아가지고서 인제 먹고 사는데, 한날은 그 사람네가 메밀범벅을 쒀서 한 함박을 주드랴. 하나 주드랴. 가주 가서 아이들 주라구. 그래 이 놈의 메밀범벅을 인제 이구선 오는데, 아 오다가 호랑이를 만났지.
> "할멈, 할멈. 그 메밀범벅 한 덩어리 주. 주만 안 잡아먹지."
> 그러니깐 한 덩어릴 내던져 주지. 또 한 고개를 넘어오면,
> "할멈, 할멈. 나 메밀범벅 한 덩어리 주. 그리만 안 잡어 먹지."
> 그래 이놈의 걸 다 뺏겼거던. 그러곤 나중에,
> "할멈, 할멈, 그 함박 나 주만 안 잡아 먹지."
> 그러디. 그래 함박까지 줬지. 이 놈의 호랭이가 그 인제 그리고 이 할멈 오는 길에 그 메밀범벅을 죄다 함박에다 줘 담아 놓고서는 또 쫓아왔단 말이야.
> "할멈, 할멈 그 옷 벗어 주만 안 잡아먹지."
>
> ─ 〈해와 달이 된 오누이〉
> 『한국구비문학대계』 1-7, 한국정신문화연구원, 1982.

남한에서 전해지는 옛이야기에서는 오누이의 어머니가 젖먹이 아기와 대여섯 살 된 오누이를 홀로 키우는 여성으로 등장한다. 고개 넘어 부잣집에 하루 종일 방아품을 팔고 떡을 얻어와 밤늦게 귀가를 하다가 호랑이에게 유린당하는 사정을 담고 있다. 이때 호랑이의 공격은 떡에서 옷가

지, 신체로 이어지며, 점점 어머니의 온몸을 앗아가는 섬뜩한 장면으로 그려진다. 이 장면으로부터 호랑이의 본심이 노출되며, 그 정체의 포악성과 용의주도함이 몸서리치게 전달된다. 어머니의 애처로운 죽음과 함께 곧 아이들에게 닥칠 위기가 심각하게 느껴지는 것이다.

용의주도했던 호랑이는 어린 오누이에게도 그렇게 다가간다. 떡만 주면 물러서줄 것 같이 굴더니 끝내는 모든 것을 앗아갔던 호랑이는 오누이에게도 간악한 속임수를 쓴다. 어머니의 옷을 입고 어머니를 흉내낸다. 오누이를 더 이상 도망갈 곳이 없게 만들어 단번에 휘어잡기 위해서, 이 세상에서 가장 인자한 모습, 오누이가 기다리고 기다리던 어머니의 모습으로 다가가는 것이다. 약자의 마음을 사로잡아 단번에 해치우려는 포악한 강자의 모습이 이런 것일까? 이렇게 호랑이는 자신의 욕망을 위해 간교한 계책으로 약자를 위협하는 악(惡)의 실체이다.

이 이야기에서 어머니의 부재와 어머니 흉내를 내는 호랑이의 접근은 중요한 문제이다. 이러한 위기에서 오누이가 어떻게 상황을 잘 헤쳐나가는가에 모두가 주목하기 때문이다. 북녘의 애니메이션 역시 이 두 요소를 잘 드러내고 있지만, 본래 이야기와 조금 다르다.

〈오누이와 나무군〉에서 어머니는 죽지 않는다. 다만 오누이를 위해 버섯과 달래를 캐러 산에 갔다가 호랑이를 만나 낭떠러지에서 떨어져 다치고 집에 돌아오지 못한다. 그러면서 어두운 밤에 오누이는 단둘이 어머니를 기다리다가 호랑이와 대면하게 된다. 이렇게 어머니가 부재한 상황에서 호랑이가 오누이를 위협하는 위기가 시작된다.

그런데 북한 애니메이션은 어머니의 외출만으로 어머니의 부재를 나타내지 않는다. 이 어머니는 어렵게 홀로 오누이를 키우고 있다. 게다가 쉽게 낫지 않는 병에 걸린 애달픈 인물로 등장한다. 오누이는 마당에서 숨바꼭질을 하고, 몰래 장쇠를 따라가 산속 모험을 떠나는 해맑은 아이들이지만, 병마와 싸우는 어머니에게 배고프다고 투정 한 번 마음대로 부릴 수 없는 안타까운 처지에 놓여 있다. 늦은 저녁 호동이가 먹을 것이 없다고 울먹이자, 누이 시내는 호동이를 안아주며 어머니가 아프시니 배가 고파도 좀 참자고 달랜다. 병든 어머니는 어린 오누이의 이런 모습을 보고 가슴이 아파 견딜 수 없어 아픈 몸을 이끌고 버섯과 달래를 캐러 산길을 떠난 것이다. 홀어머니가 아픈 상황, 그래서 아이들이 배고픔을 해결하지 못하는 상황은 그간 아이들에게 어머니가 양육의 역할을 온전히 행하지 못했음을 보여준다. 북녘의 애니메이션에서는 어머니가 오누이를 보호할 수 없는 나약한 상태로 등장하여 그의 부재를 그리고 있는 것이다.

북한 애니메이션에서는 어머니가 홀로 애처롭게 죽어가는 잔인한 장면이 삭제되어 있다. 배고픈 오누이를 위해서 산에 버섯과 다래를 캐러 갔다가 호랑이의 공격을 받지만, 절벽에서 떨어져 간신히 그 위협에서 벗어나는 것으로 그려진다. 목숨을 보전한 어머니가 사건이 종결된 뒤에 다시 등장하면서, 우리의 가슴을 묵직하게 눌렀던 긴장을 풀어지게 한다. 세 식구가 모두 무사했다는 안도감으로 해피엔딩을 채운다. 남녘의 옛이야기 속 어머니의 죽음은 호랑이의 잔혹함과 비극을 적나라하게 드러내지만, 북녘에서는 어린이를 위한 문학으로 재해석하면서 이 장면의 무게를 덜어낸 것이다.

어린이들에게 어머니가 잔혹하게 죽어가는 장면을 전하기에 부적절하다고 생각되었을까? 남녘의 아동문학에서도 종종 어머니의 잔혹한 죽음은 삭제된다. 2000년부터 적용된 7차 교육과정의 초등학교 교과서에 실린 이 옛이야기 역시 호랑이가 어머니를 약탈하는 장면은 생략되어 있다. 천진난만한 우리의 아이들에게 어머니가 갈기갈기 찢겨지는 모습은 보여주기 힘든 모습이긴 하다.

# 어머니로 위장한 호랑이의 유혹

북녘의 애니메이션 〈오누이와 나무군〉에는 우리에게도 익숙한 모습의 인형들이 등장하여 상당히 흥미로운 장면들을 만들어낸다. 특히 호랑이가 오두막집에 찾아와 어머니 흉내를 내며 오누이에게 어서 문을 열라고 설득하는 장면은 자칫 오누이가 속임수에 넘어갈까 긴장감을 자아낸다. 남한의 옛이야기에 비해 오누이의 망설임은 매우 섬세하게 그려진다.

어머니의 망태기를 들고 오누이의 오두막집을 찾아온 호랑이는 오누이를 단번에 잡아먹을 기회를 노리기 위해 주변을 살핀다. 지난 번 산속에서 오누이를 만났을 때 갑자기 내리친 천둥번개로 오누이를 놓친 적이 있기 때문에 이번만큼은 단숨에 해치워야 했다. 호랑이는 끓어오르는 식욕을 삼키며 창호지 문구멍 사이로 오누이를 바라보는데, 그 구멍사이로 보이는 호랑이의 눈동자가 섬뜩하다.

오누이는 숨바꼭질을 하며 어머니를 기다리고 있었다. 어머니가 없는 공포와 배고픔을 잊으려 "꼭꼭 숨어라. 머리카락 보인다. 머리카락 보이면 범이 온다."라고 노래를 부르며 놀이를 하고 있었다. 정말 호랑이가 오는 줄도 모르고 말이다. 호랑이는 그 노래를 듣고 오누이가 자신이 온 것을 어찌 알았을까 하고 놀랐다. 그리고 술래가 숨는 모습을 보고, 호랑이가 무서워 숨는다고 착각하여 기뻐 웃음을 참지 못했다. 그 바람에 창호지 문이 흔들려 덜컹덜컹 소리가 났다.

아이들은 깜짝 놀라서 하던 놀이를 멈추었다. 누이 시내는 바람소리라며 동생 호동이를 달래주었다. 호랑이는 자신의 웃음에 흔들리는 방문을 보며, 문이 단단히 잠겨 있다는 사실을 알게 되었다. 그리고 어떻게 오누이를 설득해 문을 열게 할지 고민하다가, 마당에 널어둔 어머니의 옷을 입고 그 흉내를 내기 시작했다.

어머니로 위장한 호랑이. 호랑이는 어린 오누이를 제압할 수 있는 위력을 가진 존재이다. 작은 오누이를 한 입에 삼킬 듯한 무력을 지녔다. 호랑이는 자신의 욕망 앞에서 연민과 자비가 무색해지는 악(惡)의 존재이다. 그러한 호랑이가 어머니로 위장한 장면은 특별한 의미를 지닌다.

어머니는 인류에 있어서 가장 인자한 존재이다. 누구나 어두운 공포에 갇히게 될 때 애타게 찾게 되는 의지의 대상이다. 이러한 존재로 위장한 호랑이는 인자함으로 포장된 기만이자 치명적인 유혹이라고 할 수 있다. 가장 기대고 싶은 대상으로 위장하여 결국 날카로운 이빨처럼 속내를 드러낼 포식자이기 때문이다. 이렇게 이 이야기에서는 어머니와 호랑이라는 양극단의 존재가 섞여서 오누이를 혼란에 빠뜨린다.

이때부터 호랑이를 향한 오누이의 줄다리기는 시작된다. 호랑이는 어서 문을 열라고 재촉하고, 오누이는 어떡해야 할지 몰라 망설인다. 오누이는 심각한 내적갈등과 망설임에 휩싸인다. 어머니의 목소리가 아닌, 어머니의 그림자가 아닌 호랑이의 등장에 머뭇거리는 것이다. 호동이는 급한 마음에 문을 열어주자고 하지만, 누이 시내는 엄마가 아닌 것 같다며 호동이를 말린다. 남동생은 당기고 누이는 밀어내며, 호랑이의 유혹에 대한 긴장의 줄다리기를 지속한다. 이렇게 북녘의 애니메이션은 오누이가 호랑이에게 문을 열어주기까지의 장면을 길고 섬세하게 그려낸다. 어느 장면보다 섬세하게 그려내어 이 작품의 매력을 긴장감으로 더하고 있다.


## 어머니와 떨어져 어머니를 극복하는 오누이

오누이의 망설임. 이러한 극적 긴장감은 아슬아슬한 분위기를 주도하면서도, 곧 호랑이의 유혹에 넘어갈 인간의 나약함을 비춰준다. 이 어둠 속에서 우리를 구원해줄 어머니가 와준 것이었으면 하는 강렬한 바람으로 문을 열고 싶은 욕망에 빠져드는 것이다. 가장 어머니를 기다리는 순간에 어머니로 위장한 존재에게 빠져드는 치명적인 상황이다.

오누이가 어머니와 호랑이를 혼동하며 문을 열지말지를 고민하는 장면은 위기에 닥친 인간이 악마의 손길을 쉽게 뿌리치지 못하고 유혹에 빠지는 순간과 닮았다. 누구도 기댈 수 없을 때 공포와 삶의 긴장이 몸과 마음을 억누르는 상황에서 그때 바로 자신이 어머니라고 하는 대상이 등장하는 것이다. 누가 봐도 어머니가 아닌데, 제발 어머니였으면 하고 믿고 싶어지는 그런 상황이다.

우리는 자신마저 속이고 진실을 외면할 때가 있다. 아무도 의지할 수 없을 때 선으로 위장한 악의 손을 잡아 버리는 경우가 많으며, 명백한 속임수에도 깜빡 속아 넘어가는 경우가 있다. 이러한 미혹은 인간의 가장 약한 지점을 나타낸다. 눈앞에 펼쳐진 고난과 역경을 피하고 싶은 마음에 스스로 미혹의 길로 들어가는 상황. 어쩌면 이 이야기의 주인공들은 인간의 내면에 가장 약한 지점을 형상화하기 위해 어린 아이의 모습을 띄고 있을지도 모른다.

남과 북의 이야기에서는 공통적으로 모두 어린 동생들의 실수를 빼놓지 않는다. 보호자가 없는 상황에서도 알아서 척척 호랑이를 속여 몸을 피했다가도, 어린 동생의 어처구니없는 실수로 위기에 처한다. 겨우 나무 위로 피신하였을 때에도 동생이 소리 내어 웃어 숨어있는 곳을 호랑이에게 들킨다. 또 동생이 나무위로 올라오지 못하는 호랑이를 멍청하다고 비웃다가도 호랑이에게 도끼로 찍어 나무 위로 올라올 수 있다고 알려주기도 한다. 이렇게 호랑이를 밀어냈다가도 곧 자신들이 있는 곳으로 불러들이는 실수를 반복하는 것이다.

흔히 사람의 실수에는 숨겨진 욕망이 반영되어 있다고 한다. 어쩌면 오누이의 실수는 호랑이의 접근을 허락하고 싶은 욕망이 숨겨져 있는 것이 아닐까? 북녘의 애니메이션에서는 호랑이에게 문을 열고 싶은 욕망이 강렬했던 호동이가 그러한 실수를 반복했기 때문에 예사로운 장면이 아닌 것 같다. 가장 어린 아이들이 한 실수는 인간의 가장 약한 모습을 상징하고 있는 것은 아닐까?

호랑이의 유혹은 인간 욕망의 한 모습일 수 있다. 프로이트는 인간의 욕망에 두 가지 모습이 있다고 하였다. 나와 나를 둘러싼 것들을 끌어안고 더 큰 집합체로 사랑을 일구려는 에로스(Eros)와 그와는 반대로 죽음을 향해 에너지를 쏟게 되는 타나토스(Thanatos)이다. 에로스가 생을 지속하는 사랑의 힘이라면, 타나토스는 삶에서 오는 긴장으로부터 벗어나 영원한 잠에 빠져들고 싶어 하는 죽음 본능이다. 호랑이의 유혹은 우리를 죽음으로 이끄는 무서운 힘과 같으며, 알면서도 호랑이에게 자꾸 속아 넘어가는 오누이의 형상은 이제 그만 긴장을 놓아버리고 영원히 잠들고 싶은 죽음 본능의 모습과 닮아 있다. 어머니의 부재와 호랑이의 침입은 마치 에로스가 위축되고, 타나토스가 증폭되는 상황과 유사한 것이다.

타나토스의 팽창은 인간이 삶을 유지하기 위해 애쓰는 긴장과 피로가 누적되어 감당하지 못할 때 시작된다. 호랑이가 방문을 흔들며 어머니가 왔으니 문을 열라고 유혹하는 지점은 긴장과 피로가 극에 달하는 상황이다. 어둠의 공포, 호랑이의 위압에 짓눌렸을 때 오누이는 호랑이의 거친 목소리와 두터운 손이 어머니라고 믿어버리고 싶었는지 모른다. 긴장과 피로가 더 이상 감당할 수 없는 정도에 이르렀을 때 타나토스의 손을 잡고 싶은 인간의 욕망처럼 말이다. 결국 오누이는 망설임을 접고 문을 열어주고 만다. 애니메이션의 지난한 갈등 장면은 이러한 욕망의 실체를 그려내는 데에 탁월했다.

오누이는 그렇게 삶의 끈을 놓아버린 것인가? 그런데 오누이는 문을 열어주고, 극복한다. 문을 열어준다는 것은 그 악의 정체와 대면하는 상황이다. 대면해야 극복할 수 있다. 이렇게 이들의 미혹은 아이러니하게도 극복의 실마리를 제공한다. 힘으로 호랑이에 맞서자면 불가능했을 일인데, 오누이는 지혜와 순발력으로 맞서게 된다. 연약한 어린 아이들이 절박한 상황에서 스스로를 지키는 힘을 이성 속에서 찾아낸 것이다.

오누이는 여리고 약한 자신의 취약점을 극복해내고 승리하는 히어로라고 할 수 있다. 자신들을 지켜주는 어머니가 없을 때 절망과 치명적인 유혹을 경험하고, 어머니의 힘이 아닌 스스로 생존하는 것이다. 오누이는 거짓된 존재라도 그에게 기대고 싶은 유혹을 이겨내고 자기 확신을 잡아가며 승리한다. 이 이야기는 어머니와 떨어져 어머니를 극복하고 제 삶을 스스로 지켜내며 생존하는 승리의 이야기이다. 그래서 이 이야기는 분단의 벽을 넘어서 남과 북 곳곳에 오래도록 전해지고 있는 것이다.


## 수령의 형상, 의로운 청년 장쇠

이제 북녘의 애니메이션 〈오누이와 나무군〉에서 각색된 지점에 집중해보자. 본래의 옛이야기와 뚜렷이 구별되는 북녘 애니메이션의 특징은 장쇠의 등장이다. 의로운 청년 장쇠는 병든 어머니와 다르게 기운 센 청년의 모습으로 등장하는 또 다른 오누이의 보호자이다. 게다가 어머니와 달리 하늘의 기적을 믿지 않고, 어머니와는 다른 생각을 아이들에게 가르친다.

어머니는 하늘은 우리와 같이 가난하고 불쌍한 사람들을 도와주고 호랑이와 같이 나쁜 놈들에게 벌을 내려줄 것이라고 한다. 아픈 어머니는 그렇게 하늘을 믿는 존재이며, 아이들을 그렇게 가르친다. 그럴 때마다 장쇠는 다른 생각을 밝힌다. 어머니가 하늘이 어서 나쁜 호랑이에게 벌을 내려야 한다고 하자, 장쇠는 하늘의 징벌을 기다릴 것이 뭐 있느냐며 자신의 힘으로 호랑이를 물리치겠다고 한다. 또 하늘이 소원을 들어준다는 어머니의 가르침에 따라 호동이가 어머니 병을 낫게 해달라고 기도했다고 하자, 장쇠는 하늘이 어떻게 어머니 병을 낫게 해드리겠느냐며 어머니의 병은 우리 손으로 고쳐드려야 한다고 말한다.

이렇게 북녘 애니메이션에서는 오누이에게 두 유형의 보호자를 등장시킨다. 착하지만 힘이 없는 어머니와 자신만만하고 기운 찬 장쇠, 이들은 서로 다른 외형처럼 다른 가치관으로 대치된다. 하늘을 믿는 어머니와 자신을 믿는 장쇠. 시름시름 앓고 있는 어머니 모습과 대비되는 기운 찬 장쇠의 외형은 장쇠의 가치관을 더욱 신뢰하도록 만든다. 이야기의 결말 역시 장쇠의 가치관이 옳았다고 말한다.

오누이는 기적과 같이 하늘에서 내려온 밧줄을 타고 나무 위에서 구출된 줄 알았다. 뒤따르던 호랑이가 우물가로 떨어져 죽자 오누이는 기뻐하였고, 하늘이 도와주어서 다행이었다고 안도하였다. 정말 어머니의 말씀대로 하늘이 착한 우리의 소원은 들어주고, 나쁜 호랑이에게는 벌을 내렸던 것이다. 오누이는 하늘의 기적에 흡족해하며, 호랑이의 위협과 같이 절명의 상황에서 기대할 수 있는 것은 하늘뿐이라고 확신했다. 그러나 정막을 깨고 우렁찬 웃음소리가 들렸다. 마치 오누이의 착각을 깨는 듯한 우렁찬 소리.

오누이가 고개를 들어 웃음소리가 나는 위쪽을 바라보니, 저기 언덕 위에서 건장한 그림자가 보인다. 바로 장쇠였다. 장쇠는 밧줄을 타고 내려와 오누이를 만나 상황을 이야기해주었다. 오누이는 하늘의 기적이 아니라 장쇠의 힘으로 구출되었다는 사실에 놀라울 따름이었다.

그리고 장쇠는 '자기 힘으로 해결해야 한다'는 신념을 한 번 더 각인시킨다.

"너희는 도끼를 들고도 범놈을 족칠 생각을 못했지? 급할 때일수록 겁을 먹고 하늘을 쳐다 볼 것이 아니라, 자기 힘으로 뚫고 나가야 하거든. 그러면야 범 따위가 다 뭐겠니?"

장쇠의 힘찬 말을 듣고 호동이는 박수를 쳤다. 그리고 무사히 집으로 돌아온 오누이의 어머니가 오누이를 안아 주었고, 장쇠에게 감사하였다.

― 〈오누이와 나무군〉 중에서

장쇠는 오누이에게 왜 직접 도끼를 들고 호랑이를 공격할 생각을 하지 않았느냐고 말한다. 급할 때일수록 하늘에 기대할 것이 아니라, 자신의 힘으로 사태를 뚫고 나가야 한다고 말이다.

이 애니메이션에서는 본래 옛이야기의 장면 장면을 따라가면서도 색다른 결말을 암시하는 복선이 제시되기도 한다. 장쇠의 가르침과 같이 호동이가 도끼를 들고 직접 호랑이를 대적할 수 있다는 가능성이 내포된 장면이 있다. 가령, 지난 날 산 속에서 호랑이를 만났다던 호동이에게 장쇠가 "나 같으면 그 놈을 도끼로 족쳐버렸겠다."고 말한다. 그러자 갸우뚱하며 장쇠의 말을 곰곰이 생각해보는 호동이의 표정이 화면을 가득 채운다. 또한 오누이가 방으로 들이닥친 호랑이를 피해 우물가로 달려갈 때 호동이의 눈에는 도끼자루가 눈에 띄고, 유난히 빛이 나는 장면이 있다. 이 장면으로 오누이가 도끼로 무엇을 할 수 있겠다는 기대를 하게 된다. 오누이는 도끼로 호랑이를 피해 높은 나무 위로 올라가는 꾀를 낼 수 있었다. 장쇠는 여기에서 더 나아가 직접 싸울 용기와 실천력을 강조하는 것이다.

장쇠의 대사에서 결말의 각색 의도는 분명하게 드러난다. 북녘에서는 이 이야기의 의미를 수동적으로 하늘의 기적을 기다리는 것보다 제 힘을 믿고 제 힘으로 풀어갈 생각을 하여야 좋은 궁리가 떠오르고, 그렇지 않으면 좋은 기회도 물거품이 된다고 말한다. 그래서 하늘이 내려준 동아줄과 오누이가 해와 달이 된다는 판타지는 소거되고, 능동적 주체성을 가르치는 현실적 인물인 장쇠가 등장하는 것이다.

북녘의 아동문학은 주체사상에서 비롯된 문예이론을 철저하게 따르는 것이 원칙이며, 옛이야기의 변형 역시 이러한 사상에서 비롯되었다고 할 수 있다. 그리고 주체문예이론에서 아동문학의 주인공은 수령의 형상을 본따야 한다고 밝힌다. 장쇠라는 의로운 영웅의 형상은 주체적 공산주의 자의 상징인 수령의 모습이다. 어린 오누이가 그로부터 구출되고, 혁명적 주체사상을 전수받아 장쇠를 우러러보는 장면은 수령의 모습을 확연하게 보여준다.

이처럼 옛이야기를 향유하는 행위 속에서도 미래세대를 향한 그들의 사상 교육적 목적은 뚜렷하다. 이 작품에서 권선징악이라는 옛이야기 공식에 운명을 이겨내는 주체적 인간형, 공산주의형 인간상을 덧붙여 재창작한 의도는 바로 그러한 의미를 나타내기 위해서라고 할 수 있다.

또한 북녘의 문학사관에 비추어 보면, 본래 옛이야기의 결말은 미신과 같은 판타지로 판단될 가능성이 있다. 북녘에서는 현실과 같이 생동하게 그려내어야 한다는 사회주의적 사실주의 면모를 문학작품의 우수성으로 꼽고 있기 때문이다. 그래서 간혹 옛이야기에 담긴 환상성에 대해서 옛것이 지닌 시대적 제한성과 미숙성으로 평가하기도 한다. 사실에 기초한 실재를 추구하는 지향성 때문에, 우리가 당연하게 받아들이는 문학적 판타지를 촘촘한 리얼리티의 잣대로 평가하는 것이다. 하늘이 다 무어냐는 현실적 저항과 능동적 태도를 주장하는 장쇠의 인간형이나 하늘의 기적적인 구원은 없었다는 현실적인 갈무리는 북녘에서 사회주의적 사실주의를 지향하는 의도를 이해하게 한다.

판타지에 대한 예민한 반응은 한국드라마가 중국으로 진출했던 사례에서도 발견된다. 엄청난 인기를 끌었던 〈별에서 온 그대〉가 중국에 공식적으로 방영되었는데, 주인공이 외계인이라는 기존 설정이 각색되어 모두 주인공의 허구적 상상이었다는 결말로 마무리되었다. 중국 사회는 외계인이나 귀신 등을 금기시하는 풍토이기에 심의 규제상 변경된 것이다. 허구의 이야기라 할지라도 그 사회에서 거부하는 점을 과감하게 바꿔버리는 것은 중국의 사례에서도 발견되는 점이다.

## 하늘인가, 사람인가

'하늘'이 아닌 '사람'을 강조하는 것, 북녘의 애니메이션은 사상 교육의 목적을 위해 하늘의 구원을 사람의 능동성으로 대체했다. 오누이가 하늘의 구원으로 동아줄을 타고 올라가 하늘의 해와 달이 되는 결말은 북녘의 시각처럼 그렇게 미련한 기대이고, 허황된 꿈일까?

남한에 전해지는 옛이야기에서 오누이는 하늘의 동아줄을 타고 올라가 해와 달이 된다.

> "하느님, 하느님, 저를 살릴라면 새 동아줄을 내리시고, 저를 죽일라면 헌 동아줄을 내리소사." 이렇게 빌었대요.
>
> 그래 느들 불쌍하다고 거길 어떻게 올라왔냐고, 새 동아줄을 내려줘서 오누이는 성큼성큼 그걸 타고 올라갔어요. 호랑이는 새 동아줄 반 동각, 썩은 동아줄 반 동각 이렇게 줘서, 그걸 타고 올라가다가 한 반쯤 올라가다 뚝 끊어져서 그냥 떨어졌데유. 떨어져서 죽었는데, 저기 수수깡, 수수하는 수수깡을 그 고목나무에다 세웠는데, 거기 가서 똥구멍이 찔러서 나자빠져 죽었데유.
>
> 이 딸은 여자는 달이 되고, 남자는 해가 되었는데, 한 날은 그러더래요.
>
> "오빠, 오빠. 나는 밤에 댕기기 무서우니까, 오빠하고 바꾸자."
>
> "무섭긴 뭐이 무섭니? 아! 너는 여자니까 무섭구나."
>
> 그래서 여자는 해가 되고, 남자는 달이 되고 그랬더래요.

그래서 인제 이렇게 해를 쳐다보면 요 바늘로다 사람 눈을 콕콕콕콕 찔러서 해를 제대로 못본대유. 눈이 시어서 제대로 못본대유. 그래서 남부끄럽다고 그냥 바늘루다 콕콕콕콕, 그렇게 사람 눈을 찔러서 제대로 이렇게 잘 안 보인대유. 그러고서는 제 오라비는 저 달이 되가지구 밤이면 댕기구 그랬대유.

- 〈해와 달이 된 오누이〉
『한국구비문학대계』 1-9, 한국정신문화연구원, 1984.

옛이야기 끝에는 하늘이 오누이에게 온전한 동아줄을 내려주어 구원해주고, 호랑이에게는 썩은 동아줄을 내려주어 호랑이가 수수밭으로 떨어져 죽는 것으로 마무리된다. 그래서 수숫대가 호랑이의 피로 물들어 붉어졌다는 전설이 따라 붙기도 한다.

하늘로 올라간 오누이는 해와 달이 되는데, 오누이가 자리를 바꾸었다는 이야기가 덧붙여지기도 한다. 처음에 오라버니가 해가 되고 여동생이 달이 되었는데, 여동생이 깜깜한 밤을 무서워해서 오라버니가 자리를 바꾸어주었다는 것이다. 그리고 여동생은 자꾸만 사람들이 해를 쳐다보는 것이 부끄러워서, 해를 보면 바늘로 눈을 찔러 눈이 시리게 만들었다고 한다. 햇빛을 보면 눈이 시린 자연적 현상을 소녀의 부끄러움으로 표현하는데, 민중들의 재치 있는 문학적 상상력이 돋보이는 부분이라고 할 수 있다.

오누이가 하늘로 올라가 해와 달이 되었다는 결말은 때로는 비극적 상징으로 해석되는 경우가 있다. 그래서인지 해와 달이 되었다는 장면이 생략된 채 하늘의 구원으로 끝을 맺는 옛이야기 자료도 꽤 된다. 북녘의 애니메이션에서는 그러한 의심 없이 명백히 사람의 힘으로 일궈낸 승리를 보여주고 현실적인 해피엔딩을 그려낸다는 점에서 그 가치가 인정된다.

그런데 문제는 본래의 옛이야기 속 '하늘'이 과연 막연한 기적과 미신을 의미하는가 하는 의문이다. 그것으로만 한정하면 옛이야기의 묘미는 축소

된다. 하늘은 오누이에게 의지의 대상으로만 존재하는 것이 아니며, 오누이 역시 우두커니 앉아 하늘의 구원만 바라지도 않았기 때문이다.

아주 오래전부터 우리의 문학에서 '하늘'은 다층적인 의미를 지녔다. 고대의 문학에서부터 하늘은 민초들의 삶을 더 나은 방향으로 이끄는 영웅이 탄생하는 근본으로 등장하였다. 권선징악을 실현하는 힘이자, 통치 권력의 정당성을 판별하는 권위로도 그려진다. 혹은 이인의 탄생이나 배필과의 인연, 또는 생로병사를 관장하는 신적 권능으로도 제시된다. 그렇게 하늘은 민초들의 문학적 상상력에서 인간의 삶에 가깝게 작용하는 보편적이고 원대한 가치로 그려졌다. 이러한 관념은 태초부터 하늘을 우러르며 삶을 고민하고 사유했던 인간의 인식을 반영하고 있다.

인간은 하늘을 바라보며 어떤 생각을 했던 것일까? 동양의 철학과 세계관을 담고 있는 문화의 산물인 한자에서 하늘 천(天)은 '사람 위의 그 무엇'의 형상을 보인다. 사람 위의 무엇은 머리 위의 천공(天空)뿐만 아니라, 사람이 함부로 단정할 수 없는 범위까지 포함한다. 인간이 감각적 기관으로 인지할 수 없는 것, 실체가 분명한 사물적인 것을 넘어선 영역이 '하늘'로 표현된다. 그래서 종교적이며, 운명적이며, 당위적인 의미가 하늘에 담긴 것이다.

태초부터 인간은 하늘을 바라보면서, 변화무쌍한 세계 속에서 알 수 없는 세상의 이치를 고민했으리라. 하늘과 같이 사람을 초월하는 것에 대해 인식하면서, 수수께끼와 같은 인생살이의 의문들을 풀어가지 않았을까? 지금은 내가 알 수 없는 우주의 흐름에 따라 벌어지는 일이라 여기고, 풀어지지 않은 의구심과 응어리를 스스로 달래지 않았을까? 그렇게 하늘을 바라보는 일은 우주 속에서 자신의 존재를 확인하는 일이었을 것이다. 이러한 고민과 사유는 세상 속 자신의 존재를 확인하려는 인간의 이성 활동이었다고 할 수 있다.

## 긍정적 자기신념으로서의 하늘

생각해보면, 〈오누이와 나무군〉 속 어머니의 말은 그렇게 무력하고 나약한 말이 아니었다. 어머니는 아이들에게 하늘은 우리 같이 착하지만 가난하고 힘이 없는 사람들을 도와주는 존재라고 했다. 그 말은 북녘의 애니메이션 속에서는 부정되었지만, 하늘을 믿는 힘은 어쩌면 자신을 믿는 힘이었을지도 모른다.

착하지만 가난하고 힘이 없다는 모순, 이러한 세상살이의 모순을 이해하기 위해서 사람들은 하늘을 생각했다. 저 광대한 하늘은 착한 우리의 소망을 들어줄 것이라고 신뢰하면서 눈앞의 모순을 이해하려 했을 것이다. 이러한 의식은 미신이 아니라, 이해할 수 없는 세상살이 속에서 이해의 실마리를 찾아내고 절망 속에서도 희망을 찾아내는 삶에 대한 긍정적인 신념이라고 할 수 있다. 그러한 신념마저 없으면 모순이 가득한 현실속에서 어떻게 살아 버틸 수 있을까? 가난, 어머니의 부재, 호랑이의 위협…. 질곡의 연속 속에서 어떻게 희망의 끈을 놓지 않고 생존할 수 있을까?

계속되는 삶의 질곡에서 빠져나올 수 있다는 의지와 용기, 그 원동력은 어디에서 발현될 것인가. 이 이야기는 그것이 바로 하늘, 삶에 대한 신념에서 비롯된다고 전하고 있다. 절망 속에서도 희망을 찾아내는 삶에 대한 긍정적인 신념이 그 의지와 용기의 근간이다. '정당한 소망을 이뤄질 수 있다'는 세상에 대한 확신은 자신의 존재에 대한 강한 자신감이고, 확고한 신념이다. 하늘을 믿는다는 것은 곧 자신을 믿는다는 말이다. 오누이의 의지와 용기는 오롯이 자신에게서 비롯되었다. 옛이야기 〈해와 달이 된 오누이〉의 핵심은 그것이라고 할 수 있다.

이에 따라 오누이가 하늘의 해와 달이 되었다는 결말 또한 다시 보인다. 삶에 대한 긍정적 신념이 경험으로 확인되고, 그 인물들이 광명한 빛이 되어 세상의 모든 이들에게 빛과 온기를 주게 되었다는 결말이다. 해와 달이 된 오누이는 '정당한 소망은 이뤄질 수 있다'는 믿음의 증표이자, 오누이의 온전한 성장을 보여주는 것이다. 이처럼 〈해와 달이 된 오누이〉의 결말은 세상에 대한 긍정적인 신념이란 대자연의 섭리와 같이 지극히 자연스러운 인간 본연의 힘이었다는 메시지를 전한다.

어린 아이의 형상에서 발현된 순수한 긍정의 힘. 불가능 속에서도 가능성을 기대하는 희망의 힘. 〈해와 달이 된 오누이〉는 이러한 순수한 힘을 담아내고 있기에 아이들에게 꼭 필요한 옛이야기, 성인이 되어서도 누구나 기억하는 옛이야기로 오래도록 전해지고 있는 것이다.

〈박재인〉

# 아버지, 나는 내 복에 살아요!

— 북녘이야기 〈아버지와 세 딸〉 & 남녘이야기 〈내 복에 산다〉


## 아버지 vs 막내딸

가난한 고학생과 사랑에 빠진 여자가 있다. 이 여성의 아버지는 국내 굴지의 대그룹 회장이다. 회장은 자기 딸이 좋아하는 남자의 환경이 변변치 않아 마음에 들지 않는다. 하지만 '잠깐 저러다 말겠지'하고 지켜보는 사이 딸아이의 사랑은 더없이 굳어진 듯하다. 결혼을 하겠다는 딸의 말을 귓등으로도 듣지 않는 아버지. 여러 방법으로 마음에 차지 않는 남자를 딸에게서 떼어 놓으려 한다. 심지어 다른 대기업의 차남과 자기 딸을 강제로 약혼 시키기까지 했다.

어느 늦은 밤, 여자는 성채 같은 자기 집에서 고양이 걸음으로 몰래 나선다. 집에서 도망 나온 여자는 결국 가난한 남자와 둘만의 결혼식을 올리고, 그저 고학생이었던 남자는 아내의 정성 가득한 보필을 받으며 사회적 성공을 이룬다. 이야기의 마지막은 회장과 딸, 그리고 고학생이었던 남자가 함께 찍은 사진으로 마무리된다.

재력과 권력이 넘치는 아버지의 말을 듣지 않고, 가난하지만 사랑하는 남자에게 향하는 딸의 모습이 왠지 모르게 익숙하게 느껴진다. 사람마다 다르겠지만, 할머니 무릎을 베고 누워 옛이야기를 들을 때 이와 비슷한 이야기를 들어본 적이 있는 것 같기도 하고, 이런 이야기를 담고 있는 TV 드라마 혹은 영화를 본 기억이 있는 것 같기도 하다. 지금 TV를 켜고 채널을 돌리다 보니 가난하게 사는 남자의 고시원 단칸방에 들이닥치는 회장님의 딸이 보인다.

이처럼 '아버지가 남자친구를 반대'하는 상황에 놓이게 된다면 누구를 선택할 것인가? 주위 여성들에게 물어보았을 때의 반응을 종합해 보면 대강 이런 대답들로 정리된다. 아버지를 설득하겠다는 부류가 있기도 하지만, 아버지가 반대하는 이유가 있을 것이라며 남자친구와의 이별을 선택하겠다는 사람들도 있다. 한편 내 인생 내가 사는데 남자친구를 아버지 말에 따라 사귀어야 하느냐며 남자친구를 선택하는 사람들도 있다.

개인적으로는 마지막 대답이 인상 깊다. 가정에서 커다란 힘을 지닌 가장의 말을 거역하고 '내 인생 내가 산다'고 당당하게 말하는 저 담대함은 그리 당당하게 살지 못하고 있는 한 사람의 처지에서 너무나 멋져 보이기 때문이다. 아마도 우리에게 익숙하게 느껴졌던 앞의 장면은, 저런 당당함을 보이는 여성의 모습을 많은 사람들이 좋아하기 때문에 계속해서 등장하고 있는 것일지도 모른다.

우리의 옛이야기 속에는 다양한 여성들이 등장한다. 수많은 이야기 속에는 가장인 아버지의 말을 거부하는 여성도 존재한다. 그리고 이런 여성을 그리는 대부분의 이야기에서 주인공은 아버지의 말을 듣지 않거나 혹은 아버지가 정해주는 사람과 가정을 꾸리지 않고 자기가 선택한 남성과 살아간다. 온달을 찾아가 장수로 만든 평강공주가 그러했고, 서동과 결혼한 선화공주가 그러했다. 제주도의 무가 속에서 여신으로 자리 잡는 감은장애기도 같은 모습을 보여준다. 자신의 삶을 아버지의 뜻과 선택으로 살지 않는, 자신의 의지로 살아가고자 하는 주체적 여성상이 우리의 이야기 문화 속에서 중요한 축을 담당하고 있던 것이다.

주체적인 여성을 그리는 대표적 옛이야기가 바로 〈내 복에 산다〉이다. 이야기 속 아버지는 딸들을 불러놓고서 '너는 누구 덕으로 사느냐'고 묻는다. 딸들은 당연히 '아버지 덕으로 산다'고 대답을 하고, 아버지도 당연히 그런 대답이 나올 것으로 기대하고 있는 것 같다. 하지만 애지중지 키워온 막내딸이 모두의 예상을 깨고 '나는 내 복으로 산다'고 말한다. 막내의 대답을 들은 아버지는 충격의 도가니에 빠진다. 이후로 막내딸은 화가 난 아버지를 뒤로 하고 집을 떠나 자신의 삶을 자신의 의지로 살아간다.

이렇듯 매우 흥미로운 장면으로 시작하고, 재미있는 내용으로 이루어졌기에 이 이야기의 인기는 대단했다. 요즘에도 노인분들이 모인 자리에서 내복에 산다고 하는 이야기나 쫓겨나는 막내딸 이야기를 아시는지 물어보면 〈내 복에 산다〉 이야기를 구연하는 상황을 만날 수 있다. 물론 옛이야기를 그리 즐기지 않는 요즘 세대들에게는 〈내 복에 산다〉라는 제목이 생소할 수도 있다. 하지만 우리가 즐기는 많은 드라마의 여성 주인공들은 알게 모르게 〈내 복에 산다〉의 줄거리를 빌리거나 조금씩 변형하여 만들어졌을 정도로 지금까지 그 인기를 이어가고 있다.

이야기 연구자들에 의하면 이 〈내 복에 산다〉가 영향을 준 이야기들을 삼국시기에서도 찾을 수 있다고 하니 그 역사 또한 대단하다. 〈내 복에 산다〉가 이렇게도 오랜 역사를 지니고 인기가 많은 이야기였다면, 한반도가 남과 북으로 나뉘기 이전에도 그랬을 것이다. 그렇다면 남쪽에서 〈내 복에 산다〉를 여러 가지 형태로 즐기고 있듯이, 북녘에서도 〈내 복에 산다〉를 즐기고 있을까? 이 궁금증을 풀어줄 수 있는 흥미로운 이야기가 북녘에 있다. 바로 〈아버지와 세 딸〉이라는 이야기이다.

〈아버지와 세 딸〉은 홀몸으로 세 딸을 키워낸 아버지와 그의 딸들 세

자매 중 막내딸이 그려가는 이야기이다. 아버지의 마음과 아버지를 대하는 딸들의 마음이 각각 교차하며 이야기가 흘러간다. 재미있는 것은 〈내 복에 산다〉와 〈아버지와 세 딸〉의 시작이 많은 부분에서 비슷하다는 점이다. 오랜 시간 동안 주체적 여성 이야기의 대표 격으로 여겨지던 〈내 복에 산다〉, 그리고 그와 흡사한 시작을 보여주고 있는 〈아버지와 세 딸〉. 이 두 이야기를 함께 살펴보며 우리가 즐겼던 주체적 여성의 이야기는 어떠한 모습인지, 또 북녘에서는 이 이야기를 어떻게 전하고 있는지 알아보도록 하겠다.

옛날 어느 곳에 홀아비가 살고 있었는데 그에게는 세 딸이 있었습니다. 맏이는 이쁜이, 둘째는 얌전이, 셋째 딸은 서분이라고 불렀습니다. 아버지는 남다른 사랑으로 딸들을 키웠습니다. 아버지는 딸들이 커서 시집갈 나이가 되자 매우 섭섭해 했습니다. 이제까지 한 가마밥을 먹으며 다정하게 지내던 딸들과 헤어져 살아야 하기 때문이었습니다. 늘그막에는 어차피 세 딸 중에서 마음 드는 딸네 집에 가 있어야 하겠는데 어느 딸이 진정인지 알고 싶었습니다.

어느 날 아버지는 딸들을 앉혀놓고 물었습니다.

"너희들은 누구의 덕에 사느냐?"

이쁜이는 왜 뻔한 걸 묻느냐는 듯 눈을 곱게 흘기면서 입을 삐죽 내밀고 대답했습니다.

"아버진 별걸 다 물으시네. 아버지 덕에 먹고 살지요, 뭐."

얌전이도 언니한데 뒤질세라 응석투로 대답했습니다.

"아버지 없이 우린 못살아요."

그러나 서분이만은 아버지가 그런 걸 물어볼 때마다 안타까웠습니다. 일찍이 세상을 떠난 어머니의 정까지 합쳐 세 딸에게 기울인 아버지의 따뜻한 사랑을 눈물이 날 지경으로 고맙게 여겨온 그였습니다. 그 사랑을 눈에 흙이 들어가기 전에야 어찌 잊을 수 있겠습니까. 그런데도 딸의 진심을 믿지 못해 가끔 속마음을 떠보는 아버지가 야속하였습니다. 서분이는 우정(일부러) 이렇게 말했습니다.

"제 팔자 제 분수에 살지요 뭐."

그 말을 듣자 막내딸의 진정을 모르는 아버지는 몹시 노하였습니다.

'저들의 죽은 어머니를 대신하여 이날 이때까지 추울세라 더울세라 애지중지 키워왔는데 한다는 소리가 제 팔자 제 분수에 산다고. 에- 분통이 터질 노릇이지.'

아버지는 성난 김에 서분이의 마음에는 관계없이 다음번에 찾아오는 첫 녀석에게 시집보내겠다고 말하는 것이었습니다. 막내딸은 자기의 그 말이 아버지를 그렇게도 노엽힐 줄은 몰랐습니다.

그 이튿날 아침이었습니다. 아버지는 맨 처음으로 찾아온 숯구이 총각에게 서분이를 훌쩍 시집보냈습니다. 그 후 이쁜이와 얌전이도 마땅한 총각에게 시집을 보냈습니다. 아버지는 딸들을 떠나보낸 다음에도 극성스럽게 일하여 재산도 얼마간 모았습니다. 그는 그 재산을 자기가 가 있을 딸네 집에 주려고 생각했습니다. 아버지는 그때까지도 자기가 가 있을 집을 정하지 못하고 있었습니다.

몇 해 후 아버지는 시집간 딸들이 보고 싶어 집을 떠났습니다. 이번 길에 자기가 가 있을 집도 정하리라 마음먹었습니다. 먼저 찾아간 곳은 산골에 사는 맏딸 이쁜이네 집이었습니다.

"아잉, 아버지가 오셨군요. 전 날마다 아버지 보러 간다간다 벼르면서도 집안 살림살이에 발목을 딱 잡혀서…. 아버지, 푹 쉬면서 잡숫고 싶은 것을 실컷 잡수시다 가시라요."

이쁜이는 이렇게 자기 살이라도 베어줄 것처럼 말하였습니다. 그러나 말과는 달리 이튿날부터 하루 세끼 보리밥만 해주었습니다. 맷에 타개 놓은(맷돌에 갈아 놓은) 새하얀 메밀쌀이 구들 한쪽에 무드기 쌓여있건만 아버지가 그렇게 좋아하는 국수 한 그릇 대접하지 않았습니다. 마음은 그렇지 않은데 일손이 딸려 못한다는 것이었습니다. 아버지는 속이 언짢았습니다.

'네가 시집와서 밥술이나 먹는다고 벌써 키워준 정을 잊었구나.'

아버지가 온 지 사흘째 되던 날 이쁜이가 물었습니다.

"아버지, 언제 가시겠나요?"

딸을 물끄러미 바라보던 아버지는

"음, 한 달쯤 있어 볼까?"

하고 대답하면서 이쁜이의 눈치를 슬쩍 살펴보았습니다. 이쁜이는 얼굴색이 확 달라졌습니다.

"아버지도 참, 우리 집에만 눌러있으면 동생들이 노여워하지 않겠어요."

이쁜이는 아버지를 할기죽(눈동자를 옆으로 굴려 조금 못마땅하게 훑어보는 것) 곁눈질해보면서 말하는 것이었습니다. 아버지는 생각 깊은 얼굴로 담배를 꽁꽁 쟁여 넣은 장죽을 뻐끔뻐끔 빨고 나서 움쭉 일어섰습니다.

"난 가겠다."

"아이, 아버지도. 그렇게 훌쩍 떠나시면 제가 섭섭하지 않나요."

"네 말대로 동생네 집에 가봐야 하지 않겠느냐."

맏딸네 집을 나선 아버지는 벌방(들이 넓고 논밭이 많은 고장)에 사는 얌전이네 집으로 찾아갔습니다. 얌전이도 아버지를 웃는 낯으로 반갑게 맞아주었습니다.

"어젯밤 꿈에 아버지를 보았더니 오늘 오셨군요. 아버지, 잡숫고 싶은 게 있으면 사양 말고 말씀만 하시라요."

얌전이는 흰쌀, 찹쌀을 독마다 가득가득 채워놓고 살았습니다. 첫날은 한두 끼 쌀밥을 해주더니 이튿날부터 상에 오르는 것은 샛노란 조밥뿐이었습니다. 자식들을 키우느라 빚 다른 음식 한 끼 변변히 잡숫지 못하고 딸들에게만 정을 쏟으며 살아온 아버지에게 찰떡 한 번 대접하지 않았습니다. 아버지의 마음은 섭섭하기 그지없었습니다.

'너도 이쁜이처럼 밥술깨나 먹는다고 키워준 정을 잊었구나.'

사흘이 지나자 얌전이가 물었습니다.

"아버지 언제까지 계시겠나요?"

"음, 한 달쯤 있어볼까?"

이렇게 말하며 아버지는 얌전이의 얼굴을 슬쩍 쳐다보았습니다.

"네에? 한 달이나 계시겠다고요?"

얌전이는 대뜸 낯색이 달라졌습니다.

"아이, 아버지도 우리 집에만 눌러있으면 난 좋겠지만 쫓다시피 시집보낸 서분이가 섭섭해 하지 않겠어요?"

아버지는 땅이 꺼지게 한숨을 쉬며 자리에서 움쭉 일어섰습니다.

"난, 가겠다."

"아버지, 또 오시라요."

"오냐."

아버지는 얌전이네 집을 떠나 셋째 딸이 살고 있는 숲속을 향해 터벅터벅 발걸음을 옮겨놓았습니다. 갖은 고생을 겪으며 딸들을 키우던 지난날의 갈피갈피를 뒤지는 그의 마음은 어쩐지 서글프고 쓸쓸하였습니다.

'오직 너희들 셋을 믿고 쓴맛, 단맛을 다 보며 이날 이때까지 늙어온 이 애비를 박대하다니.'

그의 생각이 막내딸에게 미치자 자책과 후회로 가슴이 터지는 것 같았습니다.

"제 팔자, 제 분수에 산다던 서분아, 넌 그래 이 애비를 어떻게 대해주겠니…. 아직도 노여움이 가슴에서 사그라지지 않았겠지. 그땐 내가 너무했다."

아버지는 분명 가난하게 살고 있을 막내딸이 더 보고 싶어 못 견딜 지경이었습니다.

드디어 서분이가 사는 깊고 깊은 산골에 이르렀습니다. 마당에서 자기를 찾는 아버지의 목소리가 나기 바쁘게 막내딸은 발 벗고 뛰어나왔습니다.

"아버지가 오셨군요. 전 아버지를 손꼽아 기다렸어요."

그리움에 젖은 막내딸의 목소리는 떨렸습니다. 그의 눈에는 기쁨의 눈물이 가랑가랑 고여 올랐습니다. 막내딸은 아버지가 와 계시는 동안 자기의 식구들은 풀죽을 먹으면서도 독에 조금 남아있던 쌀을 빡빡 긁어서 아버지에게만은 하루 세 끼 쌀죽을 쑤어드렸습니다. 도라지와 버섯을 따다가 반찬을 만들어 대접하기도 하고 아버지 몸이 축났다고 잣을 따다 잣죽을 쑤어드리기도 했습니다. 서분이는 모처럼 찾아온 아버지에게 죽만 드리는 것이 가슴 아파 부엌에서 남몰래 눈물을 흘렸습니다. 서분이는 터슬터슬해진(매우 거친) 아버지의 손을 쓰다듬으며 말했습니다.

"아버지, 늙으신 몸으로 때식을 끓이면서 어떻게 살아가시겠어요. 우리 살림이 어렵긴 하지만 아버지가 반대 없으시다면 함께 사시자요."

"오냐오냐. 생각해보자."

아버지는 막내딸의 진정에 가슴이 뭉클하였습니다. 가난한 숯구이 총각에게 쫓다시피 시집보낸 서분이는 이처럼 성의를 다하는데 자라날 땐 아버지밖에 모른다던 이쁜이와 얌전이가 자기를 그렇게 박대하다니…. 제 눈으로 보고 직접 겪은 일이지만 도무지 믿어지지 않았습니다. 그래서 그는 맏딸과 둘째 딸의 속내를 알아보려고 마음먹었습니다.

집으로 돌아온 아버지는 마을의 좌상노인과 짜고 자기가 죽었다는 거짓 부고를 딸들에게 띄우게 했습니다. 아버지는 사흘 먹을 떡을 해 가지고 병풍 뒤에 가서 죽은 듯이 누워있었습니다. 부고를 받기 바쁘게 제일 먼저 달려온 것은 먼 곳에 있는 서분이였습니다. 뒤미처 맏딸 이쁜이와 둘째 딸 얌전이가 찾아왔습니다. 막내딸 서분이는 그저 흑흑 흐느끼기만 하였습니다. 그는 마지막으로 자기 집에 찾아온 아버지에게 더운밥 한 그릇 따끈하게 대접하지 못 한 것이 가슴에서 내려가지 않았습니다. 그는 너무 억이 막혀 울음소리도 내지 못했습니다.

"아버지, 살아생전에 쌀밥 한 그릇 대접 못한 이 딸을 용서하세요."

슬픔에 젖은 그의 목소리가 얼마나 절절하였던지 듣는 사람들도 눈물을 흘리게 했습니다.

맏딸과 둘째 딸은 문턱을 넘어서기 바쁘게 승벽내기로(지지 않으려고) 울어댔습니다.

"아이고 아버지, 우리 집에 왔을 때 그처럼 정정하던 아버지가 이게 웬일이세요. 애고대고, 메밀국수를 두세 그릇 잡수시던 아버지가 무슨 몹쓸 병에 걸려 이렇게 되셨나요. 하늘도 무심하지. 흑흑…. '재산이야 맏딸에게 줘야지.' 하던 약속도 못 지키시고…."

맏딸의 푸념에 둘째 딸도 지지 않으려는 듯 목청을 돋웠습니다.

"아이고 아버지, 우리 집에 오셨을 땐 새하얀 찰떡을 당콩무치개(강낭콩고물)에 찍어 그리도 맛나게 잡수시더니 이게 웬일이세요. 그때 아버지는 '그저 우리 얌전이가 제일이다. 내 오금을 못 놀리게 되면 너한테 와서 살겠다. 내 재산은 너에게 고스란히 넘겨주련다.'고 하시고선…. 그 약속은 왜 지키지 못하셨나요, 네, 꺽… 흑흑… 아버지 없이 내가 어떻게 살아요. 아버지…."

이때 병풍 뒤에서 아버지가 벌떡 일어났습니다. 막내딸은 아버지의 손을 잡고 기뻐서 어쩔 줄을 몰랐고 맏딸과 둘째 딸은 어찌나 놀라고 부끄러운지 몸 둘 바를 몰랐습니다.

"이쁜아, 얌전아, 다시 한 번 말해봐라. 너희들이 언제 나한테 메밀국수와 찰떡을 먹였느냐? 이 덜된 애들아, 너희들은 아버지가 죽었다고 슬퍼서 울었니? 내 재산을 가지려고 푸념을 하였니? 눈앞에서 썩썩 사라져라. 나한테 딸자식이라고는 서분이 하나밖에 없다."

이쁜이와 얌전이는 고개도 들지 못하고 종종걸음을 치며 달아났습니다. 그 후 아버지는 서분이에게 재산을 몽땅 넘겨주고 죽을 때까지 그 집에서 편히 살았다고 합니다.

— 〈아버지와 세 딸〉

『조선민화집(3)』, 금성청년출판사, 2010.

〈아버지와 세 딸〉에서 아버지는 홀몸으로 셋이나 되는 딸들을 키워냈다. 아이들이 커서 곧 결혼할 나이가 되어 함께 살 수 없는 상황이 올 것을 슬퍼하는 것을 보면 아이들에 대한 사랑이 각별하다는 것을 알 수 있다. 하지만 이렇듯 아이들을 사랑하는 마음이 충만한 아버지가 그렇게도 사랑했던 딸을, 그것도 세 딸 중에서 가장 귀여웠을 막내딸을 내쫓아 버렸다. 도대체 어떤 일이 있었기에 딸을 집에서 내쫓을 생각을 하게 된 것일까?

아버지가 분노한 결정적 원인은 '누구 덕에 사느냐'는 아버지의 질문에 '내 팔자 내 분수에 산다'고 한 서분이의 대답이었다. '아버지 덕에 산다'고 대답한 첫째 이쁜이와 둘째 얌전이처럼 셋째 서분이도 그렇게 대답할 줄로만 알았는데, 자신이 타고난 덕으로 산다고 하니 아버지의 눈에는 서분이가 괘씸스레 보였을 것이다. 결국, 화가 가라앉지 않은 아버지는 아침 일찍 집에 들른 숯구이 총각에게 서분이를 시집보내버린다.

시간이 흘러 첫째와 둘째가 시집가고 난 후 재산을 더 모은 아버지는 자신의 재산을 물려주고 함께 살 딸을 정하기 위해 딸들을 찾아간다. 그러나 더 이상 예전 '누구 덕에 사느냐'는 아버지의 질문에 '아버지 덕에 살지요'라며 마음에 들도록 대답하던 딸들이 아니었다. 아버지가 찾아오자 반기는 모습을 보이지만 그것도 잠시뿐. 변변한 식사도 대접받지 못하고 다른 딸네 집으로 가보라는 권유를 받던 아버지는 자신이 집에서 쫓아내 버린 막내딸에 대한 미안함만 곱씹을 수밖에 없었다.

하지만 언니들과 다르게 서분이는 그런 아버지를 신발도 신지 않고 뛰어나와 맞이했다. 궁핍한 살림에 자신들은 먹지 못하면서도 아버지에게 쌀죽을 대접할 정도였다. 어려운 살림에도 아버지를 걱정하며 함께 살자고 말하는 서분이를 보며 아버지의 마음은 뭉클할 수밖에 없었다. 자신을 홀대하던 첫째와 둘째의 모습과는 다르게 자신에게 쫓겨났음에도 지극정성을 다하는 서분이의 모습이 아버지의 마음을 흔들어버린 것이다.

집으로 돌아온 아버지는 딸들의 속내를 확인하기 위해서 거짓으로 부고를 띄운다. 갑작스러운 아버지의 부고에 가장 먼저 도착한 것은 가장 멀리에 살던 서분이었다. 서분이는 아버지가 누워 있는 병풍 앞에서 제대로 된 쌀밥을 대접하지 못함을 사죄하며 소리도 내지 못할 정도로 슬피 울었다. 하지만 첫째와 둘째는 달랐다. 빈소에 도착하자마자 음식 대접을 잘 했다는 둥, 자신에게 땅을 주기로 했다는 둥 잿밥에만 눈을 붉히는 것이었다. 아버지는 병풍 뒤에서 일어나 첫째와 둘째를 나무라고 서분이에게 모든 재산을 물려주었다. 그리고 명을 다할 때까지 서분이와 함께 살았다.

자신이 쫓아냈음에도 마음에서 막내딸을 떠나보내지 않았던 아버지였고, 비록 기대를 벗어난 대답으로 집에서 쫓겨났지만 아버지에 대한 마음을 접지 않았던 서분이었다. 결국 대립했던 부녀는 서로에 대한 마음으로 다시금 함께 할 수 있게 되었다. 사랑으로 딸들을 키운 아버지와 그에 대한 감사함을 마음에 간직하고 있는 막내딸의 이야기가 바로 〈아버지와 세 딸〉이라는 북녘의 이야기이다.

## 딸들의 항변, 내 복에 산다

북녘의 이야기 〈아버지와 세 딸〉에서는 '누구 덕에 사느냐'는 부모의 대답에 '내 복에 산다'고 대답한 셋째 딸이 쫓겨나면서 시작한다. 남녘에서 전해지는 이야기 〈내 복에 산다〉에서는 이 장면이 어떻게 그려지고 있는지, 그리고 그 이야기는 어떻게 흘러가는지 살펴보도록 하겠다.

어느 부잣집에 딸 셋이 태어났다. 어느 날 아버지는 세 딸을 불러 앉혀놓고 물었다.

"너희들은 누구 덕에 사느냐?"

난데없는 아버지의 물음에 첫째와 둘째 딸은 당연하다는 듯이 대답했다.

"아버지 덕으로 살지요."

두 딸의 대답에 만족한 아버지는 이제 막내에게 같은 질문을 던졌다.

"너는 누구 덕에 사느냐?"

하지만 아버지의 물음에 막내딸은 다른 대답을 내놓았다.

"저는 제 복에 살지요."

두 언니와는 다른 막내딸의 대답을 들은 아버지는 불같이 화를 내며 막내딸을 나무랐다. 화가 머리끝까지 치민 아버지는 숯을 팔러 집에 들른 숯구이 총각에게 막내딸을 시집보내버렸다.

"내 복은 내가 가져갑니다."

막내딸은 자기 복이라면서 쌀을 서 되 서 홉을 퍼 챙기고는 숯장수를 따라 집을 나섰다.

쫓겨난 막내딸은 숯구이 총각을 따라 하염없이 걸었다. 굽이굽이 산길을 따라 깊은 산 속으로 들어가니 얼핏 보아도 허름한 초가집이 보였다. 숯구이 총각은 노모와 함께 산 속 초가집에서 살고 있었다. 막내딸은 숯구이 총각의 어머니를 모시고 가족이 되어 함께 초가집에서 살기 시작했다.

다음날 막내딸은 가져온 쌀로 밥을 지어 시어머니께 밥을 차려드렸다. 그러고 나서 남편인 숯구이 총각에게 줄 점심을 챙겨 그가 일하고 있는 숯막으로 갔다. 그런데 처음으로 숯막에 가본 막내딸은 기이한 광경을 보고 말았다. 숯막의 이맛돌이 모두 생금덩이였던 것이다. 막내딸은 남편에게 이맛돌을 가지고 장에 나가라고 말했다. 그리고 사람들이 무슨 소리를 해도 듣지 말고 이것을 사려는 사람이 나타날 때까지 기다려야 한다고 당부하였다.

하지만 숯구이 총각은 자기 생업인 숯 굽는 일을 못 하게 되는데도,

숯막을 헐어 이맛돌을 팔라는 아내의 말이 이해되지 않았고, 돌덩이가 팔릴 것이라는 아내의 말도 믿기지 않았다.

'대체 숯가마를 헐어버리면 우리는 무엇으로 먹고산단 말인가.'

그러나 숯구이 총각은 별 말 없이 아내가 시키는 대로 장터로 나섰다. 숯구이 총각이 장터에 나가 돌을 팔려고 내놓으니 주변에 있던 사람들이 놀리기 시작했다. 그러나 다른 사람이 뭐라고 하든 숯구이 총각은 아내의 말대로 꾹 참고 기다렸다.

시간이 흘러 해가 서산 너머로 지려 할 때가 되었다. 그때까지도 숯구이 총각의 돌덩이를 사겠다는 사람은 나타나지 않았다. 그러던 중 한 백발노인이 그 앞을 지나다 숯가마의 이맛돌을 보고서는 많은 돈을 줄 테니 자기에게 팔라고 하였다. 숯구이 총각은 돌을 팔아 큰돈을 들고 집으로 돌아와 부자가 되었다.

부자가 된 막내딸은 사람들이 많이 다니는 큰길가에 커다란 기와집을 짓자고 하였다. 그리고는 남편에게 부탁 했다.

"대목에게 일러서 대문을 여닫을 때마다 내 이름을 부르는 소리가 나도록 만들게 해주세요."

이윽고 커다란 집이 완성되었다. 막내딸은 남편에게 백일동안 거지 잔치를 열자고 제안하였다. 남편도 부자가 되었으니 그렇게 하자며 흔쾌히 수락하였다. 어느덧 백일잔치의 마지막 날이 되었다. 집안일을 봐주는 사람이 급히 달려와 막내딸에게 이상한 상황을 전했다.

"한 거지 부부가 지나가다가 대문이 여닫힐 때마다 들리는 소리를 듣고서는 그 자리에 주저앉아 울고 있습니다."

대문 앞에서 울고 있는 거지 부부의 소식을 들은 막내딸은 그들을 모셔 씻기고 좋은 옷을 내주고 음식을 대접하게 하였다. 거지 부부가 생각지도 못한 대접에 놀라 있을 때 그들의 앞으로 막내딸이 나타났다. 부잣집의 여주인을 본 부부는 눈물을 쏟기 시작했다. 거지 부부는 바로 막내딸의 부모였던 것이다. 부모는 눈물을 흘리며 막내딸에게 말했다.

"네 복에 산다는 말이 맞구나."

　부모는 지난 일을 후회했고 막내딸은 근처에 집을 지어 친정 부모를 모시고 살았다.

— 〈내 복에 산다〉
『한국구비문학대계』 2-1, 한국정신문화연구원, 1983.

　〈내 복에 산다〉는 〈아버지와 세 딸〉처럼 아버지가 세 딸을 불러 '누구 덕에 사느냐'고 질문을 하는 장면으로 시작한다. 첫째와 둘째 딸은 아버지 덕에 산다고 대답을 했다. 하지만 셋째 딸은 '내 복에 산다'고 대답해버렸다. 이런 대답에 화가 난 아버지는 결국 셋째 딸을 집에서 쫓아냈다. 숯구이 총각에게 시집을 보내버린 것이다.

　이야기 속 막내딸들의 남편인 숯장수란 산속에 살며 숯을 구워 파는 사람으로, 대게 가난한 계층의 사람들을 말할 때 등장한다. 이야기에 자세히 설명되어 있지 않더라도 그런 숯장수에게 시집을 간 막내딸이 가난한 살림살이를 하게 되리라는 것은 불 보듯 뻔한 일이다.

　그런데 가난한 숯구이 총각과 결혼하여 어려운 삶을 살 것으로 예상되던 막내딸의 삶은 급격한 반전을 보여준다. 어느 날 숯을 굽는 남편에게 주기 위하여 밥을 차려 숯가마로 갔던 막내딸은 이상한 광경을 보게 되었다. 숯을 굽는 가마의 이맛돌이 생금덩이였던 것이다. 막내딸은 남편에게 이제는 숯을 굽지 말고 이 돌들을 장에 나가서 팔아오라고 했다. 사람들이 놀려도 값을 쳐주는 사람이 나타날 때까지 상대하지 말라는 당부의 말도 함께했다. 아내의 말을 잘 따른 남편은 마냥 돌이라고 생각했던 것들을 많은 돈을 주고 사겠다는 노인을 만나 큰돈을 가지고 집에 돌아온다.

　생금덩이들을 팔아 부자가 된 막내딸은 남편에게 거지 잔치를 열어달라고 한다. 백일에 걸쳐서 열린 거지 잔치가 끝날 마지막 날, 하인이 막내딸에게 달려와 이상한 말을 했다. 어느 거지 부부가 대문이 여닫힐 때마다

나는 소리를 듣고서는 울고 있다는 것이다. 막내딸은 이 거지 내외가 자기 부모인 것을 알아차리고 안으로 맞이하였다. 쫓아낸 막내딸을 보고 놀란 부모는 이렇게 성대한 잔치를 열 정도로 부자가 되어 있는 딸에게 '네 복으로 산다는 말이 맞다'며 지난 일을 후회했다. 그 후로 막내딸은 부모님을 모시고 잘 살았다고 한다.

누구 덕에 사느냐는 물음에 '내 복에 산다'고 대답한 막내딸. 화가 난 부모는 막내딸을 쫓아냈지만, 막내가 집에서 나간 이후로 가세가 기울었다. 가난한 남자와 결혼한 막내딸이 돌인 줄로만 알았던 생금을 알아보고 부자가 되어 거지가 된 부모를 찾아 함께 모시고 살았다는 이야기가 〈내 복에 산다〉이다.

두 이야기처럼 쫓겨나는 딸을 소재로 삼은 이야기는 많은 수가 전해지고 있다. 이야기를 연구하는 학자들은 아버지에게 쫓겨나서 남편을 출세시키는 딸의 이야기를 통틀어 〈내 복에 산다〉형 이야기라고 말한다. 우리가 흔히 듣고 자랐던 이야기 중에서는 〈내 복에 산다〉형 이야기들이 많다. 『삼국사기』에 전해지는 〈온달〉 이야기나, 우리가 '서동요'로 잘 알고 있는『삼국유사』의 〈무왕〉에 실린 서동의 이야기도 같은 맥락에서 이해할 수 있다. 〈온달〉의 평강공주와 〈무왕〉의 선화공주는 일국의 왕이라는 아버지의 엄청난 배경을 마다하고 궁궐을 떠나거나 버림받는다. 그리고 자기 배우자의 참모습을 알아보고 그의 출세를 돕는다. 또 제주도의 큰 굿에서 불리는 〈삼공본풀이〉라는 노래 또한 〈내 복에 산다〉 이야기와 흡사한 흐름을 보여준다.

우리가 재미있게 듣고 말하던 옛이야기 중에서 당당하게 자기의 삶을 살아가는 주체적 여성의 이야기는 대부분 〈내 복에 산다〉와 같은 형태를 지니고 있다. 위의 이야기들처럼 기록되어 전해지는 이야기들 외에도 입으로 전해지는 이야기들도 그러하며, 고소설 중에서도 영웅적 여성들을 그린 이야기들은 대부분 〈내 복에 산다〉와 같은 이야기로 구성되어 있거나 일부분을 빌려 쓰기도 한다.

북녘의 이야기 〈아버지와 세 딸〉은 이런 점에서 얼핏 보았을 때 남녘의 이야기 〈내 복에 산다〉와 비슷한 이야기인 것처럼 보인다. 이는 아버지의 질문에 마음에 드는 대답을 하지 않아 집에서 쫓겨나는 셋째 딸의 모습으로 시작하는 이야기의 서두가 매우 닮았기 때문일 것이다. 하지만 〈아버지와 세 딸〉을 살펴보면 〈내 복에 산다〉와 흡사한 부분 외에도 다른 두 가지 이야기의 일부가 섞여 있다는 점을 알 수 있다.

옛날에 일찍 홀로 된 어느 어머니가 딸 셋을 키워 시집을 보냈다. 늙은 어머니는 혼자 살아가기가 너무 어려워서 큰딸을 찾아갔더니 처음에는 반기던 딸이 며칠 안 되어 싫은 기색을 보였다. 섭섭해하면서 둘째 딸의 집에 갔더니 그곳도 역시 마찬가지였다. 셋째 딸 집에 가서 살겠다고 찾아가서, 고개 밑에 있는 딸 집을 들여다보니 마침 딸이 문밖으로 나와 있었다. 어머니는 딸이 먼저 불러주기를 기다렸으나 딸은 어머니를 알아보지 못하고 그냥 집 안으로 들어가 버렸다. '딸자식 다 쓸데없다.'고 생각한 어머니는 너무나 섭섭한 나머지 고개 위에서 허리를 구부리고 딸을 내려다보던 그 자세대로 죽고 말았다.

— 〈할미꽃의 유래〉
『한국구비문학대계』 4-5, 한국정신문화연구원, 1984.

그중 하나는 사랑하는 손녀들을 찾아갔다가 박대 받고 마지막으로 막내 손녀에게 향하는 길목에서 숨을 거두고 할미꽃이 된 할머니의 이야기인 〈할미꽃의 유래〉이다. 〈아버지와 세 딸〉에서 아버지가 큰딸과 둘째 딸을 찾아가 겪는 이야기가 〈할미꽃의 유래〉와 거의 같은 형태로 전개되고 있다. 다른 하나는 〈불효 딸의 임기응변〉 이야기이다.

한 사람이 봄이 되어 딸네 집에 갔다. 딸은 마당에서 베를 매다가 아버지를 맞이했다.

"아이구 아버지 오십니까."

"오냐."

"아버지 점심을 해드려야 할 텐데."

라고 말만 하고 베에 풀칠만 하고 있었다.

때가 늦었는데도 점심을 줄 생각이 없어 보이기에 남자는 고개 넘어 아들네 집으로 갔다.

"아이구 아버님 오십니까."

며느리는 베를 매다가 달려 나왔다.

"아버님 오셨는데 점심을 해 드려야지."

하면서 붉은 팥을 삶고, 씨암탉을 잡고 밥을 해 잘 차려드렸다. 남자는 만족하게 그 밥을 먹고서는 집으로 돌아가 자기가 죽었다고 부고를 보냈다. 부고를 보내니 딸이 와서는

"아이구 우리 아버지, 우리 아버지! 갑자기 찾아오셨기에 베를 매다가 던져 놓고 붉은 팥 삶고 씨암탉 잡아 드리니 만족하게 잡숫던 우리 아버지! 개똥밭, 논 세 마지기, 밭 세 마지기, 구름전논 세 마지기 준다고 맹세하던 우리 아버지!"

라며 울었다.

아버지는 벌떡 일어나

"에라이 이년! 내가 진짜로 죽은 줄 아느냐!"

라고 말했다. 그랬더니 딸이

"아이구 아버지! 내 울음이 진짜 울음인 줄 아세요!"

라고 말했다.

– 〈불효 딸의 임기응변〉
『한국구비문학대계』 8-9, 한국정신문화연구원, 1983.

〈아버지와 세 딸〉에서는 거짓으로 부고를 띄우는 장면과 큰딸과 둘째 딸이 울며 거짓말을 하는 장면으로 이 이야기의 일부를 빌려 쓰고 있다. 이처럼 〈아버지와 세 딸〉은 〈내 복에 산다〉와 흡사한 서두로 시작하여 비슷한 이야기로 여기기 쉽지만, 중간중간 다른 이야기들이 끼어들며 결과적으로 〈내 복에 산다〉와 전혀 다른 결말을 보여준다. 어째서 같은 시작을 보여주는 이야기가 전혀 다른 결말로 이어지게 되었을까.

## '아버지'들 살펴보기

아버지가 막내딸을 쫓아내는 이유는 두 이야기의 문면에서 확인할 수 있다. 막내딸의 대답이 생각했던 바와 달랐기 때문이다. 이런 갈등상황은 두 이야기 모두에서 '누구 덕에 사느냐'는 아버지들의 질문으로 시작했다. 그렇다면, 대체 두 아버지는 왜 딸들에게 그러한 질문을 던진 것일까? 이에 대한 답을 찾기 이전에 두 아버지가 딸들에게 원했던 대답이 정확히 어떠한 것이었기에 분노하게 되었는지 알아보는 것이 우선이다.

> '저들의 죽은 어머니를 대신하여 이날 이때까지 추울세라 더울세라 애지중지 키워왔는데 한다는 소리가 제 팔자 제 분수에 산다고. 에-
> 분통이 터질 노릇이지.'
>
> – 〈아버지와 세 딸〉 중에서

〈아버지와 세 딸〉의 아버지는 홀아비이다. 근면한 사람이었기 때문에 물려줄 수 있을 정도의 재산을 모을 수 있었겠지만, 혼자의 몸으로 세 딸을 키우며 생계를 이어간다는 것은 부단한 노력이 없었다면 쉽지 않았을 것이다. 이렇듯 힘든 상황에서 키운 딸들이기에 이들에 대한 애정이 더욱 애틋한 것은 당연하다. 더 나아가, 귀하게 키운 딸들이 곧 자라서 시집을 가 떨어져 살아야 한다는 생각에 미치면 아쉬운 마음이 드는 것 또한 마찬가지일 것이다.

아버지는 이러한 아쉬운 마음에 딸들이 자기를 어떻게 생각하는지, 혹은 딸들이 자신의 이러한 노고를 알아주는지 확인하고자 질문을 하였던 것이며 동시에 답이 정해진 질문을 던진 것이었다. 정답은 첫째와 둘째가 말한 바와 같이 '아버지 덕에 산다'는 말이다. 아버지의 혼잣말을 보노라면 자신이 그간 딸들에게 보여준 정성에 대해 감사를 표하길 바라는 마음을 읽을 수가 있다.

〈내 복에 산다〉의 아버지가 딸들을 불러 묻는 장면은 그리 자세히 그려지지 않는다. 어느 날 문득 딸들을 부르는 것처럼 보이기까지 한다. 여기서 잠시 〈삼공본풀이〉의 부모를 살펴보자.

> 하루날은 비가 온다.
> 윗상실과 아랫상실은 심심하여
> 큰딸아기 이리 오라
> 말이나 물어보자
> 너는 누구 덕으로 사느냐?
>
> — 〈삼공본풀이〉(김계림본)
> 진성기, 『제주도 무가본풀이사전』, 민속원, 2002.

〈삼공본풀이〉의 부모는 밥을 빌어먹는 처지였지만, 자식들을 낳으며 사람들의 도움을 받고 막내인 감은장애기가 태어난 후로 거부가 되었다. 비가 부슬부슬 내리던 어느 날, 무료함을 달래려고 딸들을 불러놓고 '누구 덕에 사느냐'고 묻는다. 딸들을 불러 질문을 하는 데에 별다른 이유가 있는 것이 아니라 그저 '심심하여' 무료함을 달래려고 한 것이다. 여기까지 오면 〈내 복에 산다〉의 아버지는 정말로 딸들에게 그냥 물어보는 것으로 생각할 수밖에 없는 것 같다.

그런데 이러한 생각은 틀린 것이 아닌 듯하다. 바로 아버지들이 심심해서 혹은 그냥 물어본다는 것에 큰 의미가 있기 때문이다. 〈내 복에 산다〉 이야기에서는 마음에 들지 않는 대답에 화를 내며 막내를 시집보내버리거나 집에서 내쫓아버리는 아버지들의 모습이 그려진다. 이러한 상황을 생각하면 비슷한 장면이 떠오를 것이다. 바로 무왕의 아내로 알려진 선화공주이다.

백제 법왕의 아들인 서동은 신라 진평왕의 셋째 딸인 선화공주가 아름답다는 이야기를 듣고서 머리를 깎고 스님의 행색을 하여 신라로 들어갔다. 동네 아이들에게 마를 나누어 주며 노래를 가르쳐 주었는데, 이 노래가 바로 선화공주가 밤마다 서동을 만난다는 내용의 '서동요'였다. 노래가 퍼져 곧 진평왕의 귀에 이르게 되었고, 신하들의 간언에 진평왕은 선화공주를 귀양 보낸다. 진평왕은 어째서 선화공주를 내쫓았을까? 단순히 스캔들이 퍼졌기 때문이 아니다. 그 자세한 내막은 온달 장군의 아내 평강공주의 이야기에서 찾을 수 있다.

평강공주의 아버지 평원왕은 어렸을 때부터 울보였던 평강공주에게 자꾸 울면 귀한 사람이 아니라 바보 온달에게 시집을 보내겠다고 말한다. 이 말에는 공주라는 지위는 고귀한 것이니 높은 지위를 지닌 사람을 평강공주의 짝으로 맺어주겠다는 평원왕의 계획이 전제되어 있었다. 하지만 평강공주는 임금이 거짓말을 하면 안 된다며 아버지가 맺어주려는 귀족이 아닌 바보 온달과 결혼해버린다. 끝내 귀족과 결혼시키려는 아버지 평원왕의 말을 거역한 평강공주는 오랜 시간 동안 결혼을 인정받을 수 없었다. 딸인 평강공주가 아버지 평원왕의 계획에 반기를 들었기 때문이다.

이러한 상황은 진평왕도 마찬가지이다. 임금으로서 공주인 자기 딸의 혼사는 자신이 계획하고 있었는데, 불경스러운 노래가 저잣거리에 떠도는 것이 마땅치 않았을 것이다. 이처럼 두 임금은 귀족이 아닌 신분의 남자와 인연을 맺으려는 공주들에게 강력한 거부권을 행사한다. 사실 결혼이라는 것이 집안과 집안의 결합이라고는 하지만, 함께 살을 맞대고 사는 부부가 가장 중심에 있는 것이 아닌가. 그러한 결혼 당사자의 의사와는 상관없이 딸의 결혼, 딸의 인생을 계획하며 간섭하고 조종하려는 것이 이 아버지들의 의지이며 공주들은 그 의지에 반한 행동과 결과를 가져온 것이다. 〈내 복에 산다〉의 아버지들과 임금들이 겹쳐 보이는 순간이다.

그냥 물어봐 놓고서 화를 내는 〈내 복에 산다〉의 아버지는 성격이 이상해서 그러는 것이 아니다. 가장인 자기가 원하는 대답, 자신이 정해놓은 규칙을 어겼기 때문에 분노하는 것이다. 그리고 한 걸음 더 나아가 딸들이 자신의 계획과 통제 속에 놓여 있어야 하는데 그것을 거부했다는 사실이 분노를 일으켰다. 그렇기 때문에 첫째와 둘째의 '아버지 덕에 산다'는 대답은 그들이 아버지의 규칙에 충실히 따르고 있으며 아버지의 영역 내에 있다는 증명이 된다.

반대로 자신의 복으로 산다고 대답한 셋째의 말은 일탈과 반항의 증거이다. 이 아버지들은 가장으로서 가정의 규칙에 따르지 않는 구성원에게 그에 합당한 제재나 처벌을 내리는 방식으로 질서를 유지한다. 그리고 이야기 속에서 나타나는 형벌의 형태는 풍족한 삶과의 이별이다. 〈내 복에 산다〉의 아버지들이 대부분 부자인 것으로 그려지는 것을 고려하면, 안정된 가정에서 풍요로움을 누리던 자녀에게 아버지가 내릴 수 있는 최고의 형벌일지도 모른다.

〈아버지와 세 딸〉의 아버지도 그러하다. 자신이 키워준 것에 대한 감사를 보이지 않는다는 것에 저만큼 분노할 것은 아니다. 역시 그 이면에는 순종하지 않는 서분이, 자신의 규칙으로 이루어진 영역에서 그 규칙을 따르지 않는 서분이에 대한 반응이 깔려 있다. 후에 재산을 물려줄 것을 생각할 수 있을 정도라면 〈아버지와 세 딸〉의 아버지 또한 그리 가난한 상황은 아니라는 것 또한 알 수 있다. 역시나 이 아버지가 내리는 처벌 또한 풍요로운 삶과의 단절이었다.

결과적으로 보면 두 아버지가 분노한 이유는 자신에 대한 딸의 '반항'이다. 조금 더 깊이 들어가자면, 이들의 분노는 자녀를 부모가 소유하고 있고 그 자녀의 삶은 부모가 조종해야 한다는 생각에서 비롯된 것이다. 즉, 두 아버지는 딸들이 살아온 삶과 앞으로의 삶에 자신이 지대한 영향을 미치길 바라고 있는 것이다. 그런데 두 아버지가 딸들에게 질문하는 맥락은 조금 다르다. 〈내 복에 산다〉에서는 단순 명료하게 이해할 수 있을 정도로 간단하게 그려지는 질문의 상황이 〈아버지와 세 딸〉에서는 다르게 나타난다. 〈아버지와 세 딸〉의 아버지는 자기가 키운 딸들을 너무나 사랑하는 사람이다. 그런데 중간에 드러나는 아버지의 생각은 딸들에 대한 애틋함을 넘어서고 있는 것처럼 보인다. 바로 노후에 대한 고민이 포함되어 있기 때문이다.

아버지는 딸들이 커서 시집갈 나이가 되자 매우 섭섭해 했습니다. 이제까지 한 가마밥을 먹으며 다정하게 지내던 딸들과 헤어져 살아야 하기 때문이었습니다.

늘그막에는 어차피 세 딸 중에서 마음 드는 딸네 집에 가있어야 하겠는데 어느 딸이 진정인지 알고 싶었습니다.

- 〈아버지와 세 딸〉 중에서

아버지는 나이가 들어 직접 일을 하기 어려워질 때가 오면 세 딸 중에서 마음에 드는 딸네 집에 가 있어야 하겠다고 생각한다. 때문에 나중에 어느 딸에게 가야할지 정하기 위해서, 어느 딸이 진심인지 알기 위해서 딸들에게 질문을 하는 것이다. 쉽게 말해서 딸들이 자신을 어떻게 생각하는지 그리고 자신이 의탁할만한 마음가짐이 되어 있는지 떠보기 위해 질문을 한 것인데, 이런 상황에 '내 팔자, 내 분수에 산다'고 대답한 막내딸이 서운하여 화를 내며 내쫓은 것이다.

질문을 한다는 것에 초점을 맞추어보면 아버지들이 공통적으로 의도하는 바가 있음을 알 수 있었다. 그러나 〈아버지와 세 딸〉과 〈내 복에 산다〉의 두 아버지가 질문을 하는 이유에서는 일종의 분기점이 발생한다. 〈내 복에 산다〉의 아버지와는 다르게 〈아버지와 세 딸〉의 아버지는 나이를 먹은 후 자신의 몸을 의탁할만한 딸이 누구인지 딸들의 진심을 확인하려는 의도 또한 포함되어 있기 때문이다. 두 이야기가 매우 흡사하게 시작하면서도 다른 결말을 맺게 되는 첫 번째 지점은 바로 여기가 아닐까 한다.


## 부자가 된 막내딸들

〈아버지와 세 딸〉이라는 북녘의 이야기는 우리가 흔히 접하는 옛이야기와는 조금 다른 방식으로 서술되어 있다. 보통 입에서 입으로 전해지는 (구전, 口傳) 옛이야기들을 통칭해서 설화라고 한다. 구전된다는 특성 때문에 이야기가 자세히 설명되어 있지 않고 상징적으로 제시되거나 중요한 맥락들 위주로 전해지는 경우가 많다.

하지만 북녘의 옛이야기는 사건이 일어난 연유와 그 결과에 대해서 자세히 서술된 것이 특징이다. 이야기가 간소하게 전해질 때는 사이사이에 존재하는 공백을 자세한 설명을 통해서 채우고, 원인과 결과의 개연성을 보강한다.

서분이만은 아버지가 그런 걸 물어볼 때마다 안타까웠습니다. 일찍이 세상 떠난 어머니의 정까지 합쳐 세 딸에게 기울인 아버지의 따뜻한 사랑을 눈물이 날 지경으로 고맙게 여겨온 그였습니다. 그 사랑을 눈에 흙이 들어가기 전에야 어찌 잊을 수 있겠습니까. 그런데도 딸의 진심을 믿지 못해 가끔 속마음을 떠보는 아버지가 야속하였습니다.

– 〈아버지와 세 딸〉 중에서

이러한 북녘 옛이야기의 성격에 따르기 위해서인지 〈아버지와 세 딸〉의 셋째 딸 서분이는 단순히 '내 복에 산다'고 대답하는 것이 아닌 것으로 그려진다. 서분이는 아버지가 홀몸으로 세 자매를 훌륭하게 키워준 것에 감사하는 마음을 가지고 있었다. 하지만 이런 자기의 마음도 모르고 '누구덕에 사느냐'고 연신 물어보는 아버지가 서운하여 '내 복에 산다'고 대답하였다. 자기의 마음도 몰라주는 아버지에 대한 일종의 반발심에서 비롯된 것으로 보인다. 하지만 서분이의 이러한 반항은 오히려 자기가 느끼는 아버지에 대한 '감사'를 알아달라고 호소하는 것과 같은 의미로 해석된다.

"누 덕을 묵고 사느냐?"
고 물었던 모양이지요. 그러니까 그 두 딸애는,
"다 아부지 덕이지, 뭐 누 덕을 먹을 수가 있십니까?"
카는데, 그 막동이 딸이,
"와 아부지 덕이라, 내 덕을 묵고 살지."
하니까, 그년이 고약하다. 이래 후차냈더라 이기지.

– 〈쫓겨난 딸과 숯 굽는 총각〉<br>『한국구비문학대계』 8–9, 한국정신문화연구원, 1983.

반면, 〈내 복에 산다〉의 막내딸이 대답하는 맥락은 〈아버지와 세 딸〉에서 서분이가 보여주는 것과는 사뭇 다르다. 뜻하지 않은 아버지의 질문에 당연하다는 듯 '내 복에 산다'고 대답했다. 아버지에 대한 아쉬움이나 다른 감정들이 드러나지 않는다. 이런 무심한 듯한 모습에서 오히려 〈내 복에 산다〉의 막내딸은 당당하게 보이기까지 한다. 막내딸이 자기 복이라며 챙겨가는 쌀 서 말 서 홉은 부잣집 곳간에 쌓여 있는 쌀들에 비하면 하염없이 적은 양이지만, 막내딸이 말하는 '내 복'이 지닌 당당함을 나타내기에는 더할 나위 없이 적절해 보인다.

지나친 상상일지도 모르지만, 막내딸이 숯구이 총각을 따라 나서는 장면에서도 그 성격을 찾을 수 있다. 아버지의 물음에 언니들과는 달리 자기 복으로 산다고 대답할 정도로 강단 있는 막내딸이 아버지가 시키는 대로 순순히 숯구이 총각을 따라가는 것이 쉽게 이해되지는 않는다. 하지만 그 순순해 보이는 모습이 바로 막내 스스로의 선택에 의한 것으로 생각하면 어떨까? 자기 집에 숯을 가지고 오는 숯구이 총각을 막내딸이 한두 번 본 것은 아닐 것이다. 날짜도 늦지 않고 성실하게 일하며 질 좋은 숯을 가져오는 숯구이 총각을 높이 평가했을지도 모르는 일이다. 막내가 숯구이 총각을 높게 평가하고 있다면 그에게 시집가라는 아버지의 말은 당연히 거부할 필요가 없다.

〈아버지와 세 딸〉에서 집을 떠난 서분이의 삶을 살펴보자. 흥미로운 것은 〈아버지와 세 딸〉에서 서분이가 집을 나온 뒤의 상황이 크게 그려지지 않고 있다는 점이다. 아버지가 첫째와 둘째를 찾아가 박대를 당한 후에야 서분이의 삶을 확인할 수 있다. 숯구이 총각에게 시집을 간 서분이는 가난을 면치 못하고 있었다. 아버지가 찾아왔을 때에도 아버지에게는 쌀죽을 대접하고 자신들은 풀죽을 먹을 정도로 궁핍한 삶을 살고 있었다. 이런 서분이가 가난을 벗어나게 되는 시점은 아버지가 재산을 물려주면서

부터다.

서분이가 재산을 물려받을 수 있었던 이유는 바로 아버지를 향한 마음이다. 첫째 이쁜이와 둘째 얌전이가 아버지를 대하는 태도는 남보다도 못했다. 찾아온 첫날에는 그럭저럭 대접을 했다고는 하지만 둘째 날부터는 집에 찾아온 생면부지 손님보다도 못한 취급을 했다. 아버지를 모시는 것을 기꺼워하기는커녕 언제쯤 떠날지가 더 궁금했을 정도였다.

그러나 서분이는 아버지를 맞이하는 모습부터 형제들과 달랐다. 신발을 신지도 않은 채로 뛰어나와 눈물을 흘리며 아버지를 반겼다. 아버지가 자기를 집에서 쫓아냈다는 사실은 기억에 없는 것처럼 정성을 다하여 모셨다. 서분이의 이런 모습은 아버지의 거짓 장례에서도 나타난다.

첫째와 둘째는 아버지가 돌아가시기 전 찾아왔을 때 얼마나 잘 대접했는지 남들에게 광고하기에 급급했다. 또한 아버지가 재산을 물려주기로 했다며 서로 소리치기에 바빴다. 하지만 서분이는 아버지가 찾아왔을 때 제대로 대접을 하지 못했음을 눈물로 사죄했다. 슬픔에 겨워서 소리를 내기 힘들 정도였다. 이러한 서분이의 효심은 아버지가 노후를 의탁할 사람을 정하는 데 결정적인 영향을 미쳤고, 서분이가 아버지의 재산을 물려받아 가난에서 벗어날 수 있게 하였다.

〈내 복에 산다〉의 막내딸이 자기 남편감의 됨됨이를 판단하였다면, 막내딸은 스스로 집을 나가 자신이 원하는 사람과 결혼을 한 것으로 생각할 수 있을 것이다. 이렇게 새로운 곳에서 자기가 꾸려내는 삶을 시작하는 막내딸은 부자였던 아버지의 집을 떠나 그보다 더 큰 부자가 된다. 바로 숯을 굽는 숯막의 이맛돌 때문이었다.

이 처녀가 가만보니 숯가마 앞에 그 이맛돌이 번쩍 번쩍 하는 금이라 말이래.

'야, 참 저 웬 금덩어리가 저기 저래 있어도 어예 모르나?'

싶단 말이래. 그래서

"여보소. 당신이 그래 이 숯 꿉지 말고 이 이맛돌을 갖다 팔자."

– 〈막내딸 복에 사는 정승〉

『한국구비문학대계』 7–9, 한국정신문화연구원, 1982.

숯장수와 시어머니는 이 금덩어리들을 알아보지 못하고 돌덩이로만 여기고 있다. 이는 시장에 금덩어리를 팔러 나온 숯장수를 놀리던 사람들 또한 마찬가지였다. 하지만 막내딸은 이것이 금이 들어 있는 생금덩이임을 단번에 알아본다.

온달에게 시집간 평강공주는 정말 온달에게 시집보낸다는 말을 들어왔기 때문에, 임금이 말을 바꾸면 안 된다는 이유 때문에 온달에게 시집가야겠다고 마음을 먹은 것일까? 어릴 적부터 온달이라는 사람의 이야기를 들었다면, 그 사람의 됨됨이도 잘 알고 있었을 것이다. 바보라고 불릴 정도로 착하고 순수한 사람이며 힘도 좋다. 평강공주는 온달의 가능성에 확신이 있었기에 배우자로 온달을 선택한 것일지도 모를 일이다.

마찬가지로 〈삼공본풀이〉의 감은장애기도 사람의 됨됨이를 살펴 남편감을 정한다. 감은장애기는 집에서 쫓겨나 마를 캐는 마퉁이 삼형제의 집에 쉬어가게 된다. 세 형제는 마를 캐와 어머니에게 대접하는데 막내만이 제일 맛있는 부분을 어머니에게 드린다. 감은장애기가 쌀밥을 해주자 쌀밥을 보지 못했던 첫째와 둘째는 먹지 않으나 막내 마퉁이는 주인이 밥을 해주어야 하는데 손님이 해주어서 미안하다며 맛있게 먹는다. 결국 이런 막내 마퉁이를 눈여겨본 감은장애기는 부부의 연을 맺게 된다.

〈내 복에 산다〉의 막내딸이나 평강공주와 감은장애기처럼 사람의 내면에 있는 가치를 알아보는 것 혹은 그러한 능력을 지인지감(知人之鑑)이라고 한다. 막내딸이 보았던 숯구이 총각의 가능성은 성실함과 신의로 잘 드러난다. 한편 막내딸이 알아본 것은 숯구이 총각의 가능성만이 아니었다. 다른 하나는 바로 생금덩이 이맛돌이다. 돌덩이 깊은 곳에 숨어 있는, 금으로 상징되는 숨겨진 가치를 발견하는 것도 막내딸이었다. 사람의 심성 깊은 곳에 숨겨진 가능성을 발견하는 지인지감이 여기서도 여지없이 발휘된 것이다. 이렇게 본다면 숯구이 총각을 따라나서게 되고 생금덩이를 발견하여 큰 부자가 되는 일련의 과정은 막내딸이 스스로의 인생을 자기의 능력과 선택을 통해 주체적으로 일구어나가는 것과 다름없다고 생각해도 무방할 것이다.

그러나 막내딸의 지인지감이 지닌 다른 측면의 의미도 살펴야 한다. 자신의 남편을 스스로 선택했다는 것은 비단 그 사람의 성공 가능성만을 판단한 것이라 말할 수 없다. 『삼국유사』에 보면 귀양 가는 선화공주가 서동을 만나는 장면이 있다.

공주가 장차 귀양지에 도착하려는데 서동이 도중에 나와 절하면서 장차 모시고 가겠다고 했다. 공주는 비록 그가 어디서 왔는지는 알지 못했지만 우연히 믿고 좋아했다. 이로 말미암아 서동을 따라가면서 몰래 정을 통하였다. 그런 뒤에야 서동의 이름을 알았고, 동요의 영험을 믿었다.

— 〈무왕〉
『삼국유사』 권제이(券第二), 기이(紀異)편.

선화공주는 서동이 어디서 왔는지 누구인지도 모른다. 짧게 깎은 머리에 남루한 차림의 그였지만 '우연히 믿고 좋아'했다. 이성을 만나게 될 때 '이 사람이다!' 싶은 때가 있다고 한다. 그렇게 마음이 향하면 함께 있고 싶어지고 평생을 같이 하고 싶은 것이 사람의 마음이다. 그렇다면 한 사람을 보고 자신의 짝이라고 확신할 수 있는 근거는 어디에 있을까? 말로 잘 설명되지 않는 그것이 바로 지인지감에서 비롯된 것일지도 모른다. 잘 설명되지 않는 그것에 이름을 붙일 수는 있다. 우리는 그것을 '사랑'이라 부른다.

결국 〈내 복에 산다〉의 막내딸은 흡족한 상대를 만났고 평생 같이 하고 픈 사랑의 마음을 따라서 결혼을 하게 된다. 막내딸의 이런 선택은 내 남편, 내 사랑은 내가 선택하겠다는 '딸의 욕망'이 구체적으로 표현된 것이고, 이것은 지키길 강요하는 '아버지의 법칙'과 정면으로 대립한다. 그러나 사랑으로 표출되는 이와 같은 대립이 사람의 됨됨이를 보고 판단한 것이든, 첫 눈에 보고 반한 것이든 크게 문제될 것은 없다. 어찌 되었든 이 것들은 모두 자신의 삶을 스스로 살겠다는 막내딸의 결연한 의지와 행동으로 이어지기 때문이다.

두 막내딸이 집을 떠난 이후의 삶을 살펴보면 '가난한 숯구이 총각에게 시집보내졌지만 결국 부자가 되어 부모님을 모시고 살았다'고 정리할 수 있다. 하지만 그 속에 두 막내딸의 행로는 서로 다른 이야기라고 해도 문제가 없을 정도로 다르게 그려지고 있다. 막내딸들이 말한 '내 복'이 〈내 복에 산다〉에서는 삶에 대한 주체적인 성격과 당당함 등으로 나타난다면, 〈아버지와 세 딸〉에서는 깊은 효심과 아버지에 대한 정성 등으로 표현된다. 이것이 〈아버지와 세 딸〉과 〈내 복에 산다〉가 달라지는 중요한 두 번째 지점이다.


## 같은 시작 다른 결말

심리학에서는 청소년기에 자아정체성을 확립하는 것을 매우 중요한 일로 여긴다. 이 시기에 확립된 자아정체성이 이후 성인으로서 삶을 꾸려나가는 데 있어서 지대한 영향을 미치기 때문이다. 그런데 자아정체성의 확립은 부모와 분리되어 개체로서 개별화되는 과정에 성공했을 때 이루어진 다고 한다. 간단하게 성장 과정에서 부모와의 분리가 성인이 돼서의 삶에 어떠한 영향을 미치는지 말하는 것이라 할 수 있다. 이러한 관점에서 〈아버지와 세 딸〉과 〈내 복에 산다〉를 비교하면 흥미로운 차이를 발견할 수 있다.

자아정체성이 확립되는 과정은 부모로부터 분리되면서 시작된다. 이때의 분리는 심리적인 측면과 실제적인 측면의 두 방향에서 일어난다고 한다. 바꾸어 말하면, 부모에게 의지하는 마음을 끊어내는 것이 심리적인 측면의 분리일 것이고, 이때까지 머물던 부모의 슬하를 떠나 집 밖으로 나가는 것이 실제적인 분리일 것이다. 이러한 관점에서 보았을 때 〈아버지와 세 딸〉은 막내딸이 부모와 분리된 후 다시 결합을 선택하는 과정이며, 〈내 복에 산다〉는 막내딸이 부모와의 심리적·실제적 분리를 선택하는 과정으로 읽을 수 있다.

자아정체성이 '남과는 다른 나로서의 본질'을 말하는 것이고 부모와의 심리적·실제적 분리를 통해 확립되는 것이라면, 분리의 과정을 스스로 선택하는 사람은 남의 영향이 아닌, 다른 사람과 구별되는 자기만의 삶을 개척해나가는 것이라고 볼 수 있다. 즉 삶에 대한 주체적인 태도를 지닌 것이라는 의미이다.

〈아버지와 세 딸〉의 서분이를 보자. 부모와 분리되게 되었으나 부모에 대한 지극한 효심으로 다시금 부모와 결합하여 함께하는 삶을 선택한 여성이다. 즉 〈아버지와 세 딸〉은 효성 깊은 여성의 이야기가 된다. 서분이는 부모와 함께하는 삶을 택함으로 인해서 아버지의 재산을 물려받고 풍족한 삶을 살게 될 것이다. 그리고 이러한 복(福)은 서분이가 지닌 효심에서 비롯되었다.

서분이가 사는 삶에서 아버지로부터의 분리는 먹고 입고 자는 것에 대해 걱정을 하지 않다가 그것을 가장 중요하게 고민해야하는 삶으로의 변화를 말한다. 물론 사람의 삶에서 돈이나 물질적인 가치가 가장 중요하지는 않다. 오히려 정신적인 만족이나, 정서적 행복감이 훨씬 중요한 가치라는 것은 누구도 부인하지 못하는 부분이다. 하지만 이야기라는 상징적 흐름 속에서 이러한 경제적 어려움이 서분이의 인생에 가장 강력한 '장애물'로 등장했을 때, 이를 극복하는 것을 외부나 타인의 힘에 기대려는 자세 보다는 자기의 힘을 다해 스스로 극복하는 것이 주체적이라고 해석할 수 있을 것이라 생각한다. 이러한 맥락에서 〈아버지와 세 딸〉의 서분이가 자신의 대답이 아버지를 그리도 노엽게 할 줄 몰라서 당황하고, 그런 감정 속에서 숯구이 총각을 따라나서는 장면을 상상하면, 눈물을 흘리며 집을 떠나는 서분이의 모습을 그리는 것이 무리한 것은 아닐 것이다.

앞서 〈내 복에 산다〉의 막내딸이 숯구이 총각의 됨됨이를 살피고 스스로 그와 함께 할 것을 선택했다는 가정이 무리한 상상일지도 모른다고 했다. 하지만 다른 〈내 복에 산다〉 이야기에서는 막내딸이 우연히 가난한 집에 들러 한 할머니에게 하루 묵어갈 것을 청하고, 마침 그 집 아들이 숯구이 총각이어서 그의 사람됨이 훌륭하여 함께 살기로 하는 장면이 등장하기도 한다. 심지어 숯구이 총각과 어머니가 자기들처럼 가난한 사람들과 함께 살기에는 너무 귀한 사람이라며 거부함에도 불구하고 막내딸이 그들을 설득하여 함께 살기도 한다. 〈내 복에 산다〉 이야기를 즐기고 전하는 사람들은 막내딸의 성격을 그렇게 그리고 있는 것이다.

결과적으로 두 이야기를 나란히 놓고 보았을 때 서로 다른 이야기가 되는 가장 중요한 지점은 아버지와 막내딸의 관계이다. 〈내 복에 산다〉의 부녀관계는 자신의 영역 속에 자녀를 두려 하는 아버지의 규칙과 자신의 사랑, 자신의 인생을 아버지의 뜻이 아닌 스스로의 의지로 살고자하는 딸의 욕망이 대립하고 있는 구도라 할 수 있다. 반면 〈아버지와 세 딸〉의 부녀관계는 가장으로서 자녀를 곁에 두고 사랑하려는 아버지와 그런 아버지를 떠나지 않고 계속해서 함께 하고자 하는 딸의 마음이 같은 방향으로 흐른다.

〈아버지와 세 딸〉과 〈내 복에 산다〉를 함께 살펴본 이유는 두 이야기의 시작이 너무나 흡사했기 때문이었다. 하지만 지금까지 짚어 본 것들을 한 줄로 세워서 연결해보았을 때 아주 쉽게 말해서 같은 시작을 지니고 있지만 다른 결말을 보여주는 것이 두 이야기이다. 이야기 자체가 보여주는 결말도 그렇거니와 이야기 속 깊은 곳에 담겨 있는 핵심적인 가치 또한 마찬가지로 너무나 다르다. 그렇다면 여기서 마지막 질문을 던지게 된다. 두 이야기는 어째서 같은 시작을 보이지만 다른 이야기가 되었을까?

〈아버지와 세 딸〉에서 배경이 되고 있는 화두는 바로 '노후를 맞이한 부모의 부양' 문제이다. 마치 현대인들이 노후대비를 위해 노력하듯 〈아버지와 세 딸〉의 아버지도 자신이 일을 하지 못하게 되었을 때를 대비하여 재산을 물려주고 함께 자신의 몸을 의탁하고자 하는 것이다. '노후'의 문제는 사람들에게 매우 '핫(hot)'한 주제이다. 사회생활을 하며 재산을 모으는 이유에는 지금을 살아가면서 풍요로움을 누리고자 함도 있지만, 시간이 지나서 경제력을 상실한 상태에서도 빈곤하게 살고 싶지 않다는 생각이 많은 부분을 차지한다. 그렇기 때문에 노후와 관련해서 '상속'의 문제나 '부모부양'의 문제는 더욱더 중요한 문제가 되어가고 있다.

노후와 관련된 문제들이 비단 남녘에서만 주목받는 것은 아닐 것이다. 북녘에서도 부모부양의 문제들은 당연히 고민할 수밖에 없는 문제이다. 그곳에서도 사람들이 가족을 이루어 살아가고 나이를 먹어가기 때문이다. 북녘의 이야기 〈아버지와 세 딸〉이 이러한 문제를 보여주고 있다는 점에서 더욱 확신할 수 있다.

그런데 북녘의 문학은 사회주의적 리얼리티를 강조한다. 때문에 〈아버지와 세 딸〉 또한 사건의 전후 맥락에 대한 자세한 설명이 곁들여져 있고, 최대한의 개연성을 가지도록 이야기가 구성되어 있다. 이러한 이야기의 구성 혹은 재구성은 사회주의 사회에서 중시하는 이념적 가치를 강조하기 위함이다. 때문에 사람들이 즐기는 이야기라고 하더라도 사회주의적 시각에서 그 이념에 합당할 수 있도록 개작될 수 있다.

그렇다면 북녘은 왜 〈아버지와 세 딸〉에서 노후와 관련된 부모부양의 문제에서 '효'를 강조하였을까? 이것에 대한 대답은 북의 사회구조와 관련지어 생각할 수 있다. 북녘 사회는 최고 권력자 중심으로 구성되어 있다. 이러한 형태를 가정 구조로 옮긴다면 아버지가 중심이 되어 가족 구성원이 그 중심에 연결되어 있는 가부장적 가정의 형태와 유사하다. 때문에 북녘에서는 부모를 따르는 자식의 마음, 즉 '효'를 최고 권력자에 대한 순종으로 연결 짓는 경우가 많다. 〈아버지와 세 딸〉에서 효심을 강조하는 이유도 이러한 맥락에서 이해가 가능하다. 대중적으로 널리 알려진 〈내 복에 산다〉라는 매력적인 이야기의 형태를 가져와 이야기의 서두에 흥미 요소를 살려둠으로써 관심을 끌고, 내용을 조정함으로써 '효'를 강조한 결과일 수 있는 것이다.

앞서 살펴본 바와 같이 〈아버지와 세 딸〉에서 〈할미꽃의 유래〉와 〈불효 딸의 임기응변〉을 찾아볼 수 있었던 것은 이러한 추측의 한 증거일 수 있다. 두 이야기는 각자 너무나 슬픈 형상으로, 혹은 아주 재치 있는 모습으로 효와 효심에 대해 말한다. 〈아버지와 세 딸〉에 이러한 주제의식을 보여주는 이야기들이 포함되었다는 것은 효라는 가치를 강조하기 위해 전략적으로 이야기를 고쳐 썼을 가능성을 높여준다.

# 당당한 여성을 사랑한 우리민족

지금까지 우리가 몰랐던 남북의 옛이야기로 〈내 복에 산다〉와 〈아버지와 세 딸〉을 살펴보았다. 두 이야기를 함께 놓은 이유는 그 시작이 너무나 흡사하기 때문이었다. 하지만 이야기를 찬찬히 톺아보며 알 수 있었던 것은 두 이야기가 말하는 바가 다르다는 점이었다. '누구 덕에 사느냐'는 아버지의 물음에 막내딸이 '내 복에 산다'고 대답하며 쫓겨나는 같은 형태의 시작을 보이는 이야기이고, 부자가 된 막내딸이 부모님을 모시고 살게 되었다는 흡사한 결말로 귀결된다고 하더라도 결과적으로 두 이야기는 같다고 볼 수 없는 것이다.

이러한 경우는 남녘의 이야기들을 살펴보아도 확인할 수 있다. 이야기를 하는 사람들이 재미를 주기 위해서 유명하거나 사람들에게 인기가 높았던 다른 이야기들을 가져와 섞어가며 새로운 이야기를 만들기도 하기 때문이다. 그렇기에 〈내 복에 산다〉와 〈아버지와 세 딸〉이 다르다는 결론은 그리 대수롭지 않을지도 모른다.

하지만 지금 발을 딛고 있는 한반도는 남과 북으로 갈라져 있는 상황이기에 이 두 이야기가 다르다는 결론은 그 의미가 더더욱 무거워질 수밖에 없다. 70여년에 가까운 시간동안 왕래조차 자유롭게 할 수 없는 상황에서 북은 북대로, 남은 남대로 나뉘어 이야기를 즐길 수밖에 없었기 때문이다. 이러한 상황에서 너무나도 다를 것으로 예상했던 북녘의 옛이야기가 우리가 분단되기 이전 이미 즐기고 있던 이야기들로 이루어져 있고, 심지어 흥미를 북돋우는 장면들이 우리가 지금까지도 구전하고 있는 이야기들과 흡사하다는 것은 중요한 시사점을 남긴다. 현재의 한반도는 분단되어 있지만 이야기를 즐기던 문화 자체는 아직도 비슷하다는 점이다.

물론 남과 북을 생각하며 같은 점만을 언급하는 것은 대단히 위험한 일일지도 모른다. 이미 생활과 문화, 그리고 인식적인 측면에서 확연히 달라져 있음을 보이고 있기 때문이다. 같은 점으로 삼고 있는 것들이 분단되기 이전, 과거의 것이라는 점도 그러하다. 이미 많은 시간이 흘러 각자의 방향으로 자신의 역사를 써왔기에 과거로 돌아갈 수는 없다. 쉽게 말해 남과 북에서 유행하고 있는 패션 스타일이 차이난다고 해서, 지금의 생활상을 무시하고 모두 한복을 입고 생활하는 상황으로 만들 수는 없는 일이라는 것이다.

남과 북이 많은 부분에서 달라지고 있으며 이미 달라져 있다면 어떠한 부분이 다른지, 그리고 그것은 어떠한 과정을 거쳐서 달라졌는지 아는 것이 바로 '다름'을 납득할 수 있는 길이다. 이렇게 상대와 내가 다름을 받아들였을 때 상대의 특성을 무시하고 폭력적으로 하나가 되려는 것을 막을 수 있다. 그리고 이러한 노력은 남과 북 모두에게서 지속적으로 시도되어야 하는 것이다.

물론 아쉬운 점이 없다고는 할 수 없다. 오랜 시간 동안 한반도에 사는 사람들이 즐겨왔던 이야기인 주체적인 여성의 이야기가 변형되는 과정에서 주체성이 드러나지 않는 여성의 이야기로 바뀌었다는 점이 그렇다. 지금도 옛이야기가 오가는 것을 잘 듣고 있으면 수동적이고 순종적인 여성의 이야기를 듣기는 쉽지 않다. 오히려 자신을 옭아매는 것을 박차고 뛰쳐나가 자신의 세상을 만들어가는 여성의 이야기를 듣는 것이 수월하다. 그만큼 여성의 주체성이 존중받은 문화였다는 것이다. 이러한 긍정적 가치들이 사라진 형태의 이야기를 마주할 때의 아쉬움은 쉽게 지울 수 없다.

그러나 계속해서 이러한 차이들을 발굴하고 알아가려는 노력을 기울일 때 남과 북 소통의 길이 열릴 것이라는 확신은 변함이 없다. 그리고 그 소통의 중심에 한반도의 옛이야기가 있어 커다란 역할을 할 것이라는 점은 의심할 수 없다. 그렇기에 다시금 옛이야기를 들으러 발걸음을 내디뎌 본다. 재미있는 이야기를 들을 때의 즐거움, 그리고 이야기로 소통하는 그 날을 기다리는 두근거림은 그 어떤 즐거움에 비할 것이 아니기 때문이다.

〈남경우〉

# 생명수를 찾아, 나를 찾아 떠나는 저승 여행

– 북녘이야기 〈생명수〉 & 남녘이야기 〈바리공주〉

## 길 위에 선 딸들

한국의 설화에는 집을 떠나 길 위에 선 딸들이 많이 등장한다. 누구 덕에 잘 먹고 잘 사느냐는 부친의 물음에 자신의 복으로 먹고 산다고 하여 쫓겨난 〈내 복에 산다〉의 막내딸이 그러하고, 평원왕에게 약속은 지켜야 한다면서 바보온달과 결혼하겠다고 하여 쫓겨난 평강공주, 서동이 퍼뜨린 '서동요' 노랫말로 인하여 진평왕에게 쫓겨난 셋째딸 선화공주, 자신을 겁탈하려던 하인 정수남을 죽인 이유로 부친에게 쫓겨난 〈삼공본풀이〉의 자청비가 그러하다. 이들은 부모에게 순응하기 보다는 자신의 삶을 스스로 결정하는 주체적 삶을 선택한 대가로 집에서 쫓겨나 길 위에 선 딸들이다.

그런데 쫓겨나지도 않았는데 자발적으로 집을 나와 길 위에 선 딸들도 있다. 이 글에서는 스스로 길 위에 선 딸들의 이야기를 하려고 한다. 북녘에는 조선민화집 『토끼와 자라』에 수록된 〈생명수〉 이야기가 대표적이고, 남녘에는 오랜 세월 구비전승 되어온 구전신화 〈바리공주〉 이야기가 대표적이다. 남북의 막내딸들은 어떤 사연이 있기에 어린 나이에 스스로 집을 나서 길 위에 선 것일까?

북녘의 옛이야기 〈생명수〉 막내딸의 사연부터 들어보자.

옛날 어느 곳에 마음씨 착한 부부가 세 딸과 함께 살고 있었습니다. 아들이 없는 그 집에서는 딸들을 금이야 옥이야 하며 애지중지 길렀습니다. 아버지는 젊은 시절에 허리를 다쳐서 몸져 누워서 집살림은 어머니가 혼자 도맡았습니다. 세 딸은 어머니 손에서 자라게 되었습니다.

어느 해 여름, 고생살이에 시달리던 어머니마저 병들어 덜컥 자리에 눕고 말았습니다. 아버지는 불편한 몸으로 지팡이를 짚고 산을 오르내리며 약초를 캐다 달여 먹였으나 어머니의 병은 좀처럼 낫지 않았습니다. 소문난 의원들을 데려다보여도 머리를 저었습니다.

아버지는 아내를 구원하지 못할까봐 안타까워했습니다. 긴긴 세월 자기가 해야 할 어려운 일까지 맡아하다가 지쳐서 병에 걸린 아내가 불쌍하였고, 이제까지 어머니 손에서 자라던 딸들의 장래가 걱정되었습니다. 그는 뜬눈으로 밤을 지새우며 한숨만 풀풀 쉬었습니다.

그러던 어느 날 밤이었습니다. 종일 근심하다가 자리에 누워 잠깐 눈을 붙였는데, 수염이 하얀 할아버지가 꿈에 나타나더니,

"자네 마누라의 병을 고칠 방법은 생명수 밖에 없네."

하고 알려 주는 것이었습니다.

꿈에서 깨어난 아버지는 하늘이 도와 어머니 병을 고칠 수 있게 됐다고 기뻐했습니다. 이튿날 아침 세 딸을 앉혀놓고 꿈 이야기를 하고 난 아버지는 맏딸에게 말하였습니다.

"맏이야, 아무래도 네가 생명수를 구하러 떠나야겠다."

맏딸은 대뜸 얼굴을 찡그리고 톡 내쏘았습니다.

"어디에 있는지도 모르는 생명수를 여자의 몸으로 어떻게 구해 온다고 그러세요."

"우리 집에 아들이 없으니 딸이라도 가야 할 게 아니냐."

"......"

맏딸은 머리를 수그리고 더는 대답조차 하지 않았습니다.

"그래 못가겠단 말이지."

아버지는 속이 부질부질 끓었으나 겨우 참고 이번에는 둘째딸에게 말했습니다.

"얘, 둘째야, 맏이가 못가겠다니 네가 떠나거라."

둘째딸도 얼굴이 새파래서 온곱잖게 대답했습니다.

"아니 아버지두, 언니가 못 가는 데를 제가 어떻게 가겠어요."

아버지는 참다 참다 못해 벌컥 화를 냈습니다.

"어머니가 죽어가는 데 생명수 구하러 모두 안가겠단 말이지. 자식이구 뭐구 다 쓸 데 없다. 너희들이 정 못가겠다니 내가 가겠다."

아버지는 성난 김에 부득부득 길 떠날 차비를 하였습니다. 그러자 막내딸이 아버지 앞을 막아섰습니다.

"아버지, 그 몸으로 어딜 간다고 그러세요. 절 보내주세요."

"그만둬라. 언니들을 둘씩이나 두고 나이 어린 네가 떠난다는 게 어디 될 말이냐. 너를 보내놓고 어떻게 마음을 놓겠니. 넌 못 간다."

막내딸을 아직 어린애로 보는 아버지였습니다. 그럴 수밖에 없는 것이 막내딸은 열세 살 밖에 되지 않았으니까요.

"아버지, 제가 왜 어리다고 그러세요. 절 보내줘요. 네? 제발 사정해요. 아버지가 그 몸으로 떠났다가 도중에서 쓰러지면 어찌하나요."

아버지는 한숨을 쉬며 주저앉았습니다. 사실 분김에 욱하고 자기가 떠나려고 했지만 뜨락 출입도 겨우 하는 형편에 먼 길을 갈 수는 없었던 것입니다.

"어린 네 잔등에 온 집안의 시름이 실렸구나. 이 집에 사람이 없긴 없구나."

아버지는 가슴을 치며 통탄했습니다.

"아버지, 제 걱정은 마세요. 생명수를 구해가지고 돌아올 때까지 엄마를 잘 돌봐주세요."

"오냐, 오냐!"

아버지는 눈물이 솟구쳐 말을 잇지 못했습니다.

행장을 갖춘 막내딸은 자그마한 동이를 이고 길을 떠났습니다. 그는 만나는 사람마다 생명수 있는 데를 물으며 가고 또 갔습니다. 낮에도 가고 밤에도 갔습니다.

그러던 어느 날 골짜기에서 쉬는데 황철나무 꼭대기에서 까마귀가 울었습니다. 소녀는 행여나 하여 까마귀한테 물었습니다.

"까마귀야, 까마귀야. 너 생명수 있는 데를 아니?"

그러자 까마귀가 되물었습니다.

"그건 왜 묻니?"

"우리 엄마 병엔 그것 밖에 딴 약이 없단다."

까마귀는 머리를 들어 앞산을 가리키며 말했습니다.

"한 고개 넘어 까욱까욱, 한 고개 넘어 까욱까욱."

소녀는 앞산 기슭으로 다가갔습니다. 가시나무가 빽빽하게 우거진 가시산이 앞을 가로막았습니다. 소녀는 주저없이 가시밭 속으로 발걸음을 옮겼습니다. 가시나무가 기다리고 있었다는 듯이 옷을 물어뜯고 얼굴을 콕콕 찔렀습니다. 그러자 소녀는 멈춰 서지 않고 앞으로만 나갔습니다. 가시산을 넘어서니 옷은 찢겨 군데군데 살이 뻘겋게 드러나고 긁힌 자리에서는 피가 나왔습니다. 그러나 생명수만 찾을 수 있다면 그까짓 옷 같은 건 아깝지 않았습니다. 피 흐르는 상처의 모진 아픔도 참을 수 있었습니다. 그런데 소녀가 힘들게 찾아간 산 너머 골짜기에는 생명수가 없었습니다.

소녀는

"호-"

하고 한숨을 내불며 소나무 꼭대기에 앉아 있는 까치에게 물었습니다.

"까치야, 까치야, 알락까치야. 생명수 있는 데를 넌 모르니?"

"그건 왜 묻니?"

"죽어가는 우리 엄마를 살리려고 그런단다."

그러자 까치는 꼬리를 한들거리며 말했습니다.

"한 고개 넘어 깍깍, 한 고개 넘어 깍깍."

"까치야, 고맙다."

까치가 가르쳐준 앞산은 깎아지른듯한 벼랑산이었습니다. 조금만 다치면 돌사태가 쏟아져 내릴 것 같았습니다. 그러나 돌아 설 수 없었습니다. 그가 물러서면 생명수를 누가 구하여 않는 엄마를 살려내겠습니까.

소녀는 입술을 옥 물고 벼랑산 앞으로 다가갔습니다. 삐져나온 바위 턱에 발을 붙이고 돌부리를 손으로 잡으며 발범발범 기어오르기 시작했습니다. 등골로 땀이 물처럼 흘러내렸습니다. 한참 오르다가 쥐었던 돌부리가 쑥 빠지는 바람에 쭈르르 미끄러져 내렸습니다. 바위쨈에 뿌리박은 소나무에 걸리지 않았더라면 소녀는 벼랑 밑에 떨어져서 영영 일어나지 못하였을 것입니다. 바위너설에 긁힌 손과 다리에서는 피가 흘렀습니다. 소녀의 눈에서는 구슬 같은 눈물이 방울방울 흘러나와 바위에 점점이 떨어졌습니다.

"벼랑산아, 좀 길을 비켜주려마. 생명수를 구하지 못하면 우리 엄만 죽는단다."

가슴을 긁는듯한 소녀의 애타는 부르짖음은 벼랑산에 째랑째랑 울렸습니다. 그러자 벼랑산이 비스듬히 누우며 돌계단이 척척척 생기는 것이었습니다. 소녀는 눈물을 거두고 돌계단으로 달려 올라갔습니다. 벼랑산을 쉽게 넘었습니다.

"고맙다. 벼랑산아."

벼랑산은 화답하듯

"우르릉"

소리를 지르며 본래대로 곧추 서는 것이었습니다. 돌계단도 잦아든 듯 없어졌습니다. 해는 서산에 저물고 땅거미가 내렸습니다. 생명수를 찾아 타박타박 걸어가는 소녀 앞에 두 눈에 사발만한 퍼런 불을 켜 단 호랑이가 터벅터벅 달려와 쭈그리고 앉는 것이었습니다. 소녀는 너무도 놀라 머리칼이 곤두섰습니다. 몇 걸음 뒤로 물러섰습니다. 소녀는 오도가도 못 하고 바들바들 떨었습니다.

'엄마의 약도 못 구하고 여기서 호랑이밥이 되겠구나. 내가 죽으면 불쌍한 우리 엄마에게 누가 생명수를 구해다줄까!'

죽을 땐 죽더라도 호랑이에게 말이나 해보려고 마음 먹었습니다.

"범아, 범아. 넌 왜 길을 막니? 난 앓는 엄마병에 쓸 생명수 구하러 간단다. 너에게도 엄마가 있겠는데 도와는 못 줄지언정 앞길을 막아서야 되겠니?"

호랑이는 부끄러워하였습니다.

"왜 진작 그 말을 하지 않았니. 그런 일이라면 길을 내주마."

"고맙다. 너 생명수 있는 데를 아니?"

"알지 않고, 이 골짜기를 따라 자꾸자꾸 올라가노라면 외딴집이 나온다. 그 집 할머니에게 물어봐라."

"고맙다."

범은 움쭉 일어나 바람처럼 사라졌습니다. 소녀는 골짜기를 따라 자꾸자꾸 올라갔습니다. 그러는 사이에 밤은 점점 깊어갔습니다. 골짜기가 끝나는 언덕 위에 빨간 불빛이 새어나오는 외딴집이 있었습니다. 소녀는 삽짝문 밖에 서서 주인을 찾았습니다.

"주인님 계시나요?"

문이 바시시 열리며 파파 늙은 할머니가 머리를 내밀고 물었습니다.

"이 밤중에 웬 아이냐?"

"할머니, 쉬는 데 안됐어요."

소녀는 허리 굽혀 인사하고 공손히 청을 드렸습니다.

"할머니, 엄마에게 쓸 생명수 구하러 가는 길인데 하룻밤 쉬어갈 수 없을까요?"

"쯔쯔, 어린 게 제 엄마를 살리겠다고 그 험한 길을 오다니… 참 기특도 하지. 어서 들어오너라."

할머니는 소녀를 반갑게 맞아들였습니다.

"어이구, 이 피를 보라지. 몸이 말이 아니구나."

놀란 소리를 지르며 피가 내 밴 소녀의 상처에 송진을 붙이고 헝겊을 감아주었습니다. 그리고 나서 밥상을 차려주며 미안해하지 말고 배불리 먹으라고 자꾸자꾸 권하였습니다. 소녀는 저녁을 달게 먹고 오래간만에 발편잠을 달게 잤습니다. 그 이튿날 아침에 할머니가 깨울 때까지 늦잠을 잤습니다. 소녀는 밥을 먹은 다음 할머니 앞에 무릎을 꿇고 앉아 다시 청을 드렸습니다.

"할머니, 정말 많은 신세를 졌습니다. 그런데 할머니, 생명수 있는 데를 대줄 수 없겠나요?"

"오냐, 네가 말하지 않아도 그걸 알려주려고 했다. 이제 저 산 너머 골짜기에 가면 개울물에 건너놓고 외나무다리가 있다. 그 다리 밑에서 빨래하는 새색시한테 물어봐라."

"고마워요."

소녀는 머리를 깊이 숙여 인사하고 앞산을 넘어 갔습니다 아닌 게 아니라 개울물이 주절주절 흘러가는 외나무다리 밑에서 다홍치마에 노랑저고리를 입은 고운 새색시가 툭툭 투닥투닥 빨래를 하고 있었습니다. 색시 옆에는 빨랫감이 산더미처럼 쌓여있었습니다. 젊은 색시는 소녀가 다가가도 눈 한 번 팔지 않고 방치질만 하였습니다.

"아주머니, 안녕하세요."

소녀는 사뿐사뿐 다가서며 다소곳이 머리 숙여 인사를 하였습니다. 그제야 새색시는 머리를 약간 돌리며 소리 없는 웃음으로 인사를 받았습니다.

"미안하지만 생명수 있는 데를 대줄 수 없나요?"

"그건 왜 묻니?"

"우리 엄마를 살리려고 그래요."

소녀는 눈물이 그렁해서 말했습니다.

"빨래를 다하고 대주마."

여인은 구슬을 굴리는듯한 고운 목소리로 말하고 나서 쉼 없이 빨래질을 하였습니다.

'말 몇 마디면 될 걸 가지고 이 많은 빨래를 다할 때까지 기다리게 하다니. 심보 고약한 여자구나. 집에서는 내가 오기를 애타게 기다리겠는데…'

소녀는 될수록 일을 빨리 끝내려고 여인의 일손을 도왔습니다. 방치질도 하고 빨래를 물에 헹구기도 하였습니다. 부지런히 도와준 덕에 점심 때에는 빨래를 끝낼 수 있었습니다.

"방치가 이것 밖에 없기 때문에 일을 끝내기 전에 너한테 대줄 수 없었단다. 미안하다."

새색시는 이렇게 말하고 나서 자기가 쓰던 방치를 물에 띄웠습니다.

"저 방치를 따라가면 생명수 있는데 가 닿게 된다. 절대 방치를 놓치지 말아라."

그러고 보니, 여인은 소녀에게 하나 밖에 없는 방치를 주기 위하여 빨래가 끝난 다음에 생명수 있는 데를 대주겠다고 하였던 것입니다. 소녀는 자기가 마음씨 고운 새색시를 얼마나 나쁘게 생각했는가를 깨닫고 얼굴을 붉혔습니다. 소녀는 여인의 진정에 콧마루가 찡했습니다.

"정말 고마워요. 아지미를 잊지 않겠어요."

"고맙기야 뭐, 우리 다시 만나게 돼. 빨리 가라. 방치를 놓치겠다."

새색시는 웃으며 손 저어 바래주었습니다.

방치는 물을 쭉쭉 가르며 물의 흐름보다 더 빨리 미끄러져갔습니다. 소녀는 물 위로 미끄러져 가는 방치를 놓치지 않으려고 주먹을 부르쥐고 달리고 달렸습니다. 숨은 턱에 닿고 목에서는 단내가 났습니다. 그러나 잠시도 멈춰 설 수가 없었습니다. 쉬는 사이에 방치를 놓치면 생명수를 찾을 수 없겠으니까요. 물을 따라가던 방치는 개울에서 나와 숲속으로 스륵스르륵 미끄러져 가기도 하고 바위가 나타나면 훌쩍훌쩍 뛰어넘기도 하였습니다. 소녀는 이를 악물고 할딱할딱 방치 뒤를 따라갔습니다. 드디어 방치가 큰 바위 앞에서 멈춰 섰습니다. 그때에야 소녀는 잠깐 숨을 돌릴 수 있었습니다. 방치가 바위벽을 딱딱 두드렸습니다. 그러자 바위가 두 쪽으로 쭉 갈라졌습니다. 방치는 대낮처럼 밝은 동굴 안으로 뚝뚝 뛰어 들어갔습니다. 소녀도 방치를 따라 동굴 안으로 들어갔습니다. 동굴 바닥에서 수정처럼 맑은 샘물이 퐁퐁 솟아났습니다. 샘물가에 뚱뚱한 곰이 웅크리고 앉아 눈을 부릅뜨고 지키고 있었습니다. 방치는 곰의 어깨 위에 훌쩍 뛰어 올라가 납작 붙었습니다.

"오냐, 네가 왔니? 색시가 보내더냐?"

방치는 그렇다고 머리를 끄덕였습니다. 곰은 한 손으로 방치를 쓰다듬었습니다. 그리고 자기한테로 다가오는 소녀를 보자 벌떡 일어섰습니다. 두 팔을 쩍 벌리고 앞을 막아서며 웅글은 목소리로 물었습니다.

"넌 여기로 왜 왔어?"

"난 고개고개 아홉 고개 넘고 넘어 머나먼 곳에서 살아요. 죽는 엄말 살리려고 생명수 구하러 왔어요. 좀 도와주세요."

"엄마를 살리려고 여기까지 왔단 말이지. 기특한 애로구나. 애야, 이게 바로 네가 찾는 생명수다. 마음대로 퍼 가거라."

소녀는 눈을 번쩍 뜨며 소리쳤습니다.

"그래요! 고마워요."

소녀는 어쩌나 기쁜지 몰랐습니다. 이 샘물을 찾아 얼마나 힘들고 위험한 길을 걸어왔습니까! 소녀의 기쁨은 눈물로 변하여 두 볼을 타고 주르르 흘러내렸습니다. 그는 샘물가에 쪼그리고 앉아 이고 온 동이를 내려놓고 바가지로 생명수를 퐁퐁 담았습니다. 물을 동이전에 철철 넘쳐나게 채웠습니다. 그러자 곰은 샘물가에서 자라는 흰 꽃망울이 진 꽃을 뚝 꺾어주며 말했습니다.

"너의 엄마에게 생명수 한 모금 먹이고 이 숨살이꽃을 가슴 위에 놓아라."

다음에는 빨간 꽃망울이 진 꽃을 뚝 꺾어주며 말했습니다.

"이건 살살이꽃이다. 너의 엄마한테 생명수 한 모금 먹이고 나서 이 꽃을 엄마 이마 위에 놓아라."

그리고 마지막으로 노란 망울이 진 꽃을 뚝 꺾어주며 말했습니다.

"이건 일살이꽃이다. 엄마한테 생명수 한 모금 먹이고 이 꽃을 발밑에 던져라. 알겠지. 이젠 가 봐라."

"네, 고마워요."

소녀의 마음은 조급해졌습니다. 그는 더 지체하지 않고 동굴 속에서 나왔습니다. 그러자 방치가 앞에서 뚝뚝 뛰어가면서 길잡이를 하였습니다. 소녀는 방치를 따라 숲을 헤치고 강을 거슬러 올라가서 새색시가 빨래하던 외나무다리 밑에 다달았습니다. 새색시는 소녀가 오기를 기다리고 있었습니다. 소녀는 새색시한테 인사하고 외딴집 할머니를 만난 다음 벼랑산을 오르고 가시산을 넘어 드디어 자기 집 뜨락에 들어섰습니다.

집안에서

"아이고, 아이고."

하는 울음소리가 흘러나왔습니다. 가슴이 철렁하였습니다. 소녀는 급히 방안으로 뛰어 들어갔습니다. 방금 숨진 어머니 곁에서 아버지와 두 언니가 울고 있었습니다. 막내딸은 아버지 앞에 물동이를 내려놓으며 목 메인 소리로 말했습니다.

"어머니, 생명수를 가져왔어요. 왜 제가 올 때까지 기다리지 못하고 가셨어요."

아버지는 막내딸의 두 손을 붙잡고 안타깝게 부르짖었습니다.

"네가 오긴 왔구나. 이제 생명수를 해선 뭘 하겠니. 엄마는 너를 기다리느라 눈도 못 감고 저 세상으로 갔다. 생명수를 구해온 네 정성이 아깝구나. 아까와."

"아버지, 진정하세요."

막내딸은 곰이 알려준 대로 어머니의 입을 벌리고 생명수 한 숟가락 떠 넣은 다음 숨살이꽃을 가슴 위에 올려놓았습니다. 망울을 툭 터치며 흰 꽃이 활짝 피어나 온 방안에 향기를 그득히 채웠습니다. 그러자 멎었던 어머니의 심장이 툭툭 뛰고 숨을 쉬기 시작했습니다. 막내딸은 울며 웃으며 어머니의 입에 생명수를 또 한 숟가락 떠 넣고 살살이꽃을 어머니의 이마 위에 조심조심 올려놓았습니다. 꽃망울을 터치며 빨간 꽃이 활짝 피어나고 알싸한 향기가 풍겼습니다. 그러자 핏기 없던 어머니의 온몸이 불깃불깃해지면서 피가 돌고 몸이 뜨끈뜨끈했습니다.

마지막으로 막내딸은 어머니의 입에 생명수를 한 숟가락 떠 넣고 일살이꽃을 발밑에 던졌습니다. 꽃망울을 터치며 노란 꽃이 활짝 피어나서 온 방안을 훈훈하게 덥혀주었습니다. 그러자 어머니는 눈을 비비며 툭툭 털고 자리에서 일어났습니다. 엄마와 딸이 부둥켜안고 울며 웃으며 얼마나 기뻐했는지 모릅니다. 그 뒤 생명수를 구해다 어머니를 살려낸 막내동생의 기특한 소행에 감동된 두 언니도 마음을 고쳤답니다.

― 〈생명수〉
『조선민화집(3)』, 금성청년출판사, 1989.

북녘의 옛이야기 〈생명수〉는 병든 어머니를 살리기 위해 험난한 저승길도 마다않고 달려가 생명수를 구해온 막내딸의 지극한 효성을 다루고 있다. 〈생명수〉 이야기에서 아버지는 병든 자신을 대신하여 가족들의 생계와 남편 병간호를 책임지다가 불치병에 걸린 아내를 살리기 위해 불편한 몸을 이끌고 고군분투한다. 아버지의 노력에 하늘이 감동을 했는지, 어느 날 아버지의 꿈속에 노인이 나타나 생명수를 구하면 아내를 살릴 수 있다고 알려준다. 아버지는 딸들에게 차례로 생명수를 구해달라고 요청한다. 그러나 맏딸은 여자의 몸으로는 그 험한 곳을 갈 수 없다고 거절하고, 둘째딸은 언니가 가지 않는데 동생인 자신이 갈 수는 없다고 거절한다. 어머니가 죽어가는데 딸들이 아무도 가지 않겠다고 하자 아버지는 몹시 역정을 내며 불편한 몸을 이끌고 본인이 직접 가겠다고 한다. 이때 막내딸이 아버지를 막아서며 자원을 한다. 아버지는 아내를 살릴 유일한 기회 앞에서 어찌된 일인지 자원한 막내딸을 만류한다. 아버지의 요청을 거절한 언니들에게는 자식이고 뭐고 다 쓸모없다면서 언니들을 비난하던 아버지의 태도와는 사뭇 다른 모습이다. 아버지는 위에 언니들이 있고, 막내딸이 고작 13세 밖에 되지 않은 어린 나이라는 이유를 들어 반대한다. 막내딸과 두 언니들을 대하는 아버지의 상반된 태도에서 아버지가 막내딸을 얼마나 애지중지 아끼는지 알 수 있다. 막내딸은 아버지를 힘들게 설득하고서야 길을 떠날 수 있었다. 어렵사리 생명수를 찾아 나선 막내딸에게 발길이 닿는 길목마다 시련이 기다리고 있다. 막내딸은 그 시련을 온몸으로 맞서며 생명수를 구해와 어머니를 살리고 언니들은 막내동생의 효행에 감동하여 새로운 삶을 살게 된다.

북녘의 옛이야기 〈생명수〉와 마찬가지로 남녘에도 불치병에 걸린 부모를 살리기 위해 생명수를 찾으러 길 위에 선 딸이 있으니 다름 아닌 바리공주이다. 남녘의 옛이야기 〈바리공주〉에서의 막내딸 사연은 이러하다.

옛날 불라국이라는 나라에 오구대왕이 살고 있었다. 오구대왕은 17세 되던 해에 16세 길대부인을 왕비로 맞고 싶어서 천하궁 갈이박사 다지박사를 불러 택일을 하라고 하였다.

갈이박사 다지박사가 문복을 하여 오구대왕에게 아뢰었다.

"금년에 혼례를 하면 칠공주를 얻을 것이고, 내년에 혼례를 하면 세자대군을 얻을 것입니다. 그러하니 내년에 혼례를 하는 것이 좋을 줄로 아뢰옵니다."

"아무리 문복이 용타한들 어찌 모든 것을 다 알겠느냐. 하루가 열흘 같구나. 더 기다릴 수 없으니 금년으로 간택일을 잡도록 하여라."

오구대왕의 명에 따라 갈이박사 다지박사가 칠월칠석일로 길례를 정하고 오구대왕이 길대부인을 왕비로 맞이하였다.

몇 해가 지난 어느 날 길대부인은 몸에 이상을 느꼈다. 잔뼈는 녹는 듯하고 굵은 뼈는 휘는 듯하였다. 수라에서는 생쌀내가 나고 장국에서는 날장내가 심하고, 생선에서는 해감내가 나고, 금광초에서는 풋내가 심하게 나서 음식을 먹을 수가 없었다. 길대부인이 힘겹게 잠이 드니 품안에 달이 돋아 보이고 오른손에 청도화 한 가지를 꺾어드는 꿈을 꾸었다. 길대부인은 열 달 후 공주를 출산하였다. 오구대왕은 첫딸에게 명을낭 달이당씨라는 이름과 청대공주라는 별호를 지어주고 아흔아홉 비단장 속에 청사돋음 특사이불로 귀하게 길렀다. 시간이 흘러 길대부인이 아이를 잉태하여 출산을 하니 두 번째 딸이 태어났다. 오구대왕은 둘째딸에게 별이당씨라는 이름과 홍대공주라는 별호를 지어주고 귀하게 길렀다. 길대부인이 이어서 내리 딸 넷을 더 낳은 뒤, 일곱째를 잉태하였다. 길대부인이 태몽을 꾸니 이번에는 예사롭지가 않았다. 대명전 대들보에 청룡과 황룡이 엉기어 있고. 오른손에 보라매, 왼손에 백마를 받고, 왼 무릎에 흑거북이 앉아 있고, 양 어깨에 해와 달이 돋아나는 꿈이었다. 오구대왕이 길대부인에게 일곱째 태아의 태몽을 듣고 무릎을 치며 길대부인에게 말하였다.

"부인이 이번에는 세자대군을 보겠구려."

오구대왕과 길대부인은 어느 때보다 정성을 다하여 태아 맞을 준비를 하였다. 이윽고 길대부인이 산통을 느껴 아이를 출산하니 일곱째마저 딸이었다. 세자 탄생 소식을 기다리던 오구대왕은 일곱째 공주 탄생의 기별을 듣자 길대부인에게 몹시 화를 내었다.

"중전은 참으로 담대하기도 하오. 무슨 면목으로 나를 볼 것이오."

오구대왕은 두 줄기 눈물을 흘리면서 신하에게 명령하였다.

"이제 종묘사직은 누구에게 전하며 조정백관은 누구에게 의지하며 시녀상궁은 누구에게 의탁하겠느냐. 내가 전생에 지은 죄가 많아 옥황상제가 일곱 딸을 점지해 주었구나. 이 아이를 서해용왕에게 진상으로 보낼 것이니 아이를 옥함에 넣어 서해바다로 띄워 보내도록 하라."

길대부인이 이 말을 전해 듣고 오구대왕에게 달려가 눈물로 호소하였다.

"대왕마마, 어찌 이리도 모질단 말입니까. 혈육을 버리시다니요. 차라리 자손이 없는 신하에게 양녀로 주옵소서."

길대부인의 만류에도 오구대왕이 꿈쩍도 하지 않자 길대부인은 오구대왕에게 버리는 자손 이름이라도 지어 보내라고 사정하였다. 그러자 오구대왕이 말하였다.

"버려도 버릴 것이고, 던져도 던질 것이니 바리공주라 하라."

길대부인은 아기와 부모의 생월생시를 적어 옥함에 넣고, 옥병에 젖을 담아 아기 앞으로 기울여 놓으며 하염없이 눈물을 흘렸다.

바리공주를 실은 옥함은 깊은 바다로 던져졌다. 옥함은 거친 파도를 넘고 망망대해를 흐르고 흘러 태양서촌에 이르렀다. 비리공덕 할아비와 비리공덕 할미가 바랑을 둘러매고 바닷길을 걷다가 우연히 옥함을 발견하였다. 자손 없이 살던 비리공덕 할아비와 비리공덕 할미는 바리공주를 데려가 정성껏 키웠다. 바리공주는 자라면서 하나를 가르치면 열을 알 정도로 영민하였다. 바리공주가 언젠가부터 슬픈 표정을 짓더니 하루는 비리공덕 할아비에게 물었다.

"할아버지. 나의 아버지와 어머니는 누구고, 어디에 계십니까?"

"하늘이 아버지고, 땅이 어머니지."

"할아버지, 거짓말마세요. 어떻게 천지가 인간을 자손으로 둔단 말입니까."

비리공덕 할아비가 바리공주에게 이리저리 둘러대었지만 바리공주는 할아버지의 말에 조목조목 따져 물으며 믿지 않았다. 어느덧 세월이 흘러 바리공주는 15세가 되었다.

한편, 불라국의 오구대왕은 바리공주를 버린 뒤 알 수 없는 병에 걸려 앓아누웠다. 어떤 약을 써도 오구대왕의 병에 차도가 없자 길대부인이 갈이박사 다지박사를 불러 문복을 하였다.

갈이박사 다지박사는 양전마마가 한날한시에 승하할 운이니 버린 바리공주를 찾으라고 하였다. 그날 밤 오구대왕 꿈에 청의동자가 나타나서,

"대왕님의 병은 하늘이 아는 자손을 버린 죄로 하늘이 내린 벌입니다. 서천서역국의 생명수만이 대왕님의 병을 고칠 수 있습니다. 일곱째 공주를 찾으십시오."

이 말을 남기고 사라졌다.

오구대왕은 제 목숨을 구하자고 버린 딸을 찾을 염치가 없었다. 그래서 만조백관을 불러 놓고 말했다.

"서천서역국의 생명수만이 짐의 병을 고칠 수 있다고 한다. 누가 서천서역국으로 생명수를 구하러 가겠느냐."

그런데 신하 중 어느 누구 하나 생명수를 구하러 가겠다고 나서는 이가 없었다. 크게 실망한 오구대왕과 길대부인은 여섯 공주를 불러 놓고 아버지를 살리기 위해 누가 생명수를 구하러 가겠는지 물었다.

"뒷동산 후원에 꽃구경 갔다가 내전도 못 찾아오는 몸이 어디라고 가겠습니까."

"삼천궁녀 못 가는 길을 어디라고 가겠습니까."

"두 형님 못 가는 곳을 어디라고 가겠습니까."

"세 형님 못 가는 곳을 소녀가 어찌 가겠습니까."

"네 형님 못 가는 저승길을 전들 어찌 가겠습니까."

"다섯 형님 못 가는 곳을 제가 어찌 가겠습니까."

여섯 공주는 차례로 못 가는 이유를 대며 구약노정을 거절하였다.

"물렀거라. 치우거라. 너희들은 내 자손이 아니로다."

오구대왕은 여섯 공주의 거절에 몹시 역정을 내었다.

길대부인은 은밀히 신하 한 명을 불러 바리공주를 찾으라고 명하였다.

신하는 밤낮을 쉬지 않고 바리공주를 찾아 헤매던 중 까막까치와 나무의 안내를 받아 태양서촌에 당도하였다.

비리공덕 할아비와 비리공덕 할미는 낯선 사람의 방문을 경계하였다.

"귀신이냐? 사람이냐? 여긴 날짐승 길짐승도 못 들어오는 곳이거늘 어찌 들어왔느냐?"

신하가 대답하였다.

"소인은 국왕마마의 신하입니다. 국왕마마의 명으로 바리공주님을 찾아왔나이다."

이 말을 들은 바리공주가 나서며 자신의 표적을 가져왔는지 물었다. 그러자 신하는 바리공주가 태어나서 입었던 배냇저고리를 바리공주 앞에 내어 보이면서 양전마마의 생월생시와 바리공주의 생월생시를 고하였다. 바리공주가 고이 간직하고 있던 옥함 속 쪽지에 적힌 날짜와 시간이 정확히 일치하였다. 바리공주는 눈물을 흘리면서 또 다른 표적으로 가져오라고 하였다. 신하가 오구대왕의 손가락 피 한 방울을 금쟁반 정한수에 담아오자 바리공주가 자신의 손가락을 베어 피 한 방울을 금쟁반 정한수에 떨어뜨렸다. 그러자 양 피가 구름같이 피어올랐다. 바리공주는 부모를 만나러 가기 위해 비리공덕 할아비와 비리공덕 할미에게 이별을 고하고 불라국으로 떠났다.

바리공주는 대명전에 들어 오구대왕과 길대부인에게 큰절을 하였다. 양전마마는 바리공주를 일으켜 품에 안으며 지난날의 잘못을 사과하며 통곡을 하였다.

바리공주는 죽음의 문턱에 선 오구대왕의 사연을 듣고 서천서역국으로 떠나겠다고 결심하였다. 바리공주는 비단 옷을 마련하여 남장을 하고 무쇠신을 신고 무쇠질방, 무쇠지팡이로 땅을 짚으며 서천서역국으로 향하였다. 바리공주는 무쇠주령 한 번 짚어 천리, 두 번 짚어 이천리, 세 번 짚어 삼천리를 가다가 바둑 두는 노인을 만났다.

"그대는 귀신인가? 사람인가? 이곳은 날짐승 길짐승도 못 들어오는 곳이거늘, 어찌 천궁을 범하였느냐?"

"소신은 불라국 일곱째 대군으로 부모 살릴 생명수를 구하러 서천서역국을 찾아가는 길이옵니다."

"그대 정성이 갸륵하구나. 지성이면 감천이라. 그대에게 낙화 세 가지와 금주령을 줄 테니 위험에 처할 때 하나씩 쓰도록 하라."

바리공주는 노인이 준 물건을 두 손으로 받아들고 다시 길을 떠났다. 한참을 가다보니 큰 바다가 나왔다. 바리공주가 낙화 한 가지를 흔들자 바다가 육지가 되어 무사히 건넜다. 또 천리를 가니 가시성이 하늘에 닿을 듯 했다. 바리공주가 낙화 한 가지를 흔드니 가시성이 걷히었다. 또 천리를 지나가니 지옥에서 온갖 귀신이 덤벼들었다. 바리공주는 마지막 낙화 한 가지를 흔들었다. 그러자 지옥에서 고통 받던 귀신들이 서방정토 극락세계로 들어갔다. 바리공주가 지옥을 지나 서천서역국 약수 삼천리에 다다랐다. 이곳에는 바리공주를 건네줄 날짐승도 없고, 배 한 척도 없었다. 바리공주가 노인이 준 금주령을 던지자 무지개다리가 펼쳐졌다. 무지개다리를 무사히 건너가니 이번에는 하늘에 닿을 듯한 큰 키의 무장승이 생명수를 지키고 있었다.

"그대는 사람인가? 귀신인가? 사람이면 열 두 지옥을 어찌 넘어 왔으며, 바람도 쉬어 넘는 길을 어찌 넘어올 수 있단 말이냐."

"소인은 불라국 국왕의 일곱째 대군이오. 국왕의 목숨을 살릴 생명수를 구하러 왔습니다."

"길 값은 가져왔느냐?"

"가져오지 못하였습니다."

"그럼 길 값으로 나무를 삼 년 하고, 산 값으로 불을 삼 년 때고, 물

값으로 물을 삼 년 길어 줄 수 있겠느냐?"

"예. 그리하겠습니다."

바리공주가 나무하기 삼 년, 불 때기 삼 년, 물 긷기 삼 년, 아홉 해를 서천서역국에서 지내는 동안 무장승은 바리공주가 여자임을 알아차렸다.

"그대는 앞으로 봐도 여자의 몸이요, 뒤로 봐도 여자의 몸이요. 그대와 나는 천상배필이니 나와 혼인하여 일곱 아들을 낳아 주오."

바리공주는 천지로 장막을 삼고 산수로 병풍을 삼고 금잔디로 요를 삼고 떼구름을 차일 삼고 샛별을 등불 삼아 초경에 허락하고 이경에 머무르고 삼경에서 오경에 인연을 맺어 무장승과의 사이에서 일곱 아들을 낳고 살았다.

바리공주가 하룻밤에 잠을 자는데 초경에 금수저가 부러지는 꿈을 꾸고, 이경에 은수저가 부러지는 꿈을 꾸었다. 바리공주는 꿈에서 깨어나 무장승에게 말하였다.

"아무래도 부모님에게 변고가 생긴 듯합니다. 바삐 서둘러 돌아가야겠어요."

"나도 함께 가겠소. 그 동안 길렀던 물이 생명수니 얼른 가서 담아오시오. 그리고 뒷동산 후원에 가면 뼈살이꽃, 살살이꽃, 피살이꽃이 피어 있으니 세 꽃도 챙기시오."

바리공주는 생명수와 꽃을 챙겨 가족들과 함께 길을 나섰다. 바리공주 일행이 황천강을 건너 불라국에 들어서니 멀리서 행상소리가 들려왔다. 바리공주가 행상소리 나는 곳으로 황급히 달려가니 길대부인과 여섯 공주의 곡소리가 절절하였다. 바리공주는 오구대왕의 꽃상여를 부여안고 울부짖었다.

"아버지, 이럴 수는 없습니다. 생명수를 찾아 떠난 일곱째 공주가 눈에 밟혀 어찌 눈을 감으셨단 말입니까, 아버지. 소녀가 생명수를 구해 왔습니다. 부디 일어나세요."

바리공주는 관 뚜껑을 열고 뼈살이꽃으로 오구대왕의 뼈를 살리고, 살살이꽃으로 살을 살리고, 피살이꽃으로 피를 살렸다. 그리고 마지막으로 오구대왕의 입속에 생명수를 떠 넣으니 숨이 돌아왔다.

오구대왕이 살아나자 길대부인과 일곱 공주, 그리고 만조백관과 온 백성이 모두 기뻐하였다. 오구대왕은 바리공주를 부여안고 회한의 눈물을 흘렸다.

"네가 나를 살렸구나. 보답으로 무엇을 주랴. 이 나라를 주랴, 재물을 주랴."

바리공주는 오구대왕의 제안을 모두 거부하였다. 그리고 부모 허락 없이 혼인하여 일곱 아들 낳은 사실을 고하고 용서를 구하였다. 오구대왕은 사위 무장승과 일곱 외손자를 기쁘게 맞아들였다.

바리공주는 훗날 죽은 영혼을 저승으로 인도하는 신이 되었다.

— 〈바리공주〉(서울 문덕순본) 필자 재화<br>『바리공주전집1』, 민속원, 1997.

남녘의 〈바리공주〉 이야기는 전국적인 전승을 보이는 한국의 대표적인 구전신화이다. 〈바리공주〉무가는 굿 의례 가운데 죽은 망자를 천도하는 의식에서 불려진다. 이때 이루어지는 굿 의례를 '말미', '진오귀굿', '오구굿' 등으로 지칭한다.

〈바리공주〉 이야기의 주인공은 북녘의 옛이야기 〈생명수〉 주인공과 마찬가지로 막내딸이다. 그런데 막내딸이라는 위치만 동일할 뿐 두 딸이 놓인 상황은 매우 다르다. 〈생명수〉의 막내딸은 아버지의 사랑을 가득 받고 자란 존재인 반면, 〈바리공주〉의 막내딸은 딸이라는 이유로 태어나자마자 버림을 받은 비극적 운명의 존재이다.

대왕마마 전교하시는 말씀이
"그대 몽사가 어떠하시더닛가?"

"오른손에는 보라매를 받아보이고, 왼손에는 백매를 받아보이고, 무릎 위에는 금거북이 앉아보이고, 양 어깨에는 해달이 돋아보이고, 대명전 대들보에는 청룡황룡이 얼크러져 뵈더이다."

"이번에는 세자대군을 보실 몽사이니 상궁시녀들아 천하궁에 문복 가라."

…중략…

'나는 전생에 무슨 죄가 그리 많아서 하늘이 일곱 딸을 점지하였는고. 향로향합 헤치시고 종묘사직을 누구에게 다 전하리오. 만민조정을 누구에게 다 전하리오. 만민백성을 누구에게 다 전하리오.'

대왕마마 전교하시는 말씀이

"시녀상궁들아, 삼천궁녀들아, 그 아기를 어서 후원에 갖다 버려라."

– 〈바리공주〉(서울 배경재본)
『바리공주전집1』, 민속원, 1997.

오구대왕은 길대부인에게 바리공주의 태몽을 듣고 장차 세자대군이 태어날 거라고 큰 기대를 한다. 양손에 보라매와 백매가 앉았고, 무릎에는 금거북이, 양 어깨에는 해와 달, 대명전 대들보에는 청룡과 황룡이 서로 엉켜있는 태몽이니 세자대군 탄생에 대한 오구대왕의 기대가 과한 것만은 아니다. 오구대왕은 세자 출산을 간절히 염원하며 열 달을 기다렸는데, 기대와는 달리 줄줄이 여섯 딸에 이어 일곱째도 딸이라는 소식을 듣고 바리공주를 갖다 버리라고 명령한다. 오구대왕은 자신의 대를 이어 종묘사직과 만민조정 그리고 백성을 다스릴 왕세자가 태어날 것이라는 큰 기대와는 달리 딸이 태어나자 크게 실망하여 일곱째 공주를 버리는 죄를 짓고 만다. 바리공주는 딸이라는 이유로 세상에 나자마자 옥함에 담겨 망망대해로 버려졌다가 구조자에 의해 구사일생으로 살아난다. 그래서 바리공주는 부모가 아닌 양육자의 손에 길러진다. 이야기에 따라 양육자는 자녀 없이 살던 비리공덕 할아비와 비리공덕 할미인 경우가 있고, 바리공주를 구조했던 동물, 수궁용왕의 부인, 선녀, 산신이 양육하는 경우도 있다. 부모에게 버림받고 남의 손에서 자란 바리공주가 가까스로 다시 찾은 부모는 불치병에 걸려 죽음을 목전에 두고 있다. 오구대왕의 병은 서천서역국에 있는 생명수로만 고칠 수 있다. 그런데 사랑으로 애지중지 키웠던 여섯 딸은 물론 충(忠)을 맹세한 신하까지 어느 누구 하나 생명수를 구하러 가겠다고 나서는 이가 없다. 결국 뒤늦게 찾은 바리공주가 생명수를 구하러 떠난다. 바리공주는 〈생명수〉의 막내딸과 마찬가지로 생명수를 찾는 과정에서 온갖 시련을 겪지만 온몸으로 맞서며 힘겹게 생명수를 구해와 오구대왕을 살려낸다.

〈생명수〉와 〈바리공주〉 이야기의 두 주인공이 스스로 길 위에 선 이유는 부모를 살릴 생명수를 구하기 위함이다. 〈생명수〉와 〈바리공주〉 이야기 주인공의 성장배경과 구약노정은 다르지만 나이 어린 소녀들이 스스로 길 위에 선 이유가 동일하다. 지금부터 두 주인공의 저승 여행에 동행하여 보자.


## 생명수를 구할 자, 시험대에 오르다

북녘의 옛이야기 〈생명수〉와 남녘의 옛이야기 〈바리공주〉의 두 주인공이 떠난 구약노정은 매우 힘겹고 고달픈 과정이다. 매 순간이 고난의 연속이다.

북녘의 옛이야기 〈생명수〉의 막내딸은 자그마한 동이를 이고 어디로 가야 하는지도 모른 채 무작정 생명수를 찾아 밤낮을 쉬지 않고 걷는다. 그 과정에서 막내딸은 수많은 존재와 만나게 된다. 막내딸이 한 고개, 두 고개 힘겹게 넘어가니 가시나무가 빽빽하게 우거진 가시산이 길목을 가로

막는다. 가시산은 막내딸이 지나가지 못하게 옷을 물어뜯고, 얼굴을 찌르며 육체적·정신적 고통을 가한다. 하지만 막내딸은 고통을 온몸으로 감내하며 힘겹게 앞으로 나아간다. 그녀가 고통 앞에서 물러설 수 없는 이유는 단 하나, 어머니를 살릴 생명수를 구해야 하기 때문이다. 힘겹게 한 관문을 통과하자 이번에는 벼랑산이 막내딸 앞을 가로막는다. 조금만 건들면 돌사태가 쏟아질 것 같은 위태롭게 깎아지른 벼랑산이다. 막내딸이 한 발 한 발 올라보지만 어린 몸으로는 역부족이라 결국 미끄러져 떨어지고 만다. 바위틈에서 자란 소나무가 아니었더라면 막내딸은 목숨을 잃고 말았을 터이다. 구사일생으로 살아난 막내딸은 가로막힌 벼랑산 앞에서 자신의 사정을 눈물로 호소한다. 생명수를 구하지 못하면 어머니가 죽게 되니 제발 길을 좀 비켜달라고 말이다. 막내딸의 절절한 호소는 꿈쩍도 하지 않을 것 같던 벼랑산을 움직인다. 막내딸을 사지로 몰아넣었던 벼랑산은 깎아지른 벼랑을 비스듬히 눕혀 돌계단을 만들어 막내딸이 무사히 넘어갈 수 있도록 도와준다.

뾰족한 가시산이나 험난하고 위험한 벼랑산은 어린 막내딸이 홀로 맞서기에는 너무나 거대한 대자연이다. 대자연의 시련은 막내딸의 효심에 대한 시험대라 할 수 있다. 생명수를 찾을 자격이 되는지에 대한 엄혹한 시험이다. 자녀라면 누구나 부모를 잘 섬기고 봉양하며 효를 실천하고자 하지만 자신의 고난과 역경 앞에서는 쉽게 무너지는 법이다. 그래서 저승 여행 초반부터 가시산, 벼랑산이라는 대자연의 가혹한 시련이 막내딸을 기다리고 있는 것이다. 막내딸은 생명수를 구해야 한다는 강인한 의지로 고난을 뚫고 시험을 한 단계씩 통과해 나간다.

막내딸은 비록 어리고 가녀린 소녀지만 어머니를 살리겠다는 강인한 의지는 물론, 주변의 존재를 감화시키고 주변과 소통하는 힘도 지니고 있다. 막내딸은 자신이 지닌 소통의 힘으로 막다른 상황에서도 포기하지 않는다. 상대방의 가슴을 긁는 애타는 부르짖음으로 절대 움직이지 않을 것 같던 벼랑산를 조력자로 변화시킨다. 막내딸의 소통능력은 커다란 호랑이의 위협 앞에서도 어김없이 발휘된다. 호랑이밥이 될 위태로운 상황에서도 용기를 내어 호랑이에게 생명수를 구해야 하는 자신의 사연을 또박또박 전달한다. 이러한 막내딸의 소통능력은 커다란 호랑이의 야성마저 누그러뜨리고 조력자로 변화시켜 나간다.

막내딸은 생명수를 찾아가는 길고 험난한 여정 속에서 점점 성장해 나간다. 거대한 자연의 시련 앞에서 꿋꿋하게 의지대로 나아가는가 하면, 자신의 소통능력을 십분 발휘하여 위기를 모면하기도 한다. 또한 할머니를 만난 자리에서는 오랜만에 저녁도 달게 먹고, 발편잠을 자는 여유도 갖게 된다. 막내딸은 구약노정 과정에서 시간이 흐를수록 주도적으로 상황을 이끌어 나간다. 생명수가 있는 곳을 알려줄 결정적인 키를 쥐고 있는 새색시를 만났을 때에는 새색시가 산더미처럼 쌓아놓은 빨래를 다 빨아야 길을 알려주겠다는 말에 팔부터 걷어 부치고 일손을 도와 주도적으로 방망이를 획득해 내는 문제 해결 능력까지 보이게 된다. 생명수를 구하러 떠난 막내딸의 저승 여행은 지극한 효심을 지닌 막내딸에게 자신의 잠재된 의지력, 소통력, 문제해결력을 발견하고 성장시켜 나가는 계기를 만들어준다. 〈생명수〉에서 막내딸의 저승 여행은 인고의 시간을 거쳐 자녀가 부모에게 지켜야하는 도리로서의 효를 실천해 나가는 숭고의 시간 여행이며 자기발견의 성장 여행이다.


## 버림받은 자의 구원 여행

남녘의 이야기 〈바리공주〉 속 막내딸의 저승 여행 역시 북녘의 이야기 〈생명수〉 속 막내딸과 마찬가지로 험난하기만 하다. 바리공주는 딸이라는 이유로 자신을 버렸던 아버지의 생명을 구하기 위해 아무도 가지 않는 길을 선택하여 길 위에 선다. 바리공주의 저승 여행 동기는 〈생명수〉의 막내딸과 마찬가지로 부모를 살리기 위한 '효'를 실천하기 위함이다. 여기에서 '효'는 관념적 효 의식을 의미하는 것이 아니다. 자기 존재의 근원에 대한 인식의 표현이다(신동흔, 2014).

바리공주는 비리공덕 할아비와 비리공덕 할미의 정성어린 양육으로 잘 성장하였다. 바리공주는 8살 때 양육자에게 날짐승도 어미 아비가 다 있는데, 자신의 어머니는 어디 계시며 아버지는 어디 계시냐며 한탄한다. 그리고 이어서 부모를 찾아달라고 호소한다. 바리공주는 어릴 때부터 자기 존재의 근원에 대한 물음을 갖고 있는 아이였다. 세월이 흘러 바리공주는 15세 되어서야 자신을 버렸던 부모가 자신을 찾는다는 소식을 듣는다. 바리공주에게 부모란, 어릴 때 비가 오나 눈이 오나 춘하추동 사시사철 뒷동산 후원에 홀로 올라가서 엄마 아빠를 부르고 울면 그 울음소리에 산천초목이 다 서러워했을 정도로 사무친 존재이다. 그럼에도 불구하고 바리공주는 부모가 자신을 찾는다는 소식에 곧바로 부모에게 달려가 안기지 않는다. 부모와 상봉하기까지 신중에 신중을 기하는 모습을 보인다. 신하가 오구대왕의 딸이라는 증표로 태어났을 때 입은 배냇저고리, 생월 생시 기록 용지, 국왕의 봉서와 여섯 언니의 봉서를 바리공주에게 차례로 가져왔지만 바리공주는 이를 확인하고도 부모의 무지(拇指) 채혈을 요구한다. 부모님의 피와 자신의 피를 합쳐 양 피가 구름같이 피어오르는 것을 확인하고서야 제 부모임을 인정하고 부모를 만나러 떠난다. 바리공주에게 부모 찾기는 곧 자기 존재의 근원 찾기의 시작점이다. 바리공주가 부모를 찾고자 하는 염원, 친자 확인을 위한 일련의 신중한 행동을 통해 바리공주의 삶에서 자기 존재의 근원 찾기가 얼마나 큰 화두인지 알 수 있다.

바리공주는 부모와 상봉한 후 오구대왕의 사정을 듣고 생명수를 구해오겠다고 결심한다. 그리고 남장을 하고 무쇠질방, 무쇠지팡이를 들고, 무쇠신을 신고 길 위에 선다. 버거운 운명의 무게감을 고스란히 안은 채 버림받은 딸은 자신을 버린 아버지를 구원하기 위한 저승 여행을 시작한다. 바리공주는 구약노정에서 다양한 인물을 만나 여러 과제를 수행함으로써 서천서역국으로 가는 길을 안내받는다. 전승지역에 따라서는 과제수행이 생략되어 있는 경우도 있지만 상당수는 농사짓기, 빨래하기, 다리놓기, 탑쌓기, 깨진 항아리 붙이기 등 다양한 과제를 수행한다.

한 고개로 넘어가니 어떤 백발노인이 커다란 황소를 몰고서 밭을 가느라고 고생하네. 거기를 찾아 가서 공주가 하는 말이

"여보시오. 백발노인요. 서천 나라 서역국으로 가자면 어디로 가야만 되겠소."

"여봐라. 공주야. 석 달은 갈아야 되는 이 넓고 넓은 밭을 다 갈아놓고 너에게 서천서역국을 가르쳐 주마."

공주가 그 말을 듣고 거기 달려들어서 황소 고삐를 거머쥐고

"이리야 이리야, 어서가자. 어서 어서 이 밭을 갈아 놓고 약물을 지으러 떠나가자."

공주도 거기 달려들어서 밭을 갈아 놓는데 단 시간에 다 갈아주고서 그 고개를 넘어간다.

─중략─

개울가로 찾아가니 동지섣달에 당도했네. 강가의 얼음은 꽁꽁 얼어서 빨래 씻을 틈이 전혀 없고 손은 시렵고 발도 시렵고 날도 추워서 부쩐지를 못하겠건만 거기를 찾아가서,

"여보시오 노인요, 서천서역국으로 찾아가자면 어디로 찾아가야 되겠소?"

"야야 수많은 이 빨래를 언제 다 빨아놓고 너를 서천서역으로 가르쳐 주겠나."

"나도 같이 달려들어서 이 빨래를 빨아드릴테니 나를 서천서역국을 가르쳐 주오."

"너도 같이야 달려 들어서야 이 빨래를 같이 빨자."

강물에 달려들어서 강물은 꽁꽁 얼어붙었는데 방망이 들고서 여기를 뚜드려서 얼음장을 떠가지고 뚝떼 깨쳐놓고는 빨래를 들이대고 씻는구나. 검은 빨래를 희게 씻고, 흰 빨래를 검게 씻고, 빨래를 씻어가지고 방택에다 담아주니까 백배치사도 하는구나.

−중략−

그 고개를 넘어서니 어떤 백발노인이 청태산 마고할미라. 머리에는 이가 덕상덕상 끓고온 몸에 이가 끓어서 긁느라고 볼 일을 못 보네. 거기 달려들어서

"여보시오 백발노인이요. 나를 서천서역국을 가르쳐 주오."

"야야 내 머리에 이가 많이 끓어서 가려워 못 견디겠으니 나 머리에 이나 좀 잡아주려므나."

양지쪽으로 데리고 가서 무릎팍에다가 눕혀 놓고 수많은 이를 다 잡아 죽이고 나니,

"아이고 시원해라. 시원해라. 오냐, 이 고개를 넘어가봐라."

−중략−

그 고개를 넘어가니 어떤 백발노인이 방아를 찧느라고 야단이네. 여러 농부들이 방아를 찧네. 거기 달려든다. 방아 찧는데 달려들어서

"여보시오 농부들요, 서천나라 서역국을 가자면 어디로 가야되겠소."

"여봐라 소녀야. 수많은 낱알을 언제 다 찧어놓고 너를 서천서역국을 갈쳐 주노?"

거기 달려들어서 또 여러 농부들이 방아를 찧는데 공주도 거기 달려들어서 또 방아를 찧어주고 길 떠나는데.

− ⟨바리공주⟩(명주 신석남본)
『바리공주전집2』, 민속원, 1997.

동해안 지역에서 전승되는 구약노정에서는 바리공주가 하루하루 힘겹게 서천서역국을 찾아가다가 홀로 황소를 이끌고 밭을 가는 백발노인을 만난다. 바리공주가 백발노인에게 서천서역국 가는 길을 묻지만 노인은 너른 밭을 다 갈아야 알려주겠다고 한다. 노인이 얼마 동안 외로이 밭을 갈고 있었는지 알 수는 없으나 앞으로 석 달은 더 밭을 갈아야 한다. 노인은 자신이 해야 할 일에만 집중을 할 뿐 하루빨리 생명수를 찾아야 하는 바리공주의 절박한 사연에는 관심이 없다. 그러니 바리공주는 노인이 밭을 다 갈 때까지 마냥 기다리고만 있을 수는 없는 노릇이다. 목마른 사람이 우물을 파는 법. 바리공주가 밭 한 가운데로 달려가 황소 고삐를 거머쥐고 노인 대신 밭을 모두 간다. 여인의 몸으로 소를 몰아 밭가는 일은 너무나 힘겨운 일이고 홀로 그 너른 밭을 다 가는 일은 거의 불가능하다. 그래서인지 어떤 각편에서는 하늘에서 땅 두더지가 내려와 밭을 뒤집었다고 구술하기도 한다. 바리공주가 그 너른 밭을 다 갈아주고서야 노인에게 길 안내를 받고 여정을 이어나간다. 바리공주가 다음 고개를 넘어가다가 얼음이 언 강가에서 산더미같이 빨랫감을 쌓아놓고 홀로 빨래를 하는 노파를 만난다. 바리공주가 길을 물으니 빨래를 다 빨아야 알려주겠다고 한다. 바리공주는 동지섣달에 꽁꽁 언 얼음을 깨고 시린 손을 호호 불어가면서 흰 빨래를 검게 빨고 검은 빨래를 희게 빤다. 차디찬 얼음물에 빨래하는 일은 너무나 고통스러운 일이지만 바리공주는 잘 이겨내고 무사히 과제를 수행해 낸다. 노파는 보답으로 바리공주에게 상세히 길을 안내해 준다. 바리공주가 다음 고개를 넘어가니 온몸에 들끓고 있는 이 때문에 몸을 긁느라 정신이 없는 청태산 마고할미가 있다. 바리공주는 양지바른 곳에 자리를 잡고 앉아 청태산 마고할미에게 무릎을 내어주고 머릿니를 모두 잡아준다. 청태산 마고할미는 시원하다면서 바리공주에게 길을 알려준다.

바리공주가 만난 밭가는 노인과 빨래하는 노파, 이를 잡고 있는 마고할미는 길짐승 날짐승도 오고 가지 못하는 저편의 너른 세상에 외롭게 일에만 몰두하고 있는 절대 고독의 존재들이다. 누구보다 고독했을 바리공주는 절대 고독의 존재들에게 먼저 말을 건넨다. 그리고 그들이 몰두하고 있는 일을 멈추게 하고 그들에게 쉼을 준다. 쉼을 얻고 난 후에야 그들의 눈에 바리공주의 절박함이 들어온다. 바리공주의 소통의 힘은 자기 세계에만 갇혀 있던 냉소적 존재들의 시선이 타인을 향하고 외부와 적극적으로 소통하는 존재로 거듭나게 한다. 바리공주는 소통능력으로 상대방의 문제를 해결해 주고 동시에 자신의 문제도 해결해 나간다. 바리공주에게 밭갈이는 매우 의미 있는 시간이다. 밭갈이는 겨우내 묵혀서 굳어진 땅을 갈아엎어 새 생명의 싹을 틔울 씨앗을 심을 수 있는 땅을 만드는 일로 일년 농사 중 가장 먼저 이루어진다. 그런 면에서 밭갈이는 자기 존재의 근원을 찾기 위한 바리공주의 갈고 닦음의 시간이다. 그리고 빨래하기는 더러운 것을 깨끗하게 씻어 재생시키는 일이다. 바리공주에게 빨래하기는 저승 여행 이전의 미움, 원망, 분노, 적대감과 같은 부정적 감정과 요소를 소멸시키고 진정한 자아를 찾아 나가기 위한 정화의 시간이다.

바리공주의 밭갈이, 빨래하기 과제수행 과정이 매우 동적인 시간이라면 마고할미를 무릎에 눕혀 놓고 이를 잡아주는 과제수행 과정은 매우 정적인 시간이다. 마고할미가 그 아무리 신적 존재라 해도 온몸에 들끓는 이를 스스로 잡아낼 수는 없다. 바리공주는 하루빨리 생명수를 구해야하는 급박한 상황 속에서도 도움의 손길을 내미는 타인의 손을 덥석 잡아준다. 바리공주가 마고할미의 이를 잡아주는 시간은 마고할미에게는 외부와의 소통과 교감의 시간이자 안식과 평화의 시간이다. 그리고 바리공주에게는 무엇보다 인고의 시간이며 자기성찰의 시간이다. 또, 바리공주가 농부들 사이로 뛰어 들어가 방아를 찧어주고 길 안내를 받는데 바리공주의 방아

찢기는 동적인 어울림의 시간이다.

바리공주는 저승으로의 여정에서 절대 고독과 맞서 싸우며 한 발 한 발 나아가고 길 위에서 만난 인물들과의 소통을 통해 관계를 확장시켜 나가는 과정에서 나날이 성장해 간다. 오구대왕 단 한 명을 구원하기 위해 떠난 바리공주는 외롭고 고독한 존재, 도움을 필요로 하는 존재, 고통 받는 수많은 존재들까지 구원하기에 이른다. 바리공주의 생사를 넘나드는 저승 여행은 진정한 자아를 찾아가는 구원 여행이 된다.


## 나를 찾는 성장 여행, 따로 또 같이

북녘의 옛이야기 〈생명수〉와 남녘의 옛이야기 〈바리공주〉 비교를 통해 두 이야기의 막내딸들이 부모를 살리기 위해 떠난 저승으로의 구약노정은 막내딸들의 자아를 발견하는 성장 여행이었음을 확인하였다. 두 이야기는 하나의 뿌리를 두고 서로 다른 방향으로 가지를 뻗어나가는 나무와 같다. 북녘의 옛이야기 〈생명수〉는 일상에서 사람들의 입을 통해 재미있는 민담으로 전승되고 있고, 남녘의 옛이야기 〈바리공주〉는 무속의례에서 무당의 입을 통해 구전신화로 전승되고 있다. 두 이야기는 유사한 줄거리를 지니고 있지만 구성요소나 화소에서 이야기 유형적 특징의 차이가 드러난다.

주인공 막내딸은 생명수를 찾아 떠난 저승 여행에서 많은 원조자를 만난다. 남녘의 옛이야기 〈바리공주〉에 등장하는 막내딸의 원조자는 바둑 두는 노인, 관음보살, 석가여래, 지장보살, 학, 선녀, 선관, 산신, 거북, 스님, 청태산 마고할미 등 범상치 않은 신적 존재들이다. 그리고 종교적 색채도 강하게 드러나는 것이 특징이다. 그에 비해 북녘의 옛이야기 〈생명수〉에 등장하는 막내딸의 원조자는 험난한 산과 같은 자연물이거나 까마귀, 까치와 같은 하늘을 나는 존재, 땅에 발을 딛고 사는 범이나 곰 같은 동물이다. 그리고 지칠 대로 지친 막내딸을 잘 보살펴준 할머니나 방망이를 준 새색시는 우리가 주변에서 흔히 만날 수 있는 평범한 인간으로 우리 일상의 현실적 존재들이다.

두 이야기는 결말에서도 이야기 유형에 따른 특성이 드러난다.

북녘의 옛이야기 〈생명수〉의 결말은 막내딸이 곰이 알려준 샘물에서 생명수와 샘물가 근처에서 사람 살리는 꽃을 가지고 귀가하여 어머니를 살리고 막내의 효성에 감동받은 언니들이 개심했다는 민담의 전형적인 행복한 결말을 맺는다.

남녘의 옛이야기 〈바리공주〉에서 바리공주도 남편이 알려준 곳에서 생명수와 사람 살리는 꽃을 구해와 오구대왕을 살려낸다. 바리공주는 부친을 살린 공덕으로 죽은 영혼을 저승으로 인도하는 무조신으로 좌정한다. 주인공이 신으로 좌정하는 귀결은 신의 일대기를 다룬 신화의 전형적인 결말 처리 방식이다. 구전신화에서는 주인공뿐만 아니라 주인공의 주변 인물들도 신직을 부여받는 경우가 많은데, 〈바리공주〉이야기에서 남편, 아들들, 여섯 언니, 비리공덕 할아비와 비리공덕 할미까지 두루 신직을 부여받는 각편들도 있다.

같은 이야기의 다른 유형으로의 전승은 이야기 속에 남북의 사회문화적 차이가 반영된 결과라 할 수 있다. 일부 이야기 화소에서 문화적 차이를 발견할 수 있다.

지옥이라는 공간과 막내딸이 지옥에서 죄인을 구제하는 화소가 남녘의 옛이야기 〈바리공주〉에는 있지만 북녘의 옛이야기 〈생명수〉에는 없다.

바리공주에게 (낭화 세 가지와 금주령)을 주시니 쌍수로 받아 하직하고, 한 곳을 나아가니 칼산지옥, 불산지옥, 도산지옥, 한빙지옥, 구령지옥, 배암지옥, 물지옥, 혼암지옥, 무간 팔만사천지옥 넘어가니 칠성이 하늘에 닿았는데 구름 쉬어 넘고 바람도 쉬어 넘는 곳에 귀를 기울이고 들으니 죄인 다스리는 소리, 육칠월 악마구리 우는 소리더라. (바리공주가) 낭화를 흔드니 칠성이 다 무너져 평지 되거늘 다스리던 죄인을 보니 눈 뺀 죄인, 팔 없는 죄인, 다리 없는 죄인, 목 없는 죄인, 귀졸이 나와 바리공주께 고월을 제도하여지라 하오니, 공주 하는 말씀 서방정토 극락세계 삼십육만인 십일만 구천오백 동명 동호 대자비 아미타불 극락세계 시왕 가리 시왕 가고, 극락 가리 극락 간 연후에, 슬프다 아모망제도 바리공주 낭화 덕에 세왕세계 왕생천도 하옵소서.

- 〈바리공주〉(서울 문덕순본)
『바리공주전집1』, 민속원, 1997.

바리공주는 서천서역국을 가는 길에 과제를 수행하고 원조자에게 '낭화'를 받는다. 낭화는 바리공주가 서천서역국 가는 길에서 대면하는 고난을 해결하는데 결정적인 역할을 한다. 바리공주는 생명수를 구하러 가는 길에 지옥에서 고통을 겪고 있는 죄인들을 목격하고 자신이 갖고 있던 낭화로 죄인들을 구제해 준다. 이야기 각편에 따라서는 바리공주가 죄인을 구제한 죄로 지옥에 갇히기도 한다. 그리고 바리공주가 생명수와 사람 살리는 꽃을 구해서 돌아오는 황천길에서 사람들이 이승에서 행한 선악에 따라 다른 모양의 배를 타고 항해하는 행렬을 구경하는 화소가 다수 삽입되어 있다.

바리공주가 저승 구약노정에서 쌓은 경험들은 무조신으로서의 정체성을 형성하는 배경이 된다. 특히 바리공주가 지옥에서 죄인을 구제하는 화소나 망자가 이승에서의 행위에 따라 다른 배를 타고 황천길을 건너는 화소는 바리공주가 훗날 죽은 영혼을 저승으로 인도해 주는 무조신으로 좌정하는데 결정적 역할을 하는 핵심화소이다. 바리공주는 구약노정을 통해 죽음 세계로 떠난 부친을 되살리고 끊임없는 자기 존재의 근원적 질문에 대한 해답을 스스로 찾아낼 수 있었다.

그런데 〈생명수〉는 부모를 살리기 위한 막내딸의 희생적인 효행에 주목한 효행담으로 재구성된다. 이야기의 재구성 과정에서 막내딸의 구약노정에서 주제와 무관한 고통 받는 망자를 구제하는 화소나 망자를 수송하는 배를 목격하는 화소는 의도적으로 소거되었을 가능성이 크다. 이는 내세관을 인정하지 않는 북녘의 문화적 인식이 반영된 결과라 할 수 있다.

혼인과 출산 화소가 남녘의 옛이야기 〈바리공주〉에는 있지만 북녘의 옛이야기 〈생명수〉에는 없다.

바리공주가 힘든 고난을 겪으며 어렵사리 서천서역국에 도착하지만 생명수를 지키는 지킴이가 막아선다. 지킴이는 서울 경기 지역에서는 무장승, 무장선관으로 불리고, 동해안 지역에서는 동수자로 불린다. 무장승은 남장을 한 바리공주가 여자임을 알아차리고 바리공주에게 생명수를 얻는 조건을 제시한다. 무장승이 바리공주에게 제시한 조건은 자신과 혼인하여 아들을 낳아달라는 것이다. 적게는 세 명, 많게는 열두 명까지 요구하기도 한다. 또 물값, 길값, 산값으로 삼 년 동안 물 긷기, 삼 년 동안 불 때기, 삼 년 동안 나무하기를 요구하기도 한다. 동해안 지역에서 동수자로 불리는 지킴이의 경우에는 하늘에서 죄를 지어 약수터 지킴이가 되었고, 천생연분을 만나 아들 삼형제를 낳아야 그 죄가 씻겨 다시 승천할 수 있다는 사연을 지니고 있다.

무장승이 바리공주에게 생명수 대가로 제시한 혼인과 출산 제의는 남성적 폭력으로 읽힐 수 있다. 〈바리공주〉 이야기의 주제를 '효'에만 초점을 맞출 경우에는 혼인과 출산 화소가 지닌 폭력성은 더욱 강화된다. 생명수를 구하기 위해서는 자신이 원하지 않는 혼인도 출산도 감내하고 받아들여야 한다는 의미로 '효'를 왜곡시킬 수 있다. 따라서 〈바리공주〉 이야기에서 혼인과 출산 화소는 서사의 문맥을 보다 세심하게 살펴야 한다.

바리공주가 불치병에 걸린 부친과 상봉하고 생명수를 구해 오겠다고 결심하면서 자신은 국가에 은혜와 신세를 진 적이 없으며 어머니가 열 달 동안 자신을 잉태한 공으로 가겠다고 말을 한다. 자신을 버린 부모에 대한 원망심이 있지만 그래도 자신을 이 세상에 태어나게 해준 부모에 대한 자식된 도리를 하겠다는 거다. 나는 누구고 나는 어디에서 왔는지 끊임없이 자기 존재의 근원에 대해 자문하는 바리공주에게 부모의 죽음은 곧 자기 존재의 근원이 소멸되는 것과 같다. 바리공주가 생명수를 찾아 길을 떠나는 것은 자기 존재의 근원에 대한 해답을 찾기 위함이고 진정한 자아를 찾기 위한 출발이다. 바리공주가 무장승이 제시한 조건을 수락한 것은 자녀서사로서 맹목적으로 효를 실천하기 위해 자신을 버리는 희생적 선택이 아니라 여성의 삶에서 중요한 통과의례에 대한 자기결정권이다. 바리공주는 혼인과 출산을 받아들임으로써 〈생명수〉의 막내딸처럼 자녀서사에만 머무르지 않고 남녀서사, 부부서사로 나아가고 있는 것이다. 바리공주와 무장승 부부의 삶을 잠시 들여다보면 부부는 천지로 장막을 삼고 산수로 병풍을 삼고 금잔디로 요를 삼고 떼구름을 차일 삼고 샛별을 등불 삼아 초경에 허락하고 이경에 머무르고 삼경에서 오경에 인연을 맺어 일곱 아들을 낳아 살고 있다. 바리공주는 무장승과 부부지정을 쌓으며 살아가던 중 하룻밤 악몽을 꾸고서야 부친의 생명이 위독함을 직감하고 귀향을 서두른다. 바리공주는 무장승에게 부부지정도 중하지만 부모봉양도 중하니 생명수가 있는 곳을 알려달라고 한다. 바리공주는 무장승의 도움으로 생명수와 사람 살리는 꽃을 구해 가족과 함께 이승으로 돌아간다. 바리공주는 혼인과 출산을 생명수를 구하기 위한 거래의 수단이 아닌 여성으로서의 삶에서 매우 중요한 의례로 인식하고 있는 것이다.

혼인과 출산 화소는 바리공주의 일대기를 다루어야 하는 신화라는 장르적 특성상 핵심화소이기 때문에 〈바리공주〉 구전신화 전승과정에서 빠짐 없이 등장한다.

북녘의 옛이야기 〈생명수〉에서도 〈바리공주〉이야기의 무장승처럼 생명수와 사람 살리는 꽃을 지키는 지킴이가 등장한다. 그런데 사람이 아닌 곰이다. 곰은 막내딸이 엄마를 살리려고 생명수를 구하러 왔다고 하자 그 효행에 감동하여 생명수를 적극적으로 제공하는 조력자가 된다. 곰은 막내딸에게 길 안내를 해준 여타 원조자들과 동일한 기능을 한다. 〈생명수〉에서 생명수 지킴이를 남성이 아닌 동물로 설정한 것에는 나름의 이유가 있다. 막내딸이 〈바리공주〉 이야기에서의 주인공처럼 남녀서사로 나아가는 요소를 애초에 차단함으로써 자녀서사로서 이뤄낼 수 있는 가장 높은 수준의 '효'를 실행하도록 하기 위함이다. 또한 〈바리공주〉에 등장하는 무장승의 외모를 보면 키가 하늘에 닿을 듯 하고, 얼굴은 쟁반만 하며, 눈은 등잔만 하고, 코는 줄병을 매단 것 같고, 발은 석 자 세 치나 되는 거구로 형상되어 있다. 외모만 보더라도 무장승은 평범한 인간이 아님을 알 수 있다. 동해안 지역에서 주로 등장하는 동수자는 애초에 하늘의 존재로 설정되어 있다. 길짐승 날짐승도 오고가지 못하는 서천서역국이라는 곳, 생명수가 존재하고 사람 살리는 꽃이 자라는 곳, 이렇게 신비한 곳을 지키는 범상치 않은 외모와 신분의 소유한 무장승은 신적 존재에 가깝다. 그런데 〈생명수〉 이야기에서 생명수를 지키는 존재를 동물로 설정함으로써 신적 존재가 지닌 신화적 요소는 자연스럽게 희석된다. 그러면서 이야기는 동물이 말을 하고 동물이 막내딸을 적극적으로 도와주는 민담의 환상적 요소가 강화된다.

북녘의 〈생명수〉 이야기는 신화적 요소가 소거되고 민담으로 재구성되면서 유명한 한국 민담의 대표적 화소를 상당수 삽입하고 있다.

〈생명수〉 이야기의 막내딸이 생명수를 찾아 떠나는 여정에서 등장하는

화소는 집 나간 남편을 찾아 떠난 아내의 여정을 다룬 〈구렁덩덩신선비〉
이야기의 화소와 많이 닮아 있다.


　"아이구, 깐치야, 깐치야, 내가 용왕국으로 갈 낀데, 용왕국으로 가먼
어데로 가노?"

　"개들이로 하나도 없이 다 주(주워) 주먼 갈차 주지."

　그놈을 말키 다 주어서 깐치를 믹이(먹여) 놓고 간께,

　"저 저기 저 빨래하는 사람한테 물어 봐라."

쿤다. 그래 그 빨래하는 사람한테 찾아간께네,

　"이 빨래로 흰 서답(빨래거리)은 희게 썩고(씻고), 검은 서답은 검게 썩고
말키 다 썩어 주먼 내 갈차 주지."

카거든.

　그래 또 빨래를 말키 다 썩어 준게, 방맹이로 휘휘 적스민서(물에 넣으
면서),

　"이 방맹이 따라 내리가라."

쿠더란다.

　방맹이 쑥 밀아 옇어(밀어 넣어). 그래 고마 그 쑥 내러간게, 물도 아이
고, 고마 아주 고마 청기왜집이 잡소룸한 동넨데, 길이 환하이 이렇거
든. 그래 들이라. 내려간께, 아주 쪼깬한 아아가,

　"후여 아랫녘 새야, 이거 아아들이 하라 쌓아 큰 일이대이. 후여, 그
소리 하라 쌓아서, 오늘랑 까 묵고 내일랑 까 묵지 마라. 동동 새선배
비리묵은 말 타고 장개가는 귀경할란다."

　'그래 동동 새선배라.'

　"아이구, 악아 이 그 소리 한 번 더 해 봐라."

　"아이가(부정하고), 우리 엄마가 하루 한 번썩만 그러 쿠라 카던데요."

　"아이구, 그런따나 한 번만 더 해라."

쿤게네 또 그러 쿠거든.

"후여! 아랫녘새야, 웃녘새야, 오늘랑 까 묵고 내일랑 까 묵지 마라. 비리 묵은 말 타고 동동 새선배가 장개가는 거 귀경할란다."

"그 집이 어데 있노?"

쿤인께네,

"저 저 대문간에 흰 강생이 앉은 저 집이오."

쿠거든.

— 〈구렁이 신랑〉

『한국구비문학대계』 8–11, 한국정신문화연구원, 1984.

〈구렁덩덩신선비〉 이야기의 아내는 남편을 찾아 떠난 길목마다 누군가를 만나서 그들이 부여하는 과제를 수행하고 길 안내를 받는다. 이때 길 안내를 해주는 대상에는 하늘의 존재인 까치가 결정적인 역할을 한다. 〈생명수〉 이야기에서도 막내딸이 생명수를 찾아가는 길목에서 주요한 안내자 역할을 하는 대상이 까마귀와 까치로 〈구렁덩덩신선비〉와 동일하다. 또한 〈구렁덩덩신선비〉 이야기에서 아내가 빨래하는 여인을 만나 쌓여 있는 빨래를 해주자 여인이 아내에게 방망이를 따라가면 구렁덩덩신선비를 만날 수 있다면서 방망이를 물속으로 던진다. 방망이는 아내를 구렁덩덩신선비가 있는 별세계로 안내한다. 빨래하는 여인의 방망이가 주인공이 찾아가는 별세계로 안내하는 화소는 〈생명수〉 이야기에도 삽입되어 있는데 그 기능이 동일하다. 막내딸이 빨래하는 새색시를 만나서 쌓여있던 빨래를 도와주자 새색시가 방망이를 물속으로 던지면서 방망이를 따라가라고 한다. 방망이는 물길을 따라 흘러간다. 개울을 나와 숲속으로 미끄러져 가다가 바위가 나오면 훌쩍 뛰어넘기도 하면서 막내딸을 생명수가 있는 신비한 동굴까지 안내한다.

동굴은 커다란 바위로 막혀있다. 막내딸이 방망이로 바위를 두드리자 바위가 두 쪽으로 갈라지면서 열렸고 동굴 안은 대낮처럼 밝았고 수정처럼 맑은 샘물이 퐁퐁 솟아나는 별세계가 펼쳐져 있다. 한국 설화에는 현실세계와 별세계의 경계이자 연결고리가 되는 상징물로 커다란 바위로 설정되는 경우가 많다. 널리 알려진 〈연이와 버들도령〉 이야기에서도 커다란 바위가 현실세계와 별세계의 경계이자 연결고리 역할을 한다. 계모가 연이에게 한겨울에 상추를 구해오라는 무리한 요구를 한다. 연이가 눈 덮인 깊은 산속에서 한참을 헤매다가 몸을 녹이려 커다란 바위 안으로 들어간다. 바위 안은 차디찬 한겨울의 현실세계와는 달리 상추가 자라고 나비가 날아다니는 아름다운 별세계다. 버들도령은 연이의 사연을 듣고 상추를 한 소쿠리 뜯어 주며 계모가 또 뜯어오라고 하면 바위 앞에서 "반반버들잎 초공시야 연이 왔다 문 열어라"하고 주문을 외우라고 한다. 연이가 커다란 바위 앞에서 주문을 외우면 커다란 바위가 열리고 연이는 추운 한겨울의 현실세계와는 다른 환상적 별세계로 들어가게 된다.

북녘의 옛이야기 〈생명수〉는 널리 알려진 설화의 환상적 요소를 구약 과정 곳곳에 배치함으로써 본래의 이야기가 지니고 있던 신성성을 약화시키고 모험과 투쟁을 통한 흥미성을 강화한 효행담으로 재구성하여 전승이 이루어지고 있다.


## 다시, 생명수를 찾아서

효행담으로 전승되고 있는 북녘의 옛이야기 〈생명수〉는 왜 '효'에 주목하는가? 자식이 부모에게 행해야 하는 덕목은 '효(孝)'이고 인민이 국가에 행해야 하는 덕목은 '충(忠)'이다. 그런 의미에서 효(孝)와 충(忠)은 동일한 관념이다. 13세의 어린 막내딸이 죽음을 각오한 희생으로 생명수를 구해와 죽은 어머니를 되살린 '효'의 실천은 한 개인의 이상적 윤리의 실행 의미를 넘어선다. 부모의 생명을 구한 자녀의 '효'는 곧 위기의 국가를 구할 인민의 '충'이 된다. 그러므로 어린 막내딸이 구약노정에서 발휘한 강인한 희생정신, 의지력, 행동력, 소통력, 감화력은 인민이 국가의 위기 속에서 갖추어야 할 요건들이다. 막내딸이 가시산과 벼랑산의 혹독한 시험을 통과하는 순간 막내딸은 더 이상 혼자가 아니었다. 이후에 만난 할머니는 막내딸의 다친 상처 부위를 치료해 주고, 음식을 대접해 주며 잘 보살핀다. 또 새색시는 자신의 능력 이상으로 빨래를 빨리 마무리하려고 애쓴다. 이유는 생명수가 있는 동굴까지 길 안내를 해줄 세상 유일의 빨래방망이를 막내딸에게 빨리 넘겨주기 위해서다. 또 곰은 막내딸에게 색시가 보내서 왔냐면서 경계를 풀고 생명수를 가져가도록 돕는다. 이들은 시험에 통과한 영웅을 적극적으로 돕는 조력자 역할을 한다. 저승에서 생명수를 구해와 어머니를 되살린 막내딸은 한 개인이 아니다. 언니들이 막내의 기특한 소행에 감탄하여 개심할 정도로 인민이 본받아야 할 국가적 영웅인 것이다.

그런데 남녘의 옛이야기 〈바리공주〉에서의 '효'는 국가적 의미로 확장되지 않는다. 바리공주가 구약노정을 결심할 때부터 자신은 국가에 신세진 것은 없지만 어머니가 자신을 열 달 동안 잉태한 공으로 떠나겠노라며 국가와 개인의 선을 명백하게 긋는다. 자기 존재의 근원에 대한 해답을 찾기 위해 떠난 구약노정에서 바리공주는 생명수를 구해 아버지를 살려내고 진정한 자아 찾기를 실현한다. 다시 살아난 오구대왕이 국가의 절반을 주겠다는 제안을 단호히 거절하고 무조신의 길을 선택한 바리공주는 아버지의 길이 아닌 진정한 자기의 길을 가는 것이다.

이 글에서 북녘의 옛이야기 〈생명수〉와 남녘의 옛이야기 〈바리공주〉에서 서로 다름을 찾고 이야기하는 것은 두 이야기 중 어느 것이 서사적 의미가 더 좋고 나쁨을 말하고자 하는 것이 아니다. 두 이야기 속에서 다름을 발견하고 그 다름을 서로 인정해야 한다는 의미이다. 그리고 다름 속에서도 끊임없이 같음을 찾아 나가야 한다.

한 예로 북녘의 옛이야기 〈생명수〉는 북녘사회의 이념과 가치관에 맞게 각색이 이루어져 서사의 신성성을 소거했음에도 불구하고 여전히 신화적 흔적을 발견할 수 있다.

막내딸은 곰이 알려준 대로 어머니의 입을 벌리고 생명수 한 숟가락 떠 넣은 다음 숨살이꽃을 가슴 위에 올려놓았습니다. 망울을 툭 터치며 흰 꽃이 활짝 피어나 온 방안에 향기를 그득히 채웠습니다. 그러자 멎었던 어머니의 심장이 툭툭 뛰고 숨을 쉬기 시작했습니다. 막내딸은 울며 웃으며 어머니의 입에 생명수를 또 한 숟가락 떠 넣고 살살이꽃을 어머니의 이마 위에 조심조심 올려놓았습니다. 꽃망울을 터치며 빨간 꽃이 활짝 피어나고 알싸한 향기가 풍겼습니다. 그러자 핏기 없던 어머니의 온몸이 불깃불깃해지면서 피가 돌고 몸이 뜨끈뜨끈했습니다.

마지막으로 막내딸은 어머니의 입에 생명수를 한 숟가락 떠놓고 일살이꽃을 발밑에 던졌습니다. 꽃망울을 터치며 노란 꽃이 홀짝 피어나서 온 방안에 훈훈하게 덥혀주었습니다. 그러자 어머니는 눈을 비비며 툭툭 털고 자리에서 일어났습니다.

ㅡ 〈생명수〉 중에서

북녘의 옛이야기 〈생명수〉와 남녘의 옛이야기 〈바리공주〉 서사에서 주목해야 하는 것이 '생명', '살림'이다. 두 이야기의 막내딸이 목숨을 걸고 저승 여행에서 구해온 '생명水'와 '꽃'의 기능은 치병(治病)에 있지 않다. 막내딸이 '생명水'와 '꽃'을 구해 왔을 때는 부모가 이미 죽어 저 세상으로 떠난 후이다. 바리공주가 불라국에 도착했을 때는 부친이 죽어 장례 절차에 따라 상여 행차가 이루어지고 있었고, 〈생명수〉의 막내딸이 집에 도착했을 때 아버지는 어머니가 막내딸을 기다리느라 눈도 감지 못한 채 저 세상으로 갔다면서 생명수를 구해온 막내딸의 정성이 아깝다고 애석해 하였다. 막내딸들이 구해온 '생명수'와 '꽃'은 이미 저승의 문턱을 밟은 부모에게 새 생명을 부여하는 기능이다. 북녘의 옛이야기 〈생명수〉에는 남녘의 구전신화 〈바리공주〉에서 바리공주가 관 속에 누워있는 오구대왕에게 생명수와 꽃으로 부친을 되살리는 화소와 동일한 화소가 고스란히 남아있다. 막내딸은 죽은 어머니 입에 생명수를 떠 넣은 뒤 숨살이꽃을 가슴 위에 올려놓고 심장이 다시 뛰게 하고 살살이꽃을 이마 위에 올려 피가 돌게 하고, 일살이꽃을 발밑에 던져 따뜻한 온기를 만든다. 죽은 어머니에게 다시 생명을 부여하는 막내딸의 일련의 행위 과정은 생사의 경계를 넘나들며 이루어지는 신성한 제의적 의식이라 할 수 있다. 마치 바리공주를 무조신으로 섬기는 무녀들이 이승과 저승을 잇는 영매로서 진행하는 신성한 제의를 보는 듯하다. 북녘사회에서 공식적으로 내세관을 인정하지 않지만 〈생명수〉 이야기 속에는 한민족이 오랜 세월 지녀온 공통된 세계관이 여전히 남아 있다.

옛이야기는 역사, 사회, 문화, 이념적 환경의 변화에 따라 서사의 변이를 보이는 것이 일반적인 특징이다. 옛이야기는 다양한 변이과정을 거치면서도 오랜 세월 향유한 그 민족 고유의 변하지 않는 원형성을 지니고 있다. 그런 면에서 한민족 원형의 동질성을 지니고 있는 옛이야기는 점점 갈등과 대립으로 치솟는 남북관계를 화합과 통합의 생명수가 될 수 있다. 우리는 분단된 한반도에 새 생명을 불어넣을 생명수를 찾아서 다시 길 위에 설 막내딸이다.

〈박현숙〉

아이가 자라서 성인이 되면 부모님의 가정을 떠나 자신만의 가정을 이루게
된다. 이 새로운 가정의 출발점은 바로 '부부'이다. '너랑 나랑, 가시버시 사랑'은
남과 북에서 전해지는 부부관계에 대한 이야기를 소개한다. 부부가 서로 등을
지고 돌아선다는 것은 어떠한 의미일까? 갈등과 번민을 반복하면서 부부관계를
유지하기 위해서는 어떻게 해야 할까? 그리고 과연 부부라는 이름으로
동반자로서의 관계는 어떠한 관계인가? 수많은 질문들의 해답은 이야기 속에
담겨져 남과 북의 경계를 넘어 지금 우리 둘 사이에서 흐르고 있다.

# 우리, 끝까지 사랑하게 해 주세요

— 북녘이야기 〈와랑과 향녀〉 & 남녘이야기 〈성주풀이〉, 〈이공본풀이〉

## 사랑, 그 설렘이 온다

사랑, 이 한 단어에 얼마나 많은 색이 있을까? 지구상에 살고 있는 사람들의 숫자보다 훨씬 더 많은 빛깔을 품고 있지 않을까. 그 온도 또한 얼마나 다양할지 상상이 따라가지 못할 지도 모른다. 그러니 사랑은 퍼내고 떠내도 마르지 않는 요술 샘물처럼 시공간을 넘나들며 서사를 만들어내는 것 아니겠는가.

그 많은 이름의 사랑 중에 가장 강렬한 색과 뜨거운 온도를 지니는 사랑은, 당연 남녀가 만들어내는 사랑일 것이다. 처음부터 격정적인 사랑도 있고 서서히 뜨거워지는 사랑도 있고, 평생 한 마음이 지속되는 사랑도 있고 조금씩 변화하는 사랑도 있다. 다 다른듯하지만 시간이 흐르고 관계가 변화하는 과정에서 공통된 사랑의 풍경을 그려볼 수는 있지 않을까.

맨 먼저 떠오르는 풍경은 서로의 눈을 마주보며 웃음 짓고 있는 두 사람의 옆모습이다. 서로의 얼굴이 밀착될 만큼 가까이 바라보는 남녀는 막

사랑에 빠져들었다. 몸과 마음이 온전하게 서로를 향해 열려있으면서도 더 다가갈 틈은 없는지, 더 밀착될 수는 없는지 안타까워하는 남녀. 상대의 모습을 하나라도 놓칠세라 눈에 담아 보려고 눈꺼풀이 깜빡거리는 순간마저 아까워하는 마음이 느껴진다. 그러나 정작 그들이 눈을 크게 뜨고 볼 수 있는 것은 상대의 눈동자에 맺힌 자기 모습일 뿐이다. 자기의 마음이 닿는 곳이 그 사람인지, 사랑이라는 감정에 빠진 자신인지 구분이 되지 않는 혼돈의 열정이 혼재하는 때가 아니던가.

시간이 흐르고 마음이 흐른 다음에 그려지는 풍경은 서로 손을 잡고 걸어가면서 이따금 마주보며 웃는 남녀의 모습이다. 눈과 눈 사이의 거리가 멀어져있다. 손을 잡고 걸을 수 있는 둘 사이의 간격에는 서로의 다른 모습이 있고, 서로의 다른 경험이 있고, 서로의 다른 관계들이 들어와 있다. 상대방의 눈동자 속에 자기 외에 다른 것들이 스치는 것을 볼 수 있다. 그래도 여전히 그 두 사람은 서로의 따뜻한 손을 잡고, 서로의 눈동자 속에 있는 자기의 모습을 보면서 사랑할 수 있다. 짧지 않은 시간 동안 서로를 사랑해 온 남자와 여자가 여전히 그 속에 있는 것이다.

이 상태에서 '둘이 행복하게 오랫동안 살았습니다.' 하고 마무리를 지으면 좋으련만 안타깝게도 그런 행운을 누리는 사람들이 많지는 않다. 두 사람 사이에 다른 사람이 끼어들기도 하고, 현실적 어려움이 닥치기도 하고, 서로의 마음이 달라지기도 한다. 처음 가졌던 그 사랑을 지키며 살아가는 것도, 그 사랑을 이러저러한 이유로 버리는 것도 쉽지가 않다. 그래서 또 이야기의 한 갈래가 갈라져 나온다. 사랑을 지키기 위해 온갖 어려움을 이겨내는 사람들의 이야기 말이다.

여기에 그 사랑을 힘겹게 지켜낸 남녀의 옛이야기가 있다. 북녘에서 출판된 옛이야기이다. 이제 그들의 사랑법을 들여다보자.

향산 갑문다리를 건너 얼마쯤 아래로 내려가면 한때 '와뚠이'(기와를 굽던 언덕)라고 불리던 자그마한 마을이 있었습니다. 옛날에는 이 마을을 송등마을이라고 불렀습니다. 청천강 쪽을 향해 밋밋하게 뻗어내린 등성이에 아름드리 소나무들이 꽉 들어찬 언덕 아래 마을이어서 그렇게 불렸다고 합니다.

그런데 이 마을을 왜 '와뚠이'라고 부르게 되었을까요?

옛날 송등마을에는 와랑이라는 총각과 향녀라는 처녀가 살고 있었습니다. 그들은 세상에 태어난 바로 그날에 혼약을 맺은 유별난 사이였습니다. 와랑과 향녀가 이렇게 때 이른 혼약을 맺게 된 데는 그럴만한 사연이 있습니다.

와랑의 아버지인 장서방과 향녀의 아버지인 진서방은 울타리 하나를 사이에 두고 사는 이웃집 친구였습니다. 장서방은 진흙을 빚어서 동이나 항아리, 기와 따위를 만드는 옹기쟁이였고 진서방은 나무를 깎아 함지나 모랭이(비교적 작은 통나무를 깎아서 만든 그릇), 나막신 같은 것을 만들기도 하고 집을 짓기도 하는 목수였습니다. 이들의 재간은 널리 소문이 날 만큼 훌륭하였습니다.

장서방과 진서방은 서로 판판 다른 일을 하는 사람들이었지만 친형제처럼 사이좋게 지내는 친구들이었습니다. 그런데 그들에게는 큰 걱정거리가 하나 있었습니다. 어찌된 일인지 나이 마흔이 다되도록 자식이 없는 것이었습니다. 그들은 자식이 태어나기를 무척 애타게 기다렸습니다.

송등마을의 나뭇가지들에 파릇파릇 새싹이 움터나기 시작한 어느 봄날이었습니다. 장서방과 진서방은 한날한시에 꼭 같은 꿈을 꾸었습니다. 구름을 타고 하늘에서 내려온 백발할아버지가 가슴까지 드리운 긴 수염을 내리쓸며 이렇게 말하는 것이었습니다.

"장서방, 자네가 진정 진서방과 더없이 친근한 막역지우로, 그의 기쁨을 자기의 기쁨으로 생각한다면 붉은 진흙을 잘 이겨서 옹배기 하나를 만들어 이달 보름날 아침 해가 동산에 올라앉을 때 그에게 가져다주게. 그러면 그에게 귀여운 자식이 태어날 걸세."

장서방은 비록 자기에게 자식이 태어난다는 꿈은 아니었지만 친구에게 자식이 생긴다는 바람에 너무도 기뻐서 옹배기 하나를 정성껏 만들었습니다.

장서방이 꿈을 꾸는 날 같은 시간에 진서방도 꿈을 꾸었는데 백발 할아버지가 나타나서 이렇게 말하는 것이었습니다.

"여보게 진서방, 자네가 진정 장서방을 둘도 없는 막역지우로, 그의 기쁨이자 자기의 기쁨이라고 여긴다면 향나무로 모랭이 하나를 깎아서 이달 보름날 아침 해가 동산에 올라앉을 때 그에게 가져다주게. 그러면 그에게 귀여운 자식이 태어날 걸세."

진서방 역시 친구의 일을 자기 일처럼 기뻐하며 향나무 모랭이를 하나 정성껏 만들었습니다.

보름날 아침이었습니다. 동산마루에 해가 둥실 올라앉기를 기다리던 장서방은 진서방네 집을 찾아 대문을 나섰습니다. 바로 그 순간에 진서방도 장서방네 집을 향해 떠났습니다. 장서방은 가슴에 옹배기를, 진서방은 향나무 모랭이를 하나씩 안고 말이에요. 울타리를 따라돌던 그들은 두 집 사이의 가운데에서 딱 마주쳤습니다.

"어딜 이렇게 일찍 가나?"

두 사람의 입에서는 꼭 같은 말이 튀어나왔습니다.

"이걸 하나 써보라고 자네네 집에 찾아가던 길일세."

두 사람은 이 말도 동시에 하였습니다. 장서방은 옹배기를 내밀고 진서방은 모랭이를 내밀어 보이며….

"허허…, 잘 쓰겠네."

"고맙네. 나도 잘 쓰겠네."

두 사람은 꿈 이야기는 입 밖에도 내지 않고 돌아섰습니다. 집으로 돌아온 두 사람은 일도 참 묘하게 되어간다고 머리를 기웃거렸습니다.

그런데 이건 또 웬일이겠습니까. 그날부터 두 집에서는 똑같이 태기가 있더니 꼭 열 달 만에 자식을 보게 되었습니다.

그들은 또 울타리를 에돌다가 두 집 사이의 중간에서 딱 마주쳤습니다. 장서방이 먼저 자랑했습니다.

"여보게, 우린 떡돌 같은 아들을 보았네. 허허…."

"그래? 그것 참 경사일세. 우린 보름달 같은 딸을 보았네. 허허…."

진서방도 자랑이었습니다.

"허허…. 참 신기한 일도 다 있군, 한날한시에 꼭 같은 꿈을 꾸고 한날한시에 자식들을 보았은즉 이것을 어찌 우연이라 하겠나. 필경 이것은 하늘이 정해준 연분이니 우리 그 애들이 크거들랑 짝을 지어 주는 게 어떤가?"

진서방이 하는 말이었습니다.

"그것 참 좋은 생각일세. 아예 혼약을 맺음세."

장서방도 쌍수를 들어 찬성하였습니다. 이렇게 되어 와랑과 향녀는 태어난 날에 혼약을 맺게 되었습니다.

장서방은 아들을 기와를 만드는 집에서 태어났다고 '와랑'이라 이름을 짓고 진서방은 향나무집 딸이라는 뜻에서 '향녀'라고 이름 지었습니다. 쥐면 부서질까 불면 날아날까 금이야 옥이야 하며 장서방과 진서방은 자식을 무던히도 귀여워하였습니다.

빽빽 울어대도 싫지를 않았습니다. 오히려 집안에 애기의 울음소리가 들리니 노래 소리인들 이보다 더 귀맛 좋으랴 싶어서 노상 싱글벙글하였습니다. 발쭉발쭉 웃을 때면 마치 해가 웃고 달이 웃는 듯싶었습니다.

두 아이는 무럭무럭 자랐습니다. 그런데 참 별일도 다 있습니다. 장서방네 아들 와랑이는 진서방네 집에 가서 목수질을 하는 그와 놀기를 좋아하더니 어느새 목수재간을 배우게 되었고 향녀는 장서방네 집에 와서 진흙을 반죽하여 물건들을 빚으며 놀기를 좋아하더니 옹기재간을 배우게 되었습니다.

"허허…. 사내녀석에겐 옹기재간보다 목수재간이 더 알맞은 일이니라."

"마찬가지일세. 계집애에겐 목수재간보다 옹기재간이 훨씬 더 어울리는 일이지. 허허…."

두 친구는 늘어가는 자식들의 재간을 보며 이렇게 기뻐하였습니다.

어느덧 와랑과 향녀는 열여덟 살 꽃나이가 되었습니다. 육척장신에 어깨가 쩍 버그러진 와랑이는 어느 모로 보나 천군만마를 휘동할 장수감이었고 꽃처럼 아름다운 향녀는 하늘에서 내려온 선녀도 울고 갈 지경이었습니다.

끌끌한 미남에 꽃 같은 처녀! 이것 또한 조금도 기울지 않는 한 쌍이라고 마을사람들은 모여 앉기만 하면 침이 마르도록 칭찬하였습니다. 장서방과 진서방은 그런 말을 들을 때마다 마음이 저절로 기뻐지고 즐거워졌습니다.

'얼마나 훌륭한 한 쌍의 젊은이들인가!'

새삼스레 다시 보아도 대견하기 그지없었습니다. 그러나 때 없이 마음속 어느 구석엔가 슬그머니 불안이 스며들곤 하였습니다. 그것은 너무도 아름다워지는 향녀의 모습 때문이었습니다.

'옛날부터 전해오기를 사슴은 뿔 때문에 화를 당하고 코끼리는 상아 때문에 화를 당하며 여자는 고운 얼굴 때문에 불행을 당한다는데….'

양반 부자놈들만 활개 치며 살 수 있는 험악하고 모진 세상에서 산전수전을 다 겪어보며 살아온 장서방과 진서방은 향녀가 너무 뛰어나게 아름다운 것이 은근히 걱정이었습니다. 가난하고 권세 없는 사람들에게는 눈부시게 고운 딸이나 아내를 둔 것이 화근이 되어 피눈물 나는 곡절을 겪는 일이 얼마나 많던가!

권세가 당당하고 돈 많은 놈들이 한번 눈독을 들이고 욕심을 내는 날에는 아무리 귀한 남의 집 딸이건 아내이건 영락없이 빼앗기고 만다는 것을 너무나도 잘 알고 있는 장서방과 진서방은 향녀가 곱게 번지면 번질수록 불안도 그만큼 커지는 것을 어쩔 수 없었습니다.

그들은 와랑과 향녀의 결혼식을 빨리 치러주어야겠다고 생각하였습니다. 와랑과 향녀의 혼사문제는 태어난 날이 약속해 놓은 것이니 일단 짝을 무어주면 몰래 다가들던 불행도 멀리로 물러날 것이라고 생각하였기 때문이었습니다.

세월은 이런 속에서도 한 해, 두 해 자꾸 흘러갔습니다. 그런데 뜻밖에도 강 건너 윈림마을에서 한두 집 염병이 돌기 시작하였습니다. 청천강 나루배를 거두어버리고 왕래를 끊어버렸는데도 날아서 넘어왔는지 뛰어서 건너왔는지 마침내 송등마을에서도 한두 집 앓아눕기 시작하였습니다. 그러더니 염병은 걷잡을 수 없이 온 마을을 휩쓸었습니다.

이집, 저집에서 고성이 들려오더니 와랑이네 집과 향녀네 집에서도 울음소리가 터졌습니다. 처음에는 장서방과 진서방이 숨을 거두더니 며칠이 지나 두 집 노인들이 한 많은 세상을 떠났습니다.

와랑과 향녀도 염병을 앓았으나 젊은 혈기가 맥을 추었던지 용케 죽지 않고 살아났습니다. 그들의 부모들은 눈을 감으면서도 유언을 남겼습니다.

"너희들은 꼭 짝을 무어서 원앙새처럼 사이좋게 지내라. 누구도 너희들의 사이를 절대로 갈라놓지 못할게다."

부모들이 눈을 감으면서도 소원한대로 그들이 짝을 이루고 영영 헤어지지 말았으면 오죽이나 좋으련만 모질고 험한 세상에서 그게 어디 마음대로 되는 일입니까.

어느 날 송등마을에 권세당이라는 젊은 지주가 자리를 잡았습니다. 그는 이 고장에서 고을 원을 하던 놈의 아들이었습니다. 여자라면 오금을 못 쓰는 권가는 서울에 올라가 하라는 글공부는 안하고 밤낮 돈을 물 쓰듯 하면서 술집, 기생집만 찾아다니며 세월을 보내다가 제 애비가 죽자 물려받은 땅과 재산을 가지고 지주가 되었던 것입니다.

이놈이 향녀에게 눈독을 들이기 시작한 지는 오래되었습니다. 하지만 아무리 권세가 빨래줄 같고 재물이 산 같다 하더라고 생억지를 부려 강짜로 끌어올 수는 없었습니다. 섣불리 덤벼들었다가 속대가 참대 같은 향녀가 탕 튀는 날에는 낭패를 면할 수 없었기 때문입니다.

그런데 이 무렵 탐밀이라는 중이 묘향산의 봉들과 골짜기들을 샅샅이 돌아본 후 향산골 안에 안심사라는 절간을 짓더니 그 후 그의 조카이며 제자인 굉확이라는 사람이 보현사를 짓는 큰 공사를 벌려놓게 되었습니다. 권가는 살통을 만난 듯이 관청에 생쥐 풀방구리 드나들 듯 하더니 보현사 건설을 맡아보는 도감자리를 따냈습니다. 이 기회를 이용하여 권세당은 와랑을 향녀에게서 떼어내려고 그를 부역꾼 명부의 첫 자리에 적어 넣었습니다. 그때로 말하면 절간을 짓는 일은 곧 나라에서 하는 일이요 전지전능하신 부처님을 위하는 일인지라 그 누구도 감히 딴 의견을 가질 수가 없었습니다.

와랑이는 할 수 없이 향녀와 헤어지지 않을 수가 없었습니다. 향녀는 와랑과 떨어지기가 싫어 자꾸만 울었습니다. 와랑도 향녀를 혼자 남겨두고 떠나자니 차마 발길이 떨어지지 않았습니다.

소리없이 울기만 하던 향녀는 외양간에서 황소를 끌고 나왔습니다. 와랑이가 지난번 씨름에서 이겨 탄 황소인데 향녀가 자기 집에서 여물을 끓여주며 돌보던 것이었습니다.

"이 황소를 끌고 가세요. 소를 가지고 가면 부역으로 일하는 기간도 절반으로 줄어들고 힘든 일을 할 때에도 많은 도움이 된다는데…."

황소의 목덜미를 쓸어주며 고삐를 내미는 향녀의 눈은 촉촉이 젖어 있었습니다. 와랑이는 그 황소를 받을 수가 없었습니다. 향녀가 이제 혼자 남으면 연자매를 돌려 진흙을 이기는 일도, 나무를 해오고 흙을 파오는 일도 이 황소가 하였습니다. 그러니 황소는 향녀에게 더 필요한 것이었습니다.

"소는 집에서 쓰라구. 나야 목수이니 찍어온 나무를 다듬어 기둥을 만들고 서까래를 얹는 일을 하겠는데 소는 해서 뭘 하겠소."

와랑이는 소를 다시 외양간에 들여 매놓고는 마을을 떠났습니다.

향녀는 멀리까지 따라 나오며 옷고름으로 눈물을 닦았습니다.

"향녀, 너무 그러지 말어. 먼데 가는 것도 아닌데. 기껏해야 이삼십 리 길이니 자주 다녀갈게!"

와랑이의 목소리도 젖어들었습니다.

"그럼 기다리겠어요. 흑…."

향녀는 이 말을 하고는 얼굴을 두 손으로 싸쥐고 땅에 주저앉아 어깨를 떨었습니다.

"향녀, 잘 있어!"

와랑이는 이렇게 한마디 말을 남기고는 돌아서서 터벅터벅 걸어갔습니다. 그의 눈에서도 사나이의 눈물이 방울방울 흘러내렸습니다.

'향녀, 내 짬을 내서 자주 올 테니 꼭 기다리라구!'

와랑이는 걸음걸음 마음속으로 외쳤습니다. 그러나 공사장에 발을 들여놓은 후로는 빠져나올 틈이 없었습니다. 송등마을에서 보현사 공사장까지는 30리밖에 되지 않았으나 권세당을 비롯한 관리들과 중들은 부역꾼들을 절대로 집에 보내주지 않았던 것입니다.

상다리가 뚝 부러지게 별의별 진귀한 음식들을 차려놓고 요란하게 제를 올린 다음 첫 기둥을 박게 하였습니다. 그 다음날부터는 돌 하나, 나무토막 하나라도 잡스러운 것에 어지럽혀져 부정을 타는 일이 없어야 한다면서 부역꾼들이 외부에 나다니는 것을 엄하게 단속하였습니다. 공사장에서 자주 일어나는 불상사의 화근을 집에 몰래 다녀온 사람들에게 들씌우기까지 하는 판이니 감히 어쩔 수가 없었습니다.

그런데다 권가의 분부로 와랑에게는 더 많은 일감이 차려져 도무지 짬을 낼 수가 없었습니다. 향녀는 와랑의 소식을 알 길이 없어 속을 바질바질 태웠습니다. 그런데다 통나무를 끌어내리다 누가 잘못되었다느니 산비탈에서 굴러내려 누가 병신이 되었다느니 하는 흉흉한 소문만 날아들어서 가슴이 얼어들게 하였습니다. 생각 같아서는 한달음에 달려가 와랑을 만나보고 싶었지만 잡인들의 왕래를 엄하게 단속한다니 그럴 수도 없었습니다.

절간을 짓는데 쌀이나 무명 같은 것을 한 바리씩 바치는 사람들을 받아준다는데 향녀에게는 바칠 것이 아무것도 없었습니다. 생각던 끝에 향녀는 기와를 한 바리 구워서 황소의 등에 싣고 상원동으로 향했습니다. 절간을 짓는 데는 기와도 많이 필요할 것이니 이것이라도 싣고 가면 와랑이를 만날 수 있으리라 생각하였던 것입니다.

"이랴, 어서 빨리 가자!"

황소궁둥이에 가볍게 채찍을 얹으며 향암골로 들어가는 향녀의 가슴은 끝없이 설레었습니다. 한껏 부푼 가슴을 지그시 누르며 방금 굽이를 돌아들려는 무렵이었습니다. 길목에 있는 파수막을 돌아보려고 내려왔던 권가가 먼저 향녀를 띄어보았습니다.

'저런 망할년 봤나! 와랑이와 갈라놓았더니 부등부등 찾아오는구나.'

권세당은 괘씸한 생각이 불같이 치밀어서 향녀의 앞을 막아서며 소리를 질렀습니다.

"여기가 어디라고 감히 요망스러운 계집이 발을 들여놓느냐? 부처님을 노엽혀서 와랑이도 너도 천벌을 받기 전에 냉큼 물러가거라."

향녀는 그만 그 자리에 굳어져서 어쩔 바를 몰랐습니다.

"절을 짓고 부처님을 모시는데 기와라도 시주하고 싶어서…."

향녀는 기어들어가는 소리로 주저주저 말하였습니다.

"뭐 기와?!"

권가는 황소에 실려 있는 기와를 찬찬히 살펴보았습니다.

"이 기와는 네가 부처님께 바치는 지성이니 받겠다."

권세당은 무슨 큰 아량이라도 베푸는 듯 말하였습니다.

"그게 정말이세요?"

향녀는 너무 기뻐 소를 끌고 공사장 쪽으로 들어가려고 서둘렀습니다. 그런데 이런 일이 또 어데 있겠습니까. 권가가 황급히 향녀의 앞을 막았습니다.

"너는 여기서 기다리고 소만 올려 보내라!"

권세당은 고삐를 빼앗듯 낚아채서 파수꾼에게 쥐어주는 것이었습니다. 이제 몇 걸음만 더 올라가면 꿈에도 그리운 와랑이를 만나보련만
…. 향녀는 너무도 안타깝고 섭섭해서 마음을 진정하지 못하는데 어느새 기와를 부린 황소가 내려왔습니다.

"여기서 어물거리지 말구 빨리 사라져라!"

권가는 죄인 다루듯 그를 쫓아냈습니다. 소를 끌고 얼마쯤 내려오던 향녀는 황소의 목을 끌어안고 볼을 비비었습니다.

"황소야, 너는 주인님을 만나보았겠구나!"

향녀는 와랑이의 손길이 스쳤을 황소의 코뚜레며 잔등을 쓸어보고 또 쓸어보았습니다. 권가는 먼발치에서 그 모양을 훔쳐보고는 개벼룩 섭듯 중얼거렸습니다.

'요년, 한번 된 코에 걸려봐라!'

다음날이었습니다. 향녀에게는 기와를 구워서 매일 한 바리씩 보현사공사장에 올려 보내라는 관가의 령이 떨어졌습니다. 향녀는 기가 막혔습니다. 물동이나 항아리 따위를 만들어 팔아야 입에 풀칠도 하고 살림을 지탱해내겠는데 기와를 구워 바치라니 이 일을 어쩌면 좋겠습니까. 향녀는 좋건 싫건 두 가지 일을 다 하는 수밖에 없었습니다. 곱절로 늘어난 일감 때문에 온종일 진흙을 이겨 옹기를 만들고 기와를 빚어 밤을 새며 그것들을 구워냈습니다. 그리고는 다음날 아침녘에는 아직 채 식지도 않은 기와를 싣고 파수막까지 다녀와야 했습니다.

권가는 기와를 바치라고 하면서도 여전히 공사장에는 절대로 들여놓지 않았습니다. 향녀는 매일같이 와랑이가 일하고 있는 코앞에까지 다녀오면서도 그를 만날 수 없으니 애간장이 더욱 타들어 미칠 것만 같았습니다. 그런데다 기와를 싣고 온 황소를 파수꾼을 시켜 공사장으로 올려 보내고 난 권가가 징글맞게 치근거리곤 하니 도무지 참을 수

가 없었습니다. 향녀는 며칠 후부터 파수막까지 올라가지 않고 향암골 어귀에서 황소만 올려 보내곤 하였습니다.

영리한 황소는 목에다 고삐를 감아놓고 올려 보내면 쏜살같이 파수막 쪽으로 올라가곤 하였습니다. 시간이 얼마쯤 지나면 짐을 부린 황소가 저 혼자 내려오곤 하였습니다.

"황소야, 너는 오늘도 주인님을 만나보았겠구나."

향녀는 황소의 목을 끌어안고 쓰다듬다가 코뚜레에 매달아놓은 쪽지편지 하나를 발견하였습니다.

'향녀, 그동안 잘 있었소? 나는 잘 있소. 부디 앓지 말기를 바라오. 와랑.'

향녀는 편지를 세상에 더없는 보물처럼 가슴에 꼭 껴안았습니다.

"나도 잘 있어요. 뒤 뜨락에 앵두꽃이 활짝 피었어요."

향녀는 와랑이와 마주서서 이야기를 나누는 듯 속삭였습니다.

다음날 향녀는 기와를 실어 보내는 황소의 코뚜레에 쪽지편지를 달아서 사자목 쪽으로 올려 보냈습니다. 와랑이한테서 편지를 받아보았다는 소식을 황소가 날라 왔습니다. 이렇게 향녀와 와랑 사이를 오고가는 황소는 그들의 사랑과 정을 이어주었습니다. 향녀는 앵두 철에는 빨갛게 익은 앵두를 따서 기르마('길마'. 짐을 싣거나 수레를 끌기 위하여 소나 말 따위의 등에 얹는 안장)에 얹어 보냈고 복숭아 철에는 또 복숭아를 따서 올려 보냈습니다. 깨끗이 빤 옷가지들도 기와들 속에 숨겨 올려 보냈고 고추장단지도 실어 보냈습니다.

와랑이도 철따라 핀 꽃송이들을 기르마에 꽂아 내려 보내기도 하고 가을철엔 머루나 다래 등 산열매들을 따서 내려 보내기도 하였습니다.

권가는 향녀는 나타나지 않고 황소만 오고가는 것을 보고는 그들이 서로 만나지 못하게 만든 것을 기뻐하였을 뿐 살뜰한 정이 오고가는 줄은 꿈에도 몰랐습니다.

'이렇게 한동안 만나지 못하게 만들면 그들 사이는 저절로 떨어지게 될 것이고 그때면 아무리 뜨겁던 사랑도 식어지고 말겠지!'

권가는 자기의 계교가 스스로도 흡족하여 삵웃음을 지었습니다.

황소가 저 혼자 기와를 싣고 보현사공사장으로 오고가기 시작한 지도 어언간 몇 해가 지나갔습니다. 이쯤 됐으면 향녀가 와랑에 대한 미련을 얼마쯤 잊었으리라고 생각한 권가는 어느 날 그가 일하는 옹기막으로 찾아가 치근거렸다가 하마터면 진흙벼락을 맞을 뻔 했습니다. 놈은 향녀가 가시를 날카롭게 세우면 세울수록 기어이 그 꽃을 꺾고 싶은 얄궂은 심보가 불타올라서 견딜 수가 없었습니다.

그런데 정말 알 수 없는 수수께끼가 하나 있었습니다. 잔치를 못하게 만들고 서로 자주 만나지도 못하게 떼어놓고 기와를 만들어 바치라고 고된 일을 하게 만들었는데도 어찌하여 향녀의 가슴속에는 와랑이 생각뿐일까? 도대체 그 어떤 불가사의한 힘이 그들 사이를 지켜주기에 벌써 몇 년째나 서로 떨어져있게 만들었는데도 실금 하나 생기지 않는단 말인가? 이런 생각에 잠겨 애간장을 태우던 권가는 어느 날 송등마을에서 보현사까지 기와를 싣고 저 혼자 오고가는 황소에 눈길이 멎었습니다.

'혹시 저 황소가 그들의 사랑을 더욱 굳게 이어주는 것이나 아닐까?'

권가는 저 혼자 기와를 싣고 올라오는 황소를 멈춰 세우고 코뚜레며 기르마며 곳곳을 깐깐히 살펴보았습니다. 아니나 다를까 기와를 양 칸에 갈라 실은 기르마 위에는 향녀가 와랑에게 보내는 보꾸러미(보자기로 물건을 싼 꾸러미)와 함께 편지 한 장이 실려 있었습니다.

'옳지, 이것이었구나!'

향녀가 와랑에게 써 보낸 편지를 읽고 난 권가는 큰 비밀이나 알아낸 듯이 미친 듯이 웃어댔습니다. 다음날부터 권세당은 황소가 기와를 싣고 올라올 때쯤 되면 사람들의 눈을 피하여 고갯마루에 가서 지키다가 기르마를 뒤지곤 하였습니다.

그때부터 송등마을 쪽에서는 향녀가 올려 보내는 물건이나 편지가 와랑에게 전해지지 못했고 와랑이 쪽에서는 그가 향녀에게 내려 보내는 소식이 끊어져버렸습니다. 말 못하는 황소의 코뚜레며 기르마, 심지어 귓속까지 샅샅이 들여다보았지만 쪽지편지 하나 전해오는 것이 없었습니다.

세월은 흘러서 묘향산의 두봉화가 또다시 피었다졌지만 끊어진 소식은 좀처럼 이어질 줄 몰랐습니다. 가슴 속에 재가 쌓이도록 속을 태우던 와랑은 속 시원히 알아보리라 마음먹고 어느 날 쥐도 새도 모르게 송등마을에 다녀올 용단을 내렸습니다. 그는 엄나무 한 대를 찍어와야겠다고 핑계를 대고는 산으로 오른 다음 송등마을 쪽을 향해 내달렸습니다.

와랑이가 어느 한 고갯마루에 이르렀을 때였습니다. 와랑은 황소가 기와를 싣고 저 혼자 올라오는 모습을 발견하였습니다.

'혹시 이번에는 무슨 소식을 가지고 올라오는 것이 아닐까?'

이런 생각을 하며 황소가 얼른 올라오기를 기다리는데 이게 무슨 일인가! 숲속에서 웬 사나이 하나가 불쑥 나오더니 황소의 코뚜레를 잡는 것이었습니다. 황소는 머리를 세차게 휘저었지만 그 사나이는 어느새 코뚜레를 싹 거머쥐고 기르마와 기왓장들을 샅샅이 뒤졌습니다. 그러더니 보꾸러미 같은 것도 찾아내고 쪽지편지 같은 것도 찾아내어 가로채고는 황소만 철썩 갈겨 보현사 공사장 쪽으로 올려 보내는 것이었습니다.

'아니 저놈이?!'

순간 와랑은 그동안 소식이 끊어졌던 까닭을 그제야 깨달았습니다. 가슴이 끓어오르고 주먹이 불끈 쥐여졌습니다. 당장 달려가 그놈을 한매에 때려눕히려고 발을 내딛는 순간이었습니다. 뜻밖에도 송등마을 쪽에서 향녀가 허위허위 달려 올라오며 그 사나이에게 소리치는 것이었습니다.

"여보세요, 그건 왜 가로채는 거예요?"

보꾸러미를 땅 우에 내려놓고 헤집어보던 그 사나이는 흠칫 놀라며 향녀 쪽으로 돌아섰습니다. 다음 순간 그놈은 향녀에게 미친 듯이 달려들었습니다.

"사람 살려요!"

향녀의 자지러진 비명소리가 터져 나왔습니다.

"이 개만도 못한 놈아! 이게 무슨 짓이냐?"

그 사나이가 다름 아닌 권가라는 것을 알아본 와랑은 피가 거꾸로 솟구쳐 올랐습니다. 와랑은 성난 호랑이처럼 달려가 모두발로 놈을 힘껏 걷어찼습니다. 권가는 '윽!' 하는 외마디 비명소리와 함께 앞으로 푹 곤두박이고 말았습니다. 와랑은 머리칼이 흩어져 내리고 옷자락이 찢겨진 향녀를 일으켜 품에 꼭 껴안고 부르짖듯 외쳤습니다.

"양반, 부자놈들이 판을 치는 이 세상에서는 부모님들이 정해준 혼약도, 하늘이 정해준 인연도 다 이루어질 수 없구나. 향녀! 이 더러운 세상을 버리고 깊은 산중에 들어가 영원히 헤어지지 말구 함께 살자구!"

와랑과 향녀는 목숨이 끊어진 권가에게 침을 뱉고 묘향산 어느 깊은 골짜기로 숨어들어갔습니다.

그 후 그들이 어디서 어떻게 살았는지는 알 수가 없었지만 기와를 만들던 고장만은 그때부터 '와뚠이'라는 이름으로 불리며 와랑과 향녀의 눈물겨운 운명에 대하여 전설로 전해주었다고 합니다.

- 〈와랑과 향녀〉
조선민화집(24), 금성청년출판사, 2010.


## 하늘이 맺어준 인연

이런 걸 두고 운명적 사랑이라고 하는 걸까, 태어날 때부터 맺어진 인연이라니! 보기에 따라 이 인연은 두 갈래로 나누어진다. 부모들이 좋아서 아이들이 채 자라기도 전에 맺어놓은 강제인연일 수도 있고, 수많은 인연이 새끼줄처럼 엮여서 맺어진 운명적인 인연일 수도 있다. 부모의 강요인가, 천겁의 인연인가를 가르는 지점은 사실 주인공들의 마음에 달려있다. 서로에게 매력을 느끼지 못하면 강요된 인연인 것이고, 두 사람이 사랑에 빠지면 운명인 것이다.

100여 년 전 개화기에 점잖은 양반들이 혁파해야 할 구습의 으뜸으로 중매결혼을 꼽았다. 자기 배필도 선택하지 못하는 사람들이 무슨 사회 개혁을 하겠느냐는 말이었다. 지식인들로부터 시작된 자유연애는 당시엔 매우 혁신적이고 용감한 일이었으며, 숱한 로맨스가 만들어졌다. 그리하여 현대의 우리에게는 그들의 덕(?)으로 연애가 특별한 일이 아니게 되었다. 그러나 사랑에 빠지면 특별한 인연이었으면 하는 바람이 지금도 있지 않은가. 어린 시절 스쳐지나갔지만 어른이 되어 각별하게 다가왔다던가, 알고 봤더니 부모들끼리의 인연이 있었다더라 하는 뻔한 장치들이 멜로드라마에서는 아직도 유효하니 말이다. 남녀가 사랑하면 아주 오래되고 강렬한 끈을 가지고 싶은 마음이 드는 건 어쩔 수 없나보다.

북녘의 옛이야기 〈와랑과 향녀〉에 대응할만한 옛이야기가 남녘에도 있다. 남녀 주인공이 태어나자마자 아버지들이 혼인을 약속한 이야기는 무속신화 〈이공본풀이〉와 닮았고, 사랑의 훼방꾼을 물리치고 다시 사랑을 찾은 이야기는 무속신화 〈성주풀이〉와 닮았다.

먼저 〈이공본풀이〉의 앞 부문을 살펴보자.

옛날 어느 마을에 임정국과 짐정국이란 사람이 이웃해서 살고 있었다. 임정국은 부유하고 짐정국은 가난한데 두 집 모두 자식이 없었다. 두 사람이 걱정 끝에 명산대천을 찾아 자손을 빌기로 하는데 짐정국 집에 올릴 것이 없으니 임정국이 그 집 공양까지 함께 해주었다. 정성이 통해서 두 집 부인이 아기를 잉태하자 임정국과 짐정국은 아들 딸을 낳으면 짝을 맺어주기로 약속했다. 두 집에서 한날 한시에 아기를 낳고보니 임정국의 아이는 딸이고 짐정국의 아이는 아들이었다. 임정국은 딸 이름을 원강아미라 하고 짐정국은 아들을 사라도령이라 했다.

원강아미와 사라도령이 자라나 열다섯이 되니 혼사를 맺을 때가 되었다. 가난한 짐정국이 말을 꺼내지 못하고 있는데 그 눈치를 챈 원강아미가 스스로 사라도령의 짝이 되겠다고 자청해 나섰다. 마침내 사라도령과 원강아미는 마을 사람들이 두루 축복해주는 가운데 혼인을 치르고 평생의 짝이 되었다.

– 〈이공본풀이〉

신동흔, 『살아있는 우리신화』, 한겨레출판사, 2007.

원강아미와 사라도령은 와랑과 향녀의 경우와 같이 태어나자마자 서로의 배필이 되었다. 와랑의 아버지 장서방과 향녀의 아버지 진서방도 아기들이 뱃속에 있을 때부터 아들 딸이 나오면 짝을 지어주고 싶은 마음이었을 것이다. 장서방과 진서방 또한 임정국과 짐정국처럼 늦도록 자식을 보지 못하다가 하늘의 도움으로 자식을 가졌다. 사이좋은 친구 사이에 사이좋게 귀한 자식을 얻었으니 사이좋은 사돈이 되고 싶은 마음이 왜 없었겠는가. 그리하여 원강아미와 사라도령, 와랑과 향녀는 하늘이 맺어준 인연이 되었다. 뱃속에서부터 시작된 인연, 그 인연에서 어긋나지 않고 서로를 사랑하게 되었다니 이것을 운명이라 부르지 않고 무엇이라 부를 수 있을까.

반면 〈와랑과 향녀〉의 도입부와 달리 〈성주풀이〉의 경우는 황우양씨가 짝을 찾는 여행을 통해 천생배필을 만나게 되었다.

천하궁과 지하궁에 한날 한때에 경사가 났다. 천하궁 전사랑씨와 지하궁의 지탈부인이 천생배필을 이루어 짝을 맺었다. 둘이 혼인한 지 열 달 만에 사내아이를 낳으니 그 울음이 용의 소리 같았다. 그 이름을 황우양씨라 했다.

　황우양씨는 어려서부터 재주가 남달랐다. 놀아도 꼭 흙을 가지고 집터를 닦고 나무를 깎아 집을 짓는 장난을 하는데 솜씨가 놀라웠다. 그가 청년이 되니 천하궁 지하궁의 큰 공사는 그의 차지가 되었다.

　혼인할 나이가 된 황우양씨는 인간세상 해동조선 땅에 자리를 잡았다. 색싯감을 찾아 사방을 유람하던 그는 계룡산 자락의 작은 마을에서 물 긷는 처녀를 만나 배필을 이루었다. 그 이름을 막막부인이라 했다. 황우양씨가 솜씨를 다 써서 덩그런 기와집을 지어 아내와 함께 살림을 살아가니 그 사는 곳을 황산뜰이라 했다.

－〈성주풀이〉

신동흔, 『살아있는 우리신화』, 한겨레출판사, 2007.

　그 옛날 여행자가 짝을 찾는 곳으로 우물가만큼 적당한 곳이 또 있을까. '여행에 지쳐 물 한 바가지 들이키려고 우물가를 찾았는데, 거기에 마침 아가씨가 혼자 물을 긷고 있다. 물 긷고 돌아가기를 기다려도 되건만 꼭 말을 붙여 본다. 놀란 듯 돌아다보는 처녀의 얼굴이 곱다. 물을 한 바가지 청한다. 처녀는 작은 목소리로 답을 하고는 고개를 살짝 숙이고 수줍게 물이 찰랑거리는 바가지를 내민다. 보일 듯 말 듯 떨리는 그 손길이 또 어여쁘다. 처녀는 나그네가 물을 들이키는 틈을 타 나그네의 모습을 살핀다. 행색은 허름하지만 어딘지 기품이 있어 보인다. 촐싹거리고 짓궂고 퉁명스러운 마을 사내들과 달라 보인다. 나그네가 물을 다 마시고 바가지를 내밀자 얼굴이 발갛게 물든 처녀는 고개를 돌리고 팔만 뻗어 바가지를 받는다. 이렇게 첫눈에 반한 황우양씨와 막막부인은 천생배필이 되기로 한다.' 원래 이야기에는 없는 내용이지만 남녀가 우물가에서 사랑에 빠지는 장면은 우리 고소설이나 옛이야기에 심심찮게 그려져 있어 아주 익숙한 장면이기도 하다.

와랑과 향녀, 사라도령과 원강아미처럼 오래된 인연은 아니지만 황우양씨와 막막부인도 수많은 사람들 중에 첫눈에 반해 짝을 이루었다는 데서 보통 인연은 아니다. 사랑의 깊이가 시간의 길이와 늘 비례하는 것은 아니니까.

세 쌍의 남녀가 서로 짝을 이루어 언제까지나 사랑을 예쁘게 이어나가면 좋으련만 삶이 어디 그런가. 소소하고 평온한 행복을 깨트리는 엄청난 시련이 그들을 기다리고 있었다.


## 시련, 피할 수 없는 소용돌이

이들 세 쌍의 남녀는 자신들이 잘못을 저지르지도 않았고, 스스로 선택하지 않았는데도 어쩔 수 없이 이별을 하고 말았다.

〈와랑과 향녀〉에서 두 주인공이 헤어지게 된 사연은 매우 현실적이다. 혼사를 미처 치르기 전에 마을에 전염병이 돌아 양쪽 집안의 어른들이 모두 세상을 떠나게 되었다. 두 사람도 병을 앓았지만 젊은이들이라 털고 일어났다. 상이 난 직후에는 혼사를 하지 않는 옛법에 따라 아마도 와랑과 향녀는 시간이 가기를 기다리고 있었을 것이다. 그러나 그 시간을 다 채우기 전에 일이 터지고 말았다. 묘향산에 보현사를 짓는 일이 시작되었는데 당시에는 나라에서 불교를 보호해주던 때라 절을 짓는 일이 곧 나랏일과 같아서 사람들을 동원할 수 있었다. 권세당은 관청에 수시로 드나들며 보현사 건설을 맡아보는 도감자리를 따내었다. 권세당이 누구던가. 아버지 재산을 물려받아 지주가 된 자로 아리따운 향녀를 탐하던 자가 아닌가. 권세당은 이 기회에 와랑과 향녀를 떼어놓으려고 와랑을 보현사 건설 목수로 불러올렸다. 절을 짓는 곳이 마을에서 멀지도 않은데 두 사람을 못 만나게 하려고 부역꾼들을 마을에 내려가지 못하도록 막아선 것도 권세당이었다. 옛날에 절을 짓는 일은 오랜 시간을 요했다. 언제 끝날지 알수 없는 기다림이 와랑과 향녀 앞에 놓이게 된 것이다.

반면 〈이공본풀이〉에서는 하늘의 부름을 받아 사라도령이 현실세계를 떠나야 했다. 서천꽃밭 꽃감관이 되라는 옥황상제의 명령을 사람인 사라도령이 어떻게 거부할 수 있었겠는가. 하루아침에 허망하게 헤어질 수 없었던 원강아미는 만삭의 몸으로 사라도령을 따라 길을 나섰지만 끝내 함께 가지는 못했다. 허허벌판에 우뚝 서있는 천년장자의 집에 원강아미와 태어나지도 않은 아기를 남겨두고 사라도령은 그렇게 떠났다. 눈물로 마지막 밤을 지새운 이 부부는 영영 이별을 하였다. 어디 그뿐인가, 원강아미를 거두어 주는 조건으로 원강아미는 천년장자의 노비가 되었던 것이다. 아기를 낳고 길러도 천년장자의 굴레를 벗어날 수 없는 몸이 되고 말았으니 살아서는 그 집을 떠날 수도 없는 운명이었다.

이들의 헤어짐은 와랑과 향녀의 헤어짐과는 달랐다. 무속신화 속에서 서천꽃밭은 살아서는 가지 못하는 곳이다. 가지각색의 꽃들이 끝도 없이 피어있는 들판이라 한 폭의 아름다운 수채화같은 풍경이 펼쳐지는 곳. 그러나 면면을 보면 화려한 외양과는 다른 모습이 있는 공간이다. 그곳에는 사람을 울릴 수 있는 꽃, 웃길 수 있는 꽃, 숨을 불어넣어주는 꽃, 살을 붙게 하는 꽃 뿐 아니라 사람을 죽일 수 있는 꽃도 있다. 생명을 주기도 하고 빼앗기도 하는 꽃들이 핀 신성한 꽃밭을 평범한 인간이 관리할 수는 없다. 서천꽃밭을 관장하는 꽃감관은 옥황상제의 명을 받은 신에 가까운 존재다. 신화 속에서 사라도령이 죽었다고 딱 잘라 말해 주지는 않지만 그는 이미 이승의 존재가 아니다. 원강아미도 사라도령의 운명을 몰라서 쫓아간 것은 아니었으리라. 따라가다 보면 혹시라도 옥황상제가 자신도 거두어 가지는 않을까하는 마음으로 길을 나섰을 것이다. 그러나 원강아미에게는 허락되지 않는 길이었다. 아무리 모질어도 이승에서 남겨진

생을 다 살아야 할 운명이었다.

사라도령과 원강아미의 이승에서의 인연은 여기까지였다. 이제부터는 그 집에 첫발을 디딘 순간부터 그녀를 갖고 싶었던 남자 천년장자와, 그 남자가 죽도록 싫었던 여자 원강아미의 이야기다. 사라도령은 돌아올 수 없지만 그가 남긴 아들 한락궁이를 품에 안고 천년장자가 주는 모진 시련을 견뎌내는 원강아미. 하루하루를 힘겹게 버텨내야했던 원강아미에게 사라도령과의 사랑은 어쩌면 신기루 같은 것이었을지도 모른다. 그래도 아름다웠던 사랑의 기억이 원강아미를 지탱해 주는 원동력이 되지 않았을는지.

이렇게 해서 〈와랑과 향녀〉, 〈이공본풀이〉 두 이야기는 다른 길을 가게 된다. 태어나기도 전에 맺어졌던 네 남녀는 다시 만날 희망이 있는 남녀와, 다시는 남편을 만나지 못할 아내의 이야기로 말이다.

〈성주풀이〉에서 황우양씨와 막막부인은 세상 부러울 것 없이 행복하고 태평한 나날들을 보냈다. 그러던 어느 날, 황우양씨가 대청에 누워 낮잠을 자는데 전에 없이 꿈자리가 어수선했다. 황우양씨는 무슨 일이 일어날 것만 같아서 갑옷과 투구를 꺼내 입고 집 주변을 경계하기 시작했다. 황우양씨의 불길한 예감은 얼마 후 현실로 다가왔다. 황우양씨가 꿈을 꾼 날 천하궁에서 난데없는 쇠바람이 몰아쳐 천하궁 누각 기둥이 무너졌던 것이다. 옥황상제와 신하들이 누구를 불러 청하궁을 다시 지을까 의논하던 중에 누군가 황우양씨의 솜씨가 좋으니 불러들이자고 했다. 옥황상제가 당장 차사를 보내 황우양씨를 잡아오라 명했으니, 황우양씨는 꼼짝없이 천하궁에 불려가야 했다.

하루아침에 막막부인과 헤어질 수 없었던 황우양씨는 차사에게 사정사정을 해서 겨우 삼일의 말미를 얻었다. 사실 오랫동안 일을 놓고 산지라 과거에 천하궁 지하궁을 뚝딱뚝딱 지어냈던 그 황우양씨가 아니었다. 쓸 만한 연장도 없었거니와 천하궁을 다시 지을 엄두도 나지 않았다. 그보다 더 큰 걱정도 있었다. 천하궁이 어디던가, 옥황상제가 사는 천상의 세계이지 않은가. 천상세계의 일원이었던 황우양씨가 그곳을 모를 리 없었다. 시간의 흐름도 다르고 일이 돌아가는 모양도 이승의 세계와는 다른 곳이다. 까딱하다가는 다시 이승으로 돌아오지 못할 수도 있었다. 그래서 차사에게 석 달의 말미를 얻어 보려고 했었다. 혹시 돌아오지 못하게 될까봐 막막부인과 이별의 시간이라도 가져볼 요량이었으리라. 그러나 주어진 시간은 딱 사흘, 이러지도 저러지도 못하고 황우양씨는 주어진 사흘 중 이틀을 꼬박 한숨을 쉬며 보냈다.

사흘 때 되던 날, 막막부인은 그제야 황우양씨에게 천하궁으로 불려가게 되었다는 말을 들었다. 막막부인은 한숨만 내쉬는 황우양씨를 안심시키고는 먼 길을 가야하니 편안히 잠을 자라고 권했다. 그리고는 밤새 쇠를 달궈 녹여 망치와 톱, 자귀, 끌, 자와 같은 연장을 만들었다. 또 남편이 입고 갈 옷도 새로 지어놓고 아침이 되자 황우양씨를 깨워 천하궁으로 보냈다. 그런데 무슨 예감이 있었던지 황우양씨에게 지나는 길에 소진뜰에 사는 소진항을 만나거든 대꾸도 하지 말고 가라고 귀띔했다. 아마도 막막부인 혼자 남겨진 것을 알리지 말라는 것이었으리라.

그런데 이런 예감은 어쩐지 비껴가는 법이 없다. 지하궁에서 돌성을 쌓고 돌아오던 소진항은 바삐 걸어가는 황우양씨를 만났다. 불러도 대답이 없자 "사람이 물어도 아는 척을 안 하니 후레자식이로군!" 하고 내뱉었다. 황우양씨는 부모를 욕하는 소진항의 부추김에 넘어가 소진항과 말을 트고 말았다. 황우양씨가 천하궁에 공사하러 간다고 하자 소진항은 가는 길목에 자기가 돌과 나무를 깔아놓았는데 다른 사람이 만지면 다시는 돌아오지 못한다고 말했다. 이에 겁을 먹은 황우양씨는 어떻게 해야 하느냐고 물었다. 소진항은 "나하고 옷 바꿈도 하고 도(道) 바꿈도 하면 아무 탈이 없을 겁니다."고 했다. 황우양씨는 도 바꿈은 못하겠고 옷만 바꿔 입자고 하고는 소진항의 다 떨어진 베옷을 입고 길을 떠났다.

자기에게 속은 줄도 모르고 의기양양하게 걸어가는 황우양씨의 뒷모습을 본 소진항의 마음은 어땠을까. 제가 뭘 했는지도 모르는 어리석은 놈이라고 비웃지는 않았을까. 막막부인이 밤을 새워 한 땀 한 땀 바느질을 해서 만들어준 새 옷을 두 번 생각도 아니 하고 훌떡 벗어버리고 간 사내. 남편이 무탈하게 일을 마치고 돌아오기를 기원하면서 지어낸 그 옷에는 어떤 방패보다도 튼튼한 사랑의 힘이라는 주술이 있었을 터였다. 생판 모르는 소진항도 척 보고 알아챈 새 옷의 힘을 정작 황우양씨만 몰랐다. 어쩌면 황우양씨는 사랑하는 사람을 곁에 두고 오랜 시간 살아왔기에 그 사랑의 진한 향을 맡을 수 없었는지도 모른다. 익숙한 것에서 떠나봐야 그 익숙함이 소중했다는 걸 깨닫는 것과 마찬가지 아니겠는가.

남녀가 연을 맺고 태평하고 행복하게 살아가는 것만큼 부러운 일이 없다. 그러나 삶이 어디 그러한가, 시련은 예상치 못한 곳에서 닥쳐오게 마련이다. 이 부부에게 옥황상제의 부름은 시련의 시작에 불과했다. 〈와랑과 향녀〉에서 와랑이 보현사를 짓는데 부역꾼으로 불려간 것도 마찬가지다. 사랑하는 남녀가 외부에서 주어진 일 때문에 어쩔 수 없이 잠시 떨어져 지내는 것은 시련이라고까지 할 수는 없다. 진짜 시련은 두 사람이 헤어져 있는 동안 서로의 관계에 영향을 줄만한 어떤 일이 생기는 것이다.

이 세 쌍의 남녀에게 새로운 시련, 진짜 시련이 기다리고 있었다.


## 시련에 온몸으로 맞선 여자들

와랑과 향녀의 관계에서 시련을 주는 인물은 권세당이었다. 돈과 권력이 있는 지주 권세당은 아리따운 향녀를 탐하여 와랑이 공사장에서 벗어나지 못하게 압력을 행사했다. 소식 한 가닥 들을 수 없어서 애를 태우던 향녀가 하루는 공사장에 갈 수 있는 묘책을 떠올렸다. 향녀가 누구던가, 흙을 빚어 기와도 굽고 그릇도 굽는 재주가 있지 않던가. 향녀는 기와를 한 바리 구워서 와랑이 두고 간 황소에 싣고 절을 향해 올라갔다. 이제 얼마쯤 후엔 그토록 그리던 와랑을 만날 수 있다는 부푼 마음도 잠시, 권세당은 절로 올라가는 길목에서 향녀를 발견하곤 불러 세웠다. 향녀가 와랑을 만나게 내버려둘 리가 없는 권세당은 기와를 실은 소만 공사장으로 올려 보냈다.

권세당은 향녀가 괘씸했으리라. 떨어뜨려놓으면 마음도 멀어지려니 했더니 아직은 아닌가보다고. 그래서 향녀를 더 괴롭히기로 작정했다. 혼자서 어렵사리 살림을 꾸려나가는 향녀의 처지를 모르지 않았건만 매일 기와를 한 바리씩 구워 바치라고 한 것이었다. 살림도 쪼들리고 몸도 힘들면 자연히 와랑을 포기할 거라는 속내였다. 하지만 권세당이 모르는 것이 있었다. 절실한 마음을 가진 사람들은 어떻게 해서든 마음이 통하는 방법을 찾아낸다는 사실을 말이다.

기와를 부리고 내려오는 황소를 쓰다듬으며 와랑을 보았을 황소마저 부러워하던 향녀는 뜻밖에 쪽지편지를 발견했다. 와랑이 보낸 쪽지편지였다. 그날부터 황소를 데리고 절로 향하는 향녀의 발걸음은 가벼웠고 마음은 설레었다. 기와를 실은 바리 속에 갖가지 생필품도 담고 쪽지편지도 넣었다. 와랑은 꽃을 꺾어 보내고 산열매를 따 보내주었다. 사랑하는 청춘남녀를 떼어놓으면 그 마음은 더 애절해지게 마련이다. 금지된 사랑이 더 달콤하고 가슴 떨리고 매혹적인 이유가 아니겠는가.

하지만 꼬리가 길면 잡히는 법. 와랑을 향한 향녀의 마음이 식지 않는 것을 본 권세당은 그들이 황소를 매개로 더 애달프게 연결된 것을 알아챘다. 가만 두고 볼 권세당이 아니었다. 황소가 오르고 내릴 때 짐을 샅샅이 뒤져 그들의 정표를 철저하게 가로챘다. 감질나는 달콤함 뒤에 찾아온 침

묵이었다. 둘이 언제 다시 만날지 알 수도 없는데 오가던 연락까지 끊어지니 와랑과 향녀 두 사람은 애간장이 녹을 수밖에 없었다.

이렇게 해서 와랑과 향녀의 시련은 막바지를 향해 가고 있었다. 그러나 이 시련이 그들에게 마냥 아프지만은 않았다. 서로의 마음을 확인하는 과정에서 누구도 떼어놓을 수 없는 신뢰를 쌓아갔기 때문이다. 두 사람이 마음을 합쳐 시련을 극복하고 있었으니, 시련은 아프지만 두 사람의 사랑은 더욱 단단해지고 있었다.

반면, 〈성주풀이〉나 〈이공본풀이〉는 남편의 도움을 받을 수 없어서 홀로 시련에 맞서는 아내들의 모습이 그려진다. 막막부인의 경우를 먼저 살펴보자.

황우양씨의 옷을 입은 소진항은 황산뜰로 달려가 남편이 왔으니 대문을 열라고 소리쳤다. 막막부인이 대문을 열지 않자 도술로 대문을 부수고 쳐들어간 소진항은 "네 서방은 벌써 저세상 사람이 됐으니 이제 나를 섬기거라."며 막막부인을 을러댔다. 막막부인은 놀란 가슴을 가라앉히고 "오늘 저녁이 돌아가신 친정아버지 제삿날이니 하루만 기다려주오." 하고 소진항에게 간청했다. 마지못해 소진항이 청을 들어주었다. 그날 밤 제사를 지내던 중에 막막부인은 소진항의 눈을 피해 비단 속옷 한 폭을 뜯어내서는 손가락의 피로 편지를 써서 주춧돌 밑에 숨겨두었다.

> "서방님, 살아서 오시면 소진뜰 우물에서 만나고, 죽은 혼이 오시거든 저승에서 만납시다."
>
> — 〈성주풀이〉 중에서

소진뜰에 끌려간 막막부인은 어서 백년가약을 맺자고 재촉하는 소진항에게 제사를 지내다 귀신이 몸에 붙어 불길하다고 꾸며대었다. "뒤뜰 개똥밭에 땅굴을 파고 삼 년간 구메밥을 먹으면 내 몸에 붙은 귀신이 떨어질 것이니 그때 가서 가약을 맺어도 늦지 않습니다." 하고. 당장 백년가약을 맺으면 둘 다 죽는다고 하니 소진항은 어쩔 수 없이 막막부인의 청을 들어주었다.

막막부인은 황우양씨가 천하궁을 다 짓고 내려오기를 기다리려는 속내였다. 한편 황우양씨는 천하궁에 도착한 날 꿈자리가 하도 사나워 마음이 급해졌다. 마침 길을 떠나기 전 아내가 해 준 말이 떠올랐다. 새 재목을 탐하지 말고 낡은 재목을 중히 쓰라고 했는데, 공사를 빨리 마치려면 말 그대로 낡은 재목을 써야 했다. 황우양씨는 온 힘을 다해 사흘 동안 한시도 쉬지 않고 서둘러 천하궁 공사를 마쳤다. 옥황상제가 기뻐하며 상급을 주려하자 그것도 마다하고 급히 황산뜰로 향했다. 그런데 어찌하리오. 황산뜰은 이미 황폐해져있고 막막부인은 온 데 간 데 없었다. 천하궁에서 보낸 사흘이 이승에서는 삼년이었던 것이다. 황우양씨는 어쩔 줄 모르고 주저앉아 꺼이꺼이 울다가 주춧돌 사이에 끼어있는 옷자락을 발견했다. 손가락을 잘라 피를 내어 급히 써내려간 막막부인의 편지였다. 그길로 소진뜰로 달려갔으나 웬걸, 하인들이 철통같이 집을 지키고 있어서 숨어들어갈 수도 없었다. 황우양씨는 막막부인이 편지에 쓴 대로 우물가로 가서 버드나무에 몸을 숨겼다.

그날 밤 개똥밭 땅굴에서 잠을 자던 막막부인이 꿈을 꾸었는데 깨어나 생각하니 옛 인연이 이어질 징조였다. 막막부인은 그길로 소진항을 찾아가 "이제 몸에 붙은 귀신이 다 떨어진 것 같으니 우물에 가서 목욕을 하고 백년가약을 맺을까 합니다." 하고 청했다. 소진항이 좋아라하며 허락을 하자 막막부인은 우물가로 가 씻는 척 하며 버드나무를 살펴보니 아니나다를까 황우양씨가 그곳에 덩그러니 앉아있었다.

"부인, 그동안을 못 참고 다른 남자를 섬기고 있단 말입니까?"

"여자의 말을 가벼이 여긴 탓이니 누구를 책망한단 말씀입니까? 그도 그렇거니와 내가 어찌 다른 남자를 섬기겠습니까? 그보다는 원수를 갚을 일이 급하니 이리 내려오세요."

황우양씨가 나무에서 내려오자 막막부인은 치마폭에 황우양씨를 숨기고 소진항의 집으로 돌아왔다.

— 〈성주풀이〉 중에서

삼년 만에 만난 부인에게 황우양씨가 건넨 말이라니. 소진항을 피해 삼년 동안이나 개똥밭 땅굴에서 구메밥을 먹으며 지내온 막막부인이 이 말을 들었을 때 그 심정이 어떠했겠는가. 알고서 했더라도 기가 막히고 모르고서 했더라도 기가 막힐 노릇이다. 그러나 막막부인은 돌아올지 안 돌아올지 모르는 남편을 믿고 기다린 우직한 마음을 가진 사람이었다. 그동안의 섭섭하고 기막힌 사연일랑 뒤로 하고 씩씩하게 당장 닥친 일을 해결하러 나섰다.

이 부부가 시련을 맞이하게 된 데는 남편 황우양씨의 경솔함이 한몫을 했다. 그렇다고 모두 그의 잘못은 아니다. 시련이야 언제 어느 때고 찾아올 수 있다. 소진항같은 사람이 우연히 막막부인이 혼자 남겨진 것을 알았다면 어떤 방법으로든 이와 같은 일을 벌일 수도 있기 때문이다. 다만 완력을 행사하는 남자와 맞서 싸우기에는 여자의 힘이 부족하기에 이런 꾀를 내어서 소진항에 맞섰던 막막부인의 지혜가 빛날 뿐이다.

막막부인보다 더 기막힌 시련에 처한 이가 있었으니, 바로 〈이공본풀이〉의 원강아미다. 사라도령이 떠난 그날부터 원강아미의 종살이가 시작되었다. 부잣집에서 자란 원강아미에게 종살이가 어디 쉬웠겠는가. 그러나 그보다 더 힘겨운 것은 밤마다 찾아와 합방을 하자는 천년장자의 요구였다. 원강아미는 아이를 낳기 전에는 합방을 하지 않는 게 자기네 마을의 풍습이라며 물리쳤다. 아들 한락궁이를 낳고 나자 천년장자의 채근은 더 심해졌다.

> "아직 때가 아닙니다. 이 고을은 몰라도 우리 마을 풍습은 아이가 자라나 노래도 부르고 죽마도 타고 놀며 지게도 지고 밭도 갈게 되면 그때 가서 재가를 하게 돼 있습니다. 안 그러면 부정이 타서 둘 다 죽어 버리는 법입니다."
>
> — 〈이공본풀이〉 중에서

이 말을 들은 천년장자는 화가 치밀어서 원강아미에게 온갖 궂은일을 시키며 괴롭히기 시작했다. 원강아미는 싫은 내색 한 번 안 하며 시키는 일을 묵묵히 해냈다. 세월이 흘러 아들 한락궁이가 자라 어느덧 열 살이 되자 천년장자는 원강아미를 다시 몰아쳤다. 어찌어찌 하루하루를 넘겼지만 궁색한 변명거리도 떨어져 더 이상 물러설 곳이 없어져갔다. 그러던 어느 날, 드디어 올 것이 오고 말았다. 한락궁이가 나무를 하러 산에 갔다가 웬 노인들을 만났는데, 그 노인들이 "얘야, 왜 아버지를 찾지 않느냐? 오늘 흰 사슴을 만날 터이니 그걸 타고 아버지를 찾아가거라." 하는 게 아닌가. 한락궁이는 한달음에 어머니에게 달려가 아버지가 누구냐고 물었다. 원강아미는 가슴이 철렁 내려앉았지만 무심히 "몰랐더냐? 천년장자가 네 아버지시다." 하고 말했다.

아니, 한락궁이의 아버지가 천년장자라고? 누가 들어도 거짓말이었다. 아들에게 아버지가 어떤 존재인데 어머니는 이리 쉽게 거짓말을 하는 것인지. 그동안 어머니를 봐서 억울해도 천년장자가 시키는 벅찬 일을 군소리 안하고 해온 아들에게 어떻게 이럴 수가 있는지. 한락궁이의 마음속에 순간적으로 어머니에 대한 원망이 솟을 만했다. 그러나 원강아미에게도 절박한 이유가 있었다. 한락궁이에게 아버지가 서천꽃밭 꽃감관 사라도령이라고 말을 해 버리는 순간 아들은 아버지를 찾아 떠날 게 아닌가. 이 모진 고난을 견뎌내게 했던 단 하나의 기쁨, 삶의 희망이었던 아들을 잠시만이라도 더 붙들고 싶었던 어머니의 마음이었다. 아버지가 누구든 그저 자기만의 아들이었고, 이 세상을 살아가는 단 하나의 이유였던 아들이었다.

그러나 어쩌겠는가, 아들은 또 아들의 운명이 있는데. 원강아미는 사라도령과 징표로 나눠 갖은 상동나무 얼레빗 반쪽을 아들에게 내밀었다. 그 길로 한락궁이는 아버지를 찾아 떠났고 원강아미는 정말 맨몸뚱이 하나로 천년장자의 집에 남겨졌다. 한락궁이가 떠난 것을 알고서 천년장자는 길길이 날뛰며 원강아미를 핍박했다. 원강아미가 끝내 천년장자를 거부하자 분노에 찬 천년장자는 원강아미의 머리와 사지를 뎅겅 잘라 청대밭에 버려서 까마귀 밥을 만들고 말았다. 원강아미는 이렇게 모질었던 삶을 마감했다.

향녀와 막막부인, 원강아미 이 세 여자는 시련을 주는 남자에게 각자 할 수 있는 한에서 최선을 다해 맞섰다. 향녀는 벅찬 노동을 감당하면서 권세당에게 틈을 주지 않았고 막막부인과 원강아미는 주술적인 핑계를 대고 당장의 위기를 모면했다. 합방을 잘못하게 되면 서로 죽게 된다는 속설이었다. 두 이야기의 바탕이 무속신화이니 그 안에서는 단연 위력이 있는 이유였다. 사실 여부를 가릴 수는 없지만 어떤 의미에서는 합당한 이유가 되기도 한다. 남녀의 인연이라는 것이 서로에게 좋은 인연만 있는 게 아니다. 원강아미와 막막부인의 경우 천년장자와 소진항과의 인연은 맺지 말아야 할 인연이었다. 완력으로 여자를 뺏으려는 남자와 좋은 인연이 될 리가 없다. 그러한 완력은 여자들의 본능적 저항을 불러일으켜 여자들을 독하게 만들기 마련이다. '덮치기만 해 봐라, 그때는 너도 죽고 나도 죽는다'는 독기 앞에서 남자들이 주춤하지 않을 수 없었을 게다. 물론 이 작은 협박의 위력이 그리 오래가지는 못했지만 시간을 벌 수는 있었다. 막막부인의 경우는 다행히 벌어놓은 시간 안에 황우양씨가 돌아왔던 것이고, 돌아올 사람이 없었던 원강아미는 자신의 선택에 따라 끝내 천년장자의 요구를 거절함으로써 생을 마감하고 말았던 차이가 있을 뿐이다.

## 견뎌낸 자들의 승리

북녘 옛이야기 〈와랑과 향녀〉의 결말은 오랜 기다림 끝에 용기를 낸 와랑이 스스로 해결해냈다. 그렇게 매일 오가던 소식이 끊기자 애가 닳은 와랑은 공사판을 벗어나 향녀에게 다녀오기로 결심했다. 부역꾼이 외출이 금지된 공사장을 벗어나다니 당시의 시대적 상황으로 보면 목숨을 거는 일이었다. 와랑은 마을로 내려가는 길목에서 이 모든 시련이 권세당의 농간이라는 것을 알아챘다. 그것만으로도 용서하지 못할 일인데 향녀를 향해 달려들기까지 하다니. 순간 와랑의 온몸에 분노의 불길이 치솟았고 그 힘을 모아 권세당을 향해 몸을 날렸다. 권세당은 그길로 길바닥에 곤두박이며 숨이 끊어졌다. 이런 사정으로 다시는 송등마을에서 살지 못할 것을 감지한 와랑과 향녀는 묘향산 깊은 골짜기에 숨어들어가 살았다. 그 후 송등마을은 기와를 만들던 마을이라고 하여 '와뚠이'라는 이름으로 불리며 와랑과 향녀의 눈물겨운 운명을 전설로 전해주었다고 한다.

그런데 이 결말이 과연 해피엔딩일까? 얼핏 보면 훼방꾼을 처치하고 사랑을 되찾은 승리의 이야기처럼 보이지만 뭔가 꺼림칙한 부분이 있다. 완전한 해피엔딩이라면 와랑과 향녀가 마을로 돌아와 행복하게 살아야 하지 않았을까? 마치 죄지은 사람들처럼 아무도 모르는 산 속으로 들어가 사는 게 정말 행복한 결말이라고 할 수 있을까? 그게 아니라면 뭔가 다른 장치가 있었어야 할 것만 같은 의문이 든다.

〈성주풀이〉의 결말이다.

소진항이 기뻐하며 술상을 내오자 막막부인이 소진항 먹는 술에 몰래 약을 탔다. 막막부인이 권하는 술을 거푸 들이킨 소진항은 술에 취하고 약에 취해 쓰러져 잠이 들었다. 이 틈을 타서 황우양씨가 마루에서 나와 소진항을 꽁꽁 묶고서 천둥같이 호령을 했다.

"이놈, 감히 네 죄를 모른다고 하지는 않겠지?"

술에서 겨우 깨어난 소진항이 비몽사몽간에 머리를 조아리며 목숨을 빌었지만 통할 리가 없었다. 황우양씨가 소진항을 장승으로 만들어 한길 가에 세워놓으니 소진항은 한 자리에 콕 박혀서 오도 가도 못하며 사람들의 눈총을 받게 되었다. 소진항의 가솔들은 서낭 하졸을 만들어 사람들이 뱉은 침이나 먹고살게 하였다.

– 〈성주풀이〉 중에서


남편이 없는 틈을 타 남의 아내를 탐한 자의 마지막은 이렇게 비참했다. 제 힘만 믿고 힘없는 여자를 핍박했으니 뭇사람들의 손가락질을 받으며 생을 마감하게 되어 마땅한 일이었다. 황우양씨와 막막부인은 이렇게 통쾌한 복수를 하고서 다시 만나 행복하게 살 수 있었다. 그러나 이 부부에게 근심이 아주 사라진 것은 아니었다. 오랜 세월이 지나도 아이가 없었으니 어찌 할까 고민이었다. 그리하여 두 사람은 한평생 금실 좋게 지내다가 죽은 뒤에 집집마다 성주로 들어가서 집안이 잘 되게 보살펴주고자 결심했다. 뒷날 황우양씨는 성주신이 되고 막막부인은 터주신이 되었다고 전한다. 부부가 서로 사랑하고 서로 존경하며 신뢰하는 모습을 여실히 보여준 이야기이다.

마지막으로 〈이공본풀이〉의 결말이다. 원강아미는 한락궁이가 아버지를 찾으러 간 사이에 이미 죽임을 당했다. 서천꽃밭은 살아서는 가지 못하는 곳이며, 어떤 대가 없이 열리는 길이 아니다. 목숨을 걸고 안팎으로 놓인 시련을 다 물리쳐야만 가는 곳이다. 다행히 온갖 어려움을 극복한 한락궁이는 결국 서천꽃밭으로 가서 아버지를 만났다. 아버지를 만난 기쁨도 잠시, 사라도령은 원강아미가 천년장자의 핍박을 받아 이미 죽었다는 소식을 한락궁이에게 전했다. 그러면서 서천꽃밭에 피어있는 꽃을 꺾어 이승에 돌아가서 어머니를 구해오라고 했다. 이승으로 돌아온 한락궁이는 천년장자에게 천년을 사는 꽃을 구경시켜주겠다고 하면서 그 가솔들을 다 모았다.

한락궁이가 먼저 웃음꽃을 꺼내 보이자 천년장자와 가족들이 배를 움켜쥐고 데굴데굴 구르기 시작했다. 한락궁이가 울음꽃을 꺼내 보이자 천년장자와 가족들이 땅을 치면서 통곡하기 시작했다. 한락궁이가 수레멸망악심꽃을 꺼내 보이자 천년장자와 가족들이 눈에 살기가 돌면서 미친 듯이 서로 싸우기 시작했다. 결국 천년장자와 그 가족은 그렇게 싸우다가 그 자리에 쓰러져서 죽고 말았다.

– 〈이공본풀이〉 중에서

그들이 모두 죽자 한락궁이는 어머니가 누워있는 청대밭으로 가 통곡을 했다. 철모를 때부터 고생만 해 온 어머니를 보고 자란 것도 서러운데, 또 이렇게나 처참하게 죽어있으니 어찌 그러지 않을 수 있겠는가. 한락궁이가 서천꽃밭에서 가지고 온 뼈오를꽃, 살오를꽃, 피오를꽃, 숨트일꽃을 어머니 시신에 뿌리고 마지막으로 때죽나무 회초리로 몸을 세 번 때리니 원강아미가 숨을 토하며 벌떡 일어섰다. 아들 한락궁이가 어머니 원강아미를 살려낸 것이다. 한락궁이는 원강아미를 데리고 서천꽃밭으로 갔고, 십여 년 만에 처음으로 세 사람이 한자리에 모였다.

그러나 이들의 해후는 이승에서 이루어진 것이 아니었다. 서천꽃밭을 찾아가는 과정에서 이미 신격을 획득한 한락궁이는 이승에 속한 사람이 아니라고 봐야한다. 한락궁이가 살려낸 원강아미 또한 이승에서 되살아난 것이 아니다. 원강아미의 육체를 복원하고 숨을 불어넣은 것은 저승으로도 가지 못한 원강아미 혼을 온전하게 불러내었다는 의미이다. 그러니 이 세 사람은 이승을 떠난 후에야 서로 만날 수 있었던 것이다. 후에 한락궁이는 아버지의 뒤를 이어 서천꽃밭의 꽃감관이 되었다고 전한다. 행복을 이승에 속한 것이라고 규정한다면 이 신화 또한 완전한 해피엔딩이 아니라고 볼 수도 있겠다.

〈이공본풀이〉에서 복수를 한 사람은 사라도령과 원강아미가 아니라 한락궁이이다. 당대에 부모가 해결하지 못한 원한이 자식에게도 이어지는 것인지도 모른다. 그래서 〈와랑과 향녀〉, 〈황우양씨 막막부인〉의 옛이야기와 〈이공본풀이〉의 결말은 조금 다르다. 하지만 남편이 없는 틈을 타서 원치 않는 관계를 맺고 싶었던 남자의 탐욕을 징벌했다는 점에서는 같다고 볼 수 있겠다.

이렇게 한 편의 북녘 옛이야기와 두 편의 남녘 옛이야기의 흐름을 모두 따라가 보았다. 그러면 이제 남북의 옛이야기가 어디가 비슷하고 어디가 다른지 살펴보도록 하자.


## 같은 듯하면서 다르고, 다른 듯하면서 비슷한 남북의 옛이야기

북녘의 옛이야기 〈와랑과 향녀〉는 남녘의 옛이야기 〈성주풀이〉와 다른 점도 있지만 결을 같이 하는 점도 있다.

여기서 살펴 본 〈성주풀이〉는 주로 서울·경기 지역에서 전승돼 온 「성주풀이」 신화의 사연이다. 가신(家神. 집의 신)인 성주신과 터주신의 내력을 풀어놓은 무속신화이다. 성주신은 집을 지키는 신이다. 가족이 살아가는 데 집이 중요한 것은 말할 나위가 없다. 황우양씨가 솜씨 좋은 목수였던 것은 우연이 아니다. 또 터주신은 집을 짓기 위해 필요한 집터를 보호하는 신이다. 막막부인은 황우양씨를 보필하던 솜씨로 집을 지키는 터주신이 된 것이다. 이들에게 아이가 없었던 이유는 부부가 가족의 중심이라는 반증일 것이다.

〈와랑과 향녀〉는 이야기의 결말에서 '와뚠이'라는 마을의 전설이라고 밝히고 있다. 그러나 서사의 구조로 볼 때 남녘의 기준으로 분류하자면 '관탈민녀형 설화'로, 또는 '당(堂)신화', '마을신화'의 한 갈래로 볼 가능성도 있다.

구전설화 연구의 방법을 두 가지로 적용해 볼 수 있는데, 첫 번째 방법은 이야기의 중심 내용에 따라 어떤 종류의 설화인지 구별해 보는 것이다. 옛이야기들에는 같은 서사로 여겨질 수 있게 겹치는 내용도 있지만 중심서사를 찾아서 보면 유형별로 구분이 가능하다. 두 번째 방법은 이야기 속에 무심한 듯 배치되어 있는 배경이나 단어들을 단서로 삼아 추적해 보는 것이다. 옛이야기들이 전해지는 과정에서 사라지거나 와전된 것들이 많이 있다. 그래도 잘 찾아보면 고유하게 가지고 있는 것들이 있다. 세심하게 보아야 하지만 이것 또한 의미 있는 과정이다.

첫 번째 방법으로 〈와랑과 향녀〉를 보면 '혼사장애' 유형의 설화나 '관탈민녀' 유형의 설화 정도로 분류해 볼 수 있겠다. '혼사장애' 유형이란 혼인을 약속한 남녀가 신분의 차이나 부모의 반대, 전쟁 등으로 어려움을 겪는다는 유형의 설화이다. '관탈민녀' 유형은 혼인한 부부가 있는데 아내의 아름다움을 탐한 권력자에게 아내를 빼앗기는 설화이다.

〈와랑과 향녀〉는 비록 혼인을 하지 않은 처녀총각으로 설정되어 있지만 내용상으로는 '관탈민녀' 유형의 설화와 닮았다. 『삼국사기』에 실려 있는 〈도미〉 열전이나 민간에서 전해지는 〈우렁각시〉 설화를 대표적인 것으로 본다. 이 설화들의 원형은 대체로 비극적 결말을 맺는다. 도미의 아내는 왕의 구애에도 불구하고 정절을 굽히지 않았다. 이에 화가 난 왕이 남편 도미를 잡아다가 두 눈을 도려내고 빈 조각배에 실어 강에 띄워 보냈다. 도미의 아내는 월경을 핑계로 도망쳐 나와 강가에 이르렀다. 배가 없어 강을 건널 수 없자 하늘을 향해 통곡을 하니 갑자기 빈 배가 밀려왔다. 그 배를 타고 어느 섬에 이르니 남편 도미가 죽지 않고 살아있었다. 다시 만난 도미와 도미의 아내는 비참하게 살다가 일생을 마쳤다는 내용이다.

〈우렁각시〉 설화 또한 그 원형은 비극적 결말이다. 우렁이가 어여쁜 처녀인 것을 알게 된 총각이 당장 같이 살자고 했지만 우렁이 처녀는 아직 때가 안 되었으니 사흘을 더 기다리라고 했다. 총각이 더 기다리지 못한다고 하자 어쩔 수 없이 함께 살게 되었다. 색시가 너무나 예뻐 걱정이 된 신랑은 우렁각시가 바깥출입하는 것도 금지시켰다. 그러던 어느 날 신랑의 밥을 가지고 들로 나가던 우렁각시를 고을 원님이 보게 되고, 즉시로 우렁각시를 데리고 떠나버렸다. 색시를 찾아 관아에 간 신랑은 억울하게 죽어 파랑새가 되고, 색시는 밥도 안 먹고 원님을 거역하다가 비참하게 죽어 참빗이 되었다.

관탈민녀형 설화는 이처럼 대개 비극적으로 끝을 맺는다. 과거에나 현재에나 권력이 있는 남자가 아름다운 여자를 취하려고 할 때 당하는 입장에 서 있는 여자가 선택할 수 있는 방법은 그리 많지 않다. 신분이 높고 재력이 있는 남자들이 여자를 둘러싼 사람들에게 가할 수 있는 폭력은 무수히 많기 때문이다. 현실적으로는 여자가 사랑하는 남자를 버릴 가능성이 더 높다. 자신을 위해서도 다른 사람을 위해서도 그렇다. 그렇게 되었을 때 여자는 숱한 비난을 받게 되겠지만 어쩔 수 없는 경우도 있었을 것이다. 그러나 다른 선택을 한 여자들도 있었다. 사랑을 배신하지 않으려 했던 도미의 아내와 우렁각시처럼 말이다. 그럴 경우에는 이처럼 비극적인 결말을 맺을 수밖에 없는 것이 또 현실이었다.

그러나 비극적 결말이었던 이 이야기들이 민간에 전승되면서 권력자를 내쫓고 남편을 되찾은 해피엔딩으로 변한 이야기들도 있다. 원님에게 잡혀간 색시는 웃지도 않고 이러저러한 핑계로 원님을 물리친다. 어느 날 색시가 거지잔치를 열어달라고 하자 원님은 그 소원을 들어준다. 색시를 찾아온 거지 신랑이 새 깃털 옷을 입고 춤을 추는 모습을 보고 색시가 웃자, 원님은 거지 신랑과 옷을 바꿔 입고 춤을 추었다. 이 틈에 색시는 얼른 신랑에게 대청마루에 오르라 하고는 원님을 쫓아버리고 둘이 행복하게 살았다고 한다. 이렇게 결말을 행복하게 마무리 짓는 것은 어쩌면 현실에서 이루지 못한 사랑을 허구적 서사 속에서라도 이뤄주려고 했던 옛사람들의 바람이었을 것이다.

실제로 북녘에서 출판된 〈도미와 그 아내〉 이야기는 앞부분은 원형과 같은데 뒷부분에서는 행복한 결말로 풀어냈다. 장님이 된 남편 도미와 극적으로 만난 아내는 피눈물을 쏟아냈다. 그들은 고향을 떠나 고구려의 한 마을로 이사를 갔는데, 그곳에서 마을사람들이 도와주어 가난하지만 오순도순 살다가 일생을 마치는 것으로 말이다. 북녘에서 이 설화들을 비극적인 결말로 처리하지 않고 행복한 결말을 이어 붙인 것은 그들이 봉건적인 권력의 행사를 기피하는 것과 연관이 있는 것 같다. 힘이 없고 재산이 없는 평범한 사람들이 권력자에게 휘둘려 비참한 최후를 맞이하는 이야기는 '인민이 주인되는 세상'을 표방하는 그들의 사회적 분위기에 맞지 않기 때문이다.

두 번째 방법으로 〈와랑과 향녀〉를 분석해 보면 '당(堂)신화', '마을신화'의 하나로 볼 수 있다. 당(堂)신화란 마을공동체에서 전승되는 공동체의 신앙으로 제사의 대상인 당신(堂神)이 좌정하게 되는 내력담을 말한다. 이를 마을신화라고도 하는데 마을신당에서 모시는 신에 관한 이야기를 뜻한다. 근대화 이전의 자연마을에는 마을공동체에서 모시는 고유한 마을신이 있었고 정기적으로 제사를 지냈다. 무속신화의 일부를 구성하는 마을신화는 일부 지역을 제외하고는 대부분 전설이나 유래담으로 소홀하게 다뤄졌다. 북녘에서는 남녘보다 더 무속신화를 꺼려했기 때문에 재미있는 서사구조를 가진 마을신화들이 전설로 분류되었을 것으로 보인다.

〈와랑과 향녀〉를 마을신화로 보는 이유는 먼저 공간적 배경이 된 '와뚠이'라는 마을에 있다. '와뚠이'는 와둔지(瓦屯地)의 지역 이름이다. 기와를 만들어 굽던 마을이라는 뜻으로 지역에 따라 '와뚠지', '왯둔지', '왯골' 등으로도 불리었다. 기와를 만들어 구울 수 있는 고운 흙이 있는 지역에 이런 마을들이 있었다. 이 '와뚠이'를 배경으로 한 〈와랑과 향녀〉는 서사 속에 구체적인 지명들이 거론되고 있어 지역적인 특성을 갖추고 있다.

또한 주인공들은 이 지역의 특징이 잘 드러나는 일을 하고 있었으며 그 일 때문에 시련을 겪게 되었다. 그 시련의 끝에 와랑은 악인인 권세당을 징치하였는데, 그 방법은 다른 마을신화에서도 볼 수 있는 것이었다. 바로 악인을 장승으로 만드는 방법이다. 황우양씨가 소진항을 장승으로 만들어 뭇사람들의 침을 받아먹고 살게 했던 것처럼 와랑도 권세당을 땅에 곤두박이게 했던 것이다. 그럼으로써 와랑과 향녀는 마을신으로 좌정하게 되었다고 볼 수 있다.

그러나 북녘의 리얼리즘적 문학관으로 보건대 이러한 신화적 요소는 수용될 수 없는 것이다. 북녘에서는 남녘에서 신화로 분류하는 것들을 대부분 '전설'의 범주로 다루고 그 속에서 '주인공이 신이 되었다.'는 결말을 수긍하지 않기 때문이다. 따라서 〈와랑과 향녀〉의 경우 그들이 산 속으로 간 것이 아니라 마을신으로 좌정했을 가능성을 배제할 수가 없다.


## 부부, 둘이 함께 그려가는 그림

세 편의 옛이야기가 학문적으로 어떠하든지 상관없이 그들이 펼쳐내는 서사 속에는 현재를 살아가는 우리에게도 분명 전달되는 메시지가 있다.

운명처럼 사랑을 시작하고 사랑을 지키기 위해 노력한 그들이 다시 만나 살아갈 날들은 어떤 모습일까. 햇살 좋은 가을날 오후 남자와 여자는 서로의 등을 기대고 앉아있다. 남자는 기타를 치고 있고 여자는 손에 책을 들고 있어도 좋고, 아무것도 하지 않고 따스한 햇살과 잔잔한 미풍을 즐기고 있어도 좋다. 서로가 말하지 않아도 서로의 마음속에 오고가는 생각이나 감정을 느낄 수 있다. 오랜 시간 수많은 일들을 겪으며 알게 된 상대의 습관, 상대의 사고방식, 상대의 감정들이 맞닿은 등으로 전달된다. 마주보아야만 얘기가 통했던 시절, 말로 세세히 전달해야만 알 수 있었던 서로의 생각, 늘 함께 있어야만 사랑이 확인되었던 불안이 그들에게서 밀려갔다. 와랑과 향녀, 황우양씨와 막막부인의 모습이 이러할 것이다. 비록 이승에서 함께 하지는 못했지만 오랜 기다림 끝에 만난 사라도령과 원강아미도 이런 모습을 그려갈 것이다.

옛이야기는 현대의 소설처럼 치밀한 설명을 하지 않는다. 문장과 문장 사이 사건과 사건 사이의 공백을 채우는 건 이야기를 읽는 사람들, 듣는 사람들의 몫이다. 각자가 살아온 세월에 따라 각자가 살아가고 있는 공간에 따라 다 다르게 다가올 수 있다. 같은 뼈대를 주어도 사람마다 다 다른 살을 채우고 다 다른 옷을 입히듯이, 옛이야기는 그런 맛이 있다. '사랑은 이렇게 익어가는 거야' 하고 말해주지는 않지만 옛이야기의 주인공들이 우리에게 손을 내밀어 보여주고 있지 않은가. 끝까지 사랑할 수 있는 힘이 우리 모두에게 있다고.

〈박성은〉

# 집 나간 남편을 찾습니다!

— 북녘이야기 〈악마를 이긴 아랑〉 & 남녘이야기 〈구렁덩덩 신선비〉

## 떠나버린 남편을 찾아 나선 아내

결혼 생활은 서로 다른 길을 걸어온 두 개인이 부부가 되어 관계를 지속하는 과정이다. 부부는 서로의 민낯을 보고 살을 부비며 사는 가까운 관계지만 연애하던 시절에 미처 보지 못했던 상대의 모습을 발견하고는 괜스레 낯설게 느끼기도 한다. 그래서 '이 사람, 과연 내가 사랑하던 사람이 맞나?'라는 의구심, '으이구, 저 사람은 내 속도 모르고…'라는 갑갑함이 엄습해 올 때가 있는 것이리라.

그리고 어느 순간, 이러한 감정을 통해 전해지는 둘 사이의 틈을 발견하게 되고, 함께 있음에도 불구하고 심리적 공백이 커지는 모순이 심각해지면 영원한 이별을 선택하기도 한다. 살아도 살아도 모르는 부분이 생기는 관계이자 요즘 같은 시대에는 오래 지속하기조차 어려운 관계! 이와 관련해 윤대녕이라는 한 작가는 인터뷰에서, 한 사람을 만난다는 것은 그 사람의 전 생애와 만나는 것이며 하나의 세계, 우주와 만나는 가장 치열한 사건이라고 표현하였다.

작가는 연애에서의 만남으로 제한해 이야기했지만, 결혼 생활에 있어서도 마찬가지이리라. 오히려 또 다른 세계, 우주와 만나는 치열한 사건은 부부의 일상적인 삶, 국면 국면에서 구체성을 획득하면서 더욱 심화될 것이다.

또 다른 세계이자 우주에 비유될 만큼 다른 역사를 쓰면서 살아온 두 남녀가 만나 관계를 지속하는 문제에 대한 고민은 동서고금을 막론하여 지속되었다. 두 남녀 사이의 관계를 어떻게 지속할 것인가에 대한 고민은 신화에서 소설, 영화에 이르기까지 다양한 매체의 주요 화두였다. 그리고 관계 지속의 어려움은 다양한 갈등 상황으로 형상화되었다.

특히, 구체적인 삶의 모습과 갈등을 상징적으로 포착하여 보여주는 설화에서는 두 남녀의 만남이라는 치열한 사건을 동물과 인간의 결연, 지하계와 천상계처럼 다른 세계에 속한 존재와 결합하는 모습으로 나타내기도 한다. 그런데 이물(異物), 다른 세계의 존재와 만나는 이야기의 시작 부분에는 금기(禁忌)가 항상 전제조건으로 붙는다. '무엇무엇하지 말라. 만약 무엇무엇하면 헤어질 것이다.'라는 조건과 부정어를 내포한 금기는 우리가 익히 들어 본 〈선녀와 나무꾼〉, 〈우렁각시〉 등의 이야기에서 쉽게 발견할 수 있다. 예를 들어, '아이 셋을 낳기 전까지 선녀의 날개옷을 주지마라.', '아직 결연할 때가 아니니, 조금 더 기다려 달라.' 등의 모습으로 말이다.

하지만 위 이야기들의 전개에서 알 수 있듯, 금기는 깨지고 치열한 사건이 전개된다. 여기서 잠깐, 눈여겨 볼 것은 금기가 제시된 위치이다. 위 옛이야기들에서 금기는 남녀관계에서 부부관계로 넘어가는 그 문지방에 아슬아슬하게 위치하고 있다. 그래서 이야기를 향유하는 사람들은 금기와 함께 깨어지는 두 사람의 관계를 조마조마한 심정으로 바라보게 된다. 하지만 지켜주겠다고 약속했던 금기가 어떤 이유에서든 깨지고 이별 상황이 연출된다.

그런데 이야기는 이별 상황에서 비극적으로 끝나지 않는다. 오히려 금기가 깨지고, 부부관계의 신의가 깨진 그 지점에서 이야기는 새롭게 시작한다. 홀로 남겨진 배우자는 떠난 짝을 되찾기 위해 자신이 있던 공간을 떠나 배경을 전환하며 이야기를 다시 시작하는 것이다. 바로 잃어버린 배우자를 찾아 나서는 이야기! 구체적으로는 〈선녀와 나무꾼〉에서 나무꾼이 선녀가 떠나버린 천상계로 향하며, 〈우렁각시〉의 가난한 총각이 원님에게 붙잡혀 간 우렁색시를 찾아 관아로 간 것처럼 말이다.

이처럼 남편 또는 아내가 떠나버린 혹은 헤어진 배우자를 찾아 떠나는 유형의 이야기들은 내면세계를 구축하는 어린이의 성장담이 아니라 어른의 성장담이라고 할 수 있다. 그래서 이들 유형의 이야기는 내면세계를 확장해 가는 어른이 타인과 관계 맺는 법에 대해 고민하게 한다. 하나의 세계, 우주와 만나는 치열한 사건 중에서 상대의 다름을 얼마만큼 이해하고 인정할 수 있느냐가 관계 지속의 관건이 될 것이다.

여기 남녀 간 관계 지속의 고민을 서사적으로 풀어낸 옛이야기가 있다. 〈악마를 이긴 아랑〉이라는 제목을 가진 북녘의 옛이야기인데 얼핏 제목이 풍기는 분위기로 보아 나쁜 악마를 무찌르는 여성 영웅 아랑의 삶이 조명될 것 같다. 하지만 이 이야기의 기본 관계구도는 악마와 아랑이라는 선악 구도보다는 부부관계에 초점화되어 있다. 그렇다면 〈악마를 이긴 아랑〉을 통해서 부부 간 신의가 어떻게 깨지고, 어떻게 회복되는지 들어보자.


옛날 한 농사꾼에게 배다른 딸 세 명이 있었습니다. 후실이 데리고 온 두 딸은 심보가 고약했으나 전실의 딸 아랑은 마음이 고왔습니다. 하루는 농사꾼이 딸들을 불러놓고, 시집을 보내야겠으니 혼처가 나타나면 누구든 마다하지 말라고 말했습니다.

며칠 후, 웬 노파가 나타나 주인을 찾았고 농사꾼이 나가 문을 여니 노파는 주인어른께 여쭐 말씀이 있어 왔다고 했습니다. 농사꾼이 노파를 맞이하고 무슨 일로 왔냐고 묻자, 노파는 한동안 머뭇거리다가 한숨을 짓더니 찾아온 이유를 설명했습니다.

"나는 세 고개 너머 벽촌에 사는 할미인데 아들이 하나 있소이다. 그 녀석이 요새 갑자기 장가를 들겠다고 조르며 동남방향으로 세 고개 넘어가 맞다드는 동네에 들려 된장이 아홉 독 있는 집을 찾아 딸이 있으면 청혼해보라고 하지 않겠소이까. 그래서 세 고개를 넘으니 이 마을이 나오고 된장 아홉 독 있는 집을 물어 이 댁에 이르렀소이다."

노파의 말을 들은 농사꾼은 어찌 중매꾼을 보내지 않고, 직접 걸음을 했는지 물었습니다. 노파는 몹시 난처한 기색을 지으며, 다음과 같은 이야기를 들려주었습니다.

남편을 일찍 잃은 노파는 홀로 수로달이라는 외아들을 키웠는데, 그는 힘이 장사고 마음도 무척 어질었습니다. 몇 달 전 물가에 나갔던 수로달은 어떤 괴물이 요동치며 물고기들을 닥치는 대로 죽이는 것을 보았습니다. 그대로 내버려두었다가는 물고기들이 떼죽음당할 것만 같았습니다. 헤엄을 잘 치는 수로달은 마침 들고 있던 삼지창을 힘껏 틀어쥐고 괴물을 죽이려 물에 뛰어들었습니다. 괴물은 물고기를 죽이는 게 재미났던지 수로달이 가까이 오는 것을 알지 못했습니다.

수로달은 고함을 치며 삼지창으로 그 놈의 숨통을 힘껏 찔렀습니다. 그 순간 괴물이 눈을 번쩍하며 몸을 홱 돌리더니 억센 꼬리로 삼지창을 잡은 수로달의 팔을 후려쳤습니다. 그 바람에 수로달의 삼지창은 아쉽게도 괴물의 숨통을 빗찌르고 손에서 떨어져 나갔습니다. 상처 입은 괴물은 피를 확 뿜으며 으르렁거리다가 깊은 물속으로 사라져버렸습니다.

수로달은 괴물이 내뿜은 검은 핏속을 빠져나오려고 허우적거리는데 이상하게 몸이 구핏거림을 느꼈습니다. 괴물의 검은 피가 묻는 순간부터 자기 몸이 달라진 듯 하였습니다. 물가에 기어오른 수로달은 그제야 괴물의 작간으로 자기 몸이 구렁이로 변한 것을 알게 되었습니다. 수로달은 분한 마음에 몸을 땅에 막 태질하였습니다.

그때 빨간 치마를 입은 금붕어 한 마리가 바삐 헤엄쳐 나오더니 눈물을 똘랑똘랑 떨구며 수로달에게 말하였습니다.

"우리가 다 죽을 뻔 한 것을 구원해 준 이 은혜를 무엇으로 갚을지 모르겠사와요. 그 놈은 깊은 물나라에 사는 악마인데 그 놈의 검은 피가 묻으면 구렁이로 몸이 변하옵니다. 이제 석 달 안으로 세 고개 너머에 가서 마음 어진 아내를 맞고 그 집 된장 아홉 독 속을 빠져나오면 허울(허물의 방언)이 벗겨지는데 그런 다음 허울을 잘 건사하시와요. 그렇지 않으면 그 놈의 화를 또 입을 수 있사옵니다."

노파가 이야기를 마치자 농사꾼은 등골이 서늘하였습니다. 아무리 한들 구렁이한테 어떻게 딸을 주랴 싶었습니다. 그러나 체면상 노파를 박절하게 쫓아 보낼 수 없어 딸들의 의향을 물은 뒤, 모두 다 싫다고 하면 점잖게 노파를 돌려보내려고 하였습니다.

농사꾼은 첫째 딸, 둘째 딸을 차례로 불러 구렁이로 변한 수로달의 사정을 이야기하며 결혼할 의향이 있는지 물었습니다. 두 딸이 싫다며 거부하자 농사꾼은 막내딸 아랑을 불러 물어보았습니다. 아랑은 고개를 숙이고 잠잠히 듣더니 나직이 말하였습니다.

"저야 뭘 아나이까. 아버님의 뜻을 따르겠나이다."

그 순간 농사꾼도 노파도 혼사자리라는 것마저 잊고 놀라서 마주 보았습니다.

이리하여 며칠 후에 노파는 선을 보이기 위해 수로달을 데리고 다시 왔습니다. 노파는 아랑을 몰래 만나 말하였습니다.

"우선 된장 아홉 독이 있는 곳을 알려준 뒤 수로달을 차차 보아라."

저녁이 되자 노파는 농사꾼을 만나서 이제는 예를 갖춰 선을 보고 혼약을 맺자고 말하였습니다.

밤이 되어 수로달이 선보러 들어오자 아랑은 가슴이 후두두하고 눈앞이 아찔하였습니다. 자기가 도깨비에게 홀린 것이 아닌가 하는 생각이 들었습니다. 기골이 장대하고 이마가 훤칠하며 눈에서 정기가 번쩍이는 호협한 남아가 웃으며 자기를 바라보았기 때문이었습니다.

수로달이 먼저 입을 열었습니다.

"아랑, 고맙소. 그런데 내 신상이야기를 듣고도 어이 그런 결심을 가졌소?"

아랑은 꾸밈없이 대답하였다.

"이 세상에 옳음을 지켜 목숨도 아끼지 않는 마음보다 더 귀한 것이 무엇이고 그것을 받들어주는 보람 외에 제가 무엇을 취하겠나이까."

아랑의 대답을 들은 수로달은 가슴이 뭉클하여 더 말하지 못하였습니다.

밤이 깊어지자 수로달은 아랑에게 구렁이 허울을 내어주며 누구도 모르게 몸에 지니라고 하였습니다. 아랑은 저고리 잔등혼솔을 뜯고 허울을 감춘 뒤 실로 꿰매어 잘 건사하였습니다.

이튿날 아침 아랑이 수로달과 함께 농사꾼에게 가자 농사꾼은 놀라면서도 마음이 흐뭇하여 잔치를 차리자고 하였습니다. 심술궂은 두 딸은 뒷방에서 서로 입을 삐죽거리다가 문틈으로 수로달을 보고는 아연하여 엉덩방아를 찧으며 주저앉아 바닥을 치고 가슴을 두드리며 굴러든 복을 놓친 것을 분해하였습니다. 그들은 눈물이 마르자 아랑에 대한 앙앙한 심보가 살아나기 시작하였습니다. 두 심술쟁이는 하루종일 꿍꿍이를 하다가 인사하러 온 아랑에게 시집가는 날에는 몸을 깨끗이 씻는 법이라며 어서 씻으라고 했습니다.

아랑은 언니들의 말이 고마워서 머리를 감으려고 저고리를 벗어놓고 물칸으로 들어갔습니다. 그 순간 심술쟁이 언니들은 벼락치듯 달려들어 아랑의 저고리를 서로 낚아챘습니다. 무엇인가 액운이 들게 하고 싶었던 것입니다. 그들은 저고리를 샅샅이 만져보다가 손에 짚이는 것이 있자 혹시 수로달이 준 보물이 아닌가 싶어 식칼로 잔등혼솔의 실밥을 뜯었습니다. 그러자 종잇장 같은 구렁이 허울이 나왔습니다. 이

것을 본 두 언니는 놀라 비명을 지르며 구렁이 허울을 아궁이에 태워 버렸습니다.

아랑이 머리를 감고 나오자 수로달의 애끓는 외침소리가 멀리서 들려왔습니다.

"아랑, 나를 찾지 마오!"

아랑은 찢어진 저고리를 두 팔로 부둥켜안고 소리가 나는 곳으로 뛰어갔으나 수로달은 보이지 않았습니다.

"여보, 아이구머니, 내가 무슨 일을 저질렀나?"

아랑은 두 주먹으로 가슴을 탕탕 치다가 그 자리에 정신을 잃고 쓰러지고 말았습니다.

정신을 차린 아랑은 수로달이 어디로 갔는지 모르지만 하늘 끝을 뒤져서라도 찾아보리라 결심한 뒤 길을 떠났습니다. 어느 한 고갯마루에 올라서니 여러 갈래 산줄기가 끝없이 뻗어서 어디로 가야할지 막막하였습니다. 아랑은 소나무를 끌어안고 수로달이 간 곳을 모르냐고 혼잣말을 하였습니다. 그러자 소나무가 가지를 흔들며 말하는 것이었습니다.

"그대가 아랑이 분명하구나."

"그래그래 내가 아랑이야. 수로달 낭군님을 찾아가는 아랑이야. 그런데 네가 어떻게 내 이름을 아느냐?"

"며칠 전에 검은 구름에 싸여 웬 사람이 하늘을 떠가며, '아랑, 수로달은 떠나가오.'라고 소리를 쳤지."

아랑이 소나무를 끌어안고 어디로 갔는지 가르쳐달라고 하자, 소나무는 수로달이 간 곳은 여자가 못 가는 곳이라고 말하였습니다. 아랑이 계속 애절하게 요청하자 감동한 소나무는 쥐등판, 까마귀산, 여우골을 지나야지만 물나라 악마가 잡아간 수로달을 만날 수 있다고 했습니다. 수로달이 간 곳을 알게 된 아랑은 소나무에게 고맙다며 머리칼을 한줌 잘라 소나무 가지에 매어주고 길을 떠났습니다.

아랑은 며칠을 걸어서 드디어 쥐등판에 이르렀습니다. 쥐등판에는 땅이 보이지 않게 쥐들이 와글거리었습니다. 아랑은 물컹거리는 쥐들을 밟으며 한걸음씩 옮겼으나 오금이 저렸습니다. 정말 소나무의 말대로 여자는 못가는 길인가 싶었습니다.

아랑은 기왕 죽음을 각오하고 떠난 길이니 죽을판 살판 걸으리라 다짐하고는 걸어갔습니다. 아랑은 금세 쥐털외투를 걸친 것처럼 되었고, 발밑에서는 뭉글뭉글한 것이 밟혀서 미끄러질 때마다 쨱하는 비명소리가 들렸습니다. 그러나 아랑은 간신히 넘어지지 않고 걸었습니다. 다행히도 이곳 쥐들은 이빨이 없어 깨물지는 못했으나 끈적끈적한 잇몸으로 썹을 때면 몸서리가 쳐졌습니다.

아랑이 더는 걸을 힘이 없어 비칠거리는데 불시에 몸이 홀가분해짐을 느꼈습니다. 몸에 달라붙었던 쥐들이 와르르 땅에 떨어져 내린 것이었습니다. 갑자기 몸이 가벼워지는 바람에 도리어 맥이 탁 풀린 아랑은 그만 땅바닥에 쓰러졌습니다. 아랑이 일어나보니 쥐등판을 건너와 있었고, 앞을 보니 잎이 없는 시꺼먼 나무들이 스산하게 몰켜 선 우중충한 산들이 끝없이 뻗어 있었습니다.

쥐등판을 지나 까마귀산에 들어선 것이었습니다. 그때, 우중충한 산줄기 끝에서 까마귀가 하늘을 꺼멓게 덮으며 구름장 같은 것이 몰려오고 있었습니다. 까마귀는 아랑에게 어서 돌아가라고 했지만 아랑은 수로달을 만나러 가고 말겠다고 소리쳤습니다. 성이 난 까마귀는 수로달이 아랑을 만났을 때 몰라보게 하겠다며 저들끼리 외쳐대며 자지러지게 울었습니다. 그러자 하늘에서 뿌연 물이 빗발처럼 쏟아져 내렸고, 아랑의 얼굴과 손에 온통 더러운 물이 묻자 살이 불에 데는 듯한 아픔을 느꼈습니다.

까마귀들은 하늘을 꺼멓게 덮으며 어디론가 사라져버렸고, 아랑은 자기 손을 보고 그만 소리를 쳤습니다. 온몸이 얼럭덜럭 보기 흉하게 변했기 때문입니다. 아랑이 개울물을 찾아가 아무리 씻어도 소용이 없었습니다. 머리칼과 눈썹은 하얗게 되고 코는 까맣고 입술은 노랗고,

이마와 뺨은 허연데 푸른 얼룩이 쭉쭉 나있었습니다. 그 몰골을 해가지고 수로달을 만난다고 해도 자신을 알아볼 리가 없었습니다. 그러나 돌아갈 걸 그랬구나 하는 생각은 없었고, 죽어도 쫓겨나도 수로달을 기어이 만나보고 싶었습니다.

아랑은 내처 걸어 얼마 후에 여우골에 들어갔습니다. 경계선을 지키는 여우가 캥캥거리며 아랑에게 돌아가라고 했지만, 아랑은 잔말 말고 길을 내라며 꿋꿋이 여우의 말을 맞받아치며 나갔습니다. 쥐등판과 까마귀산을 지나오며 아랑은 자기도 모르게 억세졌던 것입니다. 그러자 여우는 간사하게 몸을 꼬면서 아랑이 되돌아간다면 얼굴을 제대로 돌려주고, 좋은 혼처를 골라 호강할 수 있게 해주겠다고 말했습니다. 아랑은 그렇게 해달라고 한마디만 하면 되었으나 그 길을 택할 수가 없었습니다. 사람이 짐승이 아닌 것은 고운 마음이 가슴에 있기 때문이라고 생각한 아랑은 죽을지언정 돌아설 수는 없었습니다.

아랑이 여우골로 깊이 들어가자 개만한 불여우 한 마리가 나타나 몸을 획 하고 솟구치며 팽그르 돌더니 고약한 노린내를 풍기고 달아났습니다. 아랑은 불여우한테 놀림당한 것이 괘씸하여 소리쳤습니다. 그런데 이상하여 우뚝 멈추어 서서 다시 소리쳐 보았습니다.

"이 여우 놈아."

하지만 그것은 자기 목소리가 아니었고, 걸걸하고 듣기 싫은 남자의 목소리였습니다. 아랑은 그제야 노린내를 맡으면 여자소리가 쌕 소리로 변한다는 것을 알게 되었습니다. 허옇고 퍼런 얼굴에 흰 눈자위만 희뜩희뜩하고 걸걸하는 사내소리를 내는 것은 아랑이 아니었다. 오로지 심장만이 변하지 않은 아랑이었습니다. 아랑은 수로달에 대한 그리움을 안은 채, 걷고 또 걸어 수로달이 잡혀왔다는 퍼런 물가에 이르렀습니다. 아랑은 물가에서 빨래하고 있는 노파를 보고는 수로달이 있는 곳을 물었습니다. 노파는 통명스럽게 대꾸했습니다.

"이 우물 속에 빠져들어 갔고, 찾겠으면 우물에 빠져죽으면 되오."

아랑은 깊이를 알 수 없는 우물 속을 보다가 치마를 뒤집어쓰고 우물 속에 거꾸로 떨어졌습니다. 노파는 죽음도 겁내지 않는 아랑의 지조 앞에 놀라 뒤로 자빠졌습니다.

한편, 아랑이 물나라까지 왔다는 것을 알게 된 악마는 성이 독같이 났습니다. 악마는 수로달의 삼지창에 찔린 가슴을 움켜쥐고, 기침을 쿨럭쿨럭 했습니다. 그리고 아랑이 물나라까지 오는 것을 막지 못한 쥐, 까마귀, 여우를 벌하였습니다.

"여봐라 들어라, 이제부터 내 명을 어기는 놈은 다 저같이 될 줄 알아라. 이러구저러구 할 새 없다. 아랑이 수로달과 손잡는 날이면 수로달의 힘이 더 세질 테니 내 당하기 어렵느니라. 그러니 그 전에 끝장을 내야겠다."

이렇게 말한 악마는 수로달을 자신의 생일잔치가 열리는 내일 죽이기로 했습니다.

한편, 아랑은 꿈인 듯 자기를 부르는 소리를 듣고 가까스로 정신을 가다듬었습니다. 그제야 자신이 죽은 것이 아니라 물나라에 와 있다는 것을 알게 되었고, 자신을 애타게 부르고 있는 금붕어를 보게 되었습니다. 그 금붕어는 수로달이 구해준 금붕어였습니다. 아랑은 흉측하게 변해버린 모습 때문에 수로달과 만나는 것을 걱정했고, 이를 눈치챈 금붕어는 수초 덤불에 소중히 보관해 두었던 진주 세 알을 주면서 그것을 먹으면 다시 본래 모습대로 돌아갈 수 있다고 하였습니다. 아랑은 금붕어가 시키는 대로 진주 세 알을 차례차례로 먹고 이전의 제 모습을 되찾았습니다.

금붕어는 아랑에게 삼지창을 주며 수로달에게 전해달라고 한 뒤, 수로달이 갇혀 있는 감옥으로 데려다 주었습니다. 밤이 깊어지자 몰래 숨어있던 아랑은 수로달을 만나러 갔습니다. 수로달을 만난 아랑은 얼른 삼지창을 넘겨주며 물나라 악마가 수로달을 죽이기 전에 선손을 쓰라고 속삭였습니다.

다음날 악마의 궁전에서는 굉장한 생일잔치가 벌어졌습니다. 악마의 졸개들은 악마에게 갖은 아양을 떨고 있었습니다. 그때, 수로달이 삼지창을 들고 나타났습니다. 그러자 악마의 졸개들은 뿔뿔이 살 구멍을 찾아 이리 몰리고 저리 몰리고 하였습니다. 졸개들을 단숨에 물리치고 악마의 앞에 나타난 수로달은 벽력같이 고함을 쳤습니다. 이에 악마는 너털웃음을 웃으며 몸을 버쩍 솟구쳤습니다. 다행히 수로달이 날쌔게 몸을 비켰습니다. 악마는 몸을 날려 꼬리로 수로달을 후려쳤으나 빗나가고 말았습니다. 수로달은 삼지창을 갖고 악마에게 돌진했고, 입을 딱 벌리고 맞받아 달려들던 악마는 수로달의 꾐에 빠져 삼지창을 맞았습니다.

수로달은 악마의 검은 피가 몸에 묻으면 다시 구렁이가 된다는 금붕어의 말이 생각나서 그 놈의 옆구리를 발로 걷어차고 내달렸습니다. 악마의 목에서 검은 피가 콸콸 쏟아져 나왔지만 수로달의 몸에는 닿을 수 없었습니다.

문밖으로 나온 수로달은 기다리고 있던 아랑을 만나 뛰었습니다. 금붕어도 수로달과 아랑을 따라 달려 나왔습니다. 드디어 수로달이 흉악한 물나라의 악마를 죽였습니다. 물에서 나온 수로달과 아랑은 금붕어와 눈물겨운 작별을 하였습니다.

그 후 그들은 풍요한 동산을 찾아 자리를 잡고 밭을 갈고 농사를 지으며 오래오래 행복하게 살았습니다.

– 〈악마를 이긴 아랑〉
『그림동화집 악마를 이긴 아랑』, 문학예술종합출판사, 1999.

북녘의 옛이야기 〈악마를 이긴 아랑〉에서는 남편이 물나라 악마의 저주로 인해 구렁이로 변한 채 등장한다. 이후, 구렁이 허물을 벗게 된 남편이 그 허물을 아내에게 잘 간수하라며 맡긴다. 하지만 아내가 금기를 어기는 바람에 남편과 헤어지고, 아내는 남편을 찾아 험난한 길을 떠나게 된다.

앞서 말한 옛이야기 〈선녀와 나무꾼〉, 〈우렁각시〉에서 남편이 아내를 찾아 나섰다면, 〈악마를 이긴 아랑〉에서는 아내가 남편을 찾아 험난한 여정에 오르는 것이다.

〈악마를 이긴 아랑〉의 아내처럼 잃어버린 남편을 찾아 나서는 이야기는 북녘은 물론 남녘에서도 전승된다. 제목만 봐서는 〈악마를 이긴 아랑〉을 전혀 연상시키지 않는 〈구렁덩덩 신선비〉라는 제목으로 말이다. 이렇게 잃어버린 남편을 찾아 길 떠난 여성들의 이야기를 모티프로 한 옛이야기들은 남녘과 북녘은 물론 전세계에 널리 전해지며 하나의 유형으로까지 묶이고 있다. 나라마다, 또한 같은 나라에서도 전해지는 이야기들마다 변형되는 지점도 있으나 이들 유형으로 묶인 이야기는 부부의 관계 지속 문제를 정면에 내세운 서사라는 공통점을 공유하고 있다. 남녘에서는 〈구렁덩덩 신선비〉라는 제목을 가진 이야기가 '뱀 신랑 유형'으로 묶여 전승되는데, 그 내용을 살펴보면 다음과 같다.

옛날 어느 마을에 혼자서 가난하게 사는 노파가 있었다. 노파는 이웃 장자네 집에 가서 베를 짜고 밭을 매서 얻어먹고 살았다. 어느 날 노파는 풀숲에서 이상한 알을 주워다 먹었는데 그 뒤로 자꾸 배가 불러 오기 시작했다. 열 달 만에 아기가 태어났는데 태어난 건 사람이 아닌 구렁이였다. 노파는 구렁이를 뒤주에 집어넣고서 삿갓을 덮어 놓았다.

노파가 아이를 낳았다는 소문을 듣고서 장자네 세 딸이 차례로 노파를 찾아왔다. 큰딸과 둘째 딸은 뒤주 속의 구렁이를 보고서 징그럽다며 낯을 찡그리고 돌아갔다. 그런데 막내딸은 구렁이를 보자 환한 미소를 짓는 것이었다.

"어머, 구렁덩덩 신선비님을 낳으셨네요!"

막내딸이 돌아가자 구렁이가 그 처녀에게 장가를 가겠노라고 했다. 노파가 머뭇거리자 구렁이는 한 손에 칼 들고 한 손에 불들고 어머니

뱃속으로 다시 들어가겠다고 했다. 노파가 할 수 없이 장자한테로 가서 아들의 뜻을 전하자 장자는 세 딸을 불러서 노파의 아들한테 시집을 가겠느냐고 물었다. 큰딸과 둘째 딸은 손사래를 쳤지만 막내딸은 선뜻 시집을 가겠다고 말했다.

"그럼요. 구렁덩덩 신선비님이신걸요!"

장자는 말없이 고개를 끄덕였다.

막내딸의 혼사가 치러지는 날, 구렁이는 바지랑대를 타고 담에 올라 빨랫줄을 타고서 초례청에 이르렀다.

혼례를 마친 첫날밤, 잿물에 목욕을 한 구렁이는 허물을 벗고서 사람이 되었다. 신선처럼 빛나는 멋진 선비였다. 신선비는 아내가 된 막내딸에게 허물을 건네주면서 꼭꼭 잘 간직하라고 했다. 그러면서 그 허물이 없어지면 자기가 돌아올 수 없다고 했다.

동생이 신선 같은 신랑을 얻자, 두 언니는 동생을 질투하기 시작했다. 신선비가 길을 떠나고 없는 즈음에 두 언니는 동생을 속여 뱀 허물을 훔쳐다가 아궁이에 넣어서 태워버렸다. 집으로 돌아오던 신선비는 허물이 타는 냄새를 맡고서 오던 길을 돌아서서 멀리멀리 떠나가고 말았다.

남편을 잃은 막내딸은 중의 옷차림을 하고서 남편을 찾아 길을 나섰다. 농부 대신 논을 갈아 주고서 길을 묻고, 까치한테 벌레를 잡아주고 길을 묻고, 할머니의 빨래를 대신 해 주고서 길을 물었다. 그리고는 할머니가 알려 준 대로 물에 복주게를 띄우고 그 위에 올라선 막내딸은 홀연 낯선 세상에 이르렀다.

막내딸은 새 쫓는 아이한테 길을 물어 구렁덩덩 신선비 집을 찾아내 숨어들었다. 밤이 깊자 구렁덩덩 신선비가 마당으로 나와서 달을 보면서 말했다.

"달은 저리 밝은데 옛 각시는 어디서 무얼 하고 있을까?"

그러자 막내딸이 쏙 나왔다.

"신선비님 옛 각시 여기 있다오."

반가운 상봉이었으나 한 가지 문제가 있었다. 신선비가 다음 날 새 각시를 얻기로 돼 있는 것이었다. 신선비는 두 사람이 시합을 해서 이기는 사람을 자기 각시로 인정하겠다고 했다. 시합은 모두 세 가지. 첫 번째 시합은 우물에서 물을 길어 오는 시합이었다. 새 각시는 가벼운 꽃동이에 꽃신발을 신었고 헌 각시는 무거운 가래동이에 나막신을 신었으나 헌 각시가 이겼다. 다음은 수수께끼 시합. 새 중에 제일 큰 새가 무엇이며, 고개 중에 제일 넘기 어려운 고개가 무엇이냐고 했다. 답은 '먹새'와 '보릿고개'였는데, 헌 각시가 맞춰서 이겼다. 세 번째 시합은 호랑이 눈썹을 구해서 망건 관자를 만드는 시합이었다. 새 각시는 고양이 눈썹을 빼 왔으나 헌 각시는 나막신을 신고 깊은 산속으로 들어가 호랑이 눈썹을 구했다. 허름한 오두막에 사는 호호백발 할머니가 호랑이 삼형제의 눈썹을 뽑아서 각시에게 주었다. 각시가 호랑이 눈썹으로 만든 망건 관자를 전해 주자 신선비가 선언했다.

"이 각시가 나의 진짜 각시요!"

그 후 장자의 막내딸은 신선 같은 남편과 함께 자식 많이 낳고서 오래오래 행복하게 잘 살았다고 한다.

－〈구렁덩덩 신선비〉
신동흔, 『세계민담전집(한국 편)』, 황금가지, 2003.

남녘 옛이야기 〈구렁덩덩 신선비〉와 북녘 옛이야기 〈악마를 이긴 아랑〉은 구렁이 허물을 간직해달라고 하는 남편의 금기 제시, 아내의 금기 위반이 차례로 그려진다. 그리고 떠나버린 남편을 찾는 과정에서 아내가 겪는 시련이 고스란히 노정되어 있다. 대다수의 이야기가 남녀 주인공이 마주한 문제를 해결하고, 결말에서 결혼이라는 보상을 받으며 행복한 미래가 담보되었다면 위 이야기는 결혼 후에 갈등이 발생하고, 해결 과정이 그려짐으로써 결혼 생활 그리고 부부관계 지속의 문제를 화두로 제시하고 있다. 이제 다함께 남편은 왜 아내를 떠나는지, 아내는 어떻게 남편과 다시 만나게 되는지 질문을 품은 채 이야기 세계로 떠나보자.


## 구렁이지만 괜찮아!

남녘 옛이야기 〈구렁덩덩 신선비〉와 비교해 볼 때, 북녘 옛이야기 〈악마를 이긴 아랑〉은 복잡한 사건 및 갈등, 인물의 섬세한 심리 묘사를 통해 길이가 소설처럼 확장되어 있다. 그래서 얼핏 보기에 〈악마를 이긴 아랑〉은 주체적이며 진취적인 여성이 주인공으로 등장하는 조선시대 여성영웅소설과 닮았다는 인상을 준다. 그러나 여성상에서 이야기의 전체상으로 시각을 확장해보면, 구렁이 허물을 지켜달라는 금기가 깨져 남편이 떠나고, 아내가 남편을 찾아 나선다는 점에서 〈구렁덩덩 신선비〉와 〈악마를 이긴 아랑〉은 가까운 거리에 있음을 알 수 있다.

하지만 결정적인 차이가 있으니 그것은 바로 북녘 옛이야기 〈악마를 이긴 아랑〉에서는 남편이 구렁이가 된 전사(前事)가 서술되어 있다는 점이다. 그리고 구렁이가 된 원인이 덧붙으면서 징그러운 구렁이를 남편으로 받아들이는 여성 주인공의 선택에 미묘한 차이가 발생하게 되었다. 북녘 옛이야기 〈악마를 이긴 아랑〉에서 남편이 구렁이가 된 내력담을 이야기하는 것은 이야기 속 사건이 실제로 일어날 법할 가능성을 높이기 위해서이다. 이는 원인과 결과의 논리로 이야기를 구성하려는 북한 문예이론의 영향이라고도 읽을 수 있다. 그런데 서사의 인과성이 강화되면서 여성 주인공의 선택에 윤리적인 평가도 따라왔고 자연스레 서사 전체의 의미 또한 조금씩 변화하였다.

그럼 북녘 옛이야기 〈악마를 이긴 아랑〉에서 남성 주인공이 구렁이가 된 사연부터 들어보자. 〈악마를 이긴 아랑〉에서 구렁이 남편의 이름은 수

로달이며 남녘의 옛이야기에서처럼 늙은 할머니의 아들로 등장한다. 이때, 수로달은 구렁이가 아닌 인간으로 태어났다. 그러나 유럽 옛이야기에서 남성 주인공들이 마법에 걸려 개구리, 백조, 야수 등으로 변하는 것처럼 수로달 역시 악마의 피가 묻어 구렁이로 변하게 되었다. 물론 마법에 걸려 구렁이가 된 원인은 유럽 옛이야기에서처럼 부모 혹은 자신의 왜곡된 욕망으로 인한 금기 위반에 있지 않다. 수로달은 사적인 욕망의 과잉 때문에 마법에 걸린 게 아니라, 폭력 상황에 놓인 물고기 공동체를 구하다가 괴물의 검은 피가 묻어 구렁이가 된 것이다.

이와 달리 남녘 옛이야기 〈구렁덩덩 신선비〉에서는 혼자 가난하게 살던 늙은 할머니가 풀숲에서 이상한 알을 주워 먹은 뒤부터 배가 불러오기 시작하더니 구렁이를 낳았다. 〈구렁덩덩 신선비〉에서 '신선비'라는 이름은 구렁이 남편에게서 신성함 또는 외경심을 느끼게 한다. 하지만 구렁덩덩 신선비의 외적 · 현실적 조건은 가난하게 사는 늙은 할머니의 아들일 뿐이다. 가난한 늙은 할머니 자식이자 징그러운 구렁이 남편의 모습은 부잣집 막내딸인 아내의 모습과 선명하게 대비된다. 이처럼 〈구렁덩덩 신선비〉에서 구렁이 남편과 아내는 '금수(禽獸):인간'이라는 차이와 함께 '빈:부'의 격차 역시 지니고 있어 외적으로 보이는 둘 사이의 간극이 더욱 벌어졌다.

그런데 이웃집 늙은 할머니가 구렁이를 낳았다는 소식을 듣고 온 부잣집 막내딸은 구렁이를 보고 환한 미소를 지으며 "어머, 구렁덩덩 신선비님을 낳으셨네요!"라고 말한다. 구렁이를 보자마자 징그럽다고 낯을 찡그리며 돌아갔던 첫째, 둘째 딸과 다르게 막내딸은 구렁덩덩 신선비의 진가(眞假)를 알아볼 수 있는 지인지감(知人之鑑)을 가졌던 것이다. 그렇기에 자신에게 청혼하는 구렁이의 손을 잡아 줄 수 있었으리라. 이런 막내딸의 선택에서는 징그럽고 추한 겉모습 뒤에 감춰진 내면의 아름다움, 본질을 꿰뚫어 볼 수 있는 능력이 부각되고 있다. 막내딸은 자신과 비교해보았을 때, 하찮고 보잘 것 없으며 다시는 마주하고 싶지 않은 구렁이를 보면서 그 안에 잠재되어 있는 가능성을 읽어낸 것이다.

다시 북녘의 옛이야기 〈악마를 이긴 아랑〉으로 돌아와 구렁이 남편과 아내의 첫 만남이 어떻게 이뤄지는지 살펴보자. 구렁이가 된 수로달이 다시 사람이 되기 위해서는 '고개 넘어 맞닿는 동네, 된장이 아홉 독 있는 집에 사는 마음 어진 여성'을 아내로 맞아들여야 했다. 이런 조건을 가진 여성을 찾기 위해 길을 나선 수로달의 어머니가 만난 건 바로 농사꾼의 딸 아랑이었다. 수로달의 어머니는 아랑이 사는 집으로 들어가 어렵사리 자신의 사연을 이야기하였다. 첫째, 둘째 딸은 어떻게 구렁이에게 시집가느냐며 펄쩍펄쩍 뛰었지만 막내딸 아랑은 수로달의 사연을 듣고는 아무 말 없이 수로달을 남편으로 받아들였다.

구렁이 신랑이라니! 게다가 아랑은 얼굴도 안 보고 데려간다는 셋째 딸이었다. 금지옥엽 기르던 딸을 내어주는 농사꾼 아버지의 선택도 놀랍기는 마찬가지이다. 구렁이가 된 수로달의 사연은 안타깝지만 모른 척 거절할 수도 있었다. 하지만 농사꾼 아버지, 그리고 아랑은 구렁이로 변한 수로달을 기꺼이 선택한다. 이는 마치 물나라 악마로부터 고난을 겪던 물고기 공동체를 모른 척 하지 않았던 수로달의 선택과도 닮아있다.

이어 결혼 후 다시 멋있는 남자로 변한 수로달은 아랑에게 어떻게 흉측한 구렁이 모습을 가졌던 자신을 망설임 없이 선택하게 되었는지 물었다. 이 장면에서 농사꾼 아버지와 아랑 부녀가 무엇을 귀하게 여겼는지 알 수 있다. 어찌 자신을 선택했는지 묻는 수로달의 물음에 아랑은 "이 세상에 옳음을 지켜 목숨도 아끼지 않는 마음보다 더 귀한 것이 무엇이고, 그것을 받들어주는 보람 외에 제가 무엇을 취하겠나이까."라고 말한다.

옳다고 생각하는 것이 있고 그 옳음을 따르다가 구렁이가 된 수로달. 그리고 이런 수로달을 남편으로 맞이하는 아랑의 모습은 옳음을 지켜 실천하는 '마음 어진 아내'의 이미지와 일치한다. 물론 이때, 옳음이란 공동체의 질서와 평화를 위협하는 악을 물리치고 약자의 편에 서서 사회적 책임감을 갖고 공동선을 구현해내는 삶일 것이다.

남녘 옛이야기 〈구렁덩덩 신선비〉와 북녘 옛이야기 〈악마를 이긴 아랑〉에서 아내들은 구렁이인 상대방을 주체적으로 선택한다는 점에서 동일하나 그 선택의 기준, 즉 남편으로 구렁이를 선택하게 되는 동기에서 미세한 차이를 보인다. 남녘 옛이야기 〈구렁덩덩 신선비〉에서는 구렁이의 흉측한 외면보다 무한한 가능성을 가진 내면을 보는 눈 즉, 지인지감의 중요성이 부각되었다.

그런데 북녘 옛이야기 〈악마를 이긴 아랑〉에서는 구렁이로 변하게 된 수로달의 과거가 그려지면서 사회 정의를 실현하고자 하는 삶이 칭찬받고 있다. 그리고 구렁이가 된 수로달을 남편으로 선택한 아랑의 모습을 통해서도 삶에서 옳다고 생각하는 것이 있고 그 옳음을 좇는 것이 배우자 선택에 있어 기준이 되고 있음을 알 수 있다.


## 배우자의 허물, 그리고 허물을 간직한다는 것

〈악마를 이긴 아랑〉, 〈구렁덩덩 신선비〉 두 이야기의 아내는 주체적인 선택에 의해 구렁이를 남편으로 받아들이지만 이후 남편이 제시한 금기를 위반하게 된다. 이야기들마다 금기를 위반하는 과정이 미세하게 다르기도 하지만 대체로는 아내를 시샘한 두 언니의 계략 때문에 그들 손에 남편 구렁덩덩 신선비의 허물이 불태워진다.

이때, 남녘의 경우 이야기마다 아내에게 부과되는 실책 사유의 가볍고 무거운 정도가 다르다. 어떤 이야기에서는 아내가 꽁꽁 감춰둔 것을 두 언니들이 어떻게 해서든 찾아내는 것으로 그려지고, 또 다른 이야기에서는 아내가 잘 간수하지 못해 두 언니의 눈에 쉽게 띄기도 한다. 그리고 앞서 살펴본 북녘이야기에서는 아랑이 저고리 솔기에 꿰매서 숨겨두었는데 두 언니가 수로달이 준 선물인 줄 알고 어떻게든지 끈질기게 찾아내었다.

그렇다면 여기서 잠깐! 남편에게 구렁이 허물은 어떤 의미이기에 허물을 잘 간직해달라고 부탁했을까? 두 이야기에서 막내딸과 아랑이 금기를 위반하는 것은 어떤 의미일까? 또한 아내가 금기를 위반한 것이 이후 남편을 찾아 나서서 가혹한 시련을 겪을 만큼 잘못된 실수인가? 하는 의문이 꼬리에 꼬리를 물고 이어진다.

이러한 의문을 해소하기 위해서 금기 내용이 무엇인지 살펴보는 게 도움이 될 것 같다. 구렁덩덩 신선비와 수로달은 과거 그들이 구렁이였을 때, 그들의 신체를 이루었던 허물을 아내에게 잘 간수해달라고 맡겼다. 이때, 구렁이 허물은 몇 가지 상징적인 의미로 해석이 가능할 것이다.

우선, 허물이라는 단어가 갖고 있는 일차적인 의미에서 연상되듯 남편의 잘못이나 흉일 수 있다. 남편의 잘못, 흉은 남편의 약점으로 자존감과 관련이 있다. 다음으로는 허물이 구렁이였던 과거 남편의 흔적이라는 점을 고려할 때 현재의 남편을 있게 한 남편의 과거 또는 역사라고도 볼 수 있으며, 이는 현재 남편의 자기정체성과 관련된다.

이렇게 구렁이 허물을 남편의 약점으로 자존감과 관련지어 읽을 때, 허물이 태워진다는 것은 남편이 비밀로 하고 싶어 하였던 자신의 약점이 공개되었다는 의미로 받아들여진다. 그리고 현재의 자신을 가능하게 한 과거의 시간으로 허물의 의미를 읽는다면 허물이 태워진다는 것은 남편의 역사가 지워지는 것으로서 곧, 자기 부정으로 받아들일 수 있다. 이렇게 허물의 두 가지 의미는 모두 남편의 자기정체성과 밀접하게 관련되기에 남편에게는 중요한 사항이다.

이어 아내가 금기를 위반하는 과정을 보면 아내는 과거의 관계라 할 수 있는 두 언니의 방해를 받으며 금기를 위반하게 된다. 아내의 두 언니는 아내가 감춰놓은 남편의 허물을 어떻게 해서든지 끄집어낸다. 〈악마를 이긴 아랑〉과 〈구렁덩덩 신선비〉에서는 남편의 허물을 끄집어낸다는 것의 의미를 두 언니의 계략을 통해 서사적으로 잘 풀어내고 있다. 두 언니들이 남편의 구렁이 허물을 발견하고 보이는 반응은 이전에 처음 구렁이 남편을 보았을 때와 동일하다.

그런데 구렁이 남편의 허물을 이해하더라도 아직까지 미심쩍은 부분이 있다. 바로 허물을 태운 것은 아내의 두 언니이지 아내가 아니라는 점이다. 이 부분에 대한 의문이 해결되지 않는다면 금기 위반의 결과 아내가 겪는 고된 시련에 대한 거부감은 여전히 남아 있을 것이다. 앞서 말했듯 남녘 옛이야기 〈구렁덩덩 신선비〉의 몇몇 이야기와 북녘 옛이야기 〈악마를 이긴 아랑〉에서는 아내가 남편과의 약속을 지키기 위해 부단히 노력하는 모습이 그려지기 때문에 더욱 그러하다. 아내가 남편과의 약속을 지키기 위해 노력하는 모습을 통해 약속을 어길, 즉 금기를 위반할 마음이 전혀 없다는 것을 알 수 있다.

그런데 이 대목에서 중요한 지점이 바로 아내가 의도하지 않게 나아가 의식하지 못하는 사이 금기를 위반한다는 것이다. 아내는 '자기 나름대로' 즉, 기존에 행동하던 고유의 방식으로 남편과의 약속을 이행하려 했다. 금기 위반이 무의식중에 일어났다는 것은 아내가 무심결에 한 행동에 남편은 떠날 결심을 할 정도로 큰 상처를 받았다는 것을 말해준다. 단지 아내 자신은 관성에 익숙해서 느끼지 못했을 뿐이다.

아내는 과거에 자신이 하던 방법대로, 자신이 생각하기에 최선의 방법으로 남편을 대했다. 하지만 이는 남편이 떠나가는 비극을 불러왔다. 비록 아내가 선의(善意)를 갖고 한 행동이더라도 남편은 상처받은 것이다. 구체적인 예로, 남편에게는 중요한 문제이지만 아내가 보기에는 사소해 보이기에 무시한다거나 아내의 입장에서는 정성껏 배려한다고 한 것이 남편에게는 치명적인 수치심을 유발하는 행동일 수 있다. 이처럼 관성에 이끌려 자신이 살아온 방식대로 상대를 재단하고, 대하는 것은 갈등의 원인이 되거나 갈등을 심화시킨다.

이렇게 금기 위반과 함께 덜컥 찾아온 이별 상황. 여러분이라면 어떻게 할 것인가? 당황스러운 이별에 놀라 울다가 남편이 떠난 자리만 하염없이 바라보며 남편이 다시 오기를 기다릴 수도 있다. '자기 발로 떠났으니 감정이 진정되면 자기 발로 들어오지 않을까.'라는 생각과 함께 말이다. 그렇다면 엉겁결에 찾아온 이별 앞에서 이야기 속 아랑과 부잣집 막내딸은 어떤 모습을 보일까?


## 상대방을 이해하는 길

〈구렁덩덩 신선비〉와 〈악마를 이긴 아랑〉 두 이야기 모두 금기 위반의 결과 남편은 떠났고 아내는 혼자 남겨졌다. 얼떨결에 이별을 맞이한 막내딸과 아랑. 아내의 입장에서는 그깟 일로 떠나버리느냐며 남편을 향해 원망의 목소리를 낼 수도 있다. 또는 떠나버린 남편에 대한 미련일랑 접고 자신만의 삶을 고집하며 다시 펼쳐나갈 수도 있다. 하지만 이 두 여성, 정신을 차리고는 남편을 찾아 몸을 움직이기 시작한다. 그리고 이어 눈 깜박할 사이 뒤틀려버린 관계를 회복하기 위한 여성의 지난한 노정이 그려진다.

〈구렁덩덩 신선비〉와 〈악마를 이긴 아랑〉은 아내가 남편을 찾아 떠난다는 점에서 동일하지만 아내가 길 위에서 겪는 시련의 양상에서 차이를 보인다. 두 이야기 모두 아내가 남편을 찾아나서는 길은 부부관계를 회복하기 위한 길이다. 하지만 북녘이야기 〈악마를 이긴 아랑〉에서 부부관계를 회복하는 길은 약한 자를 괴롭히며 사회 질서를 어지럽히는 물나라 악마를 퇴치하는 길이기도 하다는 점에서 차이가 나타난다. 길의 의미 차이가 발생하면서 막내딸과 아랑이 길 위에서 겪는 시련 역시 달라지는 것이다.

남녘이야기에서 길을 나선 막내딸에게는 '남편 찾기' 모티프를 공유하는 다른 서사와 비슷한 과제가 부과된다. 남편이 어디로 떠났는지 모르니 길에서 만나는 존재에게 물어물어 갈 수밖에 없다. 그런데 길 위의 존재들은 남편이 간 길을 한 번에 '짠~'하고 가르쳐주지 않는다. 게다가 막내딸의 사연을 안타까워하기는커녕 길을 알려주는 대가를 요구하며 대신 일을 해달라고까지 하니 답답한 노릇이다. 하지만 막내딸은 남편을 만나야 한다는 생각에 이제껏 한 번도 해 본 적 없는 일을 대신 해 준다.

까치가 똥을 하작하작 허적이면서 구더기를 주워 먹고 있었다.
"까치야 까치야! 아무리 말 못 하지만 말 한 마디 묻자."
"뭔 말?"
"아 구렁덩덩 신선비 가시더냐?"
"이 구더기 다 주운 뒤, 아랫물에 흔들어서 윗물에 헹궈 주면 가르쳐 주마."
그러니 그것들을 다 해서 헹궈 주었다.
"저그 저 똥소매 내는 남자에게 가서 물어 봐라."
그리고 나서 가보니 남자가 보리밭에다가 똥소매를 내고 있었다.
"여보시오 여보시오, 아저씨! 말 한 마디 물읍시다."
"뭔 말 물을라냐?"
"이리 구렁덩덩 신선비 가셨습니까?"
"이 보리밭 다 가꿔 장만해서 수통 속에다 딱 부어 주면 가르쳐 주마."

그래서 다 했더니 그 남자가 가르쳐 주었다.

"저기 저 빨래하는 노인 양반한테가 물어 보라."

그래서 노인에게 가서 물어보았다.

"할머니 할머니, 말 한 마디 물읍시다."

"뭔 말을 물을라냐?"

"이리 구렁덩덩 신선비 가셨습니까?"

"이 빨래 다 하고, 풀 먹여 싹 대려서 농속에다 딱 넣어주면 가르쳐 주마."

－〈구렁덩덩 신선비〉

『한국구비문학대계』 5-5, 한국정신문화연구원, 1987.

막내딸은 길에서 만나는 존재들을 대신해 구더기 잡기, 농사일 짓기, 빨래하기 등 의식주와 관련된 노동을 한다. 이러한 노동을 수행하면서 두드러지는 것은 섬세함을 통한 생명의 살림으로 대표되는 여성성이다.

그런데 막내딸이 어렵사리 일을 대신 해 주며, 구렁덩덩 신선비를 찾아가지만 그녀를 기다리는 것은 그리운 남편이 아니라 새로운 경쟁자이다. 이야기에서 구렁덩덩 신선비는 결혼을 약속한 몸이거나 이미 결혼을 한 상황이기 때문에 막내딸은 구렁덩덩 신선비의 후처, 즉 남편의 새 아내와 경쟁이 필수적일 수밖에 없다. 대부분의 결말에서 막내딸은 구렁덩덩 신선비의 새 아내와 물 길어 오기, 호랑이 눈썹 뽑아오기 등의 경쟁을 하고, 결국에는 경쟁에서 이겨 구렁덩덩 신선비와 잘 살게 된다. 이렇게 막내딸은 구렁덩덩 신선비를 만나기까지, 구렁덩덩 신선비를 만난 후 새 아내와의 경쟁에서 생명 살림의 여성성을 실현해나간다.

그렇다면 남편을 만나러 가면서 수행한 생명 살림이 어떻게 남편과의 관계를 되살리는 의미로까지 확장되는 것인가? 〈구렁덩덩 신선비〉에서 막내딸이 겪는 고통과 시련은 단순히 금기 위반의 결과라는 의미를 넘어 관성에 익은 자신의 삶을 탈바꿈하는 과정이라 할 수 있다. 집 안에서의 삶이 편안하고 안정된 삶이었다면, 길 위의 삶은 불편하고 불안한 삶이다. 〈구렁덩덩 신선비〉에서 아내는 부잣집 막내딸이었던 과거에 한 번도 해 본적 없던 일을 수행해내고 있다.

막내딸이 길에서 만나는 존재 역시 작고 미천한 존재이다. 하지만 남편을 선택하는 과정에서 징그러운 구렁이의 모습 뒤 감춰진 보석 같은 내면을 보았듯이, 하찮은 존재라고 생각했던 존재에게서 가치를 발견하고 그들의 입장에서 그들만의 방식으로 삶을 운영해나가는 법을 배웠던 것이다. 그리고 자신이 마주한 존재가 하찮은 존재가 아니듯 그들이 부탁한 일 역시 징그러운 벌레잡기, 땀 냄새 나는 농사일, 더러운 빨래하기가 아니라 까치의 끼니를 구하고, 굶주린 배를 채워주는 양식을 마련하며 따뜻한 옷을 입게 되는 과정임을 깨달았다. 미천한 줄 알았던 존재가 생명 그 자체였고, 하찮은 줄 알았던 일이 신성한 일이었음을 알게 되었다.

그리고 이런 깨달음을 구렁덩덩 신선비와의 관계에까지 적용하고 있다. 구렁덩덩 신선비가 지켜달라고 부탁한 그 약속. 이제 막내딸이 허물을 어디에 얼마나 잘 간수했는지는 더 이상 중요하지 않다. 막내딸은 그 약속이 구렁덩덩 신선비에게 얼마나 중요한지 알지 못했던 것이다. 혹은 알았더라도 남편의 입장에서 사유하고 행동했던 것이 아니라 자신의 방식대로 생각하고 해결하려 했던 것이다.

하지만 막내딸은 구렁덩덩 신선비를 만나러 가는 과정에서 상대를 이해하고, 상대의 입장에서 사유하는 법을 알게 되었다. 이는 상대방의 사유 방식대로 사유해보게 되었음을 그리고 상대는 나와 다른 방식으로 살아온 삶의 역사를 가지고 있음을 인식하고 인정하게 되었다는 의미이기도 하다.

# 뜻을 하나로 모으는 길

그렇다면 북녘이야기 〈악마를 이긴 아랑〉에서 아랑은 어떤 과정을 거쳐 수로달에게 닿을 수 있었을까? 〈악마를 이긴 아랑〉에서 수로달을 잡아간 물나라 악마는 쥐와 까마귀 그리고 여우를 시켜 아랑이 수로달에게 가는 길을 방해하며 괴롭히게 한다. 남녘이야기 〈구렁덩덩 신선비〉에서 길 위의 존재들이 막내딸에게 일을 대신 해 달라고 한 뒤 길을 가르쳐 주었다면, 북녘이야기 〈악마를 이긴 아랑〉에서 길 위의 존재들은 아랑에게 온갖 시련을 제공한다. 때문에 아랑은 방해자의 온갖 시련을 극복해 나가야 하였다.

쥐들은 찍찍 소리를 치며 길바닥과 길섶 지어 나무꼭대기에서까지 뛰어 다니었습니다. 쥐들이 좍 깔려있는 쥐등판은 몇 십리나 되는지 끝이 보이지 않았습니다. 아랑은 물컹거리는 쥐들을 밟으며 가야겠으니 몇 걸음이나 옮기랴하는 생각에 오금이 저렸습니다. 정말 소나무의 말대로 여자는 못가는 길인가 싶었습니다.

까마귀들은 일시에 무어라고 저들끼리 외쳐대며 자지러지게 울었습니다. 그러자 하늘에서 뿌연 물이 빗발처럼 쏟아져 내렸습니다. 그야말로 억수로 퍼붓는 소낙비 같았습니다. 얼굴에도 손에도 온통 더러운 물이 묻었습니다. 아랑은 살이 불에 데는 듯한 아픔을 느꼈습니다.

그것은 자기 목소리가 아니었습니다. 걸걸하고 듣기 싫은 석쉼한(허스키한) 남자의 목소리였습니다. 여우의 작간이 틀림없었습니다. 그 노린내를 맡으면 여자소리가 쌕소리로 변한다는 것을 아랑은 그제야 알게 되었습니다.

- 〈악마를 이긴 아랑〉 중에서

아랑은 쥐 등판, 까마귀 산, 여우 골을 차례로 지나면서 머리칼과 눈썹은 희어지고 살결은 얼룩덜룩해졌으며 목소리까지 쇠 소리가 나게 되었다. 쥐와 까마귀 그리고 여우의 공격을 받으며 고운 피부와 머릿결, 낭랑한 목소리 등 여성성을 대표하는 아름다움[美]을 상실한 것이다. 마치 수로달이 흉측한 구렁이로 변했던 것처럼 아랑도 외면적인 아름다움 차례로 상실하게 되었다.

앞에서 살펴본 남녘이야기 〈구렁덩덩 신선비〉에서는 막내딸에게 여성으로서 해야 하는 과제가 부과되는 방향으로 시련을 겪고, 막내딸의 여성성이 부각되었다. 반면, 북녘이야기에서는 아랑이 처녀 시절에 갖고 있던 외면적인 아름다움을 상실하는 방향으로 고난을 겪었다. 그런데 이렇게 북녘이야기에서 아랑의 외면적인 아름다움이 제거된 뒤, 우리가 마주하게 되는 것은 생물학적 성[Sex], 사회적 성[Gender]을 가진 여성이 아니라 인간 그 자체이다.

앞서 이야기했듯 〈악마를 이긴 아랑〉은 제목에서부터 여성 영웅의 면모가 부각된다. 또한 개인적인 사랑을 위해, 남편을 찾기 위해 내딛기 시작한 아랑의 발걸음은 어느 새 물나라의 악마를 물리치고 훼손된 공동체의 질서를 회복하는 여정의 의미까지 부여받는다. 때문에 아랑의 모습은 공동선의 실현을 위해 앞장서는 투사(鬪士)로서의 움직임을 연상시킨다. 일제 강점기 때 독립투사처럼 아랑은 여성 선봉 투사라고 할 수 있을 것이다.

〈악마를 이긴 아랑〉에서 수로달이 구렁이로 변한 내력담과 떠난 수로달을 찾아 나선 아랑의 여정은 소리굽쇠처럼 서로 응답하며 공동체를 위한 투사로서의 이미지를 선명하게 하고 있다. 또한 이들의 투사로서의 이미지는 물나라 악마와 대조되어 긍정적으로 형상화되었다. 여기서 남성인 수로달뿐만 아니라 여성인 아랑 역시 투사로서의 모습을 보이며, 마주한 시련을 헤쳐 나가고 있다. 부덕을 지닌 전통적인 아내의 자리를 넘어서서 타인의 귀감이 되는 투사로서의 역할을 동시에 수행하고 있는 것이다. 이를 통해 아랑과 수로달은 부부로서 가질 수 있는 연대감 그 이상을 보여주고 있다.

이처럼 아랑은 수로달을 만나러 가면서 옳음을 실천하고자 했던 수로달의 삶을 이해하고 인정해주는 것에서 멈추지 않고, 한 발 더 나아가 아랑 스스로도 옳음을 실천하며 수로달과 같은 길을 걷게 되었다. 이렇게 공동체의 선을 실현하는 길에서 마주하게 된 수로달과 아랑이 함께 힘을 합치자 두 사람 간의 관계 회복뿐만 아니라 훼손된 공동체의 삶 역시 회복할 수 있었다.

## 당당한 선봉 투사로서 여성 동지(同志)

북녘이야기 〈악마를 이긴 아랑〉에서 부부관계의 회복은 공동체 질서 회복과 중첩되어 있었다. 사실 아랑과 수로달의 관계 파탄에 직접적인 원인이 된 것은 아랑의 금기 위반일지 모르지만 근본적인 원인은 수로달을 구렁이로 만들고, 금기가 위반되자 다시 수로달을 잡아 간 물나라 악마에게 있다고 볼 수 있다. 이렇게 아랑과 수로달 두 사람의 관계에 제3자라고 할 수 있는 물나라 악마가 개입하면서 부부관계의 회복이 갖는 의미가 공동체 회복의 의미로까지 확장되었다. 이는 개인의 사적인 삶과 공동체 일원으로서 사회적 삶이 긴밀하게 연결되어 있는 북녘 사회의 특성이 반영되었다고 이해해 볼 수 있겠다. 다시 말해, 사적 영역에 해당하는 부부관계의 회복이 공적 영역의 문제를 해결하고 공동체 질서를 회복해 간다는 점에서 북녘의 이야기 〈악마를 이긴 아랑〉에는 북녘 사회의 가치관이 반영되어 있다.

그리고 북녘이야기에서는 개인적인 관계 회복의 주체, 공동체 회복의 주체로서 여성의 역할이 강조되었다. 이때, 여성의 모습은 의지적이며 강인하다. 가사노동에서의 생명 살림이 부각되었던 남녘이야기와 다르게 북녘이야기에서 아랑은 엄청난 수의 적들을 물리치는 여성 영웅이자 투사로서의 이미지가 강화되었다.

아랑이 길을 나섰던 처음, 소나무로부터 사라진 수로달이 어디로 잡혀 갔는지 듣게 되었다. 소나무는 "수로달을 붙잡아 간 것은 저 물나라의 악마가 한 짓이라오. 그놈이 있는 곳은 쥐 등판, 까마귀 산, 여우 골을 지나가야 하는데 여자들은 못 지나간다오."라고 말한다. 소나무의 말에서 방점이 찍힌 곳은 '여성'이다. 이후, 아랑이 수로달을 찾으러 가는 길을 따라가다 보면 '여자는 못 지나간다.'라는 소나무의 말이 메아리처럼 계속 울려 퍼지며 아랑의 발목을 잡는다.

남성도 감당하기 어려운 길, 그 길을 여성인 아랑이 홀로 걸어가며 산전수전을 모두 겪은 후 남편과의 관계 회복은 물론 물나라 악마를 퇴치하는 데 성공하였다. 이처럼 남녀의 관계 회복 나아가 악과 마주 싸우며 공동체의 질서를 회복하는 데 있어서 여성이라는 생물학적, 사회적 성은 아무런 장애도 되지 않는다. 북녘이야기 〈악마를 이긴 아랑〉에서 아랑은 남편의 투사로서의 삶을 이해하고 인정할 뿐만 아니라 본인 역시 어깨를 나란히 하는 투사이자 공동체를 수호하는 자로서 자리매김하고 있다.

그런데 〈악마를 이긴 아랑〉에 나타난 아랑의 모습은 우리가 가부장사회에서 전통적으로 그려오던 딸, 아내, 그리고 어머니로서의 여성상과는 거리가 있어 보인다. 이야기 속 선봉 투사로서의 여성 이미지는 1990년대 후반으로 오면서 북녘 사회가 정치적으로 요구한 여성상의 변화와 맞물려 있다고 여겨진다. 북녘 사회는 여성에게 위대한 어머니로서의 여성 역할을 요구하다가 점차 투사적 동지, 집안이 아니라 집 밖에서도 능력을 발휘하는 여성의 역할을 요구하였다. 그리고 이러한 여성의 새로운 사회적 역할이 문학적으로 형상화되었다. 이와 관련해 한 연구자는 1990년대 북녘 문단에서 포착된 이러한 변화를 '여성은 동지다!'라는 슬로건으로 제시하기도 하였다(김재용, 1994).

하지만 투사적·혁명적 삶과 헌신적인 어머니로서의 삶은 사회·경제적 조건은 물론 실제 삶에서의 인식적인 한계로 인해 양립하기 쉽지 않았다. 오히려 이 두 가지 삶은 모순적인 관계처럼 보였다. 그래서 1990년 후반 북녘 소설은 투사적·혁명적 동지의 역할을 충실하게 수행하는 여성의 모습을 보여주기도 했지만 집 밖 투사적 동지로서의 삶과 집 안 헌신적인 어머니로서의 삶, 그 양자 사이에서 갈등하는 여성의 모습이 그려지거나 여성이 혁명의 동지로서 혁명의 수레바퀴 한 쪽을 담당하기에는 어렵다는 소설적 결론에 이르기도 하였다.

〈악마를 이긴 아랑〉에서 선봉 투사로서의 여성 이미지는 시대적으로는 1990년대 후반 북녘 사회의 분위기를 반영하고 있지만 근본적으로는 여성영웅이라는 서사적 전통에도 뿌리를 두고 있다. 여성이 집 안에 머무는 해인 '안해'의 이미지를 탈피하고 집 밖으로 나와 사방을 밝게 비추는 역할을 하는 모습은 조선후기 여성영웅소설에서도 찾아볼 수 있다. 대표적으로 〈옥루몽〉의 강남홍, 〈홍계월전〉의 홍계월 등은 남성 주인공 즉, 남편 못지않은 무술 실력은 물론이거니와 지략, 그리고 옳고 그름에 대한 판단력 역시 갖추고 있다. 가정에서 수놓고 관복을 짓는 등의 내조가 아니라 전쟁터에서 당당한 장수로 등장하여 위기에 처한 남편을 남몰래 도와주고, 더 나아가 공동체의 위기를 해결한다.

이러한 서사적 전통을 고려한다면 1990년대에 북녘에서 새롭게 쓰인 〈악마를 이긴 아랑〉은 여성영웅소설의 서사전통을 이어받고 있다는 것을 알수 있다. 여성영웅의 서사적 전통은 옛이야기를 시대의 사회문화적 맥락에 맞게 다시 쓸 때, 그리고 현대소설에서 주체적인 여성 캐릭터를 구현하는 방식에도 영향을 미치고 있다.

이처럼 여성영웅이라는 서사적 전통 속에서 아랑은 수로달의 가치관을 지지하는 것 이상의 역할을 하며 혁명의 수레바퀴 한 쪽을 당당하게 맡고 있다. 〈악마를 이긴 아랑〉에서는 남녀 관계의 회복은 물론 공동체 질서 회복의 가능성을 남성과 여성이 하나의 뜻을 모아 실천하는 데서 찾고 있으며 여성 역시 당당하게 일익(一翼)을 담당하는 것이다. 그리고 투사적·혁명적 동지라는 여성의 형상에서 부부관계 지속을 위한 실마리를 찾고 있다. 즉, 부부는 각자가 좌―우의 날개가 되어 하나된 마음으로 한 곳을 향해 날갯짓해야 함을 말하고 있다.


## 상대방의 입장에서 사유해보는 삶과 미래를 함께 그려가는 삶

일반적으로 남녘이야기 〈구렁덩덩 신선비〉에서 관계 회복의 열쇠로 제시되는 것을 남편과 아내 사이의 신의, 신뢰라고 읽기도 한다. 물론 남녘의 이야기 〈구렁덩덩 신선비〉뿐만 아니라 북녘의 이야기 〈악마를 이긴 아랑〉에서도 남편과 아내 사이에 끈끈하게 흐르는 신의, 신뢰를 발견할 수 있다.

그런데 두 옛이야기는 서사를 통해 다소 식상해 보이는 신의라는 가치를 어떻게 구현하고 있는가? 또한 관계 지속을 위해 두 서사가 던지는 의미는 어떤 현대적 의미를 가질까? 두 이야기 속에서 아내가 시련을 극복하는 과정에서 부부 간 관계 지속을 가능하게 하는 힘을 찾아보았다. 이어서 이 힘의 현재적 의미를 찾아보자. 남녘과 북녘 옛이야기가 각각 나름의 차이를 갖고 보여주는 의미를 비교해가며 상보적으로 이해해 볼 수 있을 것이다.

남녘 옛이야기 〈구렁덩덩 신선비〉에서는 막내딸이 신선비를 찾아가는 과정에서 대신 해주는 일들이 부각된다. 여기서 살림이라는 여성성이 어떻게 관계의 살림으로까지 나아가는지 질문을 던질 수 있겠다. 〈구렁덩덩 신선비〉에서 막내딸은 길에서 다른 사람이 하고 있던 일들을 모두 대신 해준다. 여기서 하찮고 보잘 것 없는 존재에 대해 관심을 갖게 되며 그러하게 보였던 일들의 중요성을 발견하게 된다. 길에서 만나는 존재들이 하고 있는 일은 현재의 그들을 가능하게 한 것들이다. 나만의 역사가 아니라 그들의 역사를 알아가며, 나의 방식이 아니라 상대의 방식에서 사유해봄으로써 상대를 이해하게 되는 것이다.

여기서 남녘 옛이야기 〈구렁덩덩 신선비〉 결말부에 삽입된 후처와의 경쟁담의 의미를 심화시켜 이해해 볼 수 있겠다. 이 경쟁담은 앞 시련의 연장선상에 있다. 후처와의 경쟁, 후처라는 제3자의 개입이 외면적인 사건이라면, 경쟁이라는 사건을 통해 남편이 진정으로 원하는 것이 무엇인지 알게 된 것이다. 단지 자신의 능력을 과시하며 경쟁에서 이기는 것이 중요한 것이 아니다. 상대방에게 진실되게 다가가는 법, 진심으로 소통하는 법을 배우게 된 것이다. 구렁덩덩 신선비가 원했던 것 역시 이것이었다. 내면을 보는 힘을 가졌던 아내는 그 힘을 더욱 발휘하여 상대방의 입장에서 생각할 수 있는, 자기 '나름'이 아니라 남편의 입장에서 생각하게 되는 법을 배우게 되었다. 이렇게 성장하게 된 아내는 과거의 자신과 닮아있는 그래서 과거 자신의 분신이라 할 수 있는 새 각시와의 경쟁에서 승리하게 된 것이다(신연우, 2012). 이렇게 볼 때 새 각시와의 경쟁에서 승리하는 것은 과거 미성숙했던 자신의 모습에서 완전하게 벗어났다는 의미이기도 하겠다.

상대의 입장에서 생각할 수 있다는 것은 상대를 진정으로 이해하는 길일 것이다. 〈구렁덩덩 신선비〉의 막내딸은 남편을 찾아가는 여정에서 상대를 이해하는 삶에 대해 실천적으로 알게 되었다. 이해는 영어 단어로

'understand'이며, 'under'는 '아래'라는 의미이다. 이해라는 단어는 어원 그대로 풀면 상대의 위가 아니라 아래에 서보는, 즉 현재를 가능하게 한 축적된 과거를 이해한다는 것이 될 수 있다.

상대를 이해한다는 것은 상대의 역사성을 이해하는 것이다. 나에게는 사소하고 하찮아 부끄럽기까지 하고 때로는 더러운 것일지도 모른다. 하지만 상대에게는 그렇지 않았다. 이는 가치에 대해서도 마찬가지이다. 나에게는 큰 의미가 없는 가치이지만 상대에게는 목숨만큼 소중한 것일 수 있다. 이러한 상대의 가치를 함께 지향하지는 못하더라도 그 자체로 인정하고, 이해해주는 것이 관계 지속을 가능하게 한다. '별 일도 아닌데 저 사람은 왜 그럴까?'라는 생각을 하기보다는 상대가 그러한 반응을 보이게 된 전후 역사적 맥락을 살펴보는 것이 필요하다.

그렇다면 북녘 옛이야기 〈악마를 이긴 아랑〉은 관계 지속에 있어 어떤 통찰을 제시해주고 있을까? 아랑은 수로달의 정의로움을 높이 사서 배우자로 선택하였다. 삶의 가치를 따르고 함께 공유할 수 있는 배우자를 선택한 것이다. 이때, 아랑은 수로달이 지향하는 가치를 함께 해 나가는 동반자로서의 이미지가 강하다. 또한 아랑이 수로달을 만나러 가는 길에서 마주하는 존재는 그녀의 길을 막는 방해자이자 적대자이다.

쥐와 까마귀 그리고 여우와 같은 적대자들과 싸우는 과정에서 수로달에게 갈 수 있었고, 수로달과 만나는 길은 수로달과 뜻을 함께 하는 길이기도 하였다. 마음 맞는 친구라는 뜻의 동반자는 영어 단어로 'companion'이다. 'com'은 '함께'라는 의미이며 'pan'은 'pane(또는 panis)' 즉, '빵'으로, 음식을 함께 나눠 먹는 사람이 동반자라는 뜻이다. 그런데 이때 나눔은 물리적인 것을 나누는 것을 넘어 마음과 정신을 나누는 사람으로까지 의미가 확장된다. 〈악마를 이긴 아랑〉에서는 관계 지속의 가능성을 정신적인 동반자의 관계에서 찾고 있다. 그래서 남편과 아내, 남성의 짝으로서 여성이 아니라 인간 대 인간으로 정신적인 동반자로서의 모습이 그려진다. 그래서 아랑은 투사로서의 삶에 몸을 던진 수로달의 역사를 함께 하기로 한 것이다.

〈구렁덩덩 신선비〉가 기존에 자신이 머물던 곳에서 움직여 상대를 이해하는 여성으로 변화하는 과정을 그린다면 〈악마를 이긴 아랑〉은 상대가 꿈꾸는 삶을 함께 나누는 동반자로서 성장하게 된다. 〈구렁덩덩 신선비〉가 상대의 입장에서 사고하는 방법에 대하여 배우게 되는 과정을 보여준다면, 〈악마를 이긴 아랑〉에서는 상대와 같은 곳을 바라보며 함께 동행하는 삶을 말하고 있다. 이 두 가지 이야기는 눈 깜짝할 사이에 변화하는 시공간에 살며 관계 역시 일상의 속도를 닮아가는 현대인들에게 큰 울림을 줄 수 있지 않을까?

지금 내가 보기에 하찮아 보이지만 상대가 꾸려온 과거를 이해하는 삶, 그리고 함께 뜻을 모아 미래를 그려가는 삶. 이는 지금 여기, 현재의 삶에서 상대의 과거 삶을 끌어안고, 함께 미래를 그려가는 것이다. 이것이 남녘과 북녘의 옛이야기가 관계 지속의 방법을 묻는 우리에게 던져주는 메시지이다.

〈김지혜〉

# 부부의 사랑, 소유를 넘어 존재의 인정으로

— 북녘이야기 〈금강산 팔선녀〉 & 남녘이야기 〈선녀와 나무꾼〉

## 환상적 사랑에 대한 욕망

흔히 오늘날을 결혼의 위기 시대라 한다. 날이 갈수록 남녀 간의 만남은 어려워지고, 결혼을 원하지 않는 사람들의 수도 늘어만 가고 있다. 결혼하지 않는 독신 남녀들에게 미혼(未婚)이라는 말 대신 비혼(非婚)이라는 말을 붙여주는 것은 그만큼 결혼에 대한 시대의식이 변하고 있음을 드러낸다. 짝을 원하는 남녀가 서로 만나서 아들 딸 낳고 '검은 머리 파뿌리 될 때까지' 사는 것을 인생의 당연한 과정으로 여겼던 통념들이 점점 옛것이 되고 있는 것만 같다.

그러나 결혼에 대한 냉소적인 태도와 달리 우리 주변에는 아직 결혼을 '사랑의 행복한 종착역'으로 여기는 생각들이 남아있다. 대중소설과 드라마의 주인공들은 여전히 행복한 결혼을 위해 달려나간다. 온갖 우여곡절을 겪다가도 "그리고 마침내 그들은 결혼해서 행복하게 살았습니다."라는 결말을 보며 안도의 한숨을 쉬는 것이 우리 주변의 모습이 아니던가. '낭만적 사랑(Romantic Love)'에 대한 기대는 여전히 현재진행형이라 하겠다.

그런데 낭만적 사랑 위에 덮인 콩깍지를 한 꺼풀 벗기고 나면 그 속에서 감춰진 무언가가 드러난다. 바로 욕망이라는 문제이다. 본래 낭만적 사랑이란 중세 음유시인(트루바두르)들이 창안한 개념으로, 결코 다가갈 수 없는 귀부인을 향한 기형적 사랑을 의미했다고 한다. 다가갈 수 없는 존재에 대한 갈망을 문학으로나마 풀어보고자 했던 노력의 결과라 할 수 있다. 운명 같은 사랑, 불 같은 사랑에 관해 꿈이라도 꿔보자는 것이다.

물론 우리의 옛이야기 속에도 다가갈 수 없는 상대와의 만남을 그리고 있는 이야기가 있다. 이야기 속에서 현실적으로 맺어질 수 없는 대상들은 서로 다른 신분이나 하늘에서 온 존재로 나타나기 십상인데 특히 그 대상이 여성인 경우 선녀를 등장시키기도 한다. 선녀는 도교에서 말하는 선경(仙境)에 산다는 여자들을 말하는데 우리 옛이야기 속에서 선녀는 종교적인 의미와는 상관없이 아름다운 여인, 꿈의 여인으로 상징되어 왔다.

이와 관련된 대표적인 옛이야기가 〈선녀와 나무꾼〉이라 할 수 있다. '날개옷'이라는 말만 들어도 그 내용이 머리에 그려질 정도로 우리에게 너무도 익숙한 이야기다. 홀어머니를 모시고 사는 외로운 처지의 나무꾼, 그리고 그의 앞에 나타난 천상세계의 선녀. 사실 이 둘의 혼인은 현실에서는 이뤄지기 어려운 일이다. 그러나 이야기 속에서는 이 둘을 짝지어준다. 별 볼 일 없는 남자가 아름다운, 그것도 하늘에서 내려온 선녀와 혼인하다니. 남자라면 한 번 쯤 꿈꿔 봤을지 모를 소망을 마음껏 펼쳐 놓는다. 그랬기에 우리는 지금껏 〈선녀와 나무꾼〉를 신분이 다른 존재인 선녀와 나무꾼이 맺어지는 낭만적 사랑에 관련된 이야기로 읽어왔다. 아름다운 선녀를 아내로 삼은 나무꾼을 부러운 시선으로 바라보면서 말이다.

그러나 그것은 어디까지나 '남성'의 욕망일 뿐이라는 점을 기억할 필요가 있다. 〈선녀와 나무꾼〉은 양쪽에 아이들을 끼고 하늘로 올라가는 선녀의 모습을 통해 낭만적으로 보이는 이 사랑에 손을 들어 이의를 제기한다. 그런 점에서 이야기는 낭만적 사랑의 이면에 있는 문제까지를 다루고 있다. 상대와 결혼하는 것뿐만 아니라 그 관계를 어떻게 지속할지, 그리고 관계의 회복을 위해서는 어떤 노력이 필요한지에 이르기까지.

한편 북녘에서도 이와 같은 이야기가 〈금강산 팔선녀〉라는 제목으로 전하고 있다. 그런데 이 이야기가 다른 것은 제목뿐이 아니다. 비슷한 사건과 인물이 등장하고 있지만, 〈금강산 팔선녀〉의 인물들은 조금 다른 방식의 관계 구도를 보여준다. 이는 남북의 생각 차이를 잘 드러내는 부분이라 소홀하게 여기고 넘어 갈 수 없다. 이를 위해 〈금강산 팔선녀〉가 어떤 모습으로 전해지는지 잘 살펴보도록 하자.


1.

아득한 옛날이다. 아름다운 금강산 깊은 골 안의 양지바른 언덕 아래 정갈한 초가집 한 채가 오붓이 자리 잡고 있었다. 집 아래에는 녹음방초가 그윽한 향기를 뿜고 수정같이 맑은 시냇물이 돌돌 구슬려 내리며 산골짝의 풍만한 정서를 자아냈다. 마치 아름다운 산수화 속에 들어 앉아 있는 듯한 이 집에는 마음씨 착한 나무꾼 총각이 늙은 어머니를 모시고 살고 있었다. 이웃 마을 사람들은 그를 나무하는 총각이라 하여 금강초부 또는 혼기가 차도 장가를 들지 못한다 하여 하나의 애칭으로 만년 총각이라고도 불렀다. 어머니에게 효성스럽고 언제나 일손을 놓지 않는 부지런한 총각은 자기가 나서 자란 고향 산천을 끝없이 사랑하였다.

첩첩한 돌병풍을 둘러친 듯 기기묘묘한 천태만상의 메부리들과 아슬한 돌벼랑 짬에 거연히 뿌리내린 수백 년 묵은 나무들을 바라볼 때면 금강산이 하도 좋아 그는 이끼 덮인 벼랑 턱을 톺아 오르고 숲속의 오솔길을 헤치며 걷기를 즐겨하였다. 금강산의 맑은 정기를 타고 태어난 총각은 어느 누구에게 배운 것도 아니었지만 피리를 잘 불었다. 벽

계수 흐르는 맑은 시냇가에서 휘영청 밝은 달빛 아래서 그가 부는 청아하고 구성진 피리소리가 가락을 울려갈 때면 주변의 날짐승, 길짐승들이 모여들었고 산천초목도 귀를 기울이는듯 하였다.

어느 해 맑게 갠 여름날 한낮이었다. 이날도 일찍이 집을 떠난 총각이 산에 올라 마른나무 한 짐을 듬뿍해 놓고 그늘진 바윗돌 위에 걸터앉아 쉬다가 문득 저고리 안섶에서 피리를 꺼내어 입에 대었다. 바람결을 타고 멀리멀리 울려 퍼지는 총각의 피리소리가 어쩌나 청아했던지 삼라만상은 삽시에 꿈을 꾸면서 신비한 천만 가지 제 모습을 드러내는 듯하였다. 금강산의 높고 낮은 봉우리들과 층암절벽괴석들이 어느 것은 부르짖는 사자 같고 어느 것은 방금 날아오르려는 솔개 같고, 어느 것은 비수를 비껴든 용맹한 장수의 모습 같았다.

총각은 눈 앞에 펼쳐진 만물의 영상에 새삼스러이 감탄하고 있었는데 바로 이때였다. 갑자기 어디선가 산짐승이 지르는 다급한 외마디 비명이 들려왔다. 숲을 헤치는 짐승의 다급한 발자국소리가 등 뒤에서 들려오자마자 겁에 질린 어린 사슴 한 마리가 총각 앞에 불쑥 나타났다. 사슴은 총각을 보자 어디로 피할 데가 없는 듯 눈을 울롱하게 뜨고 더욱 당황해하였다. 사냥꾼에게 쫓겨 왔음을 대뜸 알아차린 총각은 사슴을 안아다가 울창한 덩굴나무숲속에 깊이 숨겨주었다. 그리고 자기 자리에 돌아와 다시 천연스레 피리를 불었다.

잠시 후 활을 든 사냥꾼이 달려왔다.

"여보시오. 사슴 한 마리가 달아나는 것을 못 보았소?"

"네? 사슴이요? 보았소. 아 저기 고갯길에 보이지 않습니까? 빨리빨리 쫓아가 보시우."

총각은 시치미를 떼고 외딴 방향을 향해 손가락질하였다.

"고맙소." 하고 사냥꾼은 그쪽으로 급히 달려갔다.

총각은 사냥꾼이 멀리 사라지자 안도의 숨을 내쉬면서 천천히 일어나 덩굴 숲을 헤치고 사슴을 안아 내왔다. 사슴은 자기를 죽음에서 구원해 준 총각의 은혜를 못 잊는 듯 몇 번이나 돌아다보고 또 돌아보더니 긴 다리를 성큼성큼 떼여 마침내 숲속으로 사라졌다. 이윽고 총각은 어린 사슴을 위험에서 구원해준 기쁨으로 하여 등에 진 나뭇짐도 가벼이 흥겹게 집으로 돌아왔다.

그날 밤 총각은 꿈을 꾸었다. 낮 모를 신수 좋은 노인 한 분이 어린 사슴을 데리고 총각의 앞에 나타났다. 한 발이나 되는 흰 수염이 거룩하게 드리웠는데 소매가 긴 도포를 입은 노인이었다.

"나는 금강산이 생긴 이래 이곳을 지키는 산신령일세. 그대가 오늘 내 손자 녀석이 귀중히 기르는 이 어린 사슴을 살려주었느뇨?"

노인은 데리고 온 사슴을 가리키며 부드럽게 물었다.

"네. 어떤 사냥꾼에게 쫓기고 있기에 측은해서 숨겨주었나이다."

"고맙기 그지없네. 금강산 신령의 영험으로 그 은혜를 갚고자하니 아무 소원이라도 있으면 서슴없이 말해 보라고."

"원 별 말씀을 다 하십니다. 저는 이 금강산에 태어난 자랑을 안고 이 산에서 사는 날 새들과 짐승은 물론 나무 한 그루, 풀 한 포기도 아끼고 사랑하는 것을 저의 본분으로 여길 뿐이옵니다. 그러므로 저에게 소원이 있다면 이 산속 사람들이 모두 복락을 누리고 불로장생하도록 우리 금강산을 더 아름다운 절경으로 꾸리고 싶사옵니다."

"오 내가 수 천만 년 지켜온 금강산을 사랑하는 그 마음 갸륵한지고! 그러니 그대가 이 산에서 대를 이어 길이 수복을 누리자면 안해(아내)를 맞이해야 할 게 아니겠나. 내 그래서 오늘 찾아왔으니 그대의 의향은 어떠한지?"

"장가갈 나이는 찼사오나 일찍이 아버지를 여의고 홀어머니를 모시고 근근이 살아가는 처지에 어느 집 처녀가 시집오며 남의 집 귀한 자식을 데려다가 만일 고생을 시키면 어찌하겠습니까. 아예 그런 말씀 마십시오."

"갸륵한 마음이로다. 사리사욕을 모르며 남의 불행을 동정하는 성품을 가졌으니 그 누군들 그대의 배필 됨을 마다하리오."

백발노인은 탐스러운 수염을 내리쓸며 다시 말을 이었다.

"내 말을 명심하여 잘 들어두게. 저 옥류골 맑은 개울을 건너 구룡연 폭포를 끼고 영마루까지 올라가면 거기에 아름다운 여덟 개의 못이 있네. 이 달 보름날을 잊지 말고 그곳에 가보게. 가기만 하면 반드시 좋은 일이 있으리니 내 말을 허술히 여기지 말고 꼭 찾아가게. 그럼 한평생 복락을 누리게 될 거네."

말을 마치자 노인도 어린 사슴도 어디론지 가뭇없이 사라졌다. 총각이 잠에서 깨어나니 마치 생시인 듯 너무도 역력한 꿈이었다. 총각은 그곳에 가보기로 결심하였다. 어느덧 높은 곳에 오른 그 순간 그는 신비한 황홀경에 휩싸이고 말았다. 금강산 신령이 꿈에 일러주던 그 팔담에 이른 것이다. 구만리 장천 아래에는 둥근 여덟 개의 연녹색 맑은 소만이 자리 잡고 있을 뿐, 그 외에는 다른 아무 세계도 없는 것 같이 생각되었다. 눈앞에 펼쳐진 팔담은 생전 처음 보는 경치인데 더구나 찬연한 칠색무지개까지 비껴 있는 것이 아닌가! "벌써 한낮이구나."하고 그가 머리 위의 해를 쳐다보는데 갑자기 하늘 중천에 꽃구름이 서리고 향기로운 바람결이 일었다.

이때 어디선지 유량한 풍악소리가 은은히 들려오더니 언뜻언뜻 꽃구름 사이로 잠자리 날개 같은 비단자락을 가벼이 날리면서 무지개를 타고 내리는 선녀들의 모습이 하나, 둘, 셋, 연이어 여덟이 보였다. 마치 백로가 산기슭에 조용히 나래를 접는 것 같이 팔선녀들은 땅에 사뿐사뿐 내리자마자 여덟 개의 소를 차지하는 것이었다. 총각은 얼른 나무숲 속에 몸을 숨기고 높뛰는 가슴을 누르며 숨을 죽였다.

이윽고 선녀들은 어깨에 걸친 하늘나라 날개옷을 벗어 소 옆의 꽃나뭇가지에 걸어두었다. 그리고 부드러운 어깨 위에 눈부신 햇빛을 받으며 거울 같은 수면에 파문을 그리면서 소에 뛰어들어 미역을 감기 시작했다. 어느 선녀는 탐스러운 긴 머리채를 맑은 물에 헹구어 얼레

빗으로 쏼쏼 빗기도 하고 어느 선녀는 장난삼아 손으로 물을 움켜잡았다가 떨어뜨리는데 물방울에 햇빛이 실려 진주처럼 반짝거리었다. 또 어느 선녀는 부드러운 손발 동작으로 자유로이 헤엄을 치다가 문득 고운 눈길을 들어 아름다운 금강 산천을 둘러보기도 하였다.

순박하고 착한 총각은 넋을 잃고 그 희한한 광경을 바라보니 퍼뜩 꿈에 본 산신령의 말이 생각났다.

'팔담에 가면 반드시 좋은 일이 있으리라고 했는데 그럼 저 아름다운 선녀들 가운데 과연 내 안해감이 있단 말인가? 설사 있다고 한둘 아무러면 세상에 선녀에게 장가드는 법도 있을까?'

이때였다. 소 옆의 꽃나무 그늘아래 사슴 한 마리가 언뜻 보였다가 사라졌다. 며칠 전 자기가 포수의 손아귀에서 구원해준 그 어린 사슴이라는 것이 첫눈에 알렸다.

'이런 시각에 저 사슴이 어찌하여 여기에 나타났을까? 필시 무슨 곡절이 있는 것이 아닐까?'

총각은 선녀들의 미역 감기가 끝나기를 기다리며 두루 생각에 잠기었다. 이윽고 선녀들이 떠들썩하면서 소의 기슭으로 올라왔다. 그리고 저마다 하늘로 올라갈 몸차림을 서둘렀다. 그런데 이때 뜻밖에도 불상사가 생겼다. 놀라운 것은 분명히 꽃나무가지에 걸어놓았던 한 선녀의 날개옷이 없어진 사실이다. 혹시 바람결에 날려갔을까? 사위를 두릿두릿 둘러보아도 간 데 온 데 없이 보이지 않았다. 그들이 처음은 이상하다 하고 생각했으나 막상 찾을 수 없다는 것을 깨닫자 그 놀라움은 예사로운 보통 일이 아니었다. 여덟 선녀는 뿔뿔이 서둘러 모두 찾기 시작했다. 매정한 시간은 흘러갔다.

잃어버린 날개옷은 끝내 눈에 뜨이지 않았는데 무지개다리가 다시 드리워지고 선녀들이 하늘로 올라갈 시각이 되었던 것이다. 여덟 선녀는 모두 당황해 하였으나 어쩔 도리가 없었다. 일곱 선녀만이 먼저 하늘나라로 돌아가는 수밖에 없었던 것이다. 이윽고 웅성거리던 선녀들이 하나씩 연이어 무지개다리를 사뿐사뿐 밟는 순간 바람결에 날리는 꽃잎처럼 그들의 모습은 아득히 더 높은 곳으로 가물가물 사라져갔다. 총각은 넋을 잃고 그 광경을 바라보고 있었다.

"아 세상에 꿈 같은 일도 다 있군."

그는 너무도 황홀한 구경에 취해 선녀 하나가 날개옷을 잃고 홀로 땅 위에 남았다는 것을 그때까지 미처 모르고 있었다. 한편 텅 빈 팔담에 멍청히 서서 낙심과 원망에 찬 눈길로 자기 일행이 떠난 허공만 바라보던 가엾은 그 선녀는 이미 모든 것을 단념했는지 풀썩 땅 위에 쓰러지며 훌쩍훌쩍 울기 시작하였다. 그러나 하늘에서는 아무런 소식도 없고 해는 어느덧 저물어 저녁노을이 높은 산봉우리들 위에 불타고 있었다.

"어찌 된 일입니까? 아가씨!"

선녀는 뜻밖의 사람 목소리에 놀라 돌아보니 웬 젊은 남자가 서 있었다. 선녀는 가랑가랑 눈물 맺힌 눈길을 그를 바라보았다.

"무슨 딱한 일이 있는 것 같은데 혹 내가 할 수 있는 일이라면 도와드리리다."

총각의 진정어린 태도에 선녀는 허물없이 한번 딱한 사정을 호소해 보고 싶은 생각이 슬며시 들었다.

"저는 팔담에 내려왔던 선녀이온데 다시 하늘로 올라가지 못하게 되었습니다. 누구인지 저의 날개옷을 감추었으니까요."

선녀의 고운 얼굴에는 의혹과 수심의 빛이 필시 아까 나타났던 그 사슴의 작간이 아닐까 하는 생각이 문득 들었으나 입 밖에는 내지 않았다.

"아가씨, 내가 꼭 찾아드리리다. 나는 이 산속에 사는 나무꾼이니 조금도 의심할 필요는 없소. 안심하고 나를 따라오시오."

나무꾼총각의 미더운 태도를 이윽히 지켜보던 선녀는 마음이 푹 놓였던지 앞서 걸어가는 그의 뒤를 잠자코 따라섰다.

하늘나라 손님을 맞이한 금강초부의 집은 경사가 난 것처럼 설레었다. 선녀의 용모는 방금 피어난 한 떨기의 소담한 꽃에나 비길까. 그야말로 천하의 일색이요, 정숙한 모습 역시 땅위에는 감히 그를 따를 만한 여인이 있을 상 싶지 않았다. 선녀는 방안에 들어서자 총각의 어머니에게 공손히 머리 숙여 절하였다. 웬 아름답고 낯모를 처녀에게서 절을 받은 어머니는 몹시 당황하여 자리에서 일어섰다.

"어머니, 이 아가씨는 팔담에 내려왔다가 날개옷을 잃어 불행히도 그만 하늘나라로 올라가지 못한 선녀랍니다. 그 날개옷을 찾을 때까지 우리 집에서 며칠 머물 수밖에 없습니다."

"자 어서 이리 와 편안히 앉아요. 하늘선녀가 누추한 내 집에까지 오다니…."

어머니는 선녀의 두 손을 이끌어 자기 곁에 앉혔다. 인간세상에서는 일찍이 몰랐던 청신하고 그윽한 향기가 방안에 확 풍기었다. 생전 처음 보는 신비로운 선녀 옷이 어머니의 눈앞에서 어른거렸다. 한편 선녀도 하늘나라에서 상상조차 못 했던 인간 세상의 정갈한 살림집과 알뜰한 방 안의 안도감에 어쩐지 정이 끌리는 것을 느꼈다.

그날 밤 총각의 꿈속에 백발신령이 또 나타났다. 노인은 준수한 얼굴에 선량한 웃음을 띠고 말하였다.

"어때 새색시가 마음에 드나? 아마 그만큼 인물 곱고 얌전한 규수를 땅 위에서는 찾아보기 힘들 거네. 검은 머리 파 뿌리가 되도록 아들딸 낳고 한평생 의좋게 살아주게. 마음씨 어진 그대가 남의 물건을 감출 용단이 있음직하지 못하여 내가 사슴을 시켜 선녀의 날개옷을 주인 모르게 빼돌렸네. 비로봉에서 동쪽으로 세 번째 고개 밑의 바위굴에 잘 보관해두었으니 그리 알게나. 그러나 선녀에게는 비밀을 붙여두고 절대로 입 밖에 낸다거나 필요 없이 바위굴에 찾아가지 말게. 선녀가 아이 셋을 낳기 전에 이 사실을 터놓으면 그대는 일생동안 후회하게 될 거네. 그러니 부디 내 말을 명심하게."

꿈에서 깨어난 총각은 금강산 신령 노인의 부탁을 가슴 깊이 묻어두고 이튿날부터 선녀를 위하여 온갖 위로의 말과 모든 편의를 도모하느라고 마음을 썼다. 선녀도 역시 인간의 뜨거운 심정에 감동하여 마음을 허하고 진정으로 어머니와 총각을 공경하였다. 총각이 산으로 나무하러 떠나면 선녀는 어머니를 대신하여 이것저것 집안일에 몸을 적시었다. 몇 집 안 되는 산골마을이지만 이즈음 우물가에 아낙네들이 모이면 떠들썩했다.

"아니 저 집 총각이 소문도 없이 어데서 저렇게 예쁜 색시를 데려왔담?"

"참 얌전하고 곱기도 하지. 꼭 선녀 같다니까."

이웃 여인들은 수다를 피우며 모두 제 일처럼 기뻐했다.

### 2.

하루 이틀이 지나고 열흘, 보름이 흘러갔다. 날이 갈수록 후덕한 어머니와 아들이 화목하게 살아가는 정갈한 초가삼간이 선녀에게는 더없이 소중하게 느껴졌고 저물녘이면 나뭇짐을 한 가득 지고 웃으며 마당에 들어서는 미더운 총각이 은근히 기다려졌다. 이러한 생활 속에서 선녀의 생각은 더욱 깊어져 갔다. 보아하니 땅 위의 사람들은 자기가 먹고 입고 쓰고 사는 모든 것을 자기의 슬기와 힘으로 얻어내고 있지 않는가. 노동을 즐기는 그들은 남을 도와주기를 좋아하며 남의 기쁨을 자기 일 같이 기뻐하니 얼마나 의로운 사람들인가! 선녀는 실로 하늘나라에서는 볼 수 없는 진정한 삶의 보람을 느꼈다. 그리고 또한 하늘나라에서 좋다는 무릉도원의 풍치 역시 금강산에 비길 바가 아니다. 참으로 금강산천은 천상천하에 다시 없는 절경이며 미풍양속이 꽃피는 고장이었다. 이런 곳에서 석 달 동안의 인간생활은 꿈같이 흘러갔고 기쁨과 보람은 은연중 가슴 깊이 뿌리내리고 있었다. 그리하여 그는 이 땅에서 나무꾼 총각과 함께 영원히 살고 싶었다. 선녀의 마음속 변화를 짐작한 어머니는 선녀가 집에 온지 백날이 되던 날 잔치를 소박하게 차리고 마을사람들을 청하였다. 이날 선녀는 만 사람의 축복 속에 심산 속 삼간초가의 며느리가 되었으며 정식으로 금강초부의 사랑하는 안해가 되었던 것이다. 이리하여 이날부터 금강초부는 선녀의 소중한 남편으로 되었다. 어느덧 해가 바뀌어 잔치를 한지도 한 해가 지나갔다. 그들은 어머니를 극진하게 모시었으며, 늘어나는 살림 속에 단란한 가정을 더 잘 꾸려나갔다. 바뀌는 계절 따라 이들 의좋은 부부는 밭 갈고 씨 뿌렸으며 산채와 약초도 캐고 집 주변에 꽃나무도 심고 흥겨운 가을걷이도 끝내자 겨우살이 땔나무도 뒤울 안에 무드기 쌓아 놓았다.

긴긴 겨울밤, 삼간초가에서 새어 나오는 그르로운 베틀의 북 바디 소리와 구성진 피리가락은 그야말로 축복받은 한 쌍 젊은이들의 노래였고 소박한 생활의 찬가였다. 살림살이가 비록 넉넉하지는 못하나 내일의 행복만이 약속된 이들에게는 생활에서 부족을 느낄 줄 몰랐을 뿐더러 세상에 부러운 것이 없었다. 이제 와서 선녀는 하늘로 다시 올라갈 생각은 까맣게 잊어버렸고, 오직 인간세계의 일만이 자기 운명의 전부인 것 같았다.

마침내 그들에게는 어린애가 생겼다. 꽃 같이 고운 딸이었다. 집안은 전보다 더욱 화기가 넘기고 밝아졌다. 그러나 어찌 하랴, 하늘에서 태어난 선녀는 땅 위의 생활에 애착이 깊어갈수록 문득문득 하늘 위의 옥황상제와 형제들이 그리워졌다.

금강초부는 이따금 안해의 얼굴에 수심이 어린 것을 보았다. 필경 동기간이 생각나서 그러리라고 추측하며 그가 측은하기도 했으나 세 아이의 어머니로 될 때까지는 날개옷에 대한 비밀을 터놓을 수 없었다.

딸애가 태어난 지 한 돌이 되는 날이다. 이웃 사람들이 어린애의 돌날을 축복하여 저마다 한두 가지씩 보내온 음식으로 차린 돌상 위에는 진수성찬이 푸짐하게 올려놓았다. 선녀인 엄마를 꼭 닮았는지라 어린애의 모습은 여간 귀엽지 않았다.

"아이참, 예쁘기도 하다. 선녀같이 엄마가 애기선녀를 낳았수다. 그려."

"꼭 방금 피어난 꽃봉오리가 생글생글 웃는 것만 같구나."

상 앞에서 방글거리며 재롱 피우는 어린애를 이웃 여인들이 겨끔내기로 안아보며 하는 말들이었다. 한낮이 지나 모였던 사람들이 돌아간 후 딸을 안고 들여다보던 금강초부의 안해는 동네사람들이 하던 말들이 귀가에서 쟁쟁 울리는 듯 했다.

이 말이 귀전에서 맴돌며 떠나지 않아 그 여자는 하늘나라에 있는 일곱 언니가 불현듯 다시 그리워져 심란해졌다.

"이 기쁜 날 당신은 왜 얼굴에 수심이 어렸소?"

"아이, 별말씀을 다 제게 무슨 그럴 일이 있겠나요?"

입가에 웃음을 띠우며 남편의 물음에 부정하는 안해였지만 어딘지 모르게 부자연스러운 데가 없지 않았다.

"여보, 당신은 혹시 하늘로 돌아가고 싶어서 그런 게 아니오?"

선녀는 딸애와 남편과는 헤어질 수 없었으나 이전에도 드문히 하늘나라에 한 번 다녀오고 싶은 생각은 간절하였다. 그러나 날개옷이 없었다. 날개옷의 행방은 남편의 눈치를 보아 분명히 알고 있는 듯도 하였지만 차마 입 밖에 내여 묻지를 못했었다.

이날도 선녀는 그렇다 아니다 일언반구의 의사표시도 없이 남편에게 딸애를 안겨주고 윗간으로 가더니 베틀 위에 올라앉았다. 금강초부는 안해의 거동으로 보아 그 속심이 짐작되어 미안하기도 했으나 마음을 독하게 먹고 하늘 날개옷의 비밀은 여전히 가슴 속에 묻어두기로 하였다.

세월은 유수 같이 빨라 또 몇 해가 지나갔다. 안해도 남편도 어제 날에 있었던 일들은 모두 잊어버렸다. 더욱이 선녀는 두 번 다시 하늘에 다녀오고 싶은 생각은 아예 단념한지도 오래다. 이 즈음 그들에게는 또 두 번째 어린애가 태어났다. 이번에는 태옥 같은 사내아이였다. 이 집의 경사에 누구보다도 맏손자를 본 할머니의 기쁨은 이만저만이 아니었다.

이날부터 이집 식구들은 귀여운 오누이 형제를 나비인양 꽃인양 기껍게 바라보면 애지중지 길렀다.

이제 다섯 식구가 사는 초가삼간은 한결 더 윤택이 돌았고 웃음소리 역시 더욱 높아갔다. 이처럼 화목한 가정이 이룩된 지금 더구나 두 번째 아이도 아장아장 걷게 되자 선녀의 하늘에 대한 동경은 완전히 사라졌고 남편 또한 그 문제는 안심하였다.

그러던 어느 날 선녀는 문득 남편에게 말했다.

"여봐요 내 당신에게 한 가지 청이 있어요. 제 날개옷을 한 번 입어보고 싶어서 그래요. 제게는 벌써 두 아이가 달렸고 어머니로서 할 일도 많은데 설마 딴마음을 먹겠나요?"

이때 금강초부의 가슴속 비밀은 흔들리기 시작하였다.

"그럼 내 이제까지 당신에게 숨겨왔던 사실을 알려주리라."

금강초부는 금강신령의 고마운 뜻으로 선녀를 안해로 맞이하게 된 자초지종을 죄다 이야기하고 이제 기회를 보아 그 날개옷을 가져다가 꼭 보여주겠다고 약속하였다. 얼굴에 원망하는 기색도 없이 조용히 듣고만 앉았던 선녀는 딸애를 품 안에 꼭 끌어안으며

"이 애가 이렇게 자라도록까지 제가 못 미더워 입을 다물고 계셨구만요."

하고 흘깃 눈을 흘겼다.

온 산에 단풍이 붉게 물든 가을이 왔다. 가을걷이도 끝난 어느 날, 금강초부는 안해의 날개옷을 가지러 부지런히 산길을 걷고 있었다. 불타는 듯 단풍든 골짜기와 층암절벽들이 드높은 하늘 아래 고즈넉이 자리 잡고 있는 금강산의 가을풍치는 한마디로 풍악산이라 할 만큼 아름다워 정다움이 한결 더 느껴졌다.

'안해는 비록 하늘나라 선녀라지만 이 좋은 산천에서 정다운 사람들과 10년 세월 가까이 살았는데 설마한들 이 땅을 떠나지 않겠지.'

그는 자신 있게 성큼성큼 발길을 다그쳐 마침내 금강신령이 말하던 동굴 앞에 이르렀다. 금강초부는 씽긋 웃고 선뜻 굴 안으로 들어섰다. 굴 안은 서기가 휘황한데 막다른 벽 한복판의 수정 돌 위에 곱게 접어 포개놓은 하늘나라 날개옷이 그윽한 향기를 풍기었다.

8월 가윗날이었다. 온 동네가 명절 일색으로 떠들썩하였다. 아침상에 둘러앉은 금강초부네 집도 어른아이 할 것 없이 모두 명절기분으로 환한 얼굴에 웃음꽃이 만발하였다. 한낮이 지나서였다. 집 앞으로 흐르는 시냇가의 너럭바위에 아이들과 함께 마주 앉은 금강 부부는 한담을 하고 있었다.

"여보 당신의 그 날개옷을 내가 찾아다 놓았소,"

"뭐요, 날개옷? 당신은 시키지 않은 짓을 했어요. 오랜 세월 속에 영영 묻어 버린 것을 가지고 왜 저를 괴롭히려 하시나요?"

선녀의 얼굴에는 원망어린 낌새가 지나갔다.

"괴롭히다니? 날개옷이야 언젠가 당신이 보여 달라고 하지 않았소?"

그는 일어나 집 안으로 들어가더니 보자기에 싼 것을 가지고 나와 보를 풀었다.

"아, 내 날개옷…"

날개옷을 보는 순간 선녀의 두 볼에는 감회 깊은 뜨거운 눈물이 방울져 내렸다.

그런데 이를 어쩌랴. 선녀는 날개옷을 부여안고 볼에 비비며 "아 한스러운 내 날개옷!" 하며 탄식을 터치더니 저도 모르는 사이에 날개옷을 몸에 두르고 옆에 있던 두 아이를 양팔에 하나씩 와락 껴안았다. 동시에 날개옷은 바람을 받은 듯 펄럭거렸다. 저것저것! 하고 금강초부와 어머니가 놀라는 순간에 선녀의 몸은 둥실 떠오르더니 하늘높이 가물가물 사라져가고 있었다. 너무도 눈 깜짝할 사이에 돌발한 사건이라 미처 손쓸 여지가 없었다. 금강초부는 넋을 잃었다. 세상에 이상한 일도 간혹 있기는 하다지만 혹시 꿈이나 아닌가 하고 주위를 돌아보니 안해도 아이들도 없었다. 다만 눈이 휘둥그레진 어머니와 자기만이 멍청히 서 있을 뿐이었다.


3.

장중보옥처럼 여기던 안해와 어린 것들을 일시에 잃어버린 그는 호소할 곳도 없었다.

세 아이를 낳기 전에 하늘 옷을 선녀에게 보여주지 말라고 당부하던 금강신령의 말을 지키지 못한 자신의 실책이 끝없이 원망스러웠다. 이제 와서 울어도 후회를 해도 소용이 없었다. 선녀와 더불어 꿈같이 흘러간 지나간 나날의 환영이 눈앞에 어른거릴 뿐이었다.

안해와 아이들이 없는 갑자기 조용해진 집안에서 외롭게 지내자니 금강초부의 가슴은 텅 빈 것 같고 집밖을 벗어나도 늘 적막하였다. 그는 애써 모든 것을 잊으려고 지난날의 총각시절처럼 산으로 오르내리며 나무를 했다. 어제도 오늘도 또 내일도 같은 일이 반복될 뿐 서글픈 하루하루는 속절없이 저물어 갔다.

그러던 어느 날이었다. 금강초부는 이날도 낙엽을 그러모아 무둑히 한 짐을 해놓고 떠나가 버린 안해와 아이들을 생각하며 길섶에 앉아 피리를 불었다. 피리 소리는 구슬프기 그지없어 주위의 무심한 초목들도 금강초부의 불행을 묵묵히 동정하는 듯하였다.

한낮이 되자 만물은 햇빛을 싣고 눈부시게 빛났다. 이때 건너편 덤불 속에서 사슴 한 마리가 불쑥 나타났다. 보아하니 그동안 크기는 했지만 이전에 자기가 구해준 그 사슴이었다. 금강초부의 앞까지 서슴없이 다가온 사슴은 그의 옷자락을 자꾸만 물어 당기는 것이었다. 금강초부는 사슴의 등을 정답게 쓰다듬어 주다가 문득 그 동작에 무슨 뜻이 있는 듯 생각되었다.

금강초부는 인차 성큼성큼 앞서가는 사슴의 뒤를 따랐다. 낯익은 언덕과 내리막길이었다. 이렇게 하여 가닿은 곳이 다름 아닌 팔담이었다. 사슴은 걸음을 멈추더니 두 귀를 쫑긋거리면서 목을 길게 뽑고 머리 위의 하늘을 올려다보는 것이었다. 금강초부는 사슴의 거동을 지켜보며 무엇인가 기대하고 있는데 아니나 다를까 마치도 거미가 줄을 늘이며 아래로 내려오듯 팔담을 향해 하늘에서 커다란 두레박이 둥둥 매달려 내려왔다.

'저 두레박을 타고 하늘로 올라가서 선녀와 아이들을 만나보라는 것이로구나.'

자기도 모르게 물속에 뛰어든 금강초부는 재빨리 두레박의 물을 쏟아버리고 얼른 그 속에 들어가 앉았다. 하늘 위에서는 물 대신 사람이 들어앉았을 줄은 꿈에도 생각 못했던지 두레박은 푸른 하늘 위로 슬슬 거침없이 올라갔다. 일찍이 옥황상제는 막내딸을 잃은 불상사가 있은 이후 앞으로 또 그런 일이 생길까 염려되어 10년 세월을 두고 딸들의 목욕물을 두레박으로 팔담에서 길어 올렸던 것이었다. 이날 하늘 위의 사령들은 펄쩍 놀랐다. 두레박 속에 천만 뜻밖에도 땅 위의 인간이 타고 있지 않은가!

이 괴이한 사건을 보고 받은 옥황상제는 크게 노하여

"내가 하늘을 다스린 이래 전무후무할 괴변이로다. 그 괘씸한 인간을 두레박 속에 다시 밀어 넣고 동아줄을 썩둑 잘라버려라!" 하고 엄명을 내렸다.

바로 그때였다.

"좀 기다려주어요."

선녀의 다급한 외침소리다. 금강초부의 안해와 아이들이 때마침 현장에 부랴부랴 달려왔다. 선녀는 남편과 헤어진 지 몇 달 만에 다시 만난 기쁨의 눈물과 웃음 속에 시간 가는 줄을 몰랐다. 사령들에게서 또 이 사실을 보고 받은 옥황상제는 어이가 없어 한동안 멍청해 있더니 크게 소리쳤다.

"하늘과 땅 사이는 아득히 멀고 선경과 속세의 차이는 영원히 변함이 없다. 그런데 하물며 내 딸이 속세 사람을 잊지 못해 하늘나라의 체면을 잃다니 망선이로다. 당장 그자를 떼 내어 천옥(하늘감옥)에 가두라!"

이리하여 금강초부는 처자와의 기쁜 상봉도 한순간, 밑창 없는 허무의 나락 속에 빠지고 말았다. 옥중에서 홀로 생각하니 그에게는 하늘나라의 으리으리한 궁궐들과 선관들이 하찮게 보였다. 금강산에 계신 어머니와 초가삼간만이 그리웠다. 그리고 옥황상제가 한 없이 미웠다.

한편 선녀는 선녀대로 부왕에 대한 원망이 깊어져서 천계를 영원히 떠나 남편과 함께 금강산으로 돌아갈 수 없을까 하는 궁리로 잠을 이루지 못하였다. 선녀는 천계에서는 앞으로 하루도 마음 붙이고 살 수 없을 것만 같았다. 금강산의 절경 속에서 선량하고 부지런한 사람들과 다정히 지내던 일들이 얼마나 보람차고 행복했던가를 절실히 느끼게 되었다. 제 손으로 찰칵찰칵 베도 짜고 쿵쿵 방아도 찧고 이랑이랑 밭김도 매던 일들이 눈앞에 떠올랐다. 그래서 선녀는 다시 금강산으로 돌아가고 싶은 마음이 간절했으나 이미 날개옷은 회수 당하였고 팔담에서 물을 길어 올려다가 목욕하는 조건에서 이렇다할만한 구실이 없어 남모르게 애를 태우고 있었다. 그러나 어쩌랴. 지금 남편은 천옥에 갇히었으니 장차 그의 운명이 어찌 될지 모를 일이라 선녀는 눈물과 한숨으로 부왕의 선심만 막연히 기대하는 수밖에 없지 않는가. 일변 금강초부의 지루하고도 답답한 천옥생활은 계속되었다. 며칠이 지나도록 어느 누구나 얼씬하지 않았다. 이런 때 사슴이라도 나타나 무슨 지혜라도 빌려주지 않을까 하는 희망도 가져보았으나 하늘과 땅 사이는 너무도 멀고멀어 금강산 신령의 힘도 미칠 것 같지 않았다.

한탄과 절망으로 날이 밝고 다시 어둡던 그런 어느 날, 옥문이 열리더니 옥졸과 사령이 나타났다. 금강초부는 그들에게 호송되어 어디론지 한동안 갔다. 그리하여 다다른 곳이 자기가 하늘나라로 올라왔던 바로 그 장소였다.

"자 두레박에 어서 올라타오. 당신을 곧 하계로 내려보내라는 상제님의 엄명이 내렸소."

사령은 불문곡직하고 금강초부를 두레박 속으로 밀어 넣었다. 옥황상제는 죄 없는 속세사람을 죽일 수는 없고 그렇다고 천계에 그냥 두어두면 자기가 제정한 하늘의 법도에 어긋나고 해서 두루 생각 끝에 금강초부만을 감쪽같이 땅으로 내려 보내어 자기 딸과 영영 떼어놓기로 결심했던 것이다. 금강초부는 분하고 억울하였다.

'안해와 두 어린 것을 함께 데리고 가는 길이라면 얼마나 좋으랴.'

그러나 그들을 다시 한 번 만나보지도 못하고 떠나자니 눈물이 앞을 가리고 가슴만 미어지는 듯하였다.

'이 불행이 모두 내 과실이지만 아, 그 후과는 너무도 가혹하구나.'

이윽고 두레박을 타고 팔담에 이른 금강초부는 석양노을을 등지고 터벅터벅 집으로 향했다. 자기 넋의 절반을 하늘 위에 두고 온 그의 발길은 도무지 나가지 않았다. 마침내 저녁연기가 모락모락 피어오르는 자기 집 굴뚝이 멀리서 바라보았다.

'어머님이 그동안 홀로 빈 집에서 얼마나 애태우며 나를 기다리고 계셨을까? 참 이놈이 불효막심한 자식이지…'

금강초부가 이런저런 생각에 깊이 파묻힌 채 자기집 근처에 당도 했을 때 "아버지!" 하고 딸애가 달려와 품에 안기고 뒤따라 아들애를 안은 안해가 신발도 못 끌고 허둥지둥 달려왔다. 금강초부는 뜻밖의 현실에 어안이 벙벙하여 말이 안 나왔고 선녀도 반가운 눈물만 흘릴 뿐이었다. 이때 어머니는 방문 앞에 나와 그들이 만나는 장면을 감동어린 눈으로 이윽히 바라보고 있었다. 그날 저녁 선녀는 자기가 금강산으로 다시 돌아오게 된 사연을 이야기하였다.

금강산의 팔담을 못 잊는 선녀의 언니들은 금강초부와 인연을 맺은 동생의 진정한 사랑을 이해하였고 동시에 그 불우한 처지를 동정하였다. 그리하여 그들은 부왕이 모르게 날개옷 한 벌을 훔쳐내어 동생에

게 주면서 그의 하강을 도와주었던 것이다. 한편 옥황상제는 이보다 앞서 하늘의 선경조차 따를 수 없다는 금강산의 아름다운 산천경개와 그곳에서 사는 근면한 인간들의 미풍양속을 딸들에게서 익히 들은 후로는 막내딸 부부를 갈라놓은 것이 잘못된 처사가 아니었을까 하는 생각을 품게 되어 내심으로 동요하고 있었다.

그러던 차에 막내딸이 자기도 모르게 하계로 내려갔다는 사실을 알게 되자 그는 노여움보다도 오히려 딸이 떠나갈 때 따뜻한 말 한 마디 못해준 것을 못내 섭섭해하였다. 그리하여 딸이 금강초부와 다복하게 부디 잘 살기를 축원하는 심정을 안고 아득한 하계에 자리 잡은 수려한 금강산을 부러운 눈길로 내려다보았던 것이다.

금강초부는 그 후 사랑하는 안해와 더불어 사시사철 바뀌는 계절 따라 특유한 풍치를 펼쳐 보이는 금강의 천하절경 속에서 위로 어머님을 모시고 아래로 오누이를 슬기롭게 키우며 화목한 이웃들의 축복 속에 오래오래 복락을 누리었다. 금강산과 더불어 전해지는 이 전설은 언제 생겨났는지는 딱히 알 수 없다. 허나 예로부터 사람들은 고향땅이 얼마나 소중했던지 그 뜨거운 향토애로 하여금 이러한 이야기를 낳아 후대들의 가슴에 길이 숨 쉬며 오늘까지 전해오는 것이리라.

- 〈금강산 팔선녀〉

『금강산 팔선녀』, 조선미술출판사, 1990.

이상이 북녘에서 〈금강산 팔선녀〉라고 불리는 이야기로 금강산의 아름다운 자연을 묘사하면서 선녀와 나무꾼이 겪은 만남과 이별에 관하여 전하고 있다. 서로 신분이 다른 선녀와 나무꾼이 온갖 역경과 시련을 이겨내면서 결국에 행복을 찾아가는 사랑에 관한 이야기가 금강산의 아름다운 자연경관과 잘 어우러져 낭만적 분위기를 조성한다. 이야기에서 묘사하는 금강산의 모습을 보고 있자면 '아 이 정도면 선녀도 반해 하늘에서 내려올 만하지.'라는 생각을 절로 하게 된다.

〈금강산 팔선녀〉에는 홀로 외롭게 사는 나무꾼이 등장한다. 나무꾼은 가난했지만, 심성만은 착하고 동정심이 많았던지 사냥꾼에 쫓기다 도움을 청하러 온 사슴을 구해줬다. 사슴의 주인인 산신령은 나무꾼의 도움에 감사해하며 그에게 보답하기를 원했다. 이렇듯 옛이야기 중에는 도움을 받은 존재들이 은혜를 갚고자 하는 보은담(報恩談)이 많다는 사실을 알 수 있다. 〈흥부전〉에서 흥부가 다리를 고쳐준 제비가 박씨를 가져준 것이 대표적이라 할 수 있다. 이때 보은하는 자는 도움을 준 사람에게 재산, 벼슬, 명예 등을 가져다주는데 그 보은의 내용은 본연의 결핍을 해소할 수 있는 것이 대부분이다. 산신령의 보은도 나무꾼의 중대한 결핍을 해소해 주는 것이었다. 산신령은 나무꾼의 마음속에서 피어나는 가족 부재의 결핍을 알아채고 그에게 가족을 선물하기로 했다. 하늘에서 내려온 선녀를 그의 아내로 삼게 함으로써 말이다. 나무꾼은 산신령이 시킨 것을 그대로 수행하였다. 산신령의 바람대로 아내가 생기고 아들딸 하나씩 태어나 그토록 바라던 가족이 생겼다. 나무꾼은 무척이나 행복했을 것이다. 그러나 나무꾼의 그러한 행복은 그리 오래가지 못했다.

순간의 방심이었을까, 때 이른 속단이었을까. 나무꾼은 아이 셋 낳을 때까지 날개옷을 주지 말라는 사슴의 말을 잊어버리고 선녀에게 날개옷을 돌려주었다. 날개옷을 받자마자 선녀는 날개옷을 입고는 하늘로 올라가버렸다. 아이들이 있으니 괜찮을 거라는 나무꾼의 생각을 깨뜨리듯 양 손에 아이들의 손을 잡고 함께 올라가 버렸다.

하늘을 바라보며 한탄만 하는 나무꾼 앞에 나타나 선녀를 다시 만날 방법을 알려준 것은 나무꾼이 구해줬던 사슴이었다. 사슴은 하늘의 선녀들이 두레박을 통해 물을 긷고 있으니 두레박을 타고 선녀를 쫓아가라고 알려 주었다. 나무꾼은 사슴이 말한 대로 하였고 하늘 세계에 올라 꿈에도 그리던 아내와 아이들을 만날 수 있었다.

다시 만난 선녀와 나무꾼은 하늘 세계에서 행복을 누릴 수 있으리라 생각했을 것이다. 그러나 그들은 곧 지상에서의 삶을 그리워하게 된다. 생각과는 달리 하늘 세계에는 그들의 사랑을 방해하는 옥황상제와 천상의 법도가 있었기 때문이다. 나무꾼은 이내 지상으로 추방되었고 선녀도 하늘 세계에서의 삶을 포기하고 지상으로 내려가기를 선택했다. 이처럼 처음 인연을 맺은 지상으로 내려와 금강산의 아름다운 풍경 속에서 즐거움을 느끼며 행복하게 살았다고 하는 이야기가 북녘의 〈금강산 팔선녀〉이다.

그런데 언뜻 봐서는 〈선녀와 나무꾼〉과 북녘의 〈금강산 팔선녀〉 사이에서 그리 큰 차이를 못 느낄지도 모르겠다. 나무꾼이 선녀의 날개옷을 훔치고, 떠나간 선녀와 아이들을 찾아 두레박을 타고 오르는 것이 매우 닮았기 때문이다. 그러나 이야기의 특별한 요소를 공유하고 있는 것은 사실이지만 분명 두 이야기 사이에는 뚜렷한 차이점이 나타나고 있다.

이쯤에서 남녘의 〈선녀와 나무꾼〉 이야기도 함께 살펴보기로 한다. 그런데 남녘에서 전해지는 이야기는 그 수가 상당하면서 그 내용도 조금씩 변형되어 있다. 그렇기에 그 중에서 가장 잘 알려져 있고, 이야기의 요소도 다양한 남녘의 〈선녀와 나무꾼〉 이야기를 정리하여 소개하도록 한다.

아주 옛날 한 마을에 나무꾼이 홀어머니를 모시고 살고 있었다. 어느 날 나무꾼이 부지런히 나무를 하고 있는데 사슴 한 마리가 달려와서는 살려 달라고 했다. 나무꾼은 쌓아 놓은 나뭇더미 속에 사슴을 숨겨서 사냥꾼으로부터 구해 주었다. 사슴은 은혜를 갚는다며 나무꾼에게 하늘의 선녀들이 멱을 감는 연못이 있다고 알려주었다. 그리고 선녀들이 멱 감는 틈을 타서 그중 한 선녀의 날개옷을 감추라고 했다. 그리고 그 선녀를 집으로 데려와 아내로 삼으라고도 했다. 대신 둘이 결혼해서 세 아이를 낳기까지는 날개옷을 깊이 감추고 절대로 보여 주지 말라고 했다.

나무꾼은 연못을 찾아가서 사슴이 일러준 대로 했다. 멱을 다 감은 선녀들이 다들 하늘로 돌아가는데, 날개옷을 도둑맞은 막내 선녀는 그러지 못하고 울고만 있었다. 나무꾼은 막내 선녀를 제집으로 데리고 와서 아내로 삼았다. 나무꾼은 아이를 얻었다. 그 사이 아내는 제발 날개옷을 보여 달라고 했다. 결국 선녀의 간청을 이기지 못한 나무꾼은 날개옷을 선녀에게 건네주었다. 아내는 날개옷을 입고는 두 아이를 데리고 훨훨 날아서 하늘로 올라가 버렸다. 상심하고 있던 나무꾼이 사슴이 찾아왔다. 사슴은 연못을 다시 찾아가면 하늘에서 두레박이 내려올 것이라고 했다.

　나무꾼은 연못으로 가서 두레박을 타고 하늘로 올라가서 아내와 아이들을 만났다. 하지만 옥황상제는 그들의 만남을 그대로 두지 않았다. 옥황상제는 자신이 내는 시험에 통과해야지만 선녀와 함께 살 수 있다고 하였다. 옥황상제는 세 차례에 걸쳐 나무꾼을 시험하지만 그때마다 선녀가 도와줘 결국 그 시험에 통과할 수 있었다. 이제 나무꾼은 선녀와 아이들이 있는 하늘나라에서 살 수 있게 되었지만 어머니가 걱정이 되어 다시 지상으로 내려가고자 했다. 아내는 천마 한 마리를 내주면서 타고 가서 어머니를 만나되, 무슨 일이 있어도 말에서 내려 땅을 밟지 말라고 했다. 나무꾼은 천마를 타고 지상에 내려와서 어머니를 만났다. 어머니는 아들이 좋아하는 팥죽을 끓여 주었고, 아들은 팥죽이 너무 뜨거운 탓에 먹다가 말 등에 흘리고 말았다. 그러자 말이 기겁하고 뛰는 바람에 나무꾼은 땅바닥에 떨어지고 천마는 하늘로 올라가 버렸다. 다시는 하늘로 못 가게 된 나무꾼은 그 자리에서 닭이 되었다. 그래서는 아침마다 하늘을 향해서 울었다.

- 〈닭이 높은 데서 우는 유래〉
『한국구비문학대계』 3-2, 한국정신문화연구원, 1981.

앞에서 제시한 〈선녀와 나무꾼〉은 나무꾼이 수탉이 되는 것으로 끝 맺는 이른바 '수탉 유래형'이라고 불리는 이야기다. 선녀와 아이들을 뒤따라 간 나무꾼이 지상에 있는 어머니가 그리워 지상으로 내려갔다가 말에서 떨어져 다시는 선녀와 만나지 못하고 결국 수탉이 되고 말았다는 사연을 전한다. 남녘에서는 나무꾼이 수탉이 되는 〈선녀와 나무꾼〉이 가장 잘 알려져 있기는 하지만 이외에도 나무꾼이 옥황상제의 시험에 통과하여 하늘 세계에서 행복하게 살았다고 하거나 하늘로 올라오는 나무꾼이 꼴 보기 싫어 선녀가 두레박줄을 잘라버렸다는 등의 다양한 결말을 보여주고 있다. 이처럼 결말 부분에서 이야기를 조금씩 보태거나 변형하면서 서로 다른 형태의 이야기를 만들어내는 것이 남녘의 〈선녀와 나무꾼〉의 특징이다.

그런데 북녘의 〈금강산 팔선녀〉에서는 반드시 나무꾼이 선녀와 그의 가족들을 데리고 함께 지상으로 내려오며 지상세계에서 행복한 삶을 누렸다고 결말을 짓는다. 여기에는 날개옷을 입고 하늘 세계로 올라간 뒤에도 지상세계로 돌아가고 싶어 하는 선녀의 의지가 크게 작용하고 있다. 나무꾼을 다시 못 만날 수 있다는 위험을 알면서도 선녀가 절대로 나무꾼을 따라나서지 않는 남녘의 〈선녀와 나무꾼〉과는 아주 다른 면모를 보이는 부분이라 할 수 있다.

나무꾼과 선녀가 함께 지상으로 내려오는 북녘의 이야기는 〈선녀와 나무꾼〉의 다양한 유형 중에 하나라고 이해될 수 있는 부분이지만 북녘에서는 이러한 결말이야말로 제대로 된 이야기라고 말하면서 다른 유형의 〈선녀와 나무꾼〉를 인정하지 않는다. 남과 북은 왜 서로 다른 결말로 선녀와 나무꾼을 기억하고 있을까? 이러한 질문을 머리에 담아두면서 본격적으로 이야기 속으로 들어가 본다.

# 전 세계에 퍼져있는 〈선녀와 나무꾼〉

조금 오래된 영화이기는 하지만 〈노팅힐(Notting Hill)〉이라는 영화가 있다. 아주 평범한 서점 주인인 남자가 세계에서 가장 유명한 여배우를 만나고, 갈등하고, 헤어지기도 했다가 결국에 사랑을 이뤄낸다는 내용의 로맨틱 코미디 영화다. 이 영화의 각본가는 "나는 가끔씩 아주 유명한, 마돈나 같은 사람과 주말저녁에 친구의 집에서 식사를 함께 한다면 어떨지 궁금했다."라고 하면서 이 영화의 탄생 비화를 밝히고 있다. 다시 말하자면 평범한 남자와 처지가 다른 아주 유명한 여자가 만나고 사랑하는 과정에서 어떤 일들이 벌어질까 하는 생각이 이 영화의 출발이라고 말한 것이다.

서로 다른 상황에 있는 사람과의 인연을 꿈꾸는 것, 특히 남자의 입장에서 꿈에서나 그릴 만한 여인을 꿈꿔보는 것은 아주 보편적일 수도 있다. 실제로 〈노팅힐〉이라는 영화는 전 세계적으로 흥행하며, 명작으로 꼽히는 영화가 되었다. 아마도 사람들이 누구나 마음 한 곳에 간직하고 있는 욕망을 자극했기 때문일 것이다. 영화가 개봉한 지 수십 년이 지난 지금도 여전히 이 영화가 회자된다는 것은 사람들의 마음 한 구석에 '환상의 존재'와 결합을 기대하는 소망이 있다는 의미이다.

이러한 생각들은 단지 영화나 소설에서만 나타나는 것은 아니다. 옛이야기 속에서도 닿을 수 없는 존재와 인연을 꿈꾸는 이야기가 있다. 이러한 이야기들은 상징적으로 하늘과 땅에 사는 존재가 인연을 맺는 것으로 구성되는데 하늘과 땅의 존재는 서로 다른 처지에 놓인 남녀를 의미한다. 주로 지상에 사는 인물이 평범하거나 속성(俗性)을 가진 인물을 표상한다면 하늘에 사는 인물은 신성(神性)을 갖거나 초월적인 인물로 그려진다. 곧 이러한 이야기들은 지상에 사는 평범한 존재가 하늘 세계에 사는 신성한 존재와 결합을 한다는 식의 이야기가 전개된다. 이처럼 신기하거나 기이한 초월적인 존재가 인간계의 여성이나 남성과 특별한 혼인을 이루는 것을 신성혼(神性婚)이라고 한다.

그런데 닿을 수 없는 존재와의 만남이 주는 환상과 꿈이 보편적 정서에 부합하는 것이라는 점에서 그와 관련된 이야기들 역시 인류 보편적으로 나타난다. 천상의 여인이 지상의 남성과 인연을 맺는다는 신성혼 이야기는 남북을 포함한 한반도뿐만 아니라 중국, 일본, 몽골, 베트남, 심지어 저 멀리 유럽지역에서도 쉽게 발견된다. 중국에서는 곡녀전설로 불리고 일본에서는 우의전설 혹은 천인여방이라고 불린다. 서양에서는 백조소녀(Swan Maiden tales)라는 이야기가 전해진다. 이러한 이야기가 전 세계적인 전승분포를 한다는 것은 그만큼 인종과 민족에 상관없이 사랑을 받았다는 사실을 보여준다. 이러한 이야기 중에서 한편을 소개하고자 한다. 이를 통해 남북의 〈선녀와 나무꾼〉의 특성을 살펴볼 수 있을 것이다. 다음은 몽골 지역에서 전승되는 신화인 〈호리 투메드 메르겐〉이다.

호리 투메드가 바이칼 호수 주변을 걷다가 백조 아홉 마리가 날아와 호숫가에서 깃옷을 벗고 목욕하는 것을 훔쳐보게 된다. 호리 투메드는 그 중에서 한 벌의 옷을 훔친 뒤 날아가지 못한 여인과 결혼을 하게 된다. 이 부부는 11명의 자식을 낳고 살았는데 어느 날 아내가 고향으로 돌아가려고 한다. 아내의 간청이 계속되자 호리 투메드는 숨겨왔던 옷을 꺼내준다. 옷을 받은 아내는 그대로 하늘로 날아가 버렸다. 호리 투메드가 아내를 붙잡으려고 하였으나 소용이 없자 아내에게 아이들의 이름이라도 지어 달라고 하였다. 아내는 11명의 아이에게 이름을 지어주었다. 후에 각각 11부족의 조상이 되었다.

― 〈호리 투메드 메르겐〉
『한국 민족설화의 연구』, 을유문화사, 1947.

〈호리 투메드 메르겐〉에서 백조는 하늘을 나는 새라는 점에서 천상의 존재로 보아도 무방할 것이다. 남성이 여성의 옷을 훔치고 그 결과 천상의 여성과 결혼하여 자식을 낳고 살다가 옷을 되찾은 여성이 하늘로 돌아간다는 것이 이 이야기의 전체 얼개라 할 수 있다. 〈선녀와 나무꾼〉 이야기와 유사한 부분을 찾을 수 있다.

그런데 〈호리 투메드 메르겐〉에서 재미있는 것은 옷을 되찾은 아내가 하늘로 올라가면서 남편인 호리 투메드와의 인연이 완전히 끊어진다는 사실이다. 아내가 떠남으로써 이들은 완전한 이별을 맞는다. 게다가 떠나가는 아내는 호리 투메드와의 사이에서 낳은 자식들을 모두 지상에 남겨둔다. 아내가 두고 떠난 자식들이 모두 성장하여 각각의 부족을 책임지는 부족장이 되는 것이 이 이야기의 결말이다. 끝부분에만 집중해 본다면 이 이야기는 부족장의 탄생 유래를 밝히는 성격을 지니게 된다.

그러한 점에서 〈호리 투메드 메르겐〉은 우리의 다른 옛이야기들을 떠올리게 한다. 우리의 대표적인 건국신화인 〈단군신화〉에서만 보더라도 남녀의 위치가 서로 바뀌어 있기는 하지만 천상의 존재인 환웅이 지상으로 내려와 웅녀와 인연을 맺고 고조선의 시조가 되는 단군을 낳는다. 하늘의 남성과 지상의 여성이 혼인하고 2대를 출산하는 이야기는 〈단군신화〉뿐이 아니다. 고구려의 건국신화인 〈주몽신화〉에서도 하늘에서 내려온 해모수와 유화가 혼인을 하여 주몽을 낳는다. 또 제주도의 무속신화인 〈천지왕본풀이〉에서도 하늘의 천지왕이 지상으로 내려와 총맹부인과 동침하고 돌아간 후 부인은 대별왕과 소별왕을 낳는다. 모두 천상의 존재와 지상의 존재가 초월적인 만남을 통해 새로운 2대가 탄생한다는 것이 이야기의 핵심이다.

이와 달리 남북의 〈선녀와 나무꾼〉에서 선녀는 어김없이 자식들을 데리고 간다. 내 자식은 내가 지키겠다는 모성의 표출일수도, 나무꾼 같은 사람에게는 자식을 맡길 수 없다는 강한 반발심일 수도 있겠지만 어찌 됐든 선녀가 아이들을 모두 데리고 가면서 나무꾼은 덩그러니 홀로 남겨진다. 처음의 결핍 상태로 돌아간 것이다.

아이들이 남아 있었으면 아이들이라도 키우며 살았을지도 모르겠다. 하지만 모두가 떠나버린 그 결핍의 현장에서 나무꾼은 버틸 수가 없었다. 나무꾼은 가족을 되찾기 위해 길을 떠났다. 떠나버린 아내를 찾아 나서는 것은 부부 관계의 회복을 위한 길이었다. 〈호리 투메드 메르겐〉이 아내가 떠나 버리는 것으로 둘의 관계가 끝나는 것에 반하여 남북의 〈선녀와 나무꾼〉은 이별 이후에 어떻게 이별을 극복하고 재회하는지에 초점을 맞춘 이야기라는 점에서 특별하다. 그렇다면 선녀와 나무꾼은 어떻게 이별을 극복하고 재회를 이룰 수 있었을까?


## 나무꾼은 왜 선녀의 날개옷을 훔쳤을까?

선녀와 나무꾼의 재회와 관계 회복에 앞서 우선 살펴볼 문제가 있다. 선녀와 나무꾼이 왜 이별하게 되었는지에 대한 것이다. 〈선녀와 나무꾼〉, 〈금강산 팔선녀〉 두 이야기 모두에서 선녀는 아이를 데리고 나무꾼을 떠났고 나무꾼은 그야말로 홀로 덩그러니 남게 되었다. 이 과정에서 나무꾼은 사슴이 제시한 금기를 깨뜨린다.

금기(禁忌, taboo)란 폴리네시아 어 터부(tabu)에서 나온 말로서, 마음에 꺼려서 하지 않거나 피하는 것이라는 뜻이다. 어떤 행위나 대상의 사용을 신성하다거나 위험하다는 의례적인 구분에 따라 금하는 것인데, 두 이야기에서는 선녀에게 아이 셋을 낳을 때까지 날개옷을 주지 말라는 메시지가 이에 해당한다고 할 수 있다. 나무꾼은 이 말을 듣지 않고 선녀에게 선뜻 날개옷을 주었고 선녀는 날개옷을 입고는 곧장 하늘로 올라가 버린다. 금기의 측면에서 생각해 볼 때 선녀의 떠남은 이러한 금기의 파괴에 따른 행위로 받아들여질 수도 있을 것이다. 그렇다면 사슴이 나무꾼에게 제시한 '아이 셋 낳을 때까지 날개옷을 주지 말라'는 금기의 의미는 무엇인가 하는 의문이 든다. 과연 그것이 어떤 의미였기에 사슴은 그토록 강하게 나무꾼에게 신신당부했던 것일까?

생각건대 사슴의 금기란 이런 의미가 아니었을까 싶다. '선녀는 나무꾼과 함께 살고 있기는 하지만 집으로 돌아갈 기회가 생기면 언제라도 돌아가 버릴지 몰라. 아무리 선녀라도 아이가 셋이나 있으면 아이들을 버리고 떠날 수는 없을 걸.' 셋이란 선녀가 나무꾼과 함께 사는 현실을 받아들일 수밖에 없는 현실적 상황을 의미한다고 할 수 있다. 하지만 나무꾼은 그러한 시간을 견디지 못하고 선녀에게 날개옷을 줘버렸고, 나무꾼의 순간 방심이 결국 선녀를 떠나게 하였다는 것이다. 선녀가 떠난 이후 나무꾼 앞에 나타난 사슴이 나무꾼을 그토록 나무랐던 것은 바로 그 때문이었다.

그런데 과연 선녀가 사슴 말대로 아이를 셋 낳았다고 해서 나무꾼의 곁을 떠나지 않았을까? 선녀에게 떠남은 어찌 보면 당연하고도 원초적인 행동이다. 그녀에게 돌아갈 하늘은 부모와 형제가 있는 고향이었다. 한 신화학자가 하늘 세계를 두고 선녀의 삶이 시작되는 원천, 회복할 수 있는 심리적, 영성적 본향이라고 말했던 것 역시 그러한 맥락에서 이해될 수 있다.(고혜경, 2006)

그렇다면 선녀가 나무꾼을 떠난 것은 날개옷을 돌려주는 '나무꾼의 실수' 때문만은 아닐 것이다. 날개옷은 나무꾼을 떠나고자 하는 선녀의 욕망을 촉발하는 방아쇠에 지나지 않았을 것이다. 나무꾼의 곁에서 아이를 낳고 살면서도 그의 곁을 떠나고 싶어 하는 선녀의 모습을 볼 때 선녀와 나무꾼의 관계 맺기가 처음부터 어딘가 어긋나 있다는 생각이 든다.

우리는 선녀와 나무꾼의 만남이 별안간 등장한 사슴에 의한 것이었다는 사실을 알고 있다. 사슴은 자신을 구해준 나무꾼에게 원하는 것이 무엇이냐고 묻는다. 그런데 나무꾼은 사슴에게 자신의 결핍된 욕망을 있는 그대로 드러낸다. 짝 없이 사는 자신의 처지를 말하며 짝을 구해 달라고 요청한 것이다.

> "나를 이렇게 내 생명을 구제해 줬었으니 내가 응 총각의 소원허는 것이 뭐냐?"고 물었어. 물으니까 이 사람이 대체 한 노총각이 되드락 장가도 못가고 어마니, 홀어마니 모시고 사는디 해야, "어째 내 소원이 이쁜 새악시나 하나 데리고 어마니 모시고 살림이나 좀 해봤으면 쓰겠다."
>
> – 〈나무꾼과 선녀〉
> 『한국구비문학대계』 6-8, 한국정신문학연구원, 1986.

나무꾼은 사슴의 도움으로 선녀를 만나게 된다. 선녀를 만난다는 것, 그리고 그런 선녀를 아내로 삼는다는 것은 나무꾼이 가졌던 이성에 대한 성적 욕망의 충족으로 읽힐 가능성이 충분하다. 게다가 선녀는 아름다운 여성의 대표적인 표상이자 하늘에서 내려온 신비로운 존재였다. 나무꾼에게 하늘에서 내려온 선녀란 "환상의 여인"이었음이 분명하다. 그런 선녀를 바라보며 배우자 삼기를 희망하는 것은 어찌 보면 너무도 당연한 일이었다.

그러나 이성과의 결연의 욕망이 본연적이라고 할지라도 그것을 어떻게 실행하는가는 조금 다른 문제이다. 나무꾼의 행동이 '훔쳐보기'와 '약탈'의 욕망에 맞닿아 있다는 데 시선을 집중해야 한다. 나무꾼이 훔친 것은 비록 선녀의 날개옷이었지만 나무꾼의 행위로 인해 선녀는 어쩔 수 없이 나무꾼을 뒤따라가야만 했다. 여기에는 선녀의 동의나 허락이 없었다. 선녀의 의사는 사라지고 선녀라고 하는 주체 역시 지워졌다. 모든 것은 날개옷을 획득한 나무꾼의 일방적인 요구를 통해 이뤄졌다.

중국의 먀오족(苗族)이나 따이족(傣族)과 같은 소수민족의 풍습 중에는 '약탈혼'이라는 풍습이 있다. '약탈'을 가장하여 혼인을 체결하는 방식으로 과거와 같이 실질적으로 약탈이 이루어지지는 않는 모양이지만 고대 원시적인 사회 단계에서 남자가 다른 씨족 부락의 부녀자를 약탈하여 처로 만드는 관습에서 유래되었다고 한다. 아직 풍습으로써 자리 잡기 전의 '약탈혼'은 말 그대로 전쟁 및 기타 방법을 통해서 붙잡아온 여자를 아내로 삼는 혼인형태였다. 이러한 약탈혼의 문제는 혼인의 주체가 되어야 할 여성의 의사가 철저하게 무시된다는 데 있다.

선녀를 대하는 나무꾼의 행동은 상대의 의사와는 상관없이 상대를 취하고자했다는 점에서 약탈혼과 유사성이 있다. 물론 나무꾼은 약탈혼처럼 신부를 강제로 끌고 간 것은 아니었다. 다만 그의 약탈혼적 소유욕은 선녀의 날개옷을 훔치고 감췄다는 데서 상징적으로 나타난다. 선녀의 날개옷에 관해 그것이 선녀의 '선녀다움', 한 존재가 지니는 고유한 개성을 의미한다고 분석되기도 한다. 날개옷을 상실하고 혼인하는 선녀의 이미지는 남성에 의해 강제로 희생된 여성의 모습과 다름없다.

두루박을 붙작구서는 쏙구서는 거기을러 앉았어. 둥 둥 올라가네? 하늘루 하눌 거짐 올라기닝깨 그 아들딸이 벌써 커서 "우기여차! 인간 아버지 올라온다."구 "우리여자! 인간 아버지 올라온다." 구. 그러거던? 그러닝께 엄매가 "쏠아라. 쏠어. 쏠어. 쏠어."

– 〈나무꾼과 선녀〉
한국구비문학대계 4-5, 한국정신문학연구원, 1984.

나무꾼에 의해 강압적인 결혼을 한 선녀의 입장에서 볼 때 나무꾼에 대한 감정이 좋지 않을 것이라고 짐작해볼 수 있다. 나무꾼에 대해 선녀가 보이는 적대감은 위의 이야기에서 잘 구연 되어 있는데 하늘로 올라간 선녀는 아이들이 아버지가 두레박을 타고 올라온다는 소리를 하자 두레박을 쏟아버리라고 했다. 두레박을 쏟아버리면 나무꾼이 지상으로 떨어져 죽게 되리라는 것은 자명한 일이지만 선녀는 아이들에게 그렇게 하라고 한다. 나무꾼을 향한 선녀의 원망과 분노가 얼마나 큰 것인지 분명하게 알 수 있는 부분이다.

나무꾼의 욕망으로부터 시작된 강압적인 결합은 처음부터 문제를 안고 있었다. 사슴은 아이 셋을 낳으면 해결될 것이라고 말했지만, 이야기에서 보듯이 선녀와 나무꾼의 문제는 그렇게 해서 해결될 수 있는 것이 아니었다. 상대를 죽이고 싶을 정도의 원망과 분노가 선녀의 체념만으로 해결될 것은 아니기 때문이다. 선녀가 날개옷을 찾아 떠날 기회만을 노리고 있었던 것은 응당 당연한 결과처럼 보인다.

물론 나무꾼이 강제로 여성을 납치하거나 하는 악한이었다고 말하고 싶은 것은 아니다. 위기에 처한 사슴을 구해줄 정도로 본래 선한 나무꾼이었다. 그랬기에 나무꾼의 행동은 처음부터 의도적으로 선녀를 '약탈' 하거나 '아내 삼으려' 했던 것이 아니라 자신의 행동이 가져올 결과에 대해 무지했다고 보는 것이 옳은 일일 것이다. 그러한 남성의 욕망이 강력하게 작동하던 사회에서는 그것이 잘못임을 인지하기란 쉬운 일은 아니었을 테니 말이다. 그러나 〈선녀와 나무꾼〉은 계속 전승되어 오면서 남성 사회의 무지 속에서 자행된 남성들의 폭력적인 소유욕과 그 속에서 괄호 쳐졌던 여성들의 목소리에 관한 흔적들을 남기고 있었다.


## 다시 시작되는 진정한 부부되기

그러나 〈선녀와 나무꾼〉의 대부분은 선녀가 나무꾼을 훌쩍 떠나버리는 것으로 끝나지 않는다. 많은 사람은 나무꾼이 두레박을 타고 하늘로 올라가 선녀와 아이들을 만난 것을 기억하고 있다. 선녀는 나무꾼과 더는 살지 못하겠다며 하늘로 떠나버렸지만 자신의 뒤를 따라온 나무꾼을 받아들여 하늘나라에서 새로운 가정을 이루고 살게 된 것이다.

앞서 선녀가 나무꾼의 곁을 떠난 것은 나무꾼의 강력한 남성적 소유욕에 의한 것이라고 했다. 여성의 의사는 묻지 않고 자신의 결핍을 채우고자 했던 나무꾼의 무지가 둘 사이의 잘못된 관계의 원인이라는 것이었다. 그런데 이야기에서 선녀는 또 다시 나무꾼을 자신의 남편으로 받아주었다. 선녀가 너무 착한 사람이었기 때문일까? 한 번 속은 사람에게 또 속는 바보 같은 사람이었기 때문일까?

나무꾼에 대한 선녀의 원망과 분노는 그리 가벼운 것은 아니었다. 오죽했으면 자신을 찾아오는 나무꾼을 떨어뜨리려고 했을까. 선녀가 나무꾼을 쉽게 용서하지 못했다는 것을 짐작하는 것은 그리 어렵지 않다. 그렇다면 '선녀와 나무꾼이 천상에서 재회하여 가족들과 함께 산다.'라는 사실의 원인은 선녀의 단순한 변심이나 용서만으로는 부족하다.

이별의 책임이 나무꾼에게 있다고 한다면 나무꾼과 선녀 사이의 문제 해결 역시 나무꾼의 몫일 수밖에 없다. 자신을 버리고 떠난 선녀를 다시 만나기 위해서는 저 스스로 움직여야 하는 것이다. 다행스럽게도 나무꾼은 그저 멍하니 선녀가 떠난 하늘을 바라보고 있는 것만은 아니었다. 선녀를 만나기 위한 약간의 가능성을 찾았고, 마침내 하늘로 향하는 두레박을 타고 선녀가 있는 하늘로 향했다. 자신의 잘못으로 인해 잃어버린 배우자를 찾아 길을 떠난다는 것은 그 자체만으로 자신의 잘못을 인정하고 상대와의 관계를 회복하려는 시도라 볼 수 있다. 나무꾼의 행동은 잃어버린 남편을 찾아 떠난 〈구렁덩덩 신선비〉의 막내딸이나 그리스로마 신화 〈에로스와 프시케〉 속 프시케의 모습과 닮아 보이기도 한다. 그녀들이 '길 떠남'을 통해 남편을 찾을 수 있었던 것처럼, 나무꾼 역시 지상으로부터 발걸음을 떼는 것을 통해 아내를 만날 수 있었다. 이들은 다시 배우자를 만나기 위한 길 위에서 자신이 상대에게 얼마나 무심한 사람이었는지, 자신의 행동이 상대에게 얼마나 큰 상처를 주었는지를 몇 번이고 다시 곱씹었을 것이 분명하다.

그런데 막내딸이나 프쉬케와 비교해 볼 때 선녀가 나무꾼을 너무 쉽게 용서하고 받아들였다는 생각을 지울 수는 없다. 그녀들이 잃어버린 남편을 찾기 위해 말 그대로 '죽을 고생'을 다한 것에 비해 나무꾼이 한 일은 그저 선녀가 있는 곳을 찾아온 것뿐이기 때문이다.

이와 관련해 〈선녀와 나무꾼〉에 재미있는 부분이 있다. 나무꾼이 하늘 세계로 오른 뒤에 겪게 되는 일련의 사건들이다. 이를 두고 '천상시련 극복담'이라고도 하는데 나무꾼이 하늘에서 겪게 되는 '시련'에 무게를 둔 말이라고 할 수 있다. 하늘로 올라온 나무꾼을 보고 선녀는 어떻게 여기까지 왔는지 매우 놀라기는 하지만 그를 내치거나 모른 체 하지 않았다. 그러나 나무꾼이 선녀를 만난 것만으로 완전히 관계를 회복할 수 있는 것은 아니었다. 지상에서는 선녀가 나무꾼의 무지 속에서 나무꾼의 가족 일원이 되기 위한 시간을 견뎌내야 했다면, 천상에서는 반대로 나무꾼이 선녀의 가족의 일원이 되기 위한 시험을 거쳐야만 했다. 그 시험이란 자료에 따라 다른 형태로 나타나긴 하지만 장인인 옥황상제와 동서들과 세 가지 경쟁에서 승리하는 것이 주된 내용이었다. 이런 시험들은 나무꾼으로서는 능력 밖의 일이었지만, 그때마다 선녀가 도와줌으로서 이 시험을 무사히 통과한다. 이를 통해 나무꾼은 천상에 있는 선녀의 식구들로 인정받을 수 있었음은 물론, 잃어버렸던 선녀의 마음마저 되찾을 수 있었다.

공감(共感)이란 우리가 우리 자신을 상대의 입장에 놓았을 때 상상을 통해 우리의 마음속에 생겨나는 것이라고 했던가. 어쩌면 나무꾼에게 내려진 이 시험은 지상에서 선녀가 겪어야만 했던 상황들을 나무꾼이 자신의 마음속에 내재화하는 과정을 상징하는 것일지 모르겠다. 하나하나 힘든 시험에 부딪힐 때마다 선녀가 겪어야했던 그 심정들을 나무꾼 역시 상상할 수 있게 되었다는 것이다. 나무꾼이 선녀를 이해할 수 있게 되는 순간, 지금껏 미뤄졌던 진정한 '가족 되기'가 시작되는 것이다.

## 새로운 존재되기의 어려움

그런데 〈선녀와 나무꾼〉에 관하여 나무꾼이 선녀를 찾아오고, 시련을 겪는 것으로도 관계가 회복되지 않았다고 기억하는 사람들이 있다. 행복을 되찾았다고 생각하는 그 순간 마지막 고비를 넘지 못하고 결국 비극으로 향해가는 나무꾼의 모습을 그리면서 마치 '그것만으로는 아직 불충분해!'라고 강변하는 것 같기도 하다.

남녘에서 전해지는 이야기 중에 가장 많은 부분을 차지하는 결말은 '나무꾼이 지상의 어머니가 그리워 땅으로 내려왔다가 금기를 어기는 바람에 하늘로 올라가지 못하고 수탉이 되었다.'라는 것이다. 이 유형에서 나무꾼에게 내려진 양자택일의 상황은 지상의 어머니와 천상의 아내 사이에 있었다. 결과적으로 나무꾼은 어머니가 내어준 '따뜻한 손'을 물리치지 못하고 그것을 잡음으로서 다시는 하늘로 올라갈 수 없게 되었다.

아내와 어머니 사이에서 갈등하는 남성의 모습은 전 세계에 퍼져있는 이 유형의 이야기 중에서도 한국에서만 나타나는 독특한 요소이다. 이 점은 한국만의 효(孝)문화, 고부갈등 문제와도 관련된 것으로 보이기도 한다. 어머니와 아내 사이에서 끝내 양쪽 다 포기할 수 없는 딜레마는 오늘날의 한국 남성들이 여전히 겪는 문제이기도 하다.

그렇다면 선녀(아내)의 입장에서 나무꾼의 지상 회귀는 어떤 의미일까? 원래의 세계로 돌아가려 한다는 점에서 일종의 배신감을 느끼지는 않았을까? 나무꾼이 선녀와 함께하는 천상 생활에 적응하지 못하고 어머니가 있는 곳으로 돌아가고자 한다는 점에서 그러하다. 나무꾼은 선녀와의 관계를 회복하기 위해 선녀의 세계에 스스로 들어왔고 온갖 시련을 겪으면서 선녀의 심정들을 하나하나 이해해 갈 수 있었다. 그러나 다시 어머니의 세계인 지상으로 돌아가려고 한다는 것은 그러한 노력이 모두 수포가 될 수 있다는 것을 의미한다.

선녀는 나무꾼의 간청에 못 이겨 그에게 지상으로 내려갈 수 있는 방법을 마련해 주었다. 그러나 절대 지상에 내려서는 안 된다고 하였다. 아들과 어머니 사이의 천륜을 방해하는 일이라 할지 모르지만 지상에 발을 닿아서는 안 된다는 선녀의 금기는 지난 과거의 세계에 대한 미련을 두어서는 안 된다는 의미일 수 있다. 어머니가 내어주는 호박죽처럼 과거의 세계는 나무꾼에게 따뜻하고 편안한 곳이었다. 그러나 그러한 세계는 선녀와 함께하는 새로운 장소가 아니라 선녀가 고통과 상처를 받았던 과거의 공간이다. 그렇기에 선녀는 그곳과의 단호한 결별을 요구한 것이다.

결과적으로 나무꾼은 선녀가 제시한 금기를 어겨 다시는 천상으로 돌아오지 못했고, 가족들과 다시는 만나지 못했다. 나무꾼은 그 슬픔을 견디지 못하고 수탉이 되어 하늘만 바라보며 울기만 하는 처지가 되었다. 아무 것도 하지 못하고 울기만 한다는 것은 어떻게든 선녀를 만나기 위해 노력하던 나무꾼의 모습과는 대조되는 부분이다. 수탉이란 새롭게 나아가야 할 지점에서 주저앉고 말았던 나무꾼의 퇴행을 상징하는 것은 아닐까? 남녘의 〈선녀와 나무꾼〉은 이처럼 나무꾼과 같은 약탈적 소유욕을 가졌던 존재들이 새로운 존재로 거듭난다는 것이 얼마나 어려운지 잘 보여주고 있다.

## 나무꾼의 욕망을 바라보는 북녘의 시선

남녘의 〈선녀와 나무꾼〉은 나무꾼의 잘못에 대해 분명히 말한다. 나무꾼의 욕망과 무지가 선녀의 고통과 애환의 원인이 된다고. 욕망을 성취하고자하는 한 사내의 분투를 무조건적 비난할 수는 없겠지만 욕망의 충족이 상대의 고통에 기반을 두어서는 안 된다는 것이 남녘의 많은 화자(話者)들이 공통으로 말하는 바이다.

그런데 북녘의 이야기 〈금강산 팔선녀〉는 나무꾼을 대하는 태도에서 큰 차이를 보인다. 남녘의 이야기에서 나무꾼이 선녀를 애환에 빠뜨리는 애욕을 가진 인물로 등장하는 것과 달리 북녘의 이야기에서는 이러한 애욕을 표면적으로 드러내지 않는다. 나무꾼은 가난한 환경에서 홀로 어머니를 모시고 사는 처지에도 불구하고 본인의 환경에 전혀 개의치 않는 모습을 보여준다. 자신의 처지를 비관하기는커녕 자신이 처한 상황에 만족하며 금강산의 아름다움 풍경 속에서 유유자적하게 지내는 모습은 하늘 세계의 신선보다도 더 신선 같아 보이기까지 한다. 〈금강산 팔선녀〉 속의 나무꾼은 부족한 것이라고는 전혀 없이 그 자체로 안분지족한 인물로 묘사된다.

그렇다면 나무꾼이 어떻게 선녀와 만날 수 있었을까 하는 의문이 든다. 왜냐하면 〈선녀와 나무꾼〉에서 나무꾼이 선녀를 만날 수 있었던 것은 배우자를 얻고 싶은 욕망을 사슴에게 전했기 때문이다. 〈금강산 팔선녀〉에서는 나무꾼이 이러한 소망을 겉으로 드러내지 않는 대신 주위의 인물들이 알아서 나무꾼과 선녀를 맺어 주었다.

"고맙기 그지없네. 금강산 신령의 영험으로 그 은혜를 갚고자하니 아무 소원이라도 있으면 서슴없이 말해 보라고."
"원 별 말씀을 다 하십니다. 저는 이 금강산에 태어난 자랑을 안고 이 산에서 사는 날새들과 짐승은 물론 나무 한 그루, 풀 한 포기도 아끼고 사랑하는 것을 저의 본분으로 여길 뿐이옵니다. 그러므로 저에게 소원이 있다면 이 산속 사람들이 모두 복락을 누리고 불로장생하도록 우리 금강산을 더 아름다운 절경으로 꾸리고 싶사옵니다."

"오 내가 수천만 년 지켜온 금강산을 사랑하는 그 마음 갸륵한지고! 그러니 그대가 이 산에서 대를 이어 길이 수복을 누리자면 안해를 맞이해야 할 게 아니겠나. 내 그래서 오늘 찾아왔으니 그대의 의향은 어떠한지?"

"장가갈 나이는 찼사오나 일찍이 아버지를 여의고 홀어머니를 모시고 근근이 살아가는 처지에 어느 집 처녀가 시집오며 남의 집 귀한 자식을 데려다가 만일 고생을 시키면 어찌하겠습니까. 아예 그런 말씀 마십시오."

"갸륵한 마음이로다. 사리사욕을 모르며 남의 불행을 동정하는 성품을 가졌으니 그 누군들 그대의 배필 됨을 마다하리오."

– 〈금강산 팔선녀〉 중에서

산신령은 사슴을 구해준 보답으로 소원이 있으면 말하라고 했다. 그러나 나무꾼은 자신에게는 아무런 소원이 없다고 하면서 그저 평소에 그랬듯이 금강산의 자연을 누리며 살고 싶다고 대답할 뿐이었다. 이에 대해 산신령은 나무꾼 같은 사람에게는 짝이 필요하다며 앞장서서 짝을 구해주겠다고 말했다. 나무꾼에게 베푸는 산신령의 친절(?)은 여기에서 그치지 않았다. 자신의 말대로 금강산의 팔담에 나타난 나무꾼 앞에서 사슴을 시켜 날개옷을 훔치도록 했다. 심지어 나무꾼은 산신령이 날개옷을 훔쳤다는 사실을 알지 못했다. 〈금강산 팔선녀〉에서 나무꾼과 선녀의 만남은 그야말로 산신령의 주도적인 역할하에 진행된 것이었다.

앞서 남녘의 이야기를 살펴보면서 나무꾼이 선녀의 날개옷 훔치는 것은 상대의 의사와는 상관없이 자신의 애욕을 실현하고자 했던 행위라고 하였다. 어떤 욕망을 실현하고자 하는 사람의 분투가 무조건적으로 잘못된 것은 아니지만 자신의 욕망을 위해 상대를 고통에 빠뜨리는 것은 분명 비난받을 만한 행동이다.

나무꾼이 아닌 산신령이 날개옷을 훔치는 것은 이런 도덕적 비난으로부터 나무꾼을 자유롭게 해준다. 나무꾼은 무언가를 훔치거나 빼앗을 만한 인물이 아니라는 것이다. 오히려 산신령과 같은 신성하고 권위 있는 인물을 통해 아내 될 사람을 소개받을 만큼 선하고 성실한 인물임이 강조된다.

이러한 나무꾼의 형상은 선녀와의 관계에서도 차이를 보인다. 〈선녀와 나무꾼〉에서 선녀와 나무꾼의 관계가 불완전했던 것은 선녀의 자발적인 선택으로 맺어진 관계가 아니었기 때문이다. 이에 비해 〈금강산 팔선녀〉 속의 선녀에게 나무꾼은 마치 이상형 같은 존재였다. 성실한 성품과 자신의 삶에 만족하며 사는 태도에서 선녀가 하늘 세계에서는 만나보지 못한 매력을 느꼈다. 그래서 선녀는 자발적으로 나무꾼의 아내가 되는 선택을 했다. 겉으로는 부부의 모습을 하고 있었지만 그 속에는 언제 터질지 모를 갈등을 씨앗을 품고 있었던 〈선녀와 나무꾼〉 속의 나무꾼과 선녀와 달리 〈금강산 팔선녀〉의 그들은 아무런 갈등 없이 행복한 부부의 모습으로 그려질 수 있었다.

이처럼 〈금강산 팔선녀〉 속에서 나무꾼은 이상적인 남성으로서의 모습으로 그려진다. 그런데 이러한 묘사는 옛이야기의 자연스러운 구전을 통한 것이라기보다는 의도적으로 쓰였다는 인상을 지울 수 없다. 앞서 말했듯 특별한 이성과의 만남을 꿈꾸는 것은 아주 자연스럽고 보편적인 인간의 마음이라 할 수 있는데 〈금강산 팔선녀〉의 나무꾼에게서는 이러한 모습을 찾을 수 없기 때문이다. 또한 날개옷을 빼앗기고 지상에서 머물러야 했던 선녀가 지상세계와 나무꾼에게 반했다는 사실은 그리 쉽게 이해가 가질 않는다. 실제로 북녘에서는 자신들이 전하고자 하는 교훈이나 내용을 위해서 이야기를 의도적으로 윤색하기도 한다. 그렇다고 한다면 북녘의 이야기에서 나무꾼의 형상은 어떤 의도를 전달하기 위해 윤색된 결과는 아니었을까?

## 지상으로 내려온 낙원

선녀는 나무꾼을 따라 지상에서의 삶을 선택했다. 선녀에게 나무꾼은 남편이 될 만한 정도의 이상적인 인물이기 때문이다. 그런데 선녀가 나무꾼과 가족이 되고 지상에서의 삶을 스스로 받아들이는 이유로 나무꾼의 성실한 성품과 함께 제시되는 것이 있다. 바로 지상의 삶에 대해 선녀가 느끼는 감정들이다. 선녀는 지상의 삶에 대해 진정한 삶의 보람을 느낄 수 있는 곳, 하늘의 풍치보다도 더 아름다운 곳이라고 했다. 선녀에게 나무꾼과 지상의 삶은 동일시되는 것이라고 할 수 있다. 북녘의 〈금강산 팔선녀〉의 나무꾼은 "노동을 즐기"고 "남을 도와주기를 좋아하며" "남의 기쁨을 자기 일 같이 기뻐"하는 지상에 사는 사람의 전형으로서의 의미가 있다. 곧 〈금강산 팔선녀〉에서 나무꾼의 품성과 태도는 나무꾼의 개인으로서 아니라 지상에 사는 사람을 대표하는 인물로서의 자질이다. 〈금강산 팔선녀〉에서 나무꾼이 그토록 도덕적이고, 이상적으로 그려진 데에는 그가 지상의 존재라는 점이 크게 작용하고 있다.

그렇다면 선녀가 자신 스스로 나무꾼과 지상의 삶을 선택하게 되는 이유는 무엇일까? 여기에는 이 작품이 북한의 유명한 지역인 금강산을 배경으로 삼고 있다는 점이 중요하다. 〈금강산 팔선녀〉의 곳곳에서 마치 금강산에 대한 여행기를 쓰듯 금강산이 얼마나 아름다운지 묘사하는 장면들에서 드러난다. 게다가 이야기 발단 역시 선녀와 그의 언니들이 금강산 팔담의 아름다움에 반해 그곳으로 목욕하러 내려왔다. 하늘에 사는 신선마저도 그 아름다움에 반해 내려올 만한 곳이 바로 금강산이라는 것이다.

이러한 북한의 목소리는 이 이야기에만 국한된 것은 아니다. 북에서는 북한 지역이 다른 곳과 비할 데 없이 아름답고 살기 좋은 곳이라고 하고 있다. 이에 관련된 이야기로, 〈금산포 도라지〉를 예로 들 수 있다. 이 이야기는 〈금강산 팔선녀〉와 마찬가지로 하늘의 존재였던 신선이나 선녀가 지상세계로 내려온다는 공통점을 가지고 있다. 〈금산포 도라지〉는 하늘나라 선녀가 우연히 지상세계(구월산 지역)에 내려왔다가, 하늘로 돌아간 후 지상세계의 아름다움과 그 속에서의 삶을 잊지 못하고 지상으로 또 다시 내려왔다고 말한다. 선녀가 다시 내려온 것은 지상의 총각인 리라와의 짧은 만남이 계기가 되었지만, 구월산 지역에 대한 애정에서부터 비롯되었다. 즉, 선녀가 편안한 하늘 세계의 삶을 포기할 정도로 북한의 지역이 아름답고, 훌륭하다고 말하는 것이다. 이와 같이 선녀가 내려와 지상에 머물렀다는 이야기는 북한의 이름난 장소에는 하나씩 있을 정도 아주 보편적인 것이라고 할 수 있다.

이 이야기는 더 나아가 '하늘'과 '지상'이라는 공간에 대한 의식을 반영한다. 하늘 혹은 천상이라고 하면 흔히 '천국'이라는 공간을 상상할지 모르겠다. 많은 종교에서 말하는 것처럼 천국은 사람들이 꿈꾸는 부·명예·행복이 모두 이루어지는 낙원의 공간이다. 아무런 근심과 걱정 없이 오로지 즐겁고 행복한 것들만 가득한 이상적 세계를 천국이라고 한다. 종교적 의미가 아니더라도 여러 이야기 속에서 하늘은 현실과는 다른 세계를 꿈꾸는 사람들의 희망과 믿음이 반영된 이상향의 공간으로 자리한다. 현실적인 고통과 슬픔이 쌓여 있는 지상과는 다른 신성한 곳이 하늘 세계라 할 수 있다.

그런데 〈금강산 팔선녀〉는 이러한 '하늘'과 '지상'의 의미를 완전히 전복하고 있다. 선녀와 나무꾼이 낙원인 하늘 세계에서 행복한 삶을 누리지 못하고 지상으로 내려오는 것으로 나타나 있다. 선녀와 나무꾼의 지상회 귀는 하늘은 신성하고 땅은 세속적이라는 일반적인 통념에서 벗어나 우리가 바라는 세상이 하늘세상이 아니라 바로 지상에 있다는 것을 이 이야기가 들려주고 있는 것이다. 이러한 〈금강산 팔선녀〉의 의식은 하늘 세계의 모습을 묘사하는 부분에서 아주 구체적으로 드러나고 있다. 〈금강산 팔선녀〉에서 그리는 하늘의 모습을 구체적으로 살펴보자.

> 두레박 속에 천만뜻밖에도 땅 위의 인간이 타고 있지 않는가! 이 괴이한 사건을 보고받은 옥황상제는 크게 노하여 "내가 하늘을 다스린 이래 처음 있은 전무후무할 괴변이로다. 그 괘씸한 인간을 두레박 속에 다시 밀어넣고 동아줄을 썩둑 잘라버려라!"하고 엄명을 내렸다.
>
>                                         – 〈금강산 팔선녀〉 중에서

나무꾼은 선녀를 찾아 하늘 세계로 올라가지만 생각과는 다르게 선녀와 만날 수 없었다. 옥황상제가 나무꾼을 옥에 가두고 선녀와의 사이를 갈라놓았기 때문이었다. 나무꾼과 선녀를 갈라놓은 옥황상제의 행동은 하늘과 지상 사이에는 엄청난 거리가 있으며 지상에 사는 사람은 하늘 세계의 사람과 어울릴 수 없다는 생각에 의한 것이었다.

이처럼 하늘 세계는 우리가 기대한 것과 같은 행복과 희망을 꿈꿀 수 있는 공간이 아니었다. 자신들과 신분이 다르다는 이유로 상대에게 폭력을 가하고 다른 존재를 인정하지 않는 철저한 이분법적 세계였기 때문이다. 반면 지상의 세계는 현실적인 고통과 근심이 쌓여있을지 모르지만 아름다운 풍광과 경치가 있는 공간이었다. 그리고 그 속에서 고단하게 노동을 하면 살아가야지만 인정이 있고, 삶의 보람이 있는 곳이었다.

이에 선녀의 선택은 자신에게 주어진 무한한 권리와 안온한 삶을 버리

고 지상으로 추방된 나무꾼을 쫓아가는 것이었다. 선녀는 그 선택 때문에 지상의 사람들처럼 고된 노동을 하며 살아야만 할 것이다. 그러나 그것은 결코 비참하거나 괴로운 것이 아닐 것이라고 짐작할 수 있다. 왜냐하면 선녀가 하늘 세계를 포기하면서까지 찾으려고 했던 것은 사랑하는 사람과의 행복한 삶이기 때문이다. 그러한 삶이야말로 천상이 아닌 현실의 공간에 이뤄진다는 것, 그것이 바로 선녀가 다시 지상으로 내려오는 이유였다.

그런데 우리의 옛 속담 중에 "개똥밭에 굴러도 이승이 좋다"라는 속담이 있다. 아무리 천하고 고생스럽게 살더라도 죽는 것보다는 사는 것이 나음을 이르는 말이다. 이 속담에는 천국이나 내세(來世)가 아무리 좋아도 현세가 더 낫다는 현세주의적인 민중의식이 담겨있다. 사람들은 천국과 같은 이상세계를 바라기도 하지만 현재 눈에 보이는 현실세계를 중시하는 것 역시 인간의 본성이라 할 수 있다.

이처럼 신선이 사는 천상이 아닌 지상, 곧 환상의 공간이 아닌 현실에 사람들의 행복한 삶이 있다고 말한다. 지상세계는 지금 여기의 공간이며 그곳에는 현실적인 고통과 슬픔, 근심이 쌓여있는 공간으로 상상이 되기 마련이다. 그러나 천상이 비록 이상적인 세계라고 할지라도 그것은 관념 속의 비현실적 세계에 지나지 않지만 지상세계는 보다 실제적인 의미를 지닌다. 그래서 지상은 현실에서 행복을 추구하는 현세구복의 의미가 있는 공간이라 할 수 있다. 이처럼 북녘의 〈금강산 팔선녀〉는 낙원은 저 하늘이 아닌 바로 지금, 눈앞에 있는 것이라는 현세주의적인 의식을 바탕에 두고 있다고 할 수 있다.


## 서로 다름, 대화와 소통의 실마리

지금까지 북녘의 옛이야기 〈금강산 팔선녀〉와 남녘의 이야기 〈선녀와 나무꾼〉을 비교해가며 살펴보았다. 두 이야기의 등장인물이나 이야기 구성이 서로 유사하다는 점에서 두 이야기의 연관관계는 분명해 보인다. 하지만 두 이야기를 천천히 살펴볼 때 남북은 이야기를 다른 방식으로 누리고 있다는 사실을 알 수 있다. 날개옷을 훔쳐 아내를 맞아들이고, 두레박을 타고 하늘로 올라가 재회를 이뤘다는 내용이 같다고 하더라도 두 이야기의 해석은 전혀 다른 것이라고 할 수 있다.

〈선녀와 나무꾼〉은 부부 사이에서 발생한 소유적 욕망에 관해 이야기한다. 이들의 갈등은 남성의 욕망 때문에 발생한 것이므로 당사자의 변화를 촉구한다. 부부의 문제에 있어 만약 이러한 변화가 제대로 이뤄지지 않는다면 결국 그 관계는 다시는 회복할 수 없음을 아주 냉정하게 보여준다. 반면 북녘은 〈금강산 팔선녀〉를 통해 현실적 세계관에 대해 강조한다. 천상의 존재, 신비한 대상과의 혼인을 꿈꾸는 이야기를 거꾸로 뒤집으면서 환상적 세계에 대해 꿈꾸는 것보다 지금, 눈앞의 세계에 만족하며 현실을 낙원을 생각해보라고 말하고 있다.

이처럼 북녘의 〈금강산 팔선녀〉는 〈선녀와 나무꾼〉을 바탕에 두고 새롭게 윤색한 작품이라고 할 수 있다. 물론 이러한 윤색을 두고 옛이야기를 지나치게 이념적으로 변질시킨 것이 아니냐는 비판이 있는 것도 사실이다. 윤색으로 인해 옛이야기가 가진 중요한 매력을 잃어버렸다는 점에서 아쉬움이 들기도 한다. 〈선녀와 나무꾼〉이 우리의 대표적인 이야기로 자리 잡게 된 것은 그 이야기 속에 우리의 마음을 끌어당기는 원형적인 요소가 있기 때문일 것이다. 〈선녀와 나무꾼〉에서는 부부 사이의 갈등을 일으키는 폭력적 욕망과 존재 변화에 대한 준엄한 경고가 녹아들어 있다. 이러한 이야기는 계속해서 향유되는 과정에서 사람들에게 부부간 관계와 사랑의 의미에 대해 생각하게 하고, 변화하게 하는 지점이 있다. 북녘의 〈금강산 팔선녀〉에서 아쉬운 점은 바로 이런 점을 놓치고 있다는 점이다.

날개옷으로 상징된 부부간의 갈등의 문제는 소략하고, 그저 천상과 지상과의 대립에 무게를 두고 있다는 점이 그러하다. 또한 모든 갈등을 나무꾼과 선녀의 애정만으로 문제 해결하려고 한다는 점은 지나친 단순화처럼 보이기도 한다. 장애와 시련을 극복하게 하는 것 또한 애정의 힘이라고 할 수 있겠지만 남녀의 애정이 모든 문제를 해결해줄 것이라는 믿음은 우리가 그토록 우려하던 낭만적 사랑이 불러온 환상이 아니던가.

그러나 남녘과 북녘의 이야기를 함께 읽는 과정이 무의미한 것은 아니다. 조금씩 다른 방식으로 이해하지만 이야기를 통해 삶에 대한 해답을 찾고자 하는 것은 남북이 함께 공유하는 지점이라고 할 수 있다. 비슷하다면 어떤 부분이 비슷한지 다르다면 어떤 부분이 다른지, 그런 부분들이 남북의 소통과 대화의 실마리를 찾을 수 있는 지점이라고 생각한다. 환상적 존재와의 인연을 제시하는 이 이야기가 오늘날의 사람에게도 의미 있게 다가오는 것은 바로 이러한 지점이 아닐까?

〈한상효〉

3부

/

'우리'라는
이름으로
더불어 살기

이 세상은 '나' 혼자 살아갈 수 없다. 사랑하는 사람들끼리 '부부'를 이룬다고
해서 그들만으로 세상이 이루어지지는 않는다. 삶은 수많은 '다른 사람들'과
얽히고설키며 살아가게 되어 있다. 과연 내가 타자와 더불어 살아가는 삶은
어떤 모습일까? 함께 살아간다는 것의 의미는 무엇일까? 남과 북에 전해지는
설화에는 우리가 타자와 어울리며 상생을 이루는 방법에 대해 말하고 있다.

# 제가 아우를 지키는 사람입니까?

— 북녘이야기 〈야광주〉 & 남녘이야기 〈흥부전〉, 〈눈 먼 아우〉

## 가깝고도 먼 사이, 형제

"제가 아우를 지키는 사람입니까?"

이는 아담과 하와의 첫째 아들인 카인이 야훼에게 하는 말이다. 야훼는 아담을 창조하였고 그의 갈빗대를 빼서 하와를 탄생시킨 신이다. 카인은 왜 자신의 부모를 창조한 절대자에게 이러한 말을 했을까?

아담이 아내 하와와 한자리에 들었더니 아내가 임신하여 카인을 낳고 이렇게 외쳤다.

"야훼께서 나에게 아들을 주셨구나!"

하와는 또 카인의 아우 아벨을 낳았는데, 아벨은 양을 치는 목자가 되었고 카인은 밭을 가는 농부가 되었다. 때가 되어 카인은 땅에서 난 곡식을 야훼께 예물로 드렸고 아벨은 양 떼 가운데서 맏배의 기름기를 드렸다.

그런데 야훼께서는 아벨과 그가 바친 예물은 반기시고 카인과 그가 바친 예물은 반기지 않으셨다. 카인은 고개를 떨어뜨렸다. 몹시 화가 나 있었다. 야훼께서 이것을 보시고 카인에게 말씀하셨다.

"너는 왜 그렇게 화가 났느냐? 왜 고개를 떨어뜨리고 있느냐? 네가 잘했다면 왜 얼굴을 쳐들지 못하느냐? 그러나 네가 만일 마음을 잘못 먹었다면, 죄가 네 문 앞에 도사리고 앉아 너를 노릴 것이다. 그러므로 너는 그 죄에 굴레를 씌워야 한다."

그러나 카인은 아우 아벨을 들로 가자고 꾀어 들로 데리고 나가서 달려들어 아우 아벨을 쳐 죽였다.

야훼께서 카인에게 물으셨다.

"네 아우 아벨이 어디 있느냐?"

카인은

"제가 아우를 지키는 사람입니까?"

하고 잡아떼며 모른다고 대답하였다. 그러나 야훼께서는

"네가 어찌 이런 일을 저질렀느냐?"

하시면서 꾸짖으셨다.

"네 아우의 피가 땅에서 나에게 울부짖고 있다. 땅이 입을 벌려 네 아우의 피를 네 손에서 받았다. 너는 저주를 받은 몸이니 이 땅에서 물러나야 한다. 네가 아무리 애써 땅을 갈아도 이 땅은 더 이상 소출을 내지 않을 것이다. 너는 세상을 떠돌아다니는 신세가 될 것이다."

─〈창세기 4장 1절-12절〉

『공동번역 성서』, 대한성서공회, 2015.

신의 선택을 받은 아우, 그에게로 향한 형의 질투와 분노, 그리고 피로 얼룩진 들판. 이 이야기는 창세기에 나오는 인류 최초의 형제갈등 이야기이다. 우리가 살고 있는 세계의 시작을 설명하는 창세기에는 인류가 지은 죄의 근원을 밝히고 있다. 인간 본성으로서의 악(惡)을 인정하게 하고 끊임없이 성찰하라는 가르침일까? 그 가운데 카인과 아벨의 형제갈등을 담고 있다는 점이 특별하다. 인류의 존재를 설명하는 창세기에 같은 핏줄과의 잔인한 싸움이 등장하는 이유는 무엇일까?

누구나 형제는 우애롭게 지내야 한다고 말하지만, 실상 그것은 어려운 일이다. 한 부모에게서 태어난 형제들은 치열한 경쟁을 경험한다. 가정이라는 공간에서 형제는 부모의 사랑을 두고서 끊임없이 경쟁하고, 서로를 질투한다. 그러는 와중에 상처를 주고받으며 성장하는데, 때로는 그 상처가 깊이 배여 분노가 해소되지 않는 경우도 있다. 카인처럼 형제를 죽이고 싶다는 무서운 생각에 닿을 때도 있으니 말이다. 이처럼 형제관계에 놓인 인간은 지속적으로 서로의 얽힌 운명을 풀어야 하는 숙제를 감당해야 한다. 〈카인과 아벨〉은 인간만이 가지고 있는 문제를 적나라하게 밝히며, 가장 가깝고도 먼 형제관계의 본질을 보여주고 있다.

〈카인과 아벨〉과 같은 잔인한 형제갈등 이야기는 동서고금을 막론하고 전해져왔다. 우리나라에도 다양한 형제갈등의 이야기가 오래도록 향유되었다. 북녘에서도 형제들의 치열한 갈등은 옛이야기를 통해 전해진다. 〈야광주〉라는 제목으로 북녘의 대표적인 옛이야기 자료집에 수록되어있다. 이 이야기는 끊임없이 회자되고 있는 인류의 고민거리, 형제갈등에 대해 많은 것을 생각하게 한다. 우리와 다른 사상과 가치로 살아가는 그곳에서는 형제갈등을 어떻게 풀어내고 있는지 살펴보자.


옛날 어느 마을에 형과 아우가 살고 있었습니다. 동생은 착하고 부지런하였으나 형은 성질이 고약하고 일하기 싫어했습니다. 형은 동생이 미워서 밥도 잘 먹이지 않았고, 형수도 형과 한 짝이 되어 시동생을 구박하기 일쑤였습니다. 형과 형수는 호미자루 한번 쥐지 않고 동생에게만 농사일을 맡기고 종처럼 부려먹었습니다.

그래도 착한 동생은 한마디 군소리 없이 봄부터 가을까지 농사일을 하였습니다. 부지런한 동생 덕에 형의 곳간에는 쌀이 넘쳐나고 재산도

날로 늘어났습니다. 그러나 형은 동생이 먹는 쌀이 아까워서 밥 한 끼 제대로 해주지 않고 옷도 새 옷 한 벌 없이 헌옷만 입혔습니다.

하루는 동생이 너무 배가 고파서 형이 밥 먹는 방안으로 들어갔습니다. 그러자 형은 벌컥 화를 내며 소리쳤습니다.

"여기가 어디라고 함부로 들어와. 썩 나가지 못할까?"

동생은 더는 참을 수 없어 한마디 하였습니다.

"형님, 정말 너무합니다. 곳간에 가득 차 있는 것이 쌀인데 밥도 안 주시지 않습니까?"

형은 동생이 대꾸질을 한다고 몽둥이를 들고 사정없이 때렸습니다. 형이 내리치는 몽둥이에 맞아 동생의 두 눈은 멀고 말았습니다.

'어쩌면 친동생을 이렇게 모질게 한단 말인가!'

동생은 생각할수록 설움이 북받쳤습니다. 두 눈이 성하여 부지런히 일할 때에도 못살게 굴었는데 눈이 멀어 일 못하는 자기를 앉혀놓고 고스란히 먹여줄리 만무하였습니다.

동생은 만사가 귀찮아졌고, 그저 죽고 싶은 생각뿐이었습니다. 울며 뒷산으로 올라갔습니다. 서산에 해가 지고 달이 솟아 오른 줄도 몰랐습니다. 동생은 모진 마음을 먹고 높은 바위 위에 기어 올라갔습니다.

이때 바위 아래에서 두런두런 말소리가 들려왔습니다. 호랑이들이 모여 앉아 이야기를 나누고 있었던 것이었습니다.

"아저씨, 눈먼 이 새끼를 어떻게 하면 좋을까요? 버릴 수도 없고 막 안타까워 죽겠어요."

새끼를 안은 엄마 호랑이가 곁에 있는 호랑이에게 하는 말이었습니다.

"이 산 너머 골짜기에 조그마한 우물이 있소. 그 물에 눈을 씻으면 소경도 눈을 뜬다오."

"어머나 세상에. 그것도 모르고 혼자 속을 태웠군요."

"그뿐인 줄 아오. 그 우물 안에는 밤에도 빛을 뿌리는 세모난 구슬이 있는데 그걸 보고 야광주라고 하오. 그 한쪽 모서리를 두드리면 밥이 나오고 또 한쪽 모서리를 두드리면 옷이 나오고 다른 한쪽 모서리를 두드리면 집이 나온다오."

"야광주야 사람들에게나 필요하지 우리 같은 짐승들이 그것으로 무엇을 하겠어요. 빨리 샘물을 찾아가서 눈을 씻어 주어야겠어요."

호랑이들이 샘물을 찾아 떠나가는 발자국 소리가 들렸습니다.

눈먼 동생은 바위에서 내려와 호랑이들이 내는 발자국 소리를 들으며 조심조심 뒤따라갔습니다.

얼마나 걸어갔는지 호랑이들의 발걸음 소리가 멎었습니다. 풀숲에 주저앉아 귀를 기울이니 가까이에서 졸졸 물 흐르는 소리가 들렸습니다. 이어 호랑이의 목소리가 들렸습니다.

"이 샘이오. 눈을 씻어보시오."

"엄마. 보여요. 눈이 보여요."

새끼 호랑이는 좋아서 콩당콩당 뜀박질을 했습니다.

"아저씨. 정말 고맙습니다. 은혜를 절대 잊지 않겠어요."

엄마 호랑이의 말소리에 이어 저쪽으로 멀어져 가는 발자국 소리가 났습니다. 동생은 물소리를 따라가 손으로 더듬으며 물을 찾았습니다.

동생은 두 손으로 물을 떠서 눈을 씻자 눈이 번쩍 뜨였습니다. 동생은 사방을 바라보았고, 샘물 안에 있는 눈부시게 빛나는 세모난 야광주를 찾게 되었습니다.

별빛 총총한 하늘과 달빛이 흩날리며 뿌연 산발을 바라보는 동생의 눈에서는 눈물이 흐르고 있었습니다.

눈을 뜨게 되고 야광주를 얻게 된 동생은 이루 말할 수 없이 기뻤습니다. 동생은 다시 길을 떠나 남보다 더 매정한 형이 살고 있는 집으로 가지 않고 산 좋고 물 좋은 경치 좋은 골짜기로 향하였습니다.

동생은 골짜기에 도착하자 야광주 한쪽 모서리를 두드리며

"밥 나와라"

"옷 나오너라"

"집 나와라"

하니 김이 모락모락 나는 밥과 맛있는 반찬, 새옷 한 벌, 고래 등 같은 기와집이 솟아났습니다.

동생은 그 집에서 부러운 것 없이 살았습니다. 그런데 달이 가고 해가 바뀌자 동생의 마음에도 변화가 생겼습니다. 죽어도 형네 집에 다시는 발길을 돌리지 않으리라 굳은 마음을 먹고 떠났지만 세월이 흐르면서 형님에 대한 노여움은 그리움으로 바뀌었습니다.

어느 날 동생은 본래 입었던 허름한 옷을 몸에 걸치고 장님 막대를 꾹꾹 짚으며 형네 집으로 향하였습니다. 그동안 형과 형수는 손가락 하나 까딱하지 않고 놀면서 있던 곡식을 다 먹어버리고 거지 신세가 되었습니다.

그때서야 그들은 부지런한 동생 덕에 잘 살던 때를 그리워하면서 잘못을 뉘우치고 있었습니다. 이런 때라 형과 형수는 비록 장님 행색으로 찾아온 동생이었지만 반갑게 맞아 주었습니다.

형은 동생의 두 손을 잡고 진정으로 제 잘못을 빌었습니다.

"네가 이 형을 얼마나 원망했겠니. 그래도 잊지 않고 이렇게 찾아왔구나. 너의 눈을 멀게 만든 이 악한 형을 제발 용서해다오."

형은 눈물을 줄줄 흘리며 동생에게 잘못을 빌고 나서 말을 이었습니다.

"나도 이제부터 어진 마음먹고 부지런히 일하겠다. 너는 방안에 가만히 앉아 있으면서 집이나 지켜라. 그전에는 네가 우리를 먹여 살렸으니 이제부터는 우리가 일을 해서 너를 먹여주고 입혀주마. 다시는 천대하지 않겠다."

마음을 고친 형과 형수를 바라보는 동생의 마음은 샘물에 눈을 뜨고 야광주를 얻을 때처럼 기뻤습니다.

동생은 막대기를 집어던지고 형의 품에 와락 안겼습니다.

"형님, 난 이제 장님이 아니에요."

"아니 뭐라고?"

형은 놀라서 한동안 얼떨떨하여 서 있기만 했습니다.

동생은 자기가 신기한 샘물에 눈을 뜨고 야광주를 얻던 이야기를 차근차근 설명하였습니다.

"잘 먹고 잘 살게 되니 형님이 그리워 찾아왔습니다. 어쨌든 우리는 형제가 아닙니까?"

이렇게 되자 아무리 목석같은 형이라 해도 감동하지 않을 수 없었습니다. 형은 말없이 눈물만 뚝뚝 떨구었습니다. 이윽고 형은 갈린 목소리로

"그래도 너는 이 못난 형을 잊지 않았구나."

하고 말하는 것이었습니다.

형은 동생의 고운 마음씨가 자기의 못된 마음을 고쳐주었다고 거듭 되뇌었습니다. 그 후 형과 형수는 동네 집에 옮겨갔습니다.

그들은 부지런히 일하며 화목하게 살았다고 합니다.

― 〈야광주〉

『조선민화집(3)』, 금성청년출판사, 1989.

북녘의 옛이야기 〈야광주〉에는 착하고 부지런한 동생과 성질 고약하고 일하기 싫어하는 형과 형수가 등장한다. 동생은 형 부부와 함께 잘살고자 열심히 일을 하였다. 하지만 형은 동생이라는 이유만으로 동생에게 모든 궂은일을 도맡아 시켰다. 날이 갈수록 형은 더욱 고약해져 동생을 못살게 굴었다. 여기에 형만이 동생을 못살게 한 것이 아니었다. 형수마저도 시동생을 종 부리듯 하니 동생의 처지는 이루 말할 수 없을 정도로 처량하였다.

그러다 더 이상 참을 수 없었던 동생은 형에게 배가 고프니 밥을 달라고 요구하였다. 하지만 돌아오는 것은 폭력만 있을 뿐 동생에 대한 온정이라곤 눈곱만치도 찾을 수 없었다. 여기에 설상가상으로 형이 가한 폭력은 동생의 두 눈을 멀게 하였다. 이에 동생은 자신에게 모질게 대하는 형과

형수의 모습에 자신의 처지를 비관하며 삶을 마감하기로 결심하게 된다.

위기 뒤 기회가 찾아온다 하지 않았나. 필연이었는지 우연이었는지 모르지만 동생은 죽으려고 찾아간 산속에서 호랑이들의 이야기를 엿듣게 되었다. 동생은 어미 호랑이가 눈먼 새끼 호랑이를 위해 샘을 찾아간다는 것을 알게 되었다. 그리고 거기에는 야광주라는 신비한 물건이 있다는 것도 알게 되었다.

여기서 등장하는 어미 호랑이는 동생의 눈을 멀게 한 형의 행동과는 상반되는 존재로 드러난다. 조금은 다른 형태이지만 인간이 아닌 호랑이의 등장과 눈먼 새끼를 위해 노력하는 모습은 형과는 상반되는 모습이다. 짐승인 호랑이도 새끼의 눈을 뜨게 하기 위해 노력하는데, 되려 형이란 인간은 동생에게 폭력을 가하며 두 눈을 멀게 하였다. 이러한 상반된 모습은 형의 가혹함을 보다 강조하기 위한 장면이기도 하다.

또한 동생이 발견한 야광주는 생존에 있어 가장 중요한 의식주를 해결해주는 보물이었다. 야광주를 찾은 동생은 옷과 식량, 그리고 따뜻한 집을 마련해주는 보물을 찾아낸 것이다. 그렇게 동생은 집에서 쫓겨나 형에게 의존하지 않아도 풍족하게 살 수 있는 기회를 잡게 되었다.

이때부터 동생의 새로운 삶이 시작되었다. 그러면서 자연스럽게 형에 대한 원망 또한 그리움으로 변하기 시작하였다. 하지만 여기서 의문이 드는 점은 어떻게 자신에게 모질게 대하고 자신의 두 눈을 멀게 한 형을 그리워하게 된 것일까? 그 이유가 피는 물보다 진하기 때문인 것일까?

그렇게 다시 동생은 장님 행색을 하고 형을 찾아가기로 마음먹었다. 하지만 형 부부는 이전과는 다르게 그동안 모아두었던 재산과 식량을 모두 탕진한 채 살아가고 있었다. 동생을 만나게 된 형은 그전에 자신이 모질게 대한 것과 동생에 대한 고마움을 말하며 잘못을 빌고 용서를 구하였다. 이에 동생은 그간에 있었던 기적 같은 일들을 이야기하였다. 그리고 형이 그리웠다며 어쨌든 우리는 형제가 아니냐며 형을 용서한다.

형으로부터 받은 서러움, 그리고 원망과 절망감 등은 동생에게는 이루 말로 표현하지 못할 만큼 큰 상처였다. 하지만 형의 잘못에 대한 뉘우침과 형제라는 이유가 동생에게 있어 그동안의 일들을 용서할 수 있는 마음으로 만들어주었다. 〈야광주〉는 그렇게 과거의 원한을 풀어내고 화해하는 형제들의 우애를 이야기하고 있다.

## 욕심 많은 형들 이야기

북녘의 〈야광주〉는 우리가 익히 알고 있는 이야기를 떠올리게 한다. 욕심 많은 형이 착한 동생을 괴롭히는 장면은 우리 민족의 대표적 고전인 〈흥부전〉과 유사하다. 〈흥부전〉 속 놀부는 여기저기 심술을 부리고, 제 욕심 채우는 일에만 몰두하는 인물이다. 반면 흥부는 착하고 가난 속에서도 선함을 잃지 않는 인물로 등장한다. 〈야광주〉의 형제와 유사한 형상이다.

이러고 들어가거든 놀보 계집이라도 후해서 전곡간(錢穀間)에 주었으면 좋으련만 놀보 계집은 놀보보다 심술보가 하나가 더 있지. 밥 푸던 주걱 자루를 들고 중문(中門)에 딱 붙어 섰다가,
"아제뱀인가 동아뱀인가 세상(世上)에도 귀찮허오. 언제 전곡(錢穀)을 갖다 맽겼던가. 아나 밥, 아나 돈, 아나 쌀,"
하고 흥보뺨을 때려노니 형님한테 맞는 것은 여반장(如反掌)이요, 형수씨한테 뺨을 맞아노니, 하늘이 빙빙 돌고 땅이 툭 꺼지는 듯.

— 〈흥보가〉(박녹주 · 박송희 창본)
『흥부전 전집』 1권, 박이정, 1997.

〈흥부전〉에는 욕심 많은 놀부가 흥부에게 재산을 나눠주지 않고 내쫓았는데, 배가 고픈 흥부가 밥을 얻으러 왔다가 형에게 박대당하고, 형수에게 뺨을 맞는 장면이 있다. 흥부는 형수에게 밥주걱으로 뺨을 맞으니 하늘이 빙빙 돌고 땅이 툭 꺼지는 듯하였다고 한다. 밥주걱이 아프기도 하겠지만, 못된 형도 야속한데 형수마저 심보가 고약하니 서러움이 북받쳐서 아픔이 배로 느껴졌을 것이다. 이러한 장면은 〈야광주〉에서 동생이 너무 배가 고파서 형이 밥을 먹는 방 안으로 들어갔다가 형에게 호되게 당하는 장면과 닮아 있다. 그리고 형은 물론이며 욕심 많은 형수도 악인으로 등장한다는 점에서 두 작품은 매우 유사하다.

다만 〈흥부전〉은 흥부의 선함이 강조되고, 〈야광주〉에서는 동생의 성실함과 노동력이 부각된다는 차이점이 있다. 그래서 〈흥부전〉은 착한 흥부는 복을 받고 악한 놀부는 벌을 받는다는 결말로 이어지지만, 〈야광주〉는 형네 부부가 부지런한 동생을 내쫓은 이후 가난해졌다는 쪽으로 이야기가 전개된다. 이야기의 흐름이 약간 다르지만, 못된 형이 제 욕심껏 혼자만 부를 누리지 못하는 결과는 같다.

〈야광주〉에서 가장 인상 깊은 점은 형이 아우의 눈을 멀게 하는 장면이다. 우리의 옛이야기에서도 못된 형이 동생을 미워하여 눈을 멀게 하는 장면이 등장한다. 남녘의 옛이야기 〈눈먼 아우〉가 그러한데, 참혹하고 잔인한 형의 횡포가 드러나 형제갈등의 심각성을 느끼게 한다.

〈눈먼 아우〉의 경우 부모를 잃고 동냥질하던 형제가 사람 노릇을 해보겠다고 각자 길을 떠나 돈을 벌어와 부모님의 제사를 지내자고 한다. 일 년이 흘러 약속된 날짜에 한 장소에 만난 형제는 상반된 운명에 난처해한다. 동생은 부모님 제사를 지낼 수 있는 재물을 모아왔는데, 형은 빈손으로 와서 변명만 늘어놓았다. 동생의 재물이 탐이 난 형은 그만 동생의 두 눈을 빼버리고 재물을 가지고 도망간다. 악한 형에 의해 가정이라는 공간에서 배제

된 눈먼 아우는 이곳저곳을 떠돌다가 시력을 되찾는 행운을 얻는다.

"어째서 두 눈이 그러하냐?"

"아, 오늘 저녁이 우리 부모님 제사인데 메밥을 하다가 나무 끝이 튀어나와 눈이 빠졌습니다."

"그러면 좋은 수가 있다. 저 아랫동네에 샘이 있는데 그곳에서 은종지로 물을 떠 눈을 씻으면 도로 눈이 나을 것이다."

– 〈눈먼 아우〉

『한국구비문학대계』 6-8, 한국정신문화연구원, 1986.

〈눈먼 아우〉는 어디선가 날아온 하얀 노인에 의해 구원받는다. 신이한 노인은 눈을 뜨게 하는 신비한 샘을 알려주고 사라져버린다. 그리고 눈을 뜬 아우는 우연히 만난 스님이 또다시 좋은 샘이 있는 자리를 알려준다. 그리고 아우는 좋은 샘 자리를 찾는 사람들에게 그곳을 알려주어 사람들로부터 많은 재물을 얻게 된다.

못된 형은 아우가 어떻게 부자가 되었는지 이야기를 듣고, 억지로 자기 눈을 빼내어 아우에게 행운을 가져다준 이인(異人)들과 만나기를 기대한다. 그러나 못된 형은 하얀 노인이나 스님을 만나지 못하여 봉사가 되어 힘들게 살아간다. 이렇게 착한 동생이 행운을 얻게 되는 과정을 못된 형이 잘못 따라 하다가 오히려 낭패를 당하는 것은 〈흥부전〉의 결말 부분과 유사하다. 놀부 역시 흥부를 따라 한다고 제비 다리를 억지로 부러뜨려서 똥이나 도깨비가 나오는 박을 얻고 호되게 당하기 때문이다.

〈야광주〉의 경우 못된 형이 동생을 모방하는 장면은 등장하지 않는다. 형의 폭력으로 눈을 잃은 아우가 우연히 호랑이들의 대화를 듣고 시력을 되찾으며, 야광주라는 신비로운 보물을 얻는다. 야광주는 흥부가 얻은 쌀과 보물이 나오는 박과 같은 신이한 물건이다. 〈야광주〉의 형은 성실하고 일 잘하는 아우를 내쫓고 가난해졌다가, 야광주로 부자가 된 동생에 의해 구원된다.

이처럼 〈야광주〉는 고전문학 속 형제갈등 이야기의 많은 요소를 담고 있다. 못된 형과 착한 동생이 등장하는 이야기들과 공통점이 발견되기도 하고, 〈야광주〉만의 독특한 특징이 담겨 있기도 하다. 그러한 공통점은 실제 우리 삶에서 발생하는 형제갈등의 원인과 양상을 잘 드러내고 있으며, 일부는 북녘 사회의 가치와 사상을 반영한 모습일 수 있다. 이제 남과 북에서 전해져오는 옛이야기를 견주어가며 북녘의 이야기가 풀어내는 형제갈등의 문제는 무엇이었는지 살펴보자.

## 동생이 미운 형

형제들은 왜 싸우는가? 〈야광주〉의 형제는 동생의 노동력으로 부자가 된 형이 재산을 독차지하려는 욕심에 몽둥이를 휘두르면서 싸움이 시작되었다. 형이 내려치는 몽둥이에 맞아 동생은 눈이 멀고, 친동생에게 모질게 대하는 형을 원망했다. 두 눈이 성하여 부지런히 일할 때도 구박하였는데, 눈먼 장님이 된 자신을 형이 보살펴줄리 만무하다는 생각으로 동생은 모진 마음을 먹고, 죽기로 결심하며 집을 나오게 된다.

이 과정에서 눈여겨볼 점이 있다. 왜 형은 동생이 부지런히 일한 재산에 대한 권리를 행사하는가? 이는 형과 아우의 관계에서 우위를 차지하는 자가 형이기 때문이다. 〈야광주〉에서 형과 형수는 마치 아우에게 부모와 같은 지위로 존재하며, 동생은 형의 탐욕에 아무런 대항을 하지 못하는 모습이다. 형제들 사이에 오고 가는 힘의 논리는 보통 이러한 모습을 띠기 마련이다.

이러한 형제간의 역학관계는 다른 작품들에서도 보인다. 〈흥부전〉의 경우 놀부는 부모로부터 물려받은 재산을 독차지하고 홍부 내외를 집에서 내쫓는다.

하루는 놀보가 홍보 불러 하는 말이,
"사람이라 하는 것이 믿는 것이 있으면 아무 일도 안 되는 법이다. 너도 나이 장성하여 계집 자식 있는 놈이 사람 생애 어려운 줄을 조금도 모르고서, 나 하나만 바라보고 놀고 먹고 놀고 입는 모양 보기 싫어 못살겠다. 부모의 세간살이가 아무리 많아도 장손의 차지될 것인데, 하물며 세간은 나 혼자 장만하였으니, 네게는 돌아갈 것이 없다. 네 처자를 데리고서 어서 멀리 떠나거라. 만일 지체하였다가는 살육지환이 날 것이니, 어서 급히 나가거라."

– 〈박홍보가〉(신재효 본)
『홍부전 전집』 1권, 박이정, 1997.

놀부는 부모의 재산이 본디 장손의 몫이라 주장하며, 자기 재산으로 놀고먹는 홍부를 더 이상 보기 싫다는 이유로 내쫓는다. 여기에서 장자(맏아들)로서의 권위가 중요한 이유로 작용한다. 놀부의 시선에서는 장자의 권위 아래 동생은 형에게 의존하며, 형이 불려놓은 재산에 기대어 사는 존재일 뿐이다.

서두에 제시한 카인과 아벨의 경우 야훼를 모시는 제의 문제로부터 갈등이 시작된다. 야훼가 동생 아벨의 제물만을 좋아하자 카인이 질투에 눈이 멀어 아우를 죽인다. 야훼는 절대자이면서도, 카인과 아벨의 부모를 창조한 조상의 위상을 지닌 존재이다. 조상께 제사를 지내는 일은 보통 맏아들에게 권한이 주어지지만, 장자 카인을 제치고 차자 아벨이 인정을 받으면서 카인의 불같은 질투가 시작되었다.

여기에서도 장자의 권위 문제가 얽혀있다. 조상의 제사를 지낸다는 것은 적장자로서의 지위와 권위를 대표하는 일이다. 가문의 대를 잇는 대표 자라는 위상을 보이며, 그 역할로 가문의 재산을 물려받고 관리할 수 있는 권한이 주어지는 일이기도 하다. 적장자로서 지위와 권한은 그렇게 제사나 가문의 재산으로 상징될 수 있다. 그래서 형제갈등 이야기에서 제사나 부모의 재산 문제가 싸움의 중요한 원인이 되고 있는 것이다.

이러한 장자 중심의 권한과 제도는 유교문화에서 내려온 관습이다. 형제갈등의 이야기들은 이러한 관습이 야기하는 여러 문제들을 다양하게 보여주고 있다. 그래서 어떤 문학연구자는 다양한 형제갈등을 담은 고전 작품을 두고 장자 중심적 관습과 제도를 둘러싼 긴장의 문학이라고 하기도 하였다.(인용)

형제는 부모로부터 내려오는 한정된 자원을 두고 경쟁하는 관계이다. 부모의 관심과 애정에서부터 재산에 이르기까지, 동일한 자원을 놓고 자신의 지위를 확보하고자 끊임없이 경쟁하게 된다. 이때 형과 아우의 역학관계는 이 경쟁을 싸움과 적대감으로 불붙이는 원인이 되기도 한다. 형이 인자하여 동생과 자신을 평등하게 보자면 좋겠지만, 형의 입장에서 동생은 자신이 선점한 영역에 갑자기 끼어든 불청객으로 여겨지기 쉽다.

아벨에 대한 카인의 질투, 놀부와 〈야광주〉 형이 드러낸 독점욕과 탐욕은 장자로서의 권위에서 불거진 마음이다. 본디 자신의 것인데 그것을 침범하는 존재로 아우가 등장하고, 먼저 태어난 형은 동생에게 지위와 자원을 나누어주어야 하는 상황에 놓이게 되는 것이다. 형이 아우에게 폭력을 가하거나, 집에서 내쫓는 악행의 시작은 바로 이 지점에 있다.


## 나쁜 형에게도 이유는 있다

〈야광주〉에서 형은 못된 사람이다. 성실하게 일만 하는 아우를 배불리

먹여주지도 않고, 심지어 몽둥이질로 아우의 눈을 멀게 한다. 혼자 재산을 독차지하겠다는 욕심으로 아우에게 끔찍한 일을 저질렀다는 것만 보아도 그렇다. '어찌 친동생을 이렇게 모질게 한단 말인가!'라는 아우의 독백이 절절하게 느껴진다.

놀부나 〈눈먼 아우〉의 형도 그러하다. 그러나 〈흥부전〉에서는 고약한 놀부에게도 사정이 있었다는 단초가 발견된다.

> 놀보가 분이 나서 그런 야단이 없었다.
> "아버님 계실 적에 나는 생 일만 시키고서 작은 아들 사랑스럽다고 글공부 시키더니, 너 매우 유식하구나. 당태종은 성주였지만 천하를 다투어서 그 동생을 죽였으며, 조비는 영웅이나 재주를 시기하여 그 아우를 죽였으니, 나 같은 초야 농부가 우애지정을 알겠느냐."
> 하고 구박하여 문 밖으로 쫓아내니, 흥보 신세 가련하다. 입도 뻥끗 못하고서 빈손으로 쫓겨나니 광대한 이 천지에 집 없는 손이 되었구나.
>
> — 〈박흥보가〉(신재효 본)
> 『흥부전 전집』 1권, 박이정, 1997.

〈흥부전〉에서 놀부가 흥부를 내쫓는 명분을 말한다. 아버지가 살아계실 적에 작은 아들은 사랑스럽다며 글공부를 시키고, 자신은 일만 시켰다고 한다. 그러면서 놀부는 당태종이나 조비와 같은 인물들도 시기심 때문에 아우를 죽인 일이 있었다고 하며, 자신과 같은 평범한 사람이 동생이 미운 마음을 어찌 잘 다스리겠냐고 말한다.

놀부의 기억에서 유년시절은 부모님의 기울어진 사랑에 대한 아픔이었던 것이다. 부모님의 사랑이 맏아들에게는 책임과 의무로 채워지고, 둘째 아들에게는 애정과 관심으로 채워졌으니 놀부의 고약한 심보가 어디에서 시작되었는지 알만하다. 놀부의 시선에서는 아버지의 기울어진 사랑이 아품으로 기억되고, 성장하여서는 자신은 심술보, 흥부는 착한 사람으로 평가받으니 놀부도 억울한 일이 없진 않을 것이다.

못된 형과 착한 아우, 형과 아우의 상하수직적 역학관계에서 이러한 성격의 캐릭터는 형제에게 큰 문제로 다가온다. 통상적으로 이러한 문제는 형이 형답지 못하다거나 동생이 형보다 인정받는다면 형보다 동생이 낫다는 평가로 이어질지 모른다. 하지만 아버지의 권위를 물려받은 맏아들의 입장에서 이러한 사회적 평가는 늘 가슴을 콕콕 찌르는 콤플렉스로 작용했을 것이다. 적장자로서의 지위는 자신에게 있으나, 그에 걸맞는 재능과 인격은 동생이 갖춘 상태라면 형의 입장에서 아우는 얼마나 위험한 존재인가. 그래서 당태종이나 조비와 같은 역사 속 인물들도 자신보다 더 인정받는 동생에 대한 두려움으로 잔인한 선택을 했을 것이다.

지금까지 살펴본 다양한 형제갈등 이야기에서도 이러한 장자의 콤플렉스 문제가 얽혀 있다. 〈야광주〉에서는 동생의 성실함과 노동력, 〈흥부전〉에서는 흥부의 선함과 부모의 사랑이 그러했고, 〈눈먼 아우〉에서는 부모님에 대한 효성과 치부(致富) 능력, 〈카인과 아벨〉에서 아벨은 절대자로부터 인정에서 그러했다. 이 작품들은 아우의 존재감과 능력을 부각시키면서 그 뒤에 콤플렉스에 시달리고 두려움에 휩싸인 형들의 속내를 이면에 담고 있다.

'착한 아우'라는 인물 설정은 사회적 인정을 상징하며, 적장자인 형의 지위를 위협하는 요인이 된다. 못된 형과 착한 아우라는 관계에서 형은 강한 두려움을 느끼게 된다. 그들의 잔혹한 폭력은 기득권자의 두려움이자, 콤플렉스라고 할 수 있다. 아우의 장점과 능력이 부각될수록 형이 더 거세게 폭력적이게 되는 이야기 구조는 바로 이러한 장자들의 두려움을 표현한 것이다.

두려움은 곧 분노로 향하고 폭력적 행위로 이어진다. 〈야광주〉의 형은 몽둥이로 동생을 때려 두 눈을 멀게 하는데, 못된 형이 착한 아우의 눈을 멀게 하는 것은 우리의 옛이야기에 자주 등장하는 장면이다. 〈눈먼 아우〉가 그러하며, 고전소설 〈적성의전〉에서도 아우의 두 눈을 빼는 형의 악행이 나타난다.

〈적성의전〉에는 안평국의 왕자 형 향의와 동생 성의가 등장한다. 어머니가 병환에 시달리자 동생 성의가 나서서 어머니 병을 고칠 수 있는 일영주를 구해온다. 향의는 성의가 일영주를 구해오면 아버지가 동생을 더 신뢰할 것 같은 두려움에 성의를 없애고자 한다. 거짓으로 성의를 모함하고 자결을 권하는데, 한 무사가 나서서 형제간에 어찌 이런 일을 저지르냐 저항하니 향의가 동생 성의의 두 눈을 찔러 멀게 하고 그가 타고 온 배를 뒤집었다.

향의의 악행 역시 잘난 동생에 대한 두려움에서 비롯되었다. 이전부터 왕은 향의보다 성의를 신임하여 동생을 태자로 봉하려고 하다가 대신들의 만류에 그 뜻을 거둔 일이 있었다. 대신들의 뜻은 적장자 중심의 제도에 따른 것이며, 그러한 역학관계에서 왕의 믿음과 인정은 동생 성의에게 향해 있는 상황이었다. 이때 동생이 어머니 병환을 치료할 약을 구해온 공적까지 쌓았으니 향의는 자신을 제치고 동생이 앞지를까 하는 두려움에 휩싸여 동생을 없애려고 한 것이다.

'눈을 멀게 하는 폭력 행위'는 무엇을 의미하기에 못된 형과 착한 아우의 이야기에 자주 등장하는 것일까? 눈이 먼다는 것은 한치 앞도 보지 못하는 상황이다. 신체를 훼손했다는 것을 넘어서, 세상으로부터 단절시킨 행동이다. 눈을 멀게 하는 폭력의 행위는 아우를 세상으로부터 격리시켜 더 이상 살아갈 수 없게 만들었다. 이러한 행동은 카인이 동생 아벨을 죽인 행위와도 같은 것이기도 하다. 또한 눈을 멀게 하는 것은 아우가 가진 능력을 차단하는 행동으로도 해석할 수 있다. 형보다 우월한 능력을 가진 아우의 능력을 차단함으로써 형이 아우보다 우위에 있을 수 있도록 한 행위인 것이다.

〈적성의전〉의 성의는 눈이 멀게 되면서 어머니가 계신 궁으로 돌아가는 길이 더욱 멀어졌다. 〈눈먼 아우〉의 아우는 속수무책으로 형에게 재물을 몽땅 빼앗기고 되찾을 일이 막막해졌다. 그리고 모든 사회적 인정으로부터 차단된다. 〈야광주〉의 동생도 마찬가지이다. 동생은 두 눈을 잃으면서 자신의 존재감과 능력 또한 함께 잃었다고 생각하고, 제 발로 집에서 나온다.

이렇게 형이 아우의 눈을 상하게 하는 폭력 행위는 아우의 사회적 고립과 차단을 야기한다. 가정이라는 굴레에서 눈이 먼 아우는 배제되고, 그로부터 형은 동생이 자신을 제치고 우위를 점할 수 있는 위기를 모면하게 된다. 아우를 사회적으로 고립시키는 형의 폭력은 장자 콤플렉스와 두려움에서 비롯되었다고 할 수 있다.

## 선한 형 VS 악한 동생

형들의 두려움, 못난 피해의식에서 비롯된 망상일까? 그런데 형들의 두려움이 전혀 근거 없는 것은 아니다. 형의 자리를 뺏고자 하는 독한 동생들도 더러 있기 때문이다. 남녘의 제주도에서 전해져오는 무당굿의 노래 〈천지왕본풀이〉에서는 형의 자리를 탐내는 동생이 등장한다.

하늘나라 천지왕이 인간세상의 수명장자를 징치하러 왔다가 지상의 총명부인을 만나 며칠을 보낸 후 떠났다. 이후 총명부인은 대별왕과 소별왕을 낳게 되었고, 대별왕과 소별왕에게 아버지에 대해 말해준다. 두 형제는 아버지를 만나고자 하늘로 올라가 천지왕을 찾아간다. 천지왕은 형인 대별왕에게 이승을 맡기고, 아우인 소별왕에게는 저승을 맡기려고 하였다. 하지만 욕심 많은 소별왕은 이승이 탐이나 형에게 내기를 청하였다. 내기는 꽃을 먼저 피우는 자가 인간세상을 차지하는 것이었다. 꽃피우기 내기에서 대별왕의 꽃이 먼저 피려하자 소별왕은 형이 잠든 사이에 자신의 꽃과 형의 꽃을 바꾸어 내기에서 승리하게 되었다. 이 사실을 안 대별왕은 소별왕을 꾸짖었다. 하지만 내기에서 진 대별왕은 하는 수 없이 소별왕에게 이승을 양보한다. 그리고 얼마 지나지 않아 소별왕이 다스리는 이승에는 혼란이 왔다. 소별왕은 이승의 혼란을 잠재우기 위해 대별왕에게 도움을 청하였다. 이에 대별왕은 소별왕을 도와주었다.

〈천지왕본풀이〉는 우주와 인간세상의 기원을 담은 제주도의 창세신화이다. 천지왕의 아들 대별왕과 소별왕이 인간세상을 차지하는 경쟁을 벌이면서 우리가 사는 세상이 어떻게 생겨났는지 그 내력을 담고 있는 이야기이다. 여기에서는 형의 자리가 탐이나 계략을 펼치는 영악한 아우와 자신의 자리를 양보하고 아우를 돕는 착한 형이 등장한다.

내륙의 창세이야기인 함경도 〈창세가〉에서도 인간세상을 차지하고자 미륵과 석가가 경쟁한다. 먼저 세상을 차지했던 미륵에게 석가가 나타나 인간세상을 내어놓으라며 경쟁이 시작된다. 이들도 꽃피우기 경쟁을 하는데, 미륵이 잠든 사이 석가가 미륵의 꽃을 훔쳐내어 인간세상을 차지하고자 한다. 내륙의 창세신화에서도 먼저 인간세상을 차지했던 미륵의 지위를 위협하는 존재로 석가가 등장한다. 여기서 석가의 등장은 형의 자리를 탐낸 소별왕의 탐욕과 유사하다.

이때 미륵은 석가가 속임수로 내기에서 이긴 것을 알고 인간세상에서 악(惡)이 시작될 것이라는 저주를 남긴다. 석가가 차지한 인간세상은 미륵의 저주대로 악이 시작된다. 〈창세가〉에서 그려진 인간세상의 악이란 미륵의 원한과 복수심만은 아닐 것이다. 누군가 먼저 차지하고 있는 것을 빼앗고 싶은 마음이 인간세상을 어지럽히는 악(惡)의 씨앗이기에 이런 이야기가 탄생하지 않았을까?

카인과 아벨의 비극을 다룬 창세기처럼 우리의 창세 이야기 역시 형제 갈등과 경쟁의 문제를 다루고 있다. 〈카인과 아벨〉은 선발자의 두려움과 장자 콤플렉스를, 우리의 창세이야기는 후발자의 욕망과 도전을 그려내고 있다. 형과 아우의 피할 수 없는 경쟁과 다툼이 동서양의 창세이야기에 여러 각도로 그려지고 있어서 흥미롭다.

소별왕의 경우도 마찬가지로 아버지의 정통성을 이어 받고 싶어 이승을 차지하고자 하였다. 아버지인 천지왕이 이승의 수명장자를 미처 처단하지 못하고 하늘나라로 다시 올라갔기 때문에 소별왕은 천지왕의 업을 이어받아 인간세상을 차지하고 수명장자를 처단하고자 하였다. 이러한 후발자의 욕망은 아버지의 위치 곧 정통성에 대한 욕망으로 나타나게 된다. 형제에게 있어 정통성에 대한 욕망이 바로 형제를 서로 시기하고 질투하며 경쟁하게 만들기도 한다.

형은 자신이 차지하고 있던 부모의 사랑을 나눠가져야 하는 고충에 빠진다면, 나중에 태어난 동생은 아버지로 상징되는 장자의 권위를 두고 도전해야 하는 상황에 놓인다. '후발자의 욕망'은 끊임없이 형들의 피해의식을 자극시키는 바, 우리의 창세신화는 적장자에게만 주목되는 권위에 대한 동생의 도전과 반항을 그려내고 있는 것이다.

한정된 자원을 향한 욕망으로 서로 경쟁하고 질투하는 형제들과 같이, 우리 모두는 그렇게 인간세상의 한정된 자원을 두고 다퉈야 하는 숙명을 지니고 태어났나 보다. 이 숙명은 피할 수 없는 비극일까? 자세히 보면 '가정'이라는 한정된 범위에서 소외와 배제의 위협을 느낄 때 못된 형과 나쁜 동생이 출몰한다. 형제갈등 이야기는 인간세상에서 '악'이 출몰하는 원리와 이 문제를 어떻게 풀어내야 할지를 고민하게 한다.

# 어쨌든 우리는 형제가 아닙니까?

〈야광주〉는 형이 개과천선한다는 결말로 흘러간다. 그리고 이 북녘의 이야기는 개과천선의 주제의식에 더해, '형제애'를 무던히도 강조하고 있다. 집에서 나온 아우가 눈을 되찾고 야광주로 부자가 된 후, 형에 대한 미움이 어느새 사라지고 "어쨌든 우리는 형제가 아닙니까?"라고 하며 형을 용서한다. 그전에 형이 동생에 대한 사과의 절차가 있었기 때문에 형을 완벽하게 용서할 수 있었다. 〈야광주〉에서는 화해와 용서도 중요하지만 형제애가 부각되어 화해의 결말을 맺는 것이다. 이렇게 〈야광주〉는 과거의 미움도 잊힐 만큼 두터운 형제애를 보여준다.

〈흥부전〉에는 두 갈래의 결말이 있다. 〈흥부전〉은 판소리에서 유래된 소설로 알려져 있다. 판소리는 여러 소리꾼들의 노래로 전해지면서 다양한 창본이 생성되었다. 그래서 〈흥부전〉과 같이 판소리에 뿌리를 둔 소설들은 유사한 줄거리를 공유하는 다양한 이본이 존재한다. 그 가운데 흥부는 복을 받고 놀부는 벌을 받는 결말에서 마무리되는 이야기도 있고, 동생이 가난해진 형을 거두는 장면으로 마무리되는 이야기도 전해진다.

> 하루는 제비 한쌍이 날아오거늘 흥보가 좋아라고,
> "반갑다 저 제비야, 주란화각(朱欄畵閣) 다 버리고 궁벽강촌 박흥보 움막을 찾아오니 어찌 아니 기특하랴."
> 수십 일만에 새끼를 두 마리 깠겄다. 먼저 깐 놈은 날아가고 나중에 깐 놈이 날기 공부 힘을 쓰다 뚝 떨어져 다리를 부러뜨렸겄다. 흥보가 명태(明太魚) 껍질을 얻고 당사(唐絲) 실을 구하여 부러진 다리를 동여 제 집에 넣어주며,
> "부디 죽지 말고 살아서 멀고 먼 만리강남(萬里江南) 부디 평안(平安)히 잘 가거라."

미물의 짐승이라도 흥보 은혜(恩惠) 갚을 제비거든 죽을 리가 있겠느냐. 수십 일만에 부러진 다리가 나아 날기 공부(工夫) 힘을 쓰는듸.

— 〈흥보가〉(박녹주 · 박송희 창본)
『흥부전 전집』1권, 박이정, 1997.

이처럼 흥부는 가난 속에서도 선함을 잃지 않는다. 먹을 것도 없고, 잘 곳도 변변치 않은 상황 속에서 다리가 부러진 제비를 구해주는 선행으로 흥부는 온갖 재물이 나오는 박씨를 갖게 된다. 어려운 상황 속에서도 잃지 않은 자신의 본성이 드러나고, 그것이 발복(發福)으로 이어진 경우다. 흥부의 발복은 그 '선함'에서 온 것이 분명하다.

"얼씨구나 절시구 얼씨구나 절시구 돈 봐라 돈 봐라 잘난 사람도 못 난 돈 못난 사람도 잘난 돈 맹상군의 술레바퀴처럼 둥글둥글 생긴 돈, 생살지권(生殺之權)을 가진 돈, 부귀공명(富貴功名)이 붙은 돈, 이놈의 돈아, 아나 돈아, 어디를 갔다가 이제 오느냐. 얼씨구나 절시구. 여보아라 큰 자식아 건너마을 건너가서 너의 백부님을 오시래라. 경사(慶事)를 보아도 우리 형제 볼란다. 얼씨구 얼씨구 절시구."

— 〈흥보가〉(박녹주 · 박송희 창본)
『흥부전 전집』1권, 박이정, 1997.

위의 장면은 제비가 물고 온 박씨로 흥부가 큰 재물을 얻으며 기뻐하는 장면이다. 박에서 나온 쌀과 보물로 행복한 순간에 흥부는 아들에게 어서 놀부 형님을 모셔오라고 한다. 큰 복이 생기자 바로 형님을 모셔와 이 기쁨을 나누고자 하는 것이다. 끝까지 우애를 놓지 않은 흥부의 모습이다. 이렇게 〈흥부전〉에서는 시종일관 착한 흥부의 마음씨가 강조된다.

그렇다면 과연 우애를 저버린 놀부는 어떻게 되었는가? 흥부에게 발복의 비법을 들은 놀부는 흥부를 따라하다가 그만 벌을 받는다. 제비 다리를 억지로 부러뜨리고, 제비가 물고 온 박씨 때문에 벌을 받고 패망한다. 여기까지 진행되는 이야기 하나는 못된 놀부는 패망하고, 어려움 속에서도 잃지 않은 '선(善)'의 상징인 흥부는 행복하게 살았다는 '권선징악'의 교훈을 남긴다.

다른 또 하나의 결말은 놀부가 참회하여 착한 흥부가 망한 형을 포용하며 악한 형의 '개과천선'을 보여준다. 권선징악과 개과천선, 어느 쪽에 무게를 두느냐에 따라 이야기의 결말은 다양한 길로 상상할 수 있다.

다른 형제갈등 이야기를 보면 〈눈먼 아우〉의 경우 형은 아우가 부자가 된 경위를 듣고 자신의 눈을 억지로 빼었다가 낭패를 당한다. 〈적성의전〉에서 성의는 불효자인 형 때문에 부모가 고생한다는 소식에 눈을 번뜩 뜨고 중국의 부마가 되어 안평국으로 돌아오고, 향의는 어떤 무사의 손에 죽는다. 두 이야기 모두 악한 형의 징벌을 그려내어 권선징악을 중심으로 결말을 풀어낸다. 권선징악형 결말은 기득권을 지닌 장자에 대한 냉철한 판단과 징벌의식이 담겨져 있다면, 개과천선의 결말은 악한 기득권자의 반성을 기대하는 이야기라 할 수 있다.

그 가운데 〈야광주〉의 결말은 조금 다르게 해석된다. 한때 모질게 굴었던 형도, 온갖 고생을 다한 동생도 "어쨌든 우리는 형제가 아닙니까?"란 말로 화해에 이른다. 보통 북녘의 옛이야기들은 착한 농민들을 괴롭히던 악덕한 지주가 징벌을 받는 결말을 맺어 기존 가치를 전복하면서 획득하는 인민들의 자주성을 강조하는데, 여기서 동생의 노동력을 무참히 빼앗은 형은 아우에 의해 구원된다. 그 급격한 전환에 더 많은 설명이 필요하지 않았나 싶을 정도로 형제의 화해는 당연하게 그려지고 있다.

이러한 이유는 아마도 북녘 사회에서 옛이야기를 활용하는 맥락에서 찾을 수 있을 것이다. 그 중 하나는 '인민교화'라는 목적성이다. 〈야광주〉에서 노동의 중요성을 부각하면서도 갈등 해소의 중요한 요인으로 '형제애'

를 강조하는 것은 인민교화의 목적 때문일 것이다. 북녘에서는 일하지 않고 얻은 부보다는 열심히 일해서 함께 잘사는 것이 중요하다고 말한다. 그렇기 때문에 나쁜 형제는 사라지고 착한 사람만 남아 풍족하게 사는 결말보다는 형제애를 중요시하며 함께 잘사는 모습을 보여주려 하지 않았을까? 다소 급진적인 이야기 전개이지만, 노동의 가치와 집단주의를 구현할 수 있는 결말에는 '형제애'의 부각이 필연적이었을 것이다.

〈야광주〉의 형제, 〈흥부전〉의 흥부와 놀부, 〈눈먼 아우〉의 형제, 〈적성의전〉의 향의와 성의, 제주도 무가 〈천지왕본풀이〉의 대별왕과 소별왕, 함경도의 〈창세가〉의 미륵과 석가, 서양의 〈카인과 아벨〉의 카인과 아벨 등 이렇게 남과 북에는 많은 형제들의 이야기가 있다. 그들의 사연은 다양했으며, 착한 사람과 악한 사람 각각의 이유와 사연도 곡진했다. 형제들 앞에 놓은 고민들을 살펴보며, 형제관계가 그만큼 참 어렵다는 것을 다시금 깨닫게 했다.

카인이 원망하는 말, 그 말이 귓가에 맴돈다. "제가 아우를 지키는 사람입니까?" 이 말 안에는 형제라는 이름이 불러오는 고통이 담겨져 있다. 형제갈등의 수많은 이야기들은 이 말 안에 담긴 카인의 고통을 이해하게 한다. 형과 아우의 관계 틀 속에 놓인 인간의 고뇌는 인류의 역사와 함께 지속되는 숙제인가보다.

〈윤여환〉

# 아프냐? 나도 아프다…

— 북녘이야기 〈소년과 금덩어리〉 & 남녘이야기 〈금덩이보다 소중한 것〉

## 남과 북의 '선한 사마리아인' 이야기

성경 누가복음 10장 25절에서부터 37절에는 갈릴리 사역을 끝내고 예루살렘으로 향하던 예수가 어느 마을에서 만난 율법교사와 나눈 대화 내용이 담겨 있다. 이들의 대화는 율법교사가 예수를 시험하기 위해 "내가 무엇을 하여야 영생을 얻으리이까?"라는 질문을 던지면서 시작한다. 그의 질문에 예수는 답을 하기보다는 "율법에 무엇이라 기록되었으며 네가 어떻게 읽느냐"고 반문한다. 이어 율법교사는 "네 마음을 다하며 목숨을 다하며 힘을 다하며 뜻을 다하여 주 너희 하나님을 사랑하고 또한 네 이웃을 네 자신 같이 사랑하라"라고 되어있다고 답한다. 그러자 예수는 율법교사의 대답이 옳다면서 그렇게 행하면 된다고 말한다. 하지만 둘의 대화는 여기에서 끝나지 않는다. 대화는 율법교사가 "내 이웃이 누구니이까?"라고 두 번째 질문을 하면서 이어진다. 이번에도 예수는 곧바로 답을 하지 않고 다음과 같은 이야기 하나를 들려준다.

어떤 사람이 예루살렘에서 여리고로 가는 길(팔레스타인 북부에 위치한 지역으로

<sup>갈릴리 호수를 끼고 있는 산지)</sup>에 강도를 만나 옷이 벗겨진 채 쓰러져 거의 죽어가고 있었다. 마침 그 길을 지나가던 제사장과 레위인이 있었지만 이 둘은 그를 보고도 본 체 만 체 그냥 지나쳐 가버렸다. 하지만 여행을 하던 한 사마리아인만은 달랐다. 그 사마리아인은 길에 쓰러져 있던 그 사람을 불쌍히 여겨 그의 곁에 다가가 자신이 가지고 있던 기름과 포도주로 상처를 씻어내고 싸매고 난 후 자신의 짐승에 태워 주막으로 데리고 가 돌봐 주었다. 뿐만 아니라 그 사마리아인은 이튿날 길을 떠나면서 주막 주인에게 비용이 더 들면 돌아오는 길에 갚겠으니 상처 입은 사람을 잘 돌봐달라며 데나리온 둘을 내어 놓았다.

이 이야기가 바로 우리가 너무나도 익히 잘 알고 있는 '선한 사마리아인'(The Good Samaritan) 이야기이다. 설사 이 이야기가 성경에 나오는 것인지 몰랐다 하더라도 렘브란트, 고흐와 같은 사람들이 그린 그림이나 어릴 적 읽었던 동화 혹은 초등학교 시절 교과서, 또 어떤 경우에는 시나 연극을 통해 한번쯤은 접해보았을 것이다. 그런 이유로 선한 사마리아인 이야기는 우리에게 너무나도 친숙하다.

그런데 흥미로운 점은 남과 북에도 예수가 들려주는 '선한 사마리아인' 이야기와 흡사한 이야기가 전해지고 있다는 것이다. 북녘의 〈소년과 금덩어리〉, 남녘의 〈금덩이보다 소중한 것〉, 〈돈 주고 구한 아들〉이 바로 그 것이다. 각각의 이야기는 서사구조 뿐만 아니라 행위자들, 그리고 여러 이야기 소재들에 이르기까지 많은 부분들에서 상응한다. 누가복음의 사마리아인은 남녘과 북녘의 이야기에서 젊은이 혹은 소년으로, 여리고로 가는 길에서 강도를 만난 자는 물에 빠진 어린 아이로, 그리고 제사장과 레위인은 봇짐장사와 장사꾼으로 등장한다. 또 사마리아인이 상처 입은 사람을 위해 사용한 기름과 포도주, 데나리온은 소년의 금덩어리 등에 견줄 수 있다. 그렇기에 남과 북의 두 이야기는 한반도 판 '선한 사마리아인' 이야기라 해도 좋을 것이다.

그렇다고 해서 '선한 사마리아인' 이야기가 소위 원조이며, 남북의 이야기는 그것을 따라한 아류작이라고 생각해서는 안 된다. 그것을 증명할 만한 것은 어디에도 없다. 오히려 두 이야기가 상응하는 구조와 요소를 지니고 있으면서 유사하다는 점은 이 이야기들이 전하는 메시지가 동서고금을 떠나 사람이 사는 곳이라면 '언제–어디서'나 중요하게 여겨졌다는 것을 의미한다. 또 '언제–어디서'는 곧 우리가 살아가고 있는 '지금–여기'를 포함하는 것이기에 이 이야기가 비록 과거의 것이지만 현재에도 충분히 읽을 가치가 있는 것이다.

우선, 앞서 읽은 '선한 사마리아인' 이야기를 염두에 두면서 북녘의 옛 이야기 〈소년과 금덩어리〉를 살펴보자.

어느 두메산골에 가난한 한 농민이 지주한테 땅을 빼앗기고 굶주림에 시달리며 살아가고 있었습니다. 그들은 하루 한 끼 풀죽조차 변변히 먹지 못하고 굶는 날이 많았습니다. 어느 날 열 살 난 맏아들이 배고픔을 참다못해 아버지에게 이런 말을 했습니다.

"아버지, 제가 돈벌이를 떠나려고 하니 허락해주십시오. 주먹만한 금덩어리를 벌어가지고 오겠습니다."

농민은 아들의 말에 어처구니가 없는지 응대도 하지 않았습니다. 하지만 마음은 몹시 아팠습니다.

'어린 것이 오죽이나 배고팠으면 저런 생각을 다할까…'

맏아들은 자꾸 졸랐습니다.

"아버지, 절 믿어주십시오. 돈을 벌어가지고 꼭 돌아오겠습니다."

농민은 앉아서 굶어죽을 바에는 차라리 어디에 가서 제 혼자 밥벌이라도 하는 것이 옳겠다는 생각이 들었습니다. 그래서 승낙하고 말았습니다.

소년은 주먹밥 한 덩어리도 싸들지 못한 채 집을 나섰습니다. 그는 꼭 금덩어리를 얻어오고야 말리라 마음 다지며 금 캐는 곳을 찾아 걷고 걸었습니다.

소년은 밥을 빌어먹으며 며칠 만에 어느 금전판에 이르렀습니다. 그곳엔 금전꾼들이 많았습니다.

"넌 무엇하러 여기에 왔느냐?"

한 금전꾼이 물었습니다.

"저도 일하려고 왔습니다. 금덩어리를 벌어가지고 돌아가겠습니다."

그 말에 금전꾼은 껄껄 웃으며 말했습니다.

"금 캐는 일이 그렇게 쉬운 줄 아느냐? 그러지 말고 어서 돌아가거라. 넌 힘에 부쳐 못해."

그러나 소년은 우겼습니다.

"전 절대 돌아갈 수 없습니다. 집에서는 모두 굶고 있습니다. 전 어려도 얼마든지 남만큼 일할 수 있습니다."

금전꾼은 그를 불쌍히 여겨 금전판에서 일할 수 있도록 도와주었습니다. 이렇게 되어 소년은 어른들과 같이 금전판에서 일하게 되었습니다.

어느덧 한해가 지나고 두해가 지났습니다. 소년은 매일같이 뼈 빠지게 일했지만 금덩이를 벌 수가 없었습니다. 또 한 해가 지났습니다. 그래도 소년한테는 금덩이가 차례(次例)지지 않았습니다.

금전꾼들은 소년을 가엾이 여겨 자기들이 번 것을 몽땅 털어 그한테 주었습니다. 모두 모으니 주먹만한 금덩어리가 되었습니다. 소년은 한사코 사양했지만 금전꾼들은 기어이 그한테 금덩어리를 안겨주었습니다.

"고맙습니다, 아저씨들…"

소년의 눈엔 눈물이 핑 돌았습니다. 소년은 금덩어리를 안고 다섯해만에 집으로 돌아가게 되었습니다. 그의 기쁨이란 이루 말할 수 없었습니다. 그러나 한편 정작 집에 돌아가게 되니 그동안 부모·동생들이 굶어죽지나 않았는지 하는 근심이 들었습니다.

'제발 살아만 있었으면….'

소년은 달리고 달렸습니다. 어느 날 소년은 한 마을에 이르렀습니다. 그는 하룻밤을 자고 가려고 객주에 들었습니다.

이튿날 아침 소년은 세수하러 우물가로 나갔습니다. 그런데 세수하려니 가슴에 품은 금덩어리가 여간 방해가 되지 않았습니다. 금덩어리는 천으로 싸고 싸서 작은 어린애 머리만큼이나 컸던 것입니다. 소년은 금덩어리를 품에서 꺼내 돌 위에 올려놓았습니다.

세수를 하고보니 해가 퍽이나 올라와 있었습니다. 소년은 조반을 먹기 바쁘게 부랴부랴 객주를 나섰습니다. 그는 오직 집에 빨리 가려는 생각밖에 없었습니다. 그 바람에 그만 귀중한 금덩어리를 우물가에 놓아둔 걸 깜빡 잊었던 것입니다. 얼마쯤 가서야 소년은 금덩어리 생각이 나서 가슴에 손을 얹어보았습니다. 아무것도 잡히는 것이 없었습니다. 소년은 가슴이 철렁 내려앉는 것 같았습니다.

'내가 금덩어리를 어디서 흘렸을까?'

곰곰이 생각해보니 세수할 때 꺼내놓은 생각이 났습니다.

"옳지, 바로 그 우물가에 놓았댔지…"

소년은 되돌아서서 부리나케 뛰었습니다. 그리하여 순식간에 객주까지 와 닿았습니다. 그러나 우물가에는 금덩어리가 있을리 없었습니다. 소년은 객주 주인을 찾아가 물었습니다.

"내 금덩어리를 보지 못했나요?"

"금덩어리라니?"

주인은 사실 금덩어리를 감추었지만 모르쇠를 하였습니다. 소년은 주인의 옷자락을 부여잡고 애원했습니다.

"주인님, 저는 그 금덩이를 얻기 위해 금전판에서 다섯 해 동안이나 뼈 빠지게 일했습니다. 그런 저를 불쌍히 여겨 금전꾼 아저씨들이 자기들이 번 것을 하나하나 모아서 주었습니다. 집에서 굶주리는 부모들과 동생들이 절 얼마나 기다리고 있는지 모릅니다. 어서 금덩이를 돌려주십시오. 제발 빕니다."

소년의 두 눈에는 눈물이 좔좔 흘러내렸습니다. 객주집 주인은 금덩어리를 내주기가 아쉬웠지만 소년의 정상(情狀)을 보고는 그걸 그냥 가지고 있을 수 없었습니다. 그래서 금덩어리를 되돌려 주었습니다.

금덩어리를 다시 찾은 소년은 너무 기뻐 콩닥콩닥 뛰었습니다. 소년은 마치 거저나 주는 것처럼 객주 주인한테 몇 번이나 고맙다는 인사를 했습니다.

소년은 금덩어리를 가슴에 꼭 품고 집을 향해 마구 뛰었습니다. 한참 달리니 앞에 큰 강이 나타났습니다. 소년은 어떻게 강을 건널 것인가 두루 살펴보는데 갑자기 윗기슭에서

"사람 살려요"

하는 비명소리가 들려왔습니다.

소년은 급히 그리로 뛰어갔습니다. 웬 아이가 물에 빠져 허우적거리고 있었습니다. 소년은 어찌할 바를 몰랐습니다. 주위를 돌아봐도 사람 하나 보이지 않았습니다. 소년은 헤엄을 칠 줄 몰랐습니다.

"사람이 물에 빠졌어요! 사람 살려요!"

소년이 아무리 소리치며 발을 동동 굴러도 누구 하나 나타나는 사람이 없었습니다. 그런데 이때 어떤 봇짐장사가 아래쪽에서 올라오고 있었습니다. 소년은 그한테로 급히 뛰어갔습니다.

"아저씨, 저기 아이가 물에 빠졌어요. 빨리 건져주세요! 예?"

소년이 그의 팔소매를 잡고 애걸하였습니다. 그러나 장사꾼은

"난 헤엄칠 줄 모른다."

하며 뿌리치고 가버렸습니다.

소년은 야단이 났습니다. 물에 빠진 아이는 이젠 너무 맥이 빠져 물장구도 못치고 물을 꼴깍꼴깍 먹고 있었습니다.

이때 한 양반이 여기를 지나가고 있었습니다. 소년은 그한테 급히

뛰어갔습니다. 그러나 그도 헤엄을 칠 줄 모른다면서 그냥 가려고 했습니다. 그 사람마저 놓치면 물에 빠진 아이는 죽고 말 것이었습니다. 소년은 더 생각할 사이 없이 가슴에 품었던 금덩어리를 꺼내놓으며 말했습니다.

"저 애를 살려주면 이 금덩어리를 주겠습니다. 어서 저 애를 건져주십시오!"

양반은 금덩어리를 보자 눈이 휘둥그레졌습니다.

"그게 진짜 금덩어리란 말이냐?"

양반은 못 미더워 소년을 쳐다봤습니다.

"진짜 금덩이고 말고요. 내가 5년 동안 번 거에요."

젊은 양반은 금덩어리를 바윗돌에 대고 그어보더니

"음, 틀림없군!"

하고는 옷을 입은 채로 물에 첨벙 뛰어들었습니다. 얼마 안 있어 양반은 아이를 건져가지고 나왔습니다.

"이젠 됐지? 아이를 건졌으니 이 금덩어리를 약속대로 가지고 간다."

그리고는 금덩어리를 괴나리봇짐 속에 꾸려 넣고 어디론가 성큼성큼 가버렸습니다. 소년은 물에 빠졌던 아이를 엎어놓고 물을 토하게 하였습니다. 한참 만에 그 아이는 정신을 차렸습니다.

"날 살려주어 정말 고마워!"

물에 빠졌던 아이가 눈물이 그렁그렁 고인 눈으로 소년을 쳐다보았습니다.

"사실은 금덩어리가 널 살렸어. 나한테 금덩어리만 없었더라면 넌 살지 못했을 거야. 자, 이젠 집으로 돌아가거라."

소년은 그와 헤어졌습니다. 빈손으로 집으로 돌아가는 소년의 마음은 몹시 허전하였습니다. 금덩어리로 부모·동생들을 기쁘게 해주려던 그의 꿈은 이렇게 허사가 되고 말았습니다. 하지만 소년은 자기가 한 어린 생명을 구원했다고 생각하니 마음은 즐거웠습니다.

'사람의 목숨은 금보다도 더 귀중한 것이야.'

이것은 소년과 같이 착한 일을 한 사람들만이 느낄 수 있는 생각이었습니다. 소년은 비록 금덩어리는 못 가지고 가지만 가벼운 걸음으로 집을 향해 걸었습니다. 집에 오니 다들 무사했습니다. 아버지가 애써 화전이나마 일구어 그럭저럭 살아가고 있었습니다.

소년은 식구들에게 자기가 5년 동안 금전판에서 일한 이야기며 금전꾼들이 모아준 주먹만한 금덩어리를 가지고 돌아오다가 그것으로 물에 빠진 아이를 구원한 이야기를 하였습니다. 소년의 부모들은 그 이야기를 듣더니

"참 잘했다. 사람이란 그래야지. 돈 밖에 모르는 사람을 무슨 사람이라고 하겠니. 우리는 널 다시 만난 것만 해도 더 없이 기쁘다."

하고 못내 만족해 하였습니다.

한편 물에 빠졌다가 겨우 살아난 아이는 집에 돌아가서 웬 아이가 금덩어리로 자기를 살려준 이야기를 하였습니다. 그런데 그 집인즉 바로 소년이 하룻밤 묵어간 객주였습니다. 객주집 주인은 그때 자기가 재물을 탐내어 그한테 금덩어리를 돌려주지 않았더라면 자기의 귀중한 외아들을 잃었을 거라고 생각하였습니다. 그러면서 그걸 돌려준 일이 얼마나 잘된 일이었는가를 다시금 느끼게 되었습니다.

객주 주인은 돈을 장만해가지고 부랴부랴 그 소년을 찾아갔습니다. 그 돈은 금덩어리 값의 두 배가 넘는 큰돈이었습니다. 소년과 그의 부모들은 한사코 사양했으나 그는 끝내 그걸 집에 남겨두고 돌아섰습니다.

객주집 주인이 두고 간 돈으로 소년의 집에서는 땅도 좀 장만하고 소도 한 필 사다 매었습니다. 그리고 온 식구가 부지런히 일해서 그 이후부터 배고픔을 모르고 살아가게 되었습니다.

- 〈소년과 금덩어리〉

『조선민화집(5)』, 금성청년출판사, 1988.

# 반성적 성찰과 윤리적 실천에 대한 요구

소년이 집을 떠난 이유는 지주의 수탈로 인한 가난 때문이었다. 집안의 맏아들인 소년은 굶기를 밥 먹듯이 하는 가족을 차마 지켜볼 수 없어서 아버지의 만류에도 불구하고 집을 떠나게 된 것이다. 주먹밥 한 덩어리도 챙기지 못하고 밥을 빌어먹어가면서 그가 도착한 곳은 어린 아이가 일하기에는 너무나도 힘에 부치는 금전판이었다. 그래서 소년이 금전판을 처음 찾았을 때 그 곳에 있던 금전꾼은 어이가 없어 웃으면서 돌아가라고 말한다. 하지만 소년에게는 금덩어리를 얻어 가족을 굶주림과 가난으로부터 구제하겠다는 절박함이 있었다. 금전꾼은 물러서지 않는 소년의 단호함에 손을 들고 하는 수 없이 일을 하도록 허락을 하고 만다. 소년은 그렇게 집을 떠나 홀로 낯선 곳에서 5년 동안 자신이 감당하기에는 너무나도 힘에 겨운 일을 하게 된 것이었다.

우리는 이러한 이야기의 전반부를 통해 '어리다'는 것은 말할 것도 없고 '가난하다', '외롭다', '힘겹다' 등과 같은 술어들로 설명될 수밖에 없는 '소년'을 만난다. 그런데 남녘에서 전해지고 있는 유사한 이야기들에서는 주인공으로 소년이 등장하는 경우는 없다. 뿐만 아니라 그 주인공들은 앞서 열거한 술어들로 설명될 만큼 딱한 처지를 가지지도 않았다는 점에서도 차이를 보인다. 〈금덩이보다 소중한 것〉이라는 제목으로 2011년까지 남녘의 초등학교 4학년 2학기 『듣기·말하기·쓰기』에 실려 있는 이야기에서 주인공은 소년이 아니라 청년이며, 또 주인공의 처지를 헤아릴만한 배경은 아예 나오지도 않는다. 교과서의 글에서는 "옛날이야기 하나 들려줄까? 잘 들어 봐."라면서 곧바로 주인공이 품삯으로 금덩이를 받는 장면으로부터 이야기가 시작될 뿐이다.

〈돈 찾아 주고 구한 아들〉이라는 제목으로 『한국구비문학대계』에 실려 있는 유사한 이야기에서는 그나마 주인공이 집을 떠나 여행을 하게 된 배경이 소개되고는 있으나 대부분 가산을 탕진하고 남은 재산을 정리하여 가족과 함께 이주하는 이야기를 다루고 있지 〈소년과 금덩어리〉에서처럼 자신이 아닌 가족을 위해 홀로 집을 떠나는 이야기는 찾아 볼 수 없다. 그리고 주인공 역시 학자나 홀아비 등 성인이며 소년이 등장하는 경우는 없다.

중요한 점은 이러한 차이를 통해 〈소년과 금덩어리〉가 지닌 궁극적인 이야기의 힘(효과)을 가늠해 볼 수 있다는 것이다. 북녘의 옛이야기에서 가난한 가족을 위해 홀로 외롭게 집을 떠나, 나이에 걸맞지 않게 거친 일을 하는 어린 소년은 처음에는 보호해주고 싶고 도와주고 싶은 '연민의 대상'으로 다가온다. 하지만 5년 뒤 금덩어리를 품에 안고 집으로 향하던 도중 자신이 가진 모든 것, 그것도 가족의 생계가 달린 소중한 것을 포기하면서 물에 빠진 아이를 구할 때 그 소년은 그 어떠한 대가도 바라지 않고 타인을 위해 행위 하는 '도덕적 주체'가 된다. 하지만 도덕적 주체가 되었다는 것이 이야기를 읽는 사람들에게 연민의 대상이라는 소년의 이미지는 삭제되고 전혀 새로운 이미지로 받아들여진다는 것을 의미하지 않는다. 오히려 이야기를 읽는 사람에게 이 둘은 결합하면서 반성적 성찰과 동시에 윤리적 행위 실천에 대한 '요구'로 돌아온다.

이러한 요구는 마치 〈선한 사마리아인〉 이야기를 끝낸 후 예수가 최종적으로 율법교사에게 던지는 말과 동일한 효과를 지닌다. 〈선한 사마리아인〉 이야기를 끝낸 예수는 율법교사에게 "네 생각에는 이 세 사람 중에 누가 강도 만난 자의 이웃이 되겠느냐"고 다시 한 번 질문을 던진다. 이에 율법교사는 "자비를 베푼 자나이다"라고 답한다. 아마도 율법교사는 얼굴이 빨개지고 부끄러워 하며 답을 했을 것이다.

그 이유는 첫째, 예수의 이야기에서 상처 입어 죽어가는 자를 지나쳐버렸던 이들(제사장·레위인)은 질문을 하고 있던 율법교사와 같은 유대인들이며, 오히려 자신이 가진 것을 기꺼이 내놓으면서까지 그를 구한 것은 유대인들이 그토록 경멸하던 사마리아인이었다는 점에 있다. 율법교사 입으로 말하였던 율법을 제대로 실천한 것은 그 율법의 주인인 유대인이 아니라 오히려 사회적 타자인 사마리아인이었던 것이다.

두 번째 이유는 율법교사의 질문에서 보듯이 그는 "내 이웃"이 누구냐고 묻는 반면 예수는 "강도 만난 자의 이웃"으로 답을 한다는 점에서 찾을 수 있다. 율법교사는 여전히 자기중심에서 이웃을 구분하고 있지만 예수는 그와 대조되게 타인의 중심에서, 그것도 상처입어 고통 받고 죽어가는 사람의 입장에서 답을 하면서 율법교사가 여전히 '네 이웃을 네 자신과 같이 사랑하라'는 자신의 율법을 실천적으로 이해하지 못하고 있다는 점을 꼬집고 있다는 것이다. 그래서 마지막으로 율법교사를 향해 "너도 이와 같이 하라"(Go and do likewise)는 예수의 말은 자신이 '아는 바'와 '행하는 바' 간에 얼마나 괴리가 있는지를 모르면서 예수를 시험하겠다고 나선 그에게 "잘난 척 하지 말고 가서 네가 아는 바나 똑바로 행하라!"고 호통 치는 것처럼 보인다.

예수의 이야기를 '듣는 자'가 율법교사였다면, 〈소년과 금덩어리〉를 '읽는 자'는 우리 자신이다. 그래서 이야기의 후반부에서 연민의 대상임에도 '불구하고' 도덕적 주체로 등장하는 소년의 모습은 우리에게 다음과 같은 목소리를 들려준다.

'저처럼 가난하고, 약한, 어린 아이도 위험에 처한 사람을 보고 발 벗고 나서서 도와주는데 우리는 어떠한가?', '가정에서 학교에서 어려운 사람을 보면 도와주라고 배웠는데 우리는 그것을 실천하면서 살고 있는가?'

그런 이유로 〈소년과 금덩어리〉는 '이웃에 대한 사랑', '사람의 소중함'이라는 윤리적 가치를 전달하기에 좋은 텍스트라고 할 수 있다. 하지만 우리는 여기에서 한 발 더 나아가 '왜 우리는 알면서 실천하지 않는가?'라는 물음을 던져보도록 하자. 다시 묻자면 앎과 실천 사이의 간극을 발생시키는 것은 무엇이며, 또 그러한 균열을 땜질할 수 있는 '매개'는 어떠한 것이 되어야 하는가? 이는 '위험에 처한 사람을 보았을 때에는 망설이지 말고 그를 도와야 한다'는 '윤리적 당위'가 아니라 우리가 아는 바를 어떻게 실천할 수 있는가라는 '윤리적 실천전략'으로 문제의 중심을 옮겨놓는 것을 의미한다.

그래서 우리는 다시 이야기를 읽으면서 머뭇거렸을지도 모르는 장면으로 돌아가야 한다. 왜냐하면 그 장면은 바로 현실에서도 '아는 바'가 '행위'로 옮겨지지 못하고 균열이 발생하는 순간일 수 있기 때문이다. 또 그 순간에 우리를 반성적으로 위치시킬 때 비로소 그 균열을 만들어내는 요인을 추적하고 또 윤리적 실천을 위한 사유를 할 수 있기 때문이다.

다시 이야기로, 특히 두 개의 장면으로 돌아가 보자.


## #1. 금전꾼들이 소년에게 금덩어리를 모아준다

첫 번째로 주목할 장면은 5년 동안 힘겹게 일을 하였지만 결국 자신이 원하던 금덩어리를 얻지 못한 소년에게 금전꾼들이 자신들의 몫을 모아주는 대목이다. 그런데 본격적으로 이 장면을 들여다 보기 전에 우리가 읽었던 이야기보다 20여 년 더 앞서 1965년의 『옛말』 2집에 실려 있는 판본과 비교할 필요가 있다. 두 판본 사이에는 이 장면을 제외하고는 차이가 없지만 유독 이 장면에서 만큼은 전혀 다른 서사로 구성되어 있다.

(…) 몇 주일 만에 소년은 금전판에 도착하였다. 그는 거기서 일하기 위해 광주를 찾았다. 금덩어리를 벌려고 왔다는 소년을 보고 광주는 어이가 없어 한참 웃다가 자기 집에 잔심부름시킬 아이가 없으니 와서 일하라고 하였다.

소년은 한 삼 년 일하면 주먹만큼 한 금덩어리를 주겠냐고 따지었다. 광주 부처는 그가 어린 아이인지라 그렇게 하마고 헛대답을 하고는 그 날부터 일을 시켰다. 영리한 소년은 곰상곰상 일을 잘했다. 어려서부터 고생스럽게 자란 소년은 나무도 잘 팼고 불도 잘 땠으며 물도 잘 길었고 심부름도 실수 없이 잘 했다. 자식이 없는 광주 부부는 그를 사랑하여 잘 먹이고 잘 입히며 장차 양아들로 삼으려 했다.

어느덧 3년이 지났다. 소년은 약속한 3년이 다 되었으니 금덩어리를 달라고 요구하였다. 광주는 소년더러 자기의 양아들이 되라고 권고하였다. 그러나 소년은 도리질을 하면서

"집에서 금덩어리를 가져 오기를 기다릴 아버지, 어머니에게로 빨리 가야겠어요. 어서 약속대로 금덩어리를 주세요."

하고 졸랐다.

광주 내외는 그러면 2년만 더 일해 주면 금덩어리를 주마하고 눌려 앉혔다. 소년은 하는 수 없이 2년을 더 일해 주었다. 약속한 2년도 지나 소년은 어느덧 열다섯 살이 되자 또 집으로 가겠으니 금덩어리를 달라고 요구하였다. 한창 금이 많이 나오는 때라 광주 부처는 아들처럼 사랑하던 소년을 그의 요구대로 돌려보내기로 하고 아무 때건 집의 형편이 어려우면 또 오라고 하면서 소년에게 주먹만큼 한 금덩어리를 주면서 세상에는 금덩어리를 탐내는 사람이 많으니 잘 간수하라고 타일렀다. (…)

- 〈소년과 금덩어리〉

『옛말』 제2집, 조선문학예술총동맹 출판사, 1965.

보았듯이 1965년 판본에서 소년은 다른 사람들의 도움이 아니라 5년이라는 시간 동안 일한 대가로 금덩어리를 얻게 된다. 1965년 판본에서 소년이 얻은 금덩어리는 노동의 대가 즉, 노동에 대한 '등가물'이면서 '교환물'이었지만, 1988년 판본에서 그것은 노동의 대가가 아니라 인정어린 사람들이 배려하여 얻은 '비등가물'이면서 '증여물'이라는 것이다. 이 말은 소년이 금전꾼들에게 금덩어리를 받으면서 그 어떠한 것도 대가로 지불한 것이 없을 뿐더러 나아가 서로가 다시 만날 기약이 없는 상황에서 어떤 미래의 보답을 바라지도 않았다는 것이다. 물론 1965년 판본에서 광주(鑛主) 부처(夫妻)가 소년을 매우 아끼고 사랑하였다는 점에서 이들의 관계를 완전히 교환관계로만 볼 수 없다고 말할지 모르겠다. 하지만 분명한 것은 1988년 판본은 1965년 판본보다 '순수 증여'의 관계를 확실히 하는 서사로 변하였다는 점이다.

중요한 점은 서사가 바뀌면서 1965년 판에서는 발생하지 않았을 물음, '어떻게 금전꾼들은 자신들이 힘들게 번 것을 선뜻 소년에게 내어주는 것이 가능할 수 있나?'라는 의문이 만들어 진다는 것이다. 다시 말해 가족도 아니면서 어떻게 '순수 증여'가 가능할 수 있는가라는 물음이 생긴다는 것이다. 순수 증여는 하물며 부모와 자녀 간에도 성립하지 않을 수 있다. 우리는 부모가 자녀에게 그 어떠한 것도 바라지 않고 무조건적인 사랑을 베푼다고 할지 모르나 거기에는 자녀가 자신들이 바라는 사람, 사회적으로 성공한 사람으로 성장하길 바라는 욕망이 의식적이든 무의식적이든 있을 수 있다. 하물며 생판 남인 사람을 위해, 그리고 만남의 기약도 없는 사람에게 자신들의 노고가 묻어 있는 어떤 것을 준다는 것은 '상상'이 잘 되지 않는다.

우리가 이 이야기에서 처음으로 머뭇거리는 장면은 여기일 것이다. 이야기는 금전꾼들이 그렇게 한 이유를 단지 소년을 '가엾이 여겨'라고만 표현하고 있을 뿐이다. 가엾다고 자신들도 힘겹게 일해 번 돈을 '남'에게 무상으로 그냥 넘겨주다니 섣부른 행동처럼 보여 여전히 고개를 갸우뚱하게 만든다. 그렇다면 인민에 대한 사랑, 공산주의적 공동체의 윤리라는 덕목에 걸맞게 이야기가 가진 주제를 부각시키려다 보니 과잉된 설정으로 나아갔다고 이해해야 할까? 그럴지도 모른다. 그렇다 하더라도 어쩌면 우리의 상상력이 향하는 방향이 잘못된 것은 아닐까라는 의문을 가져보는 것도 가능하다. 무슨 말이냐면, 우리의 상상력이 순수 증여의 가능성을 따져보는 것으로만 향하면서 이 장면에서 언어로 서술되지 않고 숨어 있는 서사에는 집중하지 않고 있는지도 모른다는 것이다. 그래서 우리는 '다르게' 상상해 보아야 한다.

어린 소년이 5년이라는 시간 동안 그것도 자신만을 위한 것이 아니라 가족들을 부양하고자 말 그대로 "뼈 빠지게" 고생했음에도 불구하고 목적을 달성하지 못하자 금방이라도 눈물을 터뜨릴 것처럼 울상이 되어 서 있다. 일을 더 하자니 고향에서 자신이 무사히 돌아오기를 오매불망 조린 마음으로 기다리는 부모형제가 눈에 선하다. 그냥 고향으로 돌아가자니 밥 한 끼 제대로 먹지 못하고 굶주림에 고통스러운 나날을 보내고 있을 부모형제가 떠올라 눈앞이 캄캄하다. 물론 금전꾼들도 자신들이 번 돈을 선뜻 내어놓기에는 이런저런 사정으로 인해 망설여진다. 그렇다고 소년의 사정을 알고 있는데도 딱한 모습을 하고 있는 소년을 외면한 채 무심코 몇 마디 위로의 말을 던지고 돌아서기에는 마음이 너무나 불편하다. 이러지도 저러지도 못하고 있을 때 그 중 누군가 동료들에게 '어린 것이 불쌍하니 우리가 번 것을 모아 주세!'라고 제안을 했을 것이다.

이런 상상을 통해 우리는 '가엾이 여겨'라는 표현이 지닌 의미에 거리를 좁혀 접근할 수 있다. 그것은 "남의 어려운 처지를 안타깝게 여기는 마음"이라는 뜻에서 '동정심'이 아니겠는가? 물론 동정심은 그것을 받는 사람의

자존심을 해칠 수 있다는 점에서, 또 순수한 마음이 아니라 자신의 우월감을 드러내는 것을 목적으로 하는 경우가 있다는 점에서 부정적인 것으로 받아들여질 수 있다. 하지만 동정심이 가진 원래 뜻을 따라 보자면 이 장면은 다르게 이해될 수 있다. 동정심, 영어로 'compassion'은 라틴어로 'passio'(원래는 참고 견딤, 감정)에 'com'(함께)이라는 접사가 결합되어 만들어진 단어로서 "우리는 냉정하게 어떤 다른 사람의 고통을 바라볼 수 없다. 혹은 우리는 다른 사람의 고통에 참여한다."는 의미를 지니고 있다. 그래서 손봉호는 『고통 받는 인간』에서 다음과 같이 말하고 있다.

> "인간에게 고통이 없었다면 또는 인간이 고통을 느끼지 못한다면 사람들은 지금보다 더 악해지고 더 개인주의적이 되었을 것이다. 고통을 두려워하지 않아도 되는 사람은 벌을 두려워하지 않을 것이요 ⋯ 다른 사람에 대한 연민이나 동정(sympathy, Mitleid)이 불필요하고 동시에 불가능했을 것이다. 다른 사람에 대해서 동정한다는 것은 그와 같이 고통당한다는 것이요, 내가 고통당하지 않고는 다른 사람과 같이 아파하고 괴로워할 수 없는 것이다."(손봉호, 2014)

따라서 동정심은 합리적인 이해관계를 넘어 고통에 대한 '공감'과 나아가 그것에 참여하는 '연대'를 가능하게 하는 사람과 사람의 관계를 형성하는 '마음'으로 이해될 수 있다. 이렇게 본다면 금전꾼들의 행동이 소년에 대한 동정심으로 불린다 할지라도 그것은 1차적으로 소년이 처한 고통에 무관심하지 않았으며 공감을 하였기에 가능했던 것이다. 만약 우리가 이 장면에서 머뭇거렸다면 마치 심장이 어떤 자극에 무감각하여 제대로 박동하지 않는 것처럼 마음의 요지부동 상태에서 타인의 고통에 대한 상상력과 공감이 실패하는 것이라고 할 수 있다.

## #2. 소년, 금덩어리를 주고 물에 빠진 아이를 구하다

우리가 두 번째로 머뭇거리는 순간은 이 이야기에서 가장 큰 무게중심을 지니는 장면, 물에 빠진 어린 아이를 구하기 위하여 소년이 5년 동안 고생해서 번 귀중한 금덩어리를 선뜻 내놓는 장면이다. 금전꾼들에게 받은 금덩어리를 지니고 집으로 돌아가던 소년은 물에 빠진 아이를 발견한다. 헤엄을 칠 줄 몰랐던 소년은 주변에 도움을 요청하지만 장사꾼은 그것을 보고도 헤엄을 칠 줄 모른다는 이유로 (그것이 사실인지 아닌지는 모르겠지만) 뿌리치고 가버린다. 이때 곁을 지나던 젊은 양반이 있었으나 그 역시 헤엄을 칠 줄 모른다는 똑같은 이유로 소년의 요청을 거절한다. 다급해진 소년은 양반을 불러 세우고 급기야 아이를 구해주면 금덩어리를 주겠다고 말한다. 얄밉게도 양반은 금덩어리를 바윗돌에 그어 진짜 금인지 확인하는 여유를 부린 뒤에야 아이를 구해온다.

여기에서 우리가 머뭇거리는 이유는 무엇인가? 그 머뭇거림은 물에 빠진 아이를 발견하고 그 아이를 구하고자 한 소년의 행동 그 자체에 동의하지 못해서가 아닐 것이다. 우리를 머뭇거리게 하는 것은 "굳이 금덩어리를 걸지 않고도 젊은 양반의 바지 가랑이를 붙잡고 늘어져서라도 아이를 구해달라고 애걸복걸해도 되지 않았는가?"와 같이 아이를 구하는 방법에 대한 다른 생각, 혹은 "물에 빠진 아이를 구한 것은 너무나도 다행이지만 금덩어리를 양반에게 줘 버리면 소년과 그 가족은 앞으로 어떻게 살아가야 하지?"라는 소년의 미래에 대한 걱정, 종합하자면 '금덩어리'에 대한 아쉬움 때문일 것이다.

하지만 우리가 본 소년에게서는 아이를 구하는 다른 방법에 대한 '생각'과 자신의 미래에 대한 '걱정', 그리고 결론적으로 '아쉬움' 따위를 찾아볼 수 없다. 물에 빠진 아이를 보고 그를 구하겠다고 동분서주하는 그 상

황에서 소년은 머리가 하얗게 되어 아무 생각이 들지 않고 오직 그를 구해야 한다는 절박함만을 가진 것으로 보인다. 아이를 구해달라고 이 사람 저 사람 붙잡고 난리법석을 떨고, 자신의 금덩어리를 내놓으면서 아이를 구해달라고 재촉하는 소년은 합리적인 이성이 아니라 '반이성'이 지배하는 광인(狂人)에 가깝다. 물불가리지 않고 고통 받고 있는 타인을 구해야 한다는 '목적'만이 상황을 지배하고 있다.

우리는 이러한 소년의 행동을 어떻게 설명하고 이해할 수 있는가? 여기서 잠시 『맹자』〈공손추〉 편에 나오는 맹자의 이야기를 들어보자.

孟子曰 人皆有不忍人之心. (…) 所以謂人皆有不忍人之心者 今人乍見孺子 將人於井 皆有怵惕惻隱之心 非所以內交於孺子之父母也 非所以要譽於鄉黨朋友也 非惡其聲而然也. 由是觀之 無惻隱之心 非人也 (…)

"맹자가 말하였다. 사람은 누구나 차마 하지 못하는 마음을 가지고 있다. (…) 사람이 모두 남에게 차마 하지 못하는 마음이 있다고 하는 것은, 지금 어린아이가 장차 우물에 들어가려 하는 것을 본다면, 누구나 놀라며 측은히 여기는 마음을 가지니, 이것은 어린아이의 부모와 교제를 맺고자 하는 것도 아니고, 마을사람들에게 명예를 얻으려고 하는 것도 아니며, 자신을 비난하는 소리를 듣기 싫어해서도 아니다. 이것을 통해서 볼 때, 불쌍히 여기는 마음이 없으면 사람이 아니오 (…)"

맹자는 타인의 고통을 보고 참지 못하고 차마 외면하지 않는 마음, 곧 불인지심(不忍之心)은 사람이라면 누구나 가지고 있다고 말한다. 그리고 인용한 글의 말미에서 보듯이 타인의 고통을 안타까워하는 마음, '측은지심이 없으면 사람이 아니다'(無惻隱之心 非人也)라고 까지 말한다. 맹자가 보기에 물에 빠지려는 아이를 발견하고 그 아이를 구하려는 행동은 어떤 명예나

이해득실에 대한 고려가 아니라 인간이라면 당연히 가지고 있는 본성에 따른 것이다. 하지만 맹자가 단지 불인지심을 인간의 본성으로만 보는 것은 아니다. 그는 인간이 타고난 선한 본성이 어린 싹과 같기에 이를 자각하고 키워나가지 않으면 선한 행위를 할 수 없다는 점을 아울러 주장하고 있다. 이러한 맹자의 견해에 따르자면 물에 빠진 아이를 보고도 지나쳐버린 장사꾼은 자신 안에 있는 불인지심을 깨달아 확충하지 못한 사람이라고 할 수 있다. 반면 소년은 오히려 그러한 어른들과는 다르게 타인의 고통에 대하여 '무관심 하지 않음'(non-indifference)으로써 그것에 공감하고 있는 측은지심을 가진 '사람'이다.

하지만 타인의 고통에 공감한다고 하더라도 어떤 사람들은 물가에 서서 안타까워하면서 관조하고 있을 수도 있기에 공감이 곧 도덕적이고 윤리적 실천으로 직결된다고는 할 수 없다. 일상에서 우리는 '공감은 하는데 어쩔 수 없어', '딱한 사정은 알지만 도리가 없네'와 같은 말을 하거나 들은 적이 있을 것이다. 그래서 통상적인 의미로 쓰이는 '공감'으로는 죽어가는 아이를 구하고자 이러 저리 날뛰고 있는 소년의 '행동'·'실천'을 온전히 설명할 수 없어 보인다. 그렇기에 소년의 행동은 그것을 넘어선 차원에서 해석되어야 한다.

공감을 한다는 것은 타인의 고통에 관심을 가진다는 것으로 외부로부터 가해지는 작용에 내적인 소요가 일어남을 의미한다. 그 소요는 불안감·공포 등의 양태로 드러날 것이다. 여기까지가 공감이라고 한다면 나아가 행위를 한다는 것은 다시 그것에 기반하여 외적 반작용을 한다는 것이기에 공감을 넘어선다고 할 수 있다. 그것은 곧 타자의 고통에 '응답'하는 것이다. 그렇다면 실천으로서의 응답은 고통 받는 타인과 마주하였을 때 외면하지 않는 것이 아니라 더 정확히 말해 외면을 '할 수 없는'(ought not to) 상태, 그래서 그 타인을 위급한 상황으로부터 빠져나올 수 있도록 어떠한 행위든지 '해야만 하는'(ought to) 상태에 사로잡히는 것이다.

우리는 그러한 상태를 임마누엘 레비나스(Emmanuel Levinas)라는 철학자가 말하는 "타자의 얼굴을 마주하고 있는 상황"에 견주어 볼 수 있다. "타자의 얼굴과 얼굴을 마주한 관계"에서 나는 그의 얼굴을 응시할 수밖에 없다. 나를 바라보는 그의 망막에 맺힌 '나'를 발견하면서, 또 그런 '나'를 보면서 나는 감히 고개를 돌려 외면하기란 쉽지 않다. 소년이 물에 빠진 아이를 발견하였을 때, 그리고 그것이 소년의 얼굴을 마주하면서 그의 눈을 똑바로 응시하는 것이라고 한다면, 그때 물에 빠진 아이가 소년을 향해 외치는 절실한 목소리는 '나를 구할 자는 바로 당신이야!', '당신이 나를 구해야 된다!'일 것이다. 소년이 외치는 그 목소리는 곧 아이를 반드시 구해야만 한다는 '명령'에 다름 아니다. 그리고 그 명령의 목소리에 압도되어 응답하는 것은 스스로에게 그를 구해야 한다는 '책임감'을 부여하는 것이 된다.

하지만 이때의 나는 타인과 단절되어 고립된 그런 '나'가 아니다. 그것은 타인의 호소에 응답하면서 타자와의 관계 속에서 책임을 짊어지는 유일무이한 '나'이다. 물론 이때 '나'의 행동은 어떤 합리적인 판단 절차에 따라 나오는 능동적인 것이라고도 할 수 없다. 오히려 소년은 그 순간 타인에게 이끌리면서 어떤 알지 못한 힘에 의해 부여되는 책임감을 수동적으로 수용하고 있다고 해야 더 정확할 것이다. 그렇기에 소년의 행동은 어쩌면 어떤 말로 설명하기 힘든, 그래서 어떤 의식으로 파악하기 힘든 신비한 수수께끼와 같은 '수동성'의 발현인 것이다.

우리는 여기에서 기존 가치들에 대한 어떤 전복들을 발견한다. 이성에 대한 반이성, 그리고 수단을 가리지 않는 목적지향성, 능동성에 대립하는 수동성... 흔히 우리는 이것들을 살아가면서 경계해야 할 것이라고 믿고 있다. 하지만 어린 아이를 구한 것은 (소년은 금덩어리라고 말하고 있으나) 우리가 폄훼하고 멀리하였던 그러한 가치들이 아닌가?

우리가 이 이야기를 읽으면서 멈춰서 머뭇거리는 지점에서 발견하고 응시해야 할 것은 당위적이면서도 너무나도 식상한 윤리적 언술이 아니라 고통 받는 타인을 대면하였을 때 그 자리에 굳게 서있는 바로 '자신', 어린 아이가 죽어가고 있는데도 불구하고 어떤 이해관계를 따지면서 시간을 보내고 있는 바로 '자신'인 것이다. 그리고 그 '자신'은 타자의 얼굴로부터 나오는 외침에 압도되기를 거부하는 '나'이다.

## 개별주의의 자연화와 안전에 대한 욕구

두 개의 장면을 통해 우리는 타인의 고통에 무감각하며, 나아가 고통받는 자의 요청에 응답하지 않는 우리를 발견하게 된다. 그러나 이것만으로 윤리적 실천을 위한 방향성을 온전히 제시하였다고 할 수 없다. 2차 세계대전에서 죽어간 유대인, 유럽에서 넘어오는 난민, 목숨을 걸고 북을 떠나 입국하는 탈북민과 자신을 동일시하고 아파한다고 하여 그러한 역사와 현실이 바뀌지 않는다. 수잔 손탁(Susan Sontag)이 타인의 고통을 보며 아파하면서도 자신은 안전하다는 것에 안도하면서 도덕적 실천으로 나아가지 못하는 역설적인 상황을 지적하듯, '타인의 고통에 민감하게 반응하여야 한다'는 정언명령적 도덕적 주체로의 요청을 읽어낸다 하더라도 그것이 반드시 실천으로 연결되리라고 확신할 수 없다. 그래서 도덕적 실천의 전제로서 타인의 고통에 대한 공감은 필수적이라 하더라도 우리는 그 실천을 현실화하는 방안을 고민해야 하는 것이다.

하지만 그 고민이 시작되어야 할 곳은 개인이 되어서는 안 된다. 실천의 문제를 개인의 도덕적 심리를 행위이론에 기대어 분석하고 그 해결방안을 내놓는 것은 개인의 도덕성이 한 사회의 성격에 따라 결정된다는 점을 보지 못하는 문제를 지니면서, 결국 '타인의 고통에 대해 민감하게 응답하라'는 너무나도 뻔한 언술에 기대어 모든 책임을 개인으로 환원시켜 버리는 결과를 놓을 수 있기 때문이다. 따라서 도덕적 실천에 대한 고민은 우리가 살아가고 있는 정치·사회·경제·문화적 환경이 내세우고 우선시하고 있는 윤리적 가치를 분석하는 것으로부터 시작해야 한다.

2000년대 초반에 방영되었던 한 카드회사 TV광고는 너무나도 압축적으로 우리가 살아가고 있는 시대를 잘 드러내 보여준다. 어느 여배우가 하얀 눈밭 위에서 해맑은 표정으로 "여러분!! 모두 부자 되세요~ 꼭이요~"라고 입가에 두 손을 모아 외치던 카드회사 TV광고가 있었다. 그녀의 외침은 삽시간에 사람들의 유행어가 되었고, 새해 덕담을 대신하기도 하였다. IMF의 한파가 채 가시지 않았던 시점이라 사람들에게 이 외침은 살림살이의 피로감을 덜어주는 희망의 메시지로 들렸을지도 모른다. 특히 이 광고는 아주 직접적으로 '여러분'이라고 호명한다는 점에서 그 메시지는 바로 자신을 대상으로 하는 것처럼 들린다. 더구나 '외침'은 일상적인 말보다 더 강도 높은 소리의 힘, 곧 마음을 다하는 호소력을 지닌다는 점에서 더 강력하게 받아들여졌을 것이다.

그런데 의아한 점은 분명 여배우의 외침 속 '여러분'은 복수(複數)의 대상을 가리키는 것이지만 사람들에게 그것은 단수(單數)인 '당신' 그래서 '나'를 지칭하는 것으로 들린다는 것이다. 이러한 복수와 단수 간의 인칭 대명사의 불일치는 단순히 언어적인 차원의 문제가 아니다. 그것은 소리를 내는 자의 의도와 상관없이 소리를 듣는 자가 '여러분'이라는 다수에서 나머지를 제거하고 '나'만을 남긴다는 것을 의미한다. '부자 되기'에 대한 (뒤르케임이 말하는) '집단적 흥분'은 있지만 오로지 남는 것은 개별자로서 '나'인 것이다.

분명 여배우는 '여러분', '모두'라는 지칭했음에도 불구하고 사람들이 그렇게 받아들이는 이유는 무엇 때문인가? 이 외침 자체가 아이러니하기 때문이다. 외침의 문장이 끝나면서 이 외침은 자신이 진실하지 못하다는 점을 스스로 드러내기 때문이다. 외침은 '여러분', '모두'로 시작하나, 그 다음에 따라 나오는 '부자'라는 용어는 어긋남을 만들기 때문이다. 부자 즉, rich person은 다수를 배제하는 단수이다. 빈부(貧富)의 문제는 절대적인 것이 아니라 누구보다도 더 많은 재화를 가지거나 또는 누구보다 덜 가진 상대적인 차이로부터 나오는 것이기 때문에 모두가 부자가 된다는 말은 성립하지 않는다. 그렇기에 광고를 보는 사람들은 순진하게 광고 속 여배우가 말하는 '모두=부자'의 가능성을 믿지 않게 되는 것이다.

물론 사람들이 그것이 실현가능성이 없는 비현실적이라는 점을 안다고 해서 귀를 닫아 버리는 것은 아니다. 오히려 '여러분'은 '너'로, 좀 더 직접적인 2인칭으로 번역되어 '네가 부자가 되길 바래'로 듣는다. 1990년대 말부터 불어 닥친 경제 한파는 미래에 대한 불안으로 그리고 나아가 구체적이고 현실적인 공포로 다가왔다. 실업률의 증가, 비정규직의 증가 그리고 자살률 증가 등 대한민국 사회는 개인들에게 보호막이 되어줄 울타리는 제거되고 경쟁에 따른 생존을 '자연 법칙'처럼 받아들이기 시작하였다. 그렇기에 광고 속 외침이 비록 비현실적인 것이라는 점을 안다고 하더라도 그것은 좀 더 나은 삶을 살고 싶다는 사람들의 욕망과 너무나도 일치하는 말이었다. 마치 자동차 헤드라이트 불빛에 놀라 피해야 된다는 것을 알아도 움직일 수 없는 사슴처럼 자신의 욕망과 일치하는 '부자가 되어라'는 목소리에 사로잡힐 수밖에 없는 것이다.

그래서 이 말은 잔인하다. 그것은 실제로 '부자 되기'와 관련한 서적을 구입하여 열심히 탐독을 하고 노력하였음에도 불구하고 중산층은 갈수록 엷어지고 빈곤층은 더 확대되었다는 현실 때문만은 아니다. 그것이 잔인한 것은 한편으로 사람들이 겪고 있는 고통에는 무관심하면서 '부자 되기'라는 환상 속에 사람을 계속해서 가두어두고 있다는 점에서, 또 한편으로는 '여러분', '모두'를 '우리'로 해석하는 방식을 해체시키고 '나'로 해석하는 것이 너무나도 당연하다는 점을 확인시키고 있다는 점에서 그러하다.

'우리'에는 둘 이상의 사람들을 필요로 하며, 그러한 점에서 사람과 사람 간의 관계가 있다. 하지만 '나'는 관계가 단절되고 오로지 자신의 존재만을 염려하는 고립되고 고독한 '1인'만을 지칭할 뿐이다. 이 '1인'은 누군가와의 관계 속에서 호명되지 않는 익명적인 타인으로만 남는다. 타인의 삶에 대해 무관심하며 오로지 자신의 존재를 유지하는 것, 먹고 사는 것에만 몰두하게 한다. 그렇기에 타인의 고통에 대해서는 무감각할 수밖에 없다. 타인의 고통에 대해 무감각한 사회, 그래서 모든 고통과 죽음이 자연화되는 사회, 그런 잔인한 사회에서 우린 오직 자신만의 생존을 제1목적으로 살아가게 한다.

백주대로에서 폭행을 당한 행인이 죽어가는 데도 지켜만 보는 사람들, 급성질환으로 쓰러진 사람을 외면하고 길을 재촉하는 사람들, 상습적으로 옆집 아이가 학대를 당하는 것을 알면서도 신고조차 하지 않는 사람들이 그것을 증명하지 않는가? 우리는 매일매일 1964년 도움을 줄 사람들이 주변에 있었음에도 불구하고 강도에 의해 죽어간 키티 제노비스(Kitty Genovese) '들'을 만난다. 우리 역시 길가에 쓰러져 죽어가는 사람을 보고도 지나쳐 버리는 장사꾼이자 제사장이면서 레위인인 것이다. 또 우리 역시 이웃과의 '사랑', '나눔'이 윤리적이라고 말하면서도 위기에 처한 사람을 만났을 때 "내가 아닌 다른 사람이 돕겠지", "괜히 다른 사람의 일에 끼어들었다가 귀찮고 난처한 일에 휘말릴 수 있어"라고 생각하면서 아는 바를 실천으로 옮기지 않는 율법교사이거나 자신에게 이익이 되지 않으면 외면해버리는 양반이기도 하다.

오늘날 우리에게 비유되는 이들은 타인의 고통에 무감각한 어떤 정신적 장벽을 지니고 있다는 의미에서 이들의 증상은 지그문트 바우만(Zygmunt

Bauman)이 말하는 '도덕적 불감증'(Moral Blindness)으로 표현될 수 있다. 하지만 그것은 앞서 말하였듯이 결코 개인의 문제로 환원되지 않는다. 바우만 역시 그러한 도덕적 불감증의 요인을 변화만이 불변하고, 불확실만이 확실한 '유동적 근대'(liquid modernity)라는 오늘날의 특징에서 찾는다. 모든 것이 변화하지 않는 것과 확실한 것이 없는 사회에서 사람들을 지배하는 것은 '안전에 대한 욕구'일 수밖에 없다.

이제 고통은 곧 그러한 안전을 위협하는 것으로 즉각적으로 제거되어야 한다는 강박으로 나타난다. 하지만 그 고통을 유발하는 근본적인 요인이 제거되지 않고 단지 임시방편으로 진통제만 지속적으로 주입된다면 문제는 더 심각해질 수 있다. 왜냐하면 고통을 느낀다는 것은 어떤 문제적 상황에 대한 신호인데, 장기적인 진통제 투여는 마취상태를 유지하게 하면서 결국 치료가 불가능한 상태로까지 만들 수 있기 때문이다. 신체 속의 병균은 계속해서 성장할 수밖에 없으며, 감각하지 못한 채 어느새 온 몸을 지배할 수 있다.

그런 맥락에서 레오니다스 돈스키스(Leonidas Doskins)가 우려하는 것이 '악의 출현'이다. 그는 "오늘날 악은 누군가의 고통에 제대로 반응하지 못할 때, 타인에 대한 이해를 거부할 때, 말 없는 윤리적 시선을 외면하는 눈길과 무감각 속에서 더 자주 모습을 드러낸다."고 말한다. 드러나지 않는 병균이 가장 무서운 것처럼 은밀한 폭력이 예외가 아니라 일상이 되면서 안전에 대한 욕구는 모순적이게도 안전에 대한 위협으로 돌아오게 된다. 따라서 도덕적 불감증은 단지 도덕적인 차원의 문제에 국한되지 않는다. 그것은 정치, 사회 전체의 문제인 것이다.

## 도덕적 자가면역체계의 강화를 위한 첫 걸음

안전에 대한 욕구가 문제를 낳는 것이라고 한다면 그것을 포기하고 고통 속에 머물러 있어야 하는가? 무조건적으로 고통 속에 머무는 것은 현명하지 않다. 현명한 것은 신체를 마비시키는 방식으로 진통제를 사용하는 것에 의존하는 대신 자가면역체계를 강화하려고 노력하는 것이다. 꾸준한 건강관리를 통해서든 혹은 대안 의료를 통해서든 병균이 쉽게 침범할 수 없게 하면서, 설사 병균이 침범하였다고 할지라도 즉각적으로 몸이 반응할 수 있도록 말이다.

마찬가지로 도덕적 불감증을 지닌 우리의 신체를 바꾸기 위해서는 타자의 고통에 대한 상상력으로서 공감과 나아가 도덕적 실천으로서 타자의 얼굴에 대한 응답을 가능케 하는 자가 면역생성의 '조건'을 창출해가는 과정이 필요한 것이다. 물론 그것은 과정이라는 점에서 고통과의 대면은 필수적이다.

예를 들어 우리의 민주화 운동의 역사가 그것을 잘 보여준다. 권위주의 정권에 의해 자행된 폭력으로 인해 발생한 수많은 죽음은 산자들에게는 고통일 수밖에 없었다. 왜냐하면 그 죽음은 이진경이 말하듯 "죽음이라는 불가능한 체험이 아니고선 도달할 수 없는 무한의 거리 저편에 있었던 것"이며 "아무리 애를 써도 도달할 수 없"기 때문이다. 그런데 우리가 더 주목해야 할 바는 그가 덧붙이고 있는 다음의 말이다.

"고통에 굴복하지 않고 피할 수도 있는 고통을 피하지 않고 대면한다는 것은 역설적이게도 고통의 크기와 비례해 고통과 대결해 넘어서려는 **의지**(강조:필자)의 크기를 감지하게 해준다."

가끔 다큐멘터리에서 암환자가 삶의 희망을 놓지 않고 산골이나 요양원 같은 데서 병을 이기려고 스스로 노력하는 모습 속에서 발견할 수 있는 것이 그러한 '의지'가 아닐까? 오해하지 말아야 할 것은 이를 통해 관념적 희망을 앞세운 의지주의를 강조하려는 것이 아니다. 그 의지가 발현될 수 있었던 것은 무엇보다 자신의 실존을 현실로 받아들이는 것으로부터 시작하였다는 점을 지적하기 위함이다. 자신이 현재 병에 걸려 있다는 현실을 인정하는 것 말이다. 민주화 운동의 역사 속에서 거리에서 싸웠던 사람들 역시 고통의 시대를 자신의 실존으로 받아들였기에 그러한 의지를 만들어 낼 수 있었고, 삶을 질식시키는 고통에 맞서 저항으로 나아갈 수 있었던 것이다.

역으로 진통제를 통해 마취된 상태를 아무런 문제가 없는 건강한 상태라 믿는 것은 마치 해로운 속성들이 제거된 '카페인 없는 커피', '알코올 없는 맥주'를 마시면서 실체가 제거된 현실을 진짜 현실로 믿는 '가상' 속에 가두어두는 것 밖에 되지 않는다. 더 정확히 말하면 그것은 언제나 불안과 그로 인한 고통이 있을 수밖에 없는 현실을 회피하려는 전략에 지나지 않는다는 것이다. 그럴 때 우리는 타인의 고통은 물론 나의 고통조차 인지하지 못하고 우리들이 살고 있는 세계를 '행복의 나라'로 찬양하면서 사실상 사회-악으로서 파쇼적인 것을 묵인하면서 미래적-악을 승인하게 되는 것이다.

따라서 우리의 신체가 지닌 도덕 불감증을 극복하기 위해서 지금 우리에게 필요한 것은 무엇보다 카뮈가 보는 시시포스(Sisyphus)처럼 고통의 굴레 그 자체를 자신의 실존적 조건으로 받아들이는 것이다. 이것은 '인생은 어차피 힘든 거야'라고 말하면서 어떤 냉소적이거나 회의적인 태도를 취하라는 것이 아니다. 그것 역시 아무것도 바꾸지 못한다. 고통의 굴레를 받아들이는 것은 진통제에 의해 가려져 있던 병균의 존재, 즉 가상 뒤에 숨어 생명을 갉아먹는 '실재'(real)와 대면하라는 것이다. 그럴 때 우리는 비로소 도덕적 자가면역체계를 강화하기 위한 첫 걸음을 내딛을 수 있을 것이다.

〈김종곤〉

# 구렁이를 보듬어 청룡으로 날게 하다

— 북녘이야기 〈청룡의 보은〉 & 남녘이야기 〈구렁이각시〉

## 사람이 아닌 존재와의 특별한 만남

옛날에 어느 산골에 마흔이 넘은 노총각이 홀로 외롭게 살고 있었다. 하루는 노총각에게 선녀 같은 각시가 찾아왔다. 각시는 길쌈을 해야 하니 삼 한 꼭지를 받아오라고 했다. 남편이 가져다주자, 각시가 한나절 만에 삼을 째 놓았다. 남편이 수상하여 또 삼을 갖다 주고는 숨어서 지켜보니, 각시가 여우로 변하여 네 발의 발톱으로 삼을 째고 있는 것이었다. 겁에 질린 남편은 삼을 삶은 뜨거운 물을 각시에게 부어버렸다. 각시는 그 자리에서 죽었다.

한동안 다정하게 정을 나누던 이가 사람이 아닌 다른 존재라는 사실을 알게 된다면 어떨까? 내가 봐왔던 친근한 모습과 다른 징그러운 광경에 당혹감을 느낄 것이고, 나를 해치지 않을까 하는 두려움이 느껴질 것이다. 당혹감과 두려움으로 그와 최대한 멀어질 수 있는 길을 찾고, 자신이 안전할 수 있는 방도를 탐색할지 모른다. 노총각이 여우각시의 모습을 발견하자마자 뜨거운 물을 부어버린 것처럼 우리도 공포에 질려 재빨리 살

길을 도모하는 것은 당연하다. 그만큼 사람이 아닌 존재는 우리에게 공포와 두려움의 대상이며, 사람을 해치는 존재로 인식되기 마련이다.

이러한 기이한 관계는 우리의 옛이야기에 많이 그려져 있다. 사람이 아닌 존재와 인연을 맺는 이야기를 '이물교구담(異物交媾談)'으로 유형화할 만큼 많은 작품 속에서 다루고 있다. 이런 이야기에서는 주로 남녀 주인공 중 한쪽은 사람이고, 다른 한쪽은 사람이 아닌 이물이며, 대체로 인간과 신, 인간과 동식물, 인간과 무생물의 관계로 설정된다. 현실에서 일어날 수 없지만, 우리 현실 속 인간관계의 중요한 지점을 상징하고 있기 때문에 이물과의 기이한 만남은 판타지 문학의 단골 화두로 자주 등장하고 있다.

이물교구담이 모두 위의 여우각시처럼 비극의 스토리만 담고 있지는 않는다. 고전소설 〈최고운전〉에는 그의 어머니가 지하세계의 금돼지에게 잡혀갔다가 돌아와 신라시대 최고 문장가 최치원을 낳았다는 출생담도 전해진다. 『삼국유사』의 〈김현감호〉에서는 김현이라는 선비가 호랑이처녀와 만나 정을 통하고 그녀의 조력으로 벼슬을 하게 되었다고도 한다. 이물과의 만남이 그 사람의 인생에서 전환점을 마련해 주거나, 결핍된 지점을 채워주는 계기가 되는 등 다양한 시선에서 신비로운 만남과 관계를 그려내고 있다.

북녘의 설화 〈청룡의 보은〉은 이무기와의 관계를 통해 남자주인공이 어려운 문제를 해결하고 새 삶을 찾는 과정을 그린다. 또한 이무기 역시 그의 도움으로 허물을 벗고 청룡이 되어 승천하는 성공을 이룬다. 당혹감과 두려움을 넘어서서, 사람과 이물이 믿음을 나누며 서로를 돕는 특별한 관계를 맺고 있는 것이다.

황해남도 용연군 원소라는 곳에 가면 큰 굴에서 물이 콸콸 솟아나 기름진 벌을 적시며 흐른다. 이 샘물과 굴에는 전설이 깃들어 있다. 지금으로부터 몇 백 년 전 어느 해 이 지방에는 큰 가뭄이 들었다. 곡식은 다 마르고 땅은 거북등과 같이 갈라졌다. 흉년이 든 이 해에 농민들의 살림은 말이 아니었다. 그나마 조금 있었던 곡식마저 지주들이 몽땅 걷어갔다. 이 고장의 이씨도 그러한 형편의 농군이었다.

이씨의 집에는 늙은 어머니와 처자식까지 식구가 열일곱 명이나 되었다. 흉년에 식구들의 끼니를 이어간다는 것이 참으로 힘겨운 일이었다. 애들은 어머니의 치맛자락만 붙들고 밥을 달라고 졸랐다. 이 광경을 보고 있던 이씨는 하도 기가 막혀 소나무껍질이라도 벗겨오려고 뒷산으로 올라갔다.

산에 올라 아래를 내려보니, 황폐한 들판에 노란 풀잎만 몇 가닥 나풀거리고 있어 내년 농사도 잘 될 것 같지 않았다. 이씨는 자기도 모르게 한숨을 내쉬었다. 그러자 난데 없이 어떤 한 미인이 나타나 공손히 인사하는 것이었다.

"자고로 여자가 한숨을 쉬어도 땅이 석자나 파인다고 하였는데 당신께서는 무슨 일로 사내대장부가 그리 깊은 한숨을 쉬시나이까?"

이씨는 알지도 못하는 여인의 물음에 은근히 노여움이 솟아 퉁명스럽게 대답했다.

"당신이 알 바가 아니오."

"이 미천한 사람도 혹 도움이 될는지 모르오니 허물없이 말씀하여 주시기 바라나이다."

"대장부들이 하지 못한 일을 어찌 여자들이 하리오."

"백지장도 맞들면 가볍다는데 무슨 근심이든지 같이 알고 지냄이 무방할까 하나이다."

여인이 물러서지 않고 인정 어리게 되묻자, 이씨는 자신의 어려운 사정을 죄다 이야기하였다. 이야기를 다 듣고 난 여인은 자신만 따라오면 쌀이 생길 터이니 같이 가자고 하였다.

이씨는 여인을 따라 아홉 고개를 넘어 산골짜기로 갔다. 그곳에는 고래등 같은 기와집이 있었다. 여인은 이씨에게 여기서 기다리다가 서산에 해가 기울면 집안으로 들어오되 앞대문으로 들어오지 말고 뒷대문으로 들어오라고 했다. 그리고 들어와서 열두 대문을 열고 들어온 후 방 가까이 와서 기침을 하라고 했다.

여인이 먼저 들어가고, 이씨가 기와집 앞에 서서 꿈을 꾸듯 광경을 훑어보더니 혹시 도깨비한테 홀린 것인 아닌가 하는 생각이 들었다. 그는 갑자기 몹시 집으로 돌아가고 싶어졌다. 그러다가 이내 곧 이왕 여기까지 왔는데 끝장을 보고 가야겠다고 생각이 들어 밤이 되기를 기다렸다.

어느덧 해는 서산에 기울어졌고, 이씨는 뒷대문으로 들어가 그 방에 다가가 기침을 하였다. 여인이 반겨 맞이하고 밥상을 차려왔다. 이씨는 며칠째 죽도 변변히 먹어보지 못하여 금세 게 눈 감추듯 먹어버렸다. 그리고 바로 그 자리에 쓰러져 잠이 들고 말았다.

그럭저럭하여 이씨가 집을 떠난 지 석 달이 지났다. 이씨는 집 생각이 간절하였다.

"내가 집을 떠난 지 퍽이나 오래 되었는데 그 사이 집 식구들이 굶어 죽지나 않았는지 모르겠소."

여인이 이씨의 말을 듣더니 어서 집에 다녀오라고 하였다. 이씨가 집에 와보니 게딱지같은 오막살이는 어디로 사라지고 고래등 같은 기와집 한 채가 웅장하게 자리 잡고 있었다. 이씨가 어리둥절하여 집 주위를 빙빙 돌고 있었는데, 때마침 손자의 손목을 끌고 대문으로 나오는 어머니와 마주쳤다. 어머니는 마치 죽었던 사람이 다시 살아 돌아온 듯 아들을 반갑게 맞아 주며 집안으로 끌고 들어갔다. 이씨가 어찌 된 영문이지를 물었더니 어머니가 신이 나서 이야기하였다.

"네가 떠난 지 열흘 째 되던 날, 웬 사람들이 쌀과 돈을 싣고 와서 말하기를 '이것이 모두 주인님이 벌어서 보내는 것이오니 받아주십시오.'라고 하며 모두 앞마당에 놓고 가더구나. 집 사람들이 양식과 내년

농량을 얼마 남겨두고 이웃 바우네와 곱단이네 집에 나누어주고 남은 것으로 평생 소원이던 기와집 한 채를 지었단다."

이씨는 필경 이것이 모두 여인의 처사임에 틀림없다고 생각했다. 그리하여 이씨는 다음 날 바로 여인에게 인사하기 위해 집을 나섰다. 다시 산 속에 들어가 고개를 넘는데, 세 번째 고개의 울창한 버드나무 밑을 지나는데 어디서 백발노인이 나타나 엽초 한 잎을 주며 말했다.

"네가 찾아가는 미인은 사람이 아니라 백 년 묵은 구렁이다. 만약 네가 내 말을 듣지 않으면 죽을 터이니 그리 알아라."

이씨는 그 여인이 구렁이라는 말에 깜짝 놀랐다. 백발노인은 그 집에 가서 방을 들여다보면 큰 구렁이가 있을 것인데, 이 엽초를 가는 길에 다 피우되 연기를 하나도 내보내지 말고 있다가 그 여자가 잘 때 입에 침을 뱉어 넣으라고 했다. 이 말을 듣지 않으면 생명을 보존하기 어려우니 그리 하라고 했다.

이씨는 노인의 말을 듣고 얼떨결에 대답은 하였으나 어떻게 해야 할지 갈피를 잡지 못했다. 여인의 덕으로 가난에서 벗어났고, 가족들도 행복해진 터라 차마 그럴 수 없겠다는 생각이 들었다. 이씨는 이왕 닥친 일이니 사실을 밝혀 보기로 했다. 엽초를 말아 피우며 여인의 집까지 당도하였다. 노인의 말대로 살그머니 방안을 들여다보니 정말 커다란 구렁이가 방안에 가득 차 있었다. 머리끝이 하늘로 곤두서는 기분이 들었다. 그러나 이내 마음을 굳게 먹고 기침을 하며 방문을 열었다.

구렁이는 간 곳이 없고 미인이 앉아 바느질을 하고 있었지만 구렁이가 있었던 온돌바닥은 석자나 패여 있었다. 여인은 이씨의 손목을 잡더니 이야기를 시작하였다.

"당신이 오시는 도중에 만난 노인은 바로 황룡입니다. 저도 사람이 아니고 청룡이올시다. 지금 저와 그 노인은 매일 사람들의 환심을 사려고 다투고 있는 중입니다. 제가 당신을 모셔온 이유는 저를 도와주기를 바랐기 때문입니다."

이씨가 자신이 무슨 수로 도와줄 수 있느냐고 물었다. 그러자 여인이 궤 안에서 담배 세 묶음을 꺼내 놓고 말을 이었다.

"내일 아침 고개 셋을 넘으면 사냥꾼 세 명이 지나갈 것이에요. 그때 바람이 부는 방향으로 이 담배를 피우면 뒤에 가던 사냥꾼이 가다가 설 것입니다. 그때 그 사냥꾼에게 담배를 주며 사흘만 활을 빌려달라고 하고, 그것을 가지고 와주십시오."

이씨는 다음 날 여인이 시키는 대로 하여 활을 빌려왔다. 여인이 기뻐하며 말했다.

"내일 아침 해가 뜨기 전에 내가 황룡과 함께 하늘로 올라가면 이 활로 황룡을 쏘아 주세요. 그러면 내가 당신의 은혜를 후히 갚아 드리겠습니다."

이씨는 다음 날 일찍 강가로 나갔다. 과연 청룡과 황룡이 하늘로 올라가 싸움을 벌였다. 이씨는 활을 겨누기만 했지 차마 쏘지 못하였다. 한참을 싸우던 청룡과 황룡은 승부를 가리지 못하고 서로 갈라져 땅으로 내려왔다. 땅으로 내려온 청룡은 곧 여인으로 변하더니 눈물을 흘리며 말했다.

"만약 내일도 쏘지 못하시면 저는 여자이기 때문에 황룡에게 지고 말아요."

다음 날 이씨는 마음을 단단히 먹고 강가로 나갔다. 어제와 같이 청룡과 황룡이 붙어 싸우는데, 햇빛에 비추어 용의 비늘이 무섭게 번쩍거렸다. 그는 눈을 부릅뜨고 황룡이 이쪽을 향해 몸을 비틀 때를 맞추어 화살을 쏘았다. 황룡은 그의 화살에 맞아 죽고 말았다.

청룡은 공중에서 빙빙 돌다가 미인으로 변하여 이씨 앞에 나타났다.

"이제 저는 용이 되어 하늘로 올라가게 되었으니 당신의 은혜를 무엇으로 갚아야 할지 모르겠나이다. 만약 소원이 있으시다면 무슨 말씀이든지 해주세요."

이씨는 더듬더듬 대답했다.

"지금 우리 마을 앞벌에는 물이 없어 백성들이 굶주리고 있는데 그 벌에 물을 대주시면 그 이상 더 반가울 것이 없겠습니다."

이씨의 말이 끝나자마자 여인과 기와집은 온데간데없이 사라졌다. 이씨는 꿈에서 깨어난 사람처럼 허둥지둥 집으로 돌아왔다.

이씨가 집에 돌아온 지 사흘째 되던 밤, 꿈에 하늘에서 청룡이 내려와 내일 밤 돌비가 올 터이니 마을사람들을 데리고 높은 산으로 몸을 피하라고 말했다. 이씨는 아침 일찍 일어나 동네를 돌며 모두 함께 산으로 피신하자고 했다. 본디 착하고 성실했던 그였기에, 마을 이웃들은 모두 그의 말을 믿고 산으로 피신하였다. 그러나 양반과 지주들은 세상에 하늘에서 돌비가 오다니 그놈이 며칠 산으로 싸다니더니 정신이 나간 모양이라면서 욕을 하고 콧방귀를 뀌었다.

그날 밤이었다. 멀쩡하던 하늘에 먹장구름이 뒤덮이기 시작했다. 뒤이어 뇌성벽력이 천지를 진동하더니 하늘에서 돌비가 소낙비 퍼붓듯 내렸다. 그렇게 이씨를 욕하던 양반과 지주들은 돌비에 맞아 죽고 말았다. 돌비가 내린 지 반 시간쯤 지나니, 청룡이 내려와 돌을 주무르고 돌아갔다.

날이 개자 산으로 갔던 마을사람들이 모두 마을로 내려왔다. 마을에는 난데없는 기름진 벌판이 드넓게 펼쳐져 있었고, 산 밑에는 큰 굴이 뚫렸는데 그 속에서 물이 콸콸 쏟아져 내리고 있었다. 이씨와 마을사람들은 기름진 벌을 똑같이 나누어 갖고 행복하게 살았다.

− 〈청룡의 보은〉

『구전문학자료집(설화편)』, 사회과학원문학연구소 구전문학연구실, 1964.


한 남자가 산에 올라 한숨을 쉰다. 이 남자는 바로 이씨. 늙은 어머니와 처자식을 합쳐 건사할 식구 열일곱을 책임지고 살아가는 건실한 사람이다. 하지만 마을에 큰 가뭄이 들어 소출이 줄어든데다 악독한 지주들이 얼마 되지 않는 곡식마저 빼앗아가니 이씨는 눈앞이 캄캄할 수밖에 없었다. 그래도 가족들을 굶길 수는 없다고 생각한 이씨는 나무껍질이라도 벗기려고 산에 오른 것이다.

하지만 산에 올라 말라 가는 들판을 보니 한숨이 나오는 것을 막을 수가 없었다. 그런 이씨의 뒤로 아름다운 여인이 등장한다. 상관 말라는 말에도 다짜고짜 근심을 나누자는 여인이 당황스러울만 했으나, 답답함이 가득했기 때문인지 이씨는 상황을 모두 털어놓았다. 어디서 나타났는지 이 정체 모를 여인은 이씨를 대궐 같은 자기 집으로 데려갔다. 하지만 여인의 집에 들어가는 방법도 평범하지 않았다. 날이 저물면 뒷대문으로 들어와 방문 앞에서 기침을 하고 들어오라는 여인을 보고 이씨는 자기가 도깨비에게 홀린 것이 아닐까 생각할 정도였다. 하지만 여인은 이씨를 극진하게 대접했고, 이씨는 걱정 근심을 모두 잊고 석 달이 넘게 여인과 함께 지냈다.

어느 날 집에서 굶주리고 있을 가족들 생각에 집에 가봐야겠다고 길을 나선 이씨는 이전과는 다르게 풍요롭게 살고 있는 가족을 보게 되었다. 여인이 이씨 몰래 돈과 쌀을 보내준 것이었다. 고마운 마음을 금할 길이 없던 이씨는 돌아가 감사를 표하기 위해 걸음을 서둘렀다. 하지만 여인의 집으로 향하는 길에 어디선가 백발노인이 나타났다. 노인의 등장도 갑작스러웠지만 여인의 정체가 사람으로 둔갑한 구렁이며, 이씨가 죽지 않으려면 그 이물(異物)을 죽여야 한다고 그 방법까지 알려주는 노인의 말은 더욱 놀라웠다.

살기 위해서는 여인으로 변한 구렁이를 죽여야 한다고 했지만 자기를 극진히 대접하고 가족들을 가난에서 벗어나게 해준 고마운 여인을 죽이는 것이 과연 옳은 것인지 이씨는 확신할 수 없었다. 집으로 돌아와 여인이 진짜 구렁이임을 몰래 확인했음에도 말이다. 돌아온 이씨를 본 여인은 자신이 사실은 청룡이며, 자신의 정체를 알려준 노인은 자기와 겨루고 있는 황룡이라 말하였다. 그리고 여인이 이씨를 도운 이유는 자신이 황룡과 싸울 때 이씨에게 도움을 받기 위함이라고도 말했다.

여인의 말을 들은 이씨는 자신이 용의 싸움에 어떻게 도움을 줄 수 있을지 알 길이 없었다. 하지만 여인이 알려준 대로 사냥꾼의 활을 빌려왔다. 여인은 그 활로 황룡을 쏘아달라 하였고, 다음날 이씨는 활을 가지고 강가로 나갔다. 하늘에서는 청룡과 황룡이 싸움을 벌이고 있었다. 너무 엄청난 싸움을 보아서였을까, 자신의 활솜씨에 자신이 없어서였을까. 이씨는 차마 활을 쏘지 못하였다. 하지만 내일도 황룡을 쏘지 않으면 자기가 죽게 된다는 여인의 말에 이씨는 용기를 내어 다음날 싸움 속에서 황룡의 눈을 쏘았다.

여인은 자기가 승천할 수 있게 도운 이씨의 소원을 들어주겠다고 하였다. 그러자 이씨는 가뭄에 시달리는 마을에 물을 내려 달라고 했다. 이씨에게 가뭄은 자기 집만의 문제가 아닌 마을 전체의 문제였던 것이다. 며칠 후 이씨의 꿈에 청룡이 나타나 돌비가 내릴 것을 알려주었고, 마을 사람들은 이씨의 말을 듣고서 함께 산으로 피했지만 수탈을 일삼던 양반과 지주들은 그 말을 믿지 않았다가 돌비에 맞아 죽었다. 이후 마을에는 기름진 들판이 생겼고, 산 밑에 생긴 큰 굴에서는 물이 쏟아져 내렸다. 이씨와 마을 사람들은 양반과 지주가 없어진 들판을 똑같이 나누어 행복하게 살았다.

이씨는 여인으로 둔갑한, 자신을 죽일지도 모르는 무서운 존재인 구렁이를 죽이지 않았다. 오히려 구렁이를 돕고자 하는 마음으로 돌아서게 된다. 결국 가난에 찌들어 양반과 지주에게 착취당하는 삶을 살던 이씨는 부와 행복을 얻었다. 사람이 아니었던 구렁이는 남자의 도움으로 황룡과의 싸움에서 승천하게 된다. 비록 이씨는 여인의 경쟁자로부터 그녀의 정체를 알게 되어 두려움에 휩싸이기는 했지만, 여인으로부터 받은 도움에 보답하고 그녀를 돕고자 하는 마음을 먹었고, 그녀의 승천을 돕기 위해 최선을 다한다. 승천이라는 소원을 이룬 그녀 역시 그의 소원을 들어주어, 남자와 마을사람들에게 비옥한 땅을 선물한다. 이렇게 착하고 성실한 사람과 구렁이라는 이물 사이의 교감과 호혜를 보여주는 이야기가 북녘의 〈청룡의 보은〉이라는 이야기이다.

## 사람으로 변한 구렁이를 살려주고 부자가 된 남자

북녘의 〈청룡의 보은〉과 같이 사람과 이물이 특별한 관계를 맺고 호혜를 베푸는 남녘의 이야기가 있다. 바로 〈구렁이각시〉이다. 이 옛이야기는 〈지네각시〉라는 이름으로 분류되는 남녘의 대표적인 이물교구담이며, 보통 이야기 속에서 남자와 정을 통하는 각시는 구렁이, 혹은 지네의 모습으로 등장한다.

한 남자가 있었는데 이 남자는 너무 가난하여 가족들이 모두 어렵게 살고 있었다. 한 해의 마지막 날이 되었다.

"아버지! 내일이 설날이래요. 우리 설날에는 흰쌀밥 먹을 수 있지요? 그렇지요?"

남자의 아이들은 다음날이 설날이니 밥을 먹을 수 있느냐며 들떠 있었다. 하지만 남자가 이리저리 고민을 해보아도 도저히 아이들에게 쌀밥을 줄 방법이 없었다. 깊은 밤에 남자는 이렇게 살면 무엇하나 하는 생각에 산으로 올라가서 목을 매달고 죽어야겠다고 결심했다.

남자가 산중턱쯤 올라가 목을 매려 하는데 불빛 하나가 올라오기에 놀란 마음에 수풀 뒤에 숨어서 지켜보았다. 이윽고 어떤 예쁜 여인이 등불을 들고 올라오더니 불쑥 남자에게 다가와서 자기가 구해주겠다고 말했다. 그러자 남자가 말했다.

"내일이 초하룻날이요. 그런데 자식들에게 밥을 해줄 수가 없는데도 자식들은 밥을 달라고 야단입니다. 능력 없는 내가 그 소리를 듣고 어떻게 살겠습니까. 차라리 죽어서 보지 않는 것이 낫습니다. 나를 구할 필요 없습니다."

"그런 생각 마시고 저를 따라오세요. 제가 구해드리겠습니다."

여인은 남자의 말에는 아랑곳하지 않고 계속 남자를 설득했다. 결국 남자는 여인을 따라갔다.

여자를 따라가니 강 옆에 있는 커다란 기와집에 도착하였다. 여자는 남자를 집으로 데리고 들어가 저녁을 차려 주며 말했다.

"일 년에 두 번, 그러니까 섣달그믐날과 팔월 열나흗날에만 집에 다녀오세요. 식구들은 제가 알아서 할테니 걱정마시구요."

남자는 여인과 함께 살게 되었다. 시간이 흘러 팔월 열나흘이 되었다. 남자가 날짜가 되었으니 집에 다녀오겠다고 하자, 여인은 집에 가서 자지 말고 인사만 하고 오라고 했다. 여인의 말을 듣고 남자가 집에 가서 보니 자기가 살던 때보다 훨씬 더 잘 살고 있는 것이었다. 남자는 여인이 돈을 보내 이렇게 잘 살게 되었을 것이라고 짐작하고는 여인의 말대로 잠을 자지 않고 여인의 기와집으로 돌아왔다. 그 후로 남자는 집 걱정을 떨치고 여인과 살며 자식도 낳게 되었다. 섣달그믐이 되었다. 남자가 예전처럼 집에 다녀오겠다고 했는데, 여인이 이전과는 다른 말을 했다.

"오늘 집에 가시면 다시는 못 돌아오실 겁니다. 가지 마세요."

하지만 남자는 무슨 말이냐며 잘 다녀오겠다고 말하고는 집으로 갔다. 남자는 부인과 자식들에게 이제는 못 오니까 잘 지내라고 하고 다시 기와집으로 돌아가기 위해 길을 나섰다. 개울에 놓인 징검다리를 건너려는데 갑자기 돌아가신 남자의 아버지가 부르며 쫓아오는 것이었다.

"아니, 아버지! 아버지께서 어찌 여길..."

"아들아. 네가 지금 가는 기와집, 그 여자에게로 가면 너는 죽게 된다. 가지 말거라."

남자는 고민에 빠졌다. 하지만 이내 아버지에게 비록 불효가 되겠지만 오늘날까지 자신을 살리고 가족을 보살펴준 여인에게 가지 않는 것은 도리에 어긋난다고 생각했다. 그래서 남자는 아버지에게 죽더라도 그 여인에게 가겠다고 하였다. 그러자 아버지는 무서운 이야기를 했다.

"네가 함께 사는 그 여자는 사람이 아니야. 구렁이가 둔갑한 것이야. 그 구렁이는 승천할 날만을 기다리고 있는데 너를 잡아먹으면 하늘로 올라갈 수 있다. 네가 그 여자에게 돌아가면 반드시 죽는 게야. 다만 그래도 돌아갈 생각이라면 내가 방도를 하나 알려주마. 담배를 피우거라. 담배를 피우며 네 입에 고인 침을 뱉지 말고 모아 두거라. 그리고는 여자가 네게 다가올 때 그 침을 여자에게 뱉으면 너는 살아날 것이야."

남자는 아버지의 말을 듣고서 다시 기와집으로 향했다. 집에 바로 들어가지 않고 뒤로 돌아가서 문구멍을 뚫어 방 안을 들여다보았는데 진짜로 여인이 시커먼 구렁이가 되어 누워 있는 것이었다. 남자는 가만히 돌아 나왔다. 어차피 죽으려 했던 목숨인데 이렇게 살게 되었으니 어차피 여인의 손에 죽어도 원통하지 않겠다는 생각에 다다랐다. 결심을 하고 다시 방으로 들어갔더니 구렁이가 다시 여인으로 변하여 남자를 맞이하였다.

남자는 아랫목에 앉아서 담배만 피우고 있었다. 여인은 방구석에 앉아서 초조하게 남자를 바라보고 있었다. 그런데 남자가 갑자기 침을 바깥에다 탁 뱉어 버렸다. 남자의 행동에 깜짝 놀란 여인이 남자에게 말했다.

"집에 오다가 당신 아버지를 만나지 않았나요? 사실 당신이 만난 아버지는 나와 함께 하늘로 오르기 위해 기다리던 지네입니다. 내가 당신을 얻어서 승천할 것 같으니 그것을 방해하고 자기가 하늘로 오르기 위해 계략을 꾸민 것이지요."

남자는 놀란 얼굴로 여인의 말을 듣기만 하고 있었다.

"당신이 날 죽이려고 내게 그 침을 뱉었다면 당신과 당신 가족들은 목숨을 부지하지 못했을 것입니다. 하지만 당신은 내게 침을 뱉지 않았지요. 고맙습니다. 당신 덕에 이제 하늘로 올라갈 수 있게 되었습니다. 지금부터 남은 생을 행복하게 사세요."

말을 마친 여인은 두 아이를 품에 안고 공중으로 올라갔다. 남자가 정신을 차려 보니 집은 없고, 주변에 바위들만 있는 것이었다. 남자는 그 후로 본집으로 돌아가서 내외가 백년해로하면서 잘 살았다.

－〈정직한 사람과 변신한 지네〉
『한국구비문학대계』 4-5, 한국정신문화연구원, 2002.

남녘의 〈구렁이각시〉의 남자는 〈청룡의 보은〉의 이씨가 그랬던 것처럼 가난에 시달리고 있다. 남자 역시 이씨처럼 뒷산으로 올라간다. 허나 그 이유는 너무나 다르고 충격적이다. 이씨가 어떻게든 먹을 것을 구하기 위해 산으로 오른다면, 남자는 새해 첫날부터 아이들을 굶겨야 하는 상황, 자신의 무능력을 한탄하며 목을 매기 위해서였다.

하지만 어디선가 나타난 여인 때문에 남자의 자살시도는 실패로 돌아갔다. 실패했다기보다는 오히려 전화위복이 되었다고 보아야할 지도 모른다. 여인이 남자를 데리고 가 자기의 고래등 같은 기와집에서 너무나 풍족하게 살 수 있도록 해주었기 때문이다. 다만 조건이 있었다. 남자가 자기 집에 갈 수 있는 것은 일 년에 두 번 뿐이고, 집에 갔다 하더라도 잠을 자고 돌아오면 안 된다는 것이다.

남자는 여인의 말대로 팔월 열나흗날이 되자 집에 가보겠다고 하였다. 자고 오면 안 된다는 여인의 말과 함께 집을 나선 남자는 자기 집에 도착해 입을 벌릴 수밖에 없었다. 자기가 알던 가난한 집이 아니라 부잣집으로 변해 있었기 때문이다. 이 모든 것이 여인의 도움이라고 여긴 남자는 가족들과 인사를 하고는 잠을 자지 않고 다시 집을 나섰다. 자고 오지 말

라는 여인의 말대로 한 것이다. 여인의 집으로 돌아온 남자는 여인과 아이까지 낳고 행복하게 살았다.

가난에 시달려 목숨을 버리고자 했던 남자는 여인의 도움으로 목숨을 건졌고, 남자의 집 또한 가난을 벗어났다. 하지만 가족들에 대한 생각은 지울 수가 없었는지 다음해가 되자 다시 돌아오지 못할 거라는 여인의 말도 뒤로 하고 남자는 집에 가보려고 나섰다. 가족들과 인사를 하고 돌아오는 길에 남자는 놀라운 광경을 보게 된다. 죽은 자기 아버지가 나타난 것이다. 아버지는 여인이 사람으로 둔갑한 구렁이라며, 그 구렁이를 죽이지 않으면 남자의 목숨이 위태롭다고 하였다. 죽은 아버지가 나타난 것도 놀랍지만 그 고마운 여인이 자기 목숨을 위협하는 구렁이라는 말은 더욱 충격적이었다.

혼란 속에 집으로 돌아온 남자가 몰래 확인한 여인의 정체는 진짜 구렁이였다. 남자는 방으로 들어가 말없이 담배만 피울 뿐이었다. 죽은 아버지가 나타나 남자에게 알려준 구렁이를 죽이는 방법이 담배를 피우며 모은 침을 구렁이에게 뱉는 것이었기 때문이다. 하지만 담배를 피우던 남자는 침을 구렁이에게 뱉지 않고 방 밖으로 뱉어버렸다. 차마 자기를 도운 여인을 죽일 수는 없었던 것이었을까.

여인은 모든 것을 알고 있었다. 남자에게 아버지가 나타나 자기 정체와 죽이는 법을 알려준 사실과 그럼에도 자기를 죽이지 않은 남자의 행동을 말이다. 여인이 밝힌 사실은 남자의 아버지가 자기와 승천을 두고 싸우던 지네였다는 것, 그리고 남자가 자기를 죽이기 위해서 침을 뱉었다면 남자와 남자의 가족이 모두 죽을 뻔했다는 것이었다. 하지만 구렁이인 자신을 확인하고서도 죽이려 하지 않은 남자에게 고마움을 전하며 여인은 아이들을 안고 하늘로 올랐다.

북녘의 〈청룡의 보은〉은 〈구렁이각시〉와 많은 부분이 닮아 있다. 힘든 상황에 처한 주인공을 아름다운 여인이 구해준다. 그리고 주인공의 가정까지도 부자로 만들어준다. 하지만 그 미인이 사람으로 둔갑한 이물이라는 점이나 그 사실을 이물의 경쟁자가 밝혀주는 상황 등은 두 이야기에서 공통적으로 읽을 수 있는 부분이다. 또한 이물의 정체를 확인하였음에도 그 이물을 죽이려 하지 않는 주인공의 모습도 그러하다.

다만 가난에 찌든 주인공이 삶에 대처하는 행동방식이나 이물이 승천하는 과정, 그 결과 등에서 차이를 보인다. 특히 〈청룡의 보은〉은 청룡각시와 경쟁자의 대결 장면이 구체화되어 있는데, 그 과정에서 남자가 활을 쏘아 청룡각시를 돕는 역할이 두드러진다. 그 보은으로 용이 된 청룡각시는 남자의 마을에 돌비를 내려 부정한 지배세력을 척결하고, 마을주민들에게 비옥한 땅을 선물한다. 반면 〈구렁이각시〉에서는 구렁이각시와 경쟁자의 대결이 간명하게 진행되고, 구렁이각시는 하늘로 승천하며, 남자는 구렁이각시가 선물한 부(富)를 누리며 가족과 행복하게 살아간다.

두 작품의 큰 줄기는 가난한 남자가 이물과 특별한 관계를 맺고 서로의 삶에 큰 전환 계기를 맞이한다는 점에서 유사하지만 곳곳에 위와 같은 차이를 보인다. 두 작품을 함께 놓고 견주어 살펴보면 이물교구담이 드러내고 있는 우리의 현실 문제와 그 의미가 더욱 부각된다. 그와 함께 북녘의 설화가 지닌 특별한 의미를 발견할 수 있을 것이다.


## 가난에 대한 두 가지 태도

〈청룡의 보은〉에서 남자주인공에게 닥친 불운한 사건은 헤어나올 수 없는 가난이었다. 딸린 식구도 많을 뿐더러, 흉년까지 겹쳐 제대로 끼니를 잇지 못하였다. 이때 남자주인공은 어떻게든 살 방도를 마련하기 위해 노력한다. 소나무껍질이라도 벗겨 와서 배를 채우고자 산에 오른다. 그러다가 생의 구원자인 청룡각시를 만나게 된다. 청룡각시는 남자에게 가난을 극복하게 해주며, 삶의 여유를 제공하는 구원자로 등장한다.

〈구렁이각시〉에서도 남자주인공의 문제는 가난이었다. 그런데 남녘에 전승되고 있는 〈구렁이각시〉에서 주인공은 좌절하고 낙담하는 모습을 보인다. 가난에 허덕이고 별 방도를 찾지 못해 집을 떠나 자살하려고 산에 올라와서 기묘한 인연을 시작하게 된다.

이때만 해도 남자는 모든 의지가 꺾인 무력하고 우울한 상태였다. 남자는 날 살릴 것 없으니 낭자는 제 갈 길이나 가라고 밀쳐낸다. 흔히 자살하려는 사람은 자신을 말려주기를 바란다고 하는데, 이 남자는 여러 번 거절한다. 다시 살더라도 그의 절망이 해결될 가능성이 전혀 보이지 않고, 끝도 없기 때문이었다. 그만큼 남녘의 옛이야기에서는 실의에서 빠져나오지 못하고, 삶의 의지를 놓아버린 절망상태의 주인공을 보여준다.

그런데 구렁이각시는 목숨을 끊으려는 남자를 간절하게 설득하여 살려낸다. 그리고 여인은 남자에게 평온한 안식처를 제공하고, 남자는 여인의 보살핌을 받으며 점차 죽음에 대한 생각을 지워가게 되는 것이다. 남자에게 구렁이각시는 가난을 벗어나게 해주는 구원자이면서도, 깊은 좌절감으로부터 빠져나오게 하는 치유자의 모습을 보인다.

두 이야기에서 보이는 '가난'에 대한 남자주인공의 대응방식은 기묘한 인연이 그들의 인생에 어떤 힘을 마련해주는지를 구별하여 보여준다. 그러면서 남자주인공들이 얻게 되는 행복과 부의 형상을 통해서도 묘령의 여인들의 역할과 의미가 약간 달라지기도 한다. 남녘의 구렁이각시가 가난의 구원자이자 우울과 낙담의 치유자로서 면모를 드러내고 있다면, 북녘의 청룡각시는 남자주인공 개인이 아닌 다수에게 영향을 미치는 신적 존재로 부각된다.

〈구렁이각시〉는 남자와 그의 가족들이 부를 얻고, 남자의 참된 마음을 얻은 구렁이가 하늘로 승천하는 결말을 보인다. 반면 〈청룡의 보은〉에서 청룡각시는 남자에게 황룡과의 대결에서 활을 쏘아달라는 부탁을 하고, 남자의 도움으로 승천하게 된다. 그리고 청룡각시는 남자에게 소원을 말해달라고 한다. 남자의 소원은 다름 아닌, 흉년의 걱정을 없애줄 큰물이었다. 〈구렁이각시〉에 비해 황룡과의 대결 장면이 덧붙여지면서, 이야기의 흐름은 개인의 발복(發福)을 넘어서 집단의 복으로 이어지게 되는 것이다.

우리 마을에 큰물을 내려달라는 남자의 소원은 특별한 의미를 지닌다. 남자는 애초부터 가난에 낙담하지 않고 어떻게든 삶을 이어가려는 강한 의지의 적극적인 모습으로 등장했다. 그리고 청룡의 보은을 자신에게 주어진 복에 한정하지 않고, 마을 집단의 복으로 공유하려고 한다. 이는 북녘 사회가 원하는 주체적 인간형이며, 북녘의 집단주의적 도덕성을 보여준다. 이야기 속 주인공은 그렇게 북녘 사회에 소망하는 바람직한 모습을 시종일관 보이고 있다.

이러한 남자의 주체성과 도덕심에 응하여 내려진 '돌비'는 여러 역할을 한다. 남자를 신뢰하지 못한 지배계급은 돌비에 맞아 죽고, 넓은 들은 모두 남자주인공과 같은 민초들의 차지가 된다. 그리고 지배계급에게 처벌처럼 내렸던 돌비는 청룡의 어루만짐에 의해 풍요로운 물줄기로 변하고, 흉년으로 시들어진 들판은 비옥한 땅이 된다. 이로써 흉년과 지배계급의 횡포로 고생하던 농민들은 모두가 공평하게 비옥한 땅을 나누어 갖고 행복해진다. 여기에서 돌비는 봉건적 신분의식에 대한 강렬한 비판이자 부당한 횡포에 대한 처벌, 그리고 민초들을 향해 제공되는 풍요로움 자체이다.

청룡은 그것을 주관하는 큰 힘으로 등장한다. 남자와 함께 어려움을 나누고, 서로를 도우며 성장했던 청룡각시가 세상의 부당함을 처벌하고, 부를 공평하게 나누는 공명정대한 큰 힘의 존재로 승격된 것이다. 남자의 가난을 해결해주는 것에서 더 나아가, 그러한 가난이 대물림될 수밖에 없는 사회의 모순을 끊어내면서 근원적 타개책을 마련해 주는 것이다. 북녘의 옛이야기 원문에는 현재에도 물이 콸콸 쏟아지는 비옥한 땅의 절경을 삽화로 묘사하며, 마치 공명정대한 청룡의 보호를 받고 있는 듯한 안정감을 느끼게 한다.

〈청룡의 보은〉이나 〈구렁이각시〉에서의 이물은 다른 모습이긴 하지만 모두 사람과 정을 나누며 인생살이의 큰 숙제를 함께 풀어주는 역할을 한다는 점은 동일하다. 기묘한 이물과 정을 통한다는 문학적 판타지는 현실 문제의 불가능 속에서 가능성을 찾아주는 친구를 만나고 싶은 사람들의 소망이라고 할 수 있다. 〈구렁이각시〉에서는 삶의 고난에 시달려 우울에 빠진 자를 구원해주는 친근한 친구를 기대하게 하고, 〈청룡의 보은〉에서는 보다 거시적인 안목에서 불합리한 사회구조를 타파해줄 영웅과 같은 친구를 기대할 수 있었다. 우리의 옛이야기에서는 이렇게 사람과 가까이 하는 이물들을 통해서 우리의 행복을 지원하는 친구들을 그려내고 있는 것이다.

## 보은 관계를 넘어 신뢰와 상생의 관계로

〈청룡의 보은〉이나 〈구렁이각시〉는 주인공들의 각별한 애정과 신뢰감을 그려낸다. 이물이 마치 어머니와 같이 남자주인공을 자기 몸처럼 보살핀다든지, 남자주인공이 각시의 정체를 알게 되어도 그녀를 멀리하거나 해치지 않는 점은 꼭 하나의 작품과 같이 일치한다.

서두에 제시한 여우각시를 발견한 노총각처럼 이들도 모두 여인의 정체를 알고 공포에 떨었다. 더군다나 이 이야기에서는 노인들이 나타나 여인의 정체를 말해주며, 먼저 공격하지 않으면 곧 죽게 될 것이라고 엄포를 놓기도 하였다. 여인의 정체를 두 눈으로 확인하면서 두려움에 온 몸이

경직되고, 그 형체의 섬뜩함으로 그간 가까이 지내며 쌓아온 신의에 금이 가기 시작했을 것이다. 여우각시의 노총각처럼 어서 공포의 존재를 물리치는 데 서둘러야 하는데, 이 남자주인공들은 공포의 실체를 확인하고도 망설인다. 그리고 이내 마음을 돌려 각시를 돕는다.

〈청룡의 보은〉에서 남자는 백발노인을 만나고 나서 평소 청룡각시가 일러준 대로 기침을 하고 들어서지 않고 먼저 그녀의 정체부터 확인한다. 남자는 머리카락이 쭉 서버리는 듯 공포에 빠져들지만 마음을 가라앉히고 기침을 하곤 방안으로 들어선다. 이에 청룡각시는 남자가 백발노인을 만난 일을 미리 알고, 남자에게 모든 것을 털어놓으며 도움을 청하는 것이다.

〈청룡의 보은〉에서는 남자주인공이 공포감에서 벗어나 청룡각시에게로 마음을 돌리는 과정이 간명하게 제시된다. 하지만 〈구렁이각시〉에서는 남자의 내적 갈등이 구체적으로 묘사되고, 남자가 무슨 이유로 어떤 선택을 하는지 명확하게 드러난다. 남자가 아버지로 변신하여 나타난 구렁이의 경쟁자가 한 말을 듣지 않고 각시를 살려두자, 구렁이각시가 왜 자신을 죽이지 않았느냐고 묻는다.

"당신 때문에 우리가 다만 대여섯 달이라도 아주 호의호식하고 행복을 누렸는데. … 당신 때문에 잠시라도 우리가 잘 살아 봤으면 그것이 행복이지 뭐 더 살길 바라겠는가?

그러니까 각시가 남자를 업고 돌면서 기뻐했다.

"이렇게 맘이 착하고 좋기 때문에 당신도 살고 나도 살고, 당신도 잘 되고 나도 잘 된다. … 당신이 그런 착한 마음을 먹었기 때문에 나 이제 용 될 수 있어. 용 될 수 있고 당신도 행복하고. 당신네 식구도 행복하게 대대손손 살 수 있어."

– 〈구렁이각시와 선비〉<br>신동흔, 『국어 시간에 설화 읽기 1』, 휴머니스트, 2015.

남자주인공이 마음을 돌리는 이유는 생각보다 간단했다. 구렁이각시 덕에 자신과 식구들이 다만 몇 달이라도 호의호식할 수 있었다는 것이었다. 누구 덕에 가난에서 벗어나고 누구 덕에 목숨을 보전할 수 있었는데, 구렁이각시가 자신을 죽이고 용이 되려고 하거든 기꺼이 목숨을 내어 주겠다는 마음이었다.

남자의 이러한 결단은 죽을지도 모른다는 두려움을 이겨내었기에 가능한 일이었다. 두려움에 매몰되었다면 앞서 여우각시의 노총각처럼 빨리 처단하지 않고는 안심할 수가 없었을 것이다. 그러나 구렁이각시의 남자는 두려움을 밀어내고 각시와 자신이 보내온 관계의 역사를 돌이켜 보았다. 그 역사를 되짚어 보면서 그녀를 위한 결정을 내릴 수 있는 힘을 얻게 되었다. 관계의 역사를 반추하며 두려움보다는 구렁이각시와의 정이 더 큰 힘으로 작동하여 용기 있는 결단을 가능하게 한 것이다.

이러한 남자의 행동은 우리 삶의 인간관계에서 중요한 가르침을 전한다. 나의 벗에 대한 따가운 험담을 듣게 되었을 때, 의지가 되던 사람에게 급격하게 배신감이 느껴질 때, 사랑하는 사람이 나에게 상처를 줄 수 있다는 의혹이 들 때, 우리는 갑자기 가깝게 지내던 이를 구렁이와 같이 끔찍한 존재처럼 여길 수 있다. 여우각시의 남자처럼 생의 안정감을 되찾고자 상대를 급격히 밀쳐버리고 관계를 단절하는 행위는 그 속도의 빠르기만큼 삶에 대한 자신감과 힘이 부재하다는 사실을 증명해준다. 구렁이각시의 남자처럼 천천히 바깥으로 나와 거닐며 상대와 내가 보내왔던 시간을 되새길 수 있는 여유를 갖는 일은 그 속도만큼의 진지하고도 무거운 상대와의 신뢰감, 두터운 정을 보장해 줄 것이다.

누군가 나에게 실망하였을 때 천천히 우리가 보내온 시간을 반추하며, 나를 믿어주려 애를 써준다면 이 얼마나 고마울까. 구렁이각시도 그러했을 것이다. 많은 사람들의 입에서 전해진 〈구렁이각시〉 이야기에서는 대체로 구렁이각시가 매우 기뻐하는 모습을 담아내고 있다. 위의 자료에서처럼 각시가 남자를 업고 돌면서 기뻐하는가 하면, 각시가 역시 내가 사람을 참 잘 보았다며 무릎을 탁 치고 감탄하는 등의 진심으로 기쁜 감정을 그려내고 있다. 이것은 이제 용이 될 수 있다는 안도감보다 서로에 대한 깊은 믿음과 의리를 확인하였을 때의 희열에 가깝다. 내가 알아본 사람이 제 힘을 발휘해 주었을 때의 기쁨, 관계의 깊은 신뢰감이 눈으로 확인되었을 때의 충만함에 구렁이각시는 크게 기뻐하고 있었던 것이다.

이렇게 보았을 때 〈청룡의 보은〉에서 남자와 청룡각시의 관계는 단순히 보은관계로만 여길 수 없다. 여기에서 상세하게 그려내지 않은 행간에는 〈구렁이각시〉에서처럼 남자의 내적 갈등과 고민, 그리고 두 사람이 함께 이뤄낸 신뢰감과 의리의 깊이가 느껴진다. 남자가 목숨을 아끼지 않고 구렁이에게도 신의를 다하였던 것처럼, 각시가 청룡이 되어 남자에게 새로운 세상을 선물한 것처럼, 〈청룡의 보은〉에는 곳곳에 관계 속에 피어나는 신뢰와 의리를 보여주고 있다. 남자의 식구들은 청룡각시로부터 받은 재물을 이웃들과 나누어 갖고, 마을사람들은 하늘에서 돌비가 내릴 것이라는 허망한 말도 믿어주며 남자주인공을 따라주지 않았던가.

그리고 〈청룡의 보은〉과 〈구렁이각시〉는 모두 서로를 믿고 따라주었던 이들에게 행복을 선사한다. 두려움과 의혹을 물리치고, 상대에 대한 신뢰와 의리를 지켜낸 이들이 함께 더 나은 삶을 향해 나아가는 '상생'의 결말을 그려낸다. 〈구렁이각시〉는 두 주인공의 발복과 승천으로, 〈청룡의 보은〉에서는 두 주인공뿐만 아니라 그들을 둘러싼 모두가 더 나은 삶을 살게 되는 확대된 범위의 상생을 그려낸다. 관계를 목숨처럼 지켜낸 보답은 너와 나, 우리 모두가 잘 살게 되는 상생이었던 것이다.

# 새 세상을 열 수 있는 신성(神性)

〈청룡의 보은〉과 〈구렁이각시〉에서의 히로인들은 흥미롭고 다채로운 변신을 보여준다. 구렁이나 구렁이와 같은 짐승의 모습에서 아름다운 여인으로 둔갑한다. 또 남자주인공을 만나 여러 일을 경험하고 용이 되어 하늘을 날게 된다.

청룡각시나 구렁이각시와 같은 이물은 우리의 현실에는 있을 수 없는 환상적인 존재이다. 그러면서도 이들은 인간의 다양한 면모를 상징하고 있기도 하다. 청룡각시와 구렁이각시는 그 허물 속에서 인간의 모습, 짐승의 모습, 그리고 용이 될 가능성까지 포함하고 있다. 이는 곧 인간 내면에 존재하는 사람다운 속성, 동물적 본능, 신에 가까운 초극적 힘에 해당할 것이다.

청룡각시와 구렁이각시가 인간으로 둔갑하는 일을 속임수라고 단정하지 않고 정체성의 일부를 드러낸 일로 해석하면, 이들의 변신은 그리 불쾌하거나 위협적인 문제가 되지 않는다. 구렁이와 같은 형상은 아리따운 각시가 지닌 강렬한 동물적 본능이고, 동물적 본능은 인간의 자연성 자체이며, 그것을 드러낸다고 언제나 늘 위태로워지는 것은 아니기 때문이다.

인간은 문명을 세우고 인간의 자연적 욕망이 서로를 해치지 않도록 보호하여 왔다. 그런데 때로는 문명이 높은 벽으로 인간의 자연성을 과도하게 침범하며 삶의 안정을 넘어 피로와 불쾌함, 강박을 주기도 하였다. 그 안에서 인간은 지속적으로 자연성을 공격받게 되면서, 고유의 생명력을 잃게 된다. 이것이 인간의 동물적 본능을 위험한 것으로만 여기고, 억누르며 제거하려할 때 생기는 문제이다. 이를 두고 히스테리와 공격성, 크게는 사회적 폭력과 전쟁의 문제를 논하기도 하지 않았던가.

청룡각시나 구렁이각시에게서 보이는 동물적 본능은 이러한 넓은 시각에서 바라봐야 한다. 왜냐하면 이들은 인간 삶을 넘어 신적인 존재로 거듭나기 때문이다. 이 여인들이 경쟁자와 경쟁하였던 까닭도 누가 신이 되는가의 문제였으며, 이들의 어떤 점이 신이 될 만한 자격인가를 가리는 싸움이었기 때문이다. 이들의 동물적 정체성에는 신성에 이르는 결정적 요인이 내재되어 있었던 것이다.

또한 이들에게서 인간이 주는 신뢰감 역시 신성에 이르는 결정적 요인이 되었다. 설화학자는 구렁이각시가 승천한 까닭을 구연자의 입을 빌려 '인참(인간의 참된 마음)'을 얻었기 때문이라고 설명했다. 이 여인들과 경쟁자가 서로 남자주인공을 설득하고 자기 말을 들어주기를 바라며 경쟁하는 장면이 필수적인 까닭도 인참의 필요성 때문일 것이다. 곧 이는 이들이 지녔던 동물적 정체성에 참된 인간성이 더해졌다는 것을 의미하며, 신성을 이루는 수성(獸性)과 인성(人性)의 절묘한 결합을 상징한다. 남자주인공과 이물들의 관계는 그러한 기묘하도고 신비로운 결합을 보여주고 있는 것이다.

또한 문명과 인간 자연성의 문제로 보았을 때 이물교구담이 그려낸 신성의 의미가 깊이 있게 여겨진다. 남자주인공들은 그녀들의 적나라한 짐승 같은 면모를 발각하고도 그들을 존중하였다. 이는 정직하고 착한 인간으로부터 동물적 본능을 인정받는 장면이라고 할 수 있다. 인간의 자연성이 인위적인 도덕관이나 윤리로부터 배척되는 것이 아니라, 진정한 인간성으로부터 수용되고 인정받는 광경인 것이다. 믿을 만한 인간성에 의거하여 자연적 본능을 존중하는 경지는 문명 고도화의 폐해를 극복하는 열쇠가 될 수 있다.

〈청룡의 보은〉은 〈구렁이각시〉에 비해 존재의 신성을 부각시켜 그려낸다. 구렁이각시는 날아올라 하늘로 향하는 것으로 끝이 나지만, 청룡각시는 용(龍)이라는 존재로 신격화되어 남자의 마을에 돌비를 내린다. 그리고 인간을 불행하게 만들었던 지배계급이라는 문명을 붕괴시키고, 남자와 마을사람들에게 비옥한 땅과 풍요로운 큰물이라는 자연성을 회복하게 하여 새 세상을 선물한다. 〈청룡의 보은〉은 이렇게 수성과 인성을 넘어 신성에 이르는 위대한 광경을 우리가 직접 확인하고 체감하게 한다. 믿을 만한 인간성에 의거하여 자연적 본능을 존중하는 경지가 어떻게 모두가 행복해 하는 새 시대를 열 수 있는지를 보여주는 것이다.

북녘 사회에서는 과학적 사실과 먼 문학의 판타지에 대해서 저평가하는 경향이 있다. 사회주의적 사실주의 잣대로 현실적이지 못한 판타지는 미개하거나 진부한 옛것으로 평가된다. 그래서 간혹 설화에서의 기이한 장면이나 신이한 인물 설정은 그들의 사관에 의해 각색되거나 제거되기도 한다. 그러한 풍토에서 〈청룡의 보은〉과 같이 판타지가 그대로 중요한 자료집에 수록되어 있는 것이다. 통상을 넘어서서 북녘에서 이 이야기가 존중받는 까닭은 청룡이 뿌린 돌비와 같은 신성에 대한 기대로 이해해야 할 것이다.


## 세상의 벽을 뛰어 넘는 관계 맺기

〈청룡의 보은〉과 〈구렁이각시〉는 모두 다양한 모습으로 변신하는 주인공을 그려낸다. 이 이야기에 등장하는 여자주인공은 구렁이에서 사람으로 변신하여 남자주인공에게 다가가고, 다시 구렁이의 본모습에서 보이다가 용으로 거듭난다. 옛이야기 속 '변신'은 무엇을 의미할까? 그리고 변신이 자유로운 이물과 사람의 만남은 무엇을 의미할까?

현대사회와 달리 옛날에는 사람의 지위와 정체성이 고정되던 사회였다. 신분제라는 틀이 태어날 때부터 하나의 존재를 특정한 지위와 정체성으로 고정시켰다. 그때에는 신분의 변동이 자유롭지 않았다. 그래서인지 우리 옛이야기에서는 자신을 묶고 있는 그 틀에서 벗어나 뜻을 이루는 주인공들의 이야기가 많다. 홍길동은 종첩의 자식으로 태어나서 아버지를 아버지라 부르지 못하는 현실을 탄식하며 집을 뛰쳐나와 한 나라의 왕이 되었으며, 홍계월은 여자의 몸으로 남자의 의복을 하고 장원급제하여 세상을 구한다. 그 작품의 수나 주인공들의 활약상은 신분제에 묶인 당시 사람들이 갈망하던 바를 짐작하게 한다. 문학은 그렇게 우리의 바람과 소망을 상상력으로 채워주기 때문에 존재해왔다.

『주역(周易)』에서 "물건을 종류별로 모이고, 사람은 무리별로 분류된다.(物以類聚, 人以群分)"고 하였다. 사람은 비슷한 사람끼리 모이게 된다는 말이다. 신분제라는 틀이 사람을 특정한 지위와 정체성으로 고정시켰던 옛날에는 이 말이 더욱 현실적이었으리라. 신분제는 다른 계층의 사람과 접촉할 수 없게 하는 틀이 되어 '나'뿐 아니라 '인간관계' 역시 한정짓는 엄청난 벽이었다. 양반은 양반과 어울리고, 천민은 양반을 사랑할 수 없는 그런 단단한 구조가 존재했다.

사실 그러한 세상의 벽은 현대사회에도 완전히 사라지지 않고 여전히 제구실을 할 때가 많다. 가난하게 태어난 이는 가난한 이와 혼인하게 되어 더욱 가난해지고, 부자들은 그들끼리 모여 풍요로운 삶을 즐긴다. 영국 BBC 방송사의 유명한 리얼리티 프로그램 〈56UP〉(2012)은 현대사회에서도 지속되는 신분과 계급의 고착성을 보고하였다. 이 프로그램은 1964년부터 각 계층의 7세 아동 14명을 대상으로 7년에 한 번씩 그들의 생활 상태를 기록하였다. 그 결과 14명의 아이들 가운데 단 한 명만이 중산층에서 상류계급으로 이동하였으며, 나머지 아이들은 모두 태어났을 때와 변하지 않았다. 신분제가 사라진 현대사회에서도 인간관계가 계층의 틀을 넘어서서 순환되기 어렵다는 사실을 보여주는 결과이다.

이때 나에게 주어진 세상 벽을 넘어 색다른 존재와의 만남을 상상하면 어떨까? 이물교구담 속 우리와 다른 존재들과의 만남은 바로 이러한 만남의 판타지가 아닐까? 가난한 남자는 도저히 가난에서 헤어나올 수 없다가 사람으로 변신한 구렁이와의 만남으로 생활이 넉넉해진다. 그리고 구렁이는 승리하기 위해 서로에 대한 시기와 모함도 서슴지 않는 짐승들의 싸움에서 사람의 도움으로 승리한다. 그리고 구렁이의 형상에서 모두들 우러러보는 용의 형상으로 거듭날 수 있게 된다.

가난한 남자의 행복, 구렁이의 성장은 서로 다른 존재와의 만남을 통해서 가능했다. 그리고 그러한 만남과 소통은 구렁이에서 사람으로 변신이 가능했던 여자주인공의 능력 때문에 시작될 수 있었다. 어쩌면 구렁이에서 사람으로, 그리고 용으로의 변신은 신분과 계층, 심지어 편견을 뛰어넘는 다양하고 자유로운 인간관계의 형상을 상징할 수도 있다. 다수가 이상하다고 여기거나, 겁을 내는 '세상의 벽을 뛰어넘는 관계 맺기' 말이다. 가난한 남자나 구렁이와 같이 인생살이의 숙제는 그렇게 신분과 계층을 뛰어넘은 관계 맺기 속에서 해결의 열쇠를 찾을 수도 있다. 이물(異物)과의 특별한 만남을 다룬 이 옛이야기는 우리가 서로를 가로막는 벽을 허물고 '우리'라는 이름으로 함께 살아가야 하는 이유를 담고 있다.

〈풍영순〉

## 참고문헌

### 1. 아기장수, 민중의 영웅으로 우뚝 서다

송 언, 『아기장수 우뚜리』, 한겨레아이들, 2000.

조선민주주의인민공화국 과학원 언어문학연구소 편집위원회, 『인민창작』(1961년 제
　　1호), 과학원출판사, 1961.

### 2. 기적을 만드는 '나를 믿는 힘'

리인철 연출, 〈(아동영화) 오누이와 나무군〉, 평양: 조선4.26아동영화촬영소, 2000.

마성은, 「북한 아동문학 연구 현황과 과제」, 『현대북한연구』 제15집 2호, 북한대학원
　　대학교, 2012.

박재인·한상효, 「설화〈해와 달이 된 오누이〉에 대한 북한의 현대적 수용 방식 고
　　찰」, 『고전문학과 교육』 제32집, 한국고전문학교육학회, 2015.

서동수, 「북한 아동문학의 장르인식과 형상화 원리」, 『동화와 번역』 제9집, 건국대
　　동화와번역연구소, 2005.

서정남, 「북한 아동영화에서 전래동화를 재현하는 방식에 관한 연구」, 『영화연구』
　　제32집, 한국영화학회, 2007.

성기열, 『한국구비문학대계』 1-7, 한국정신문화연구원, 1982.

신동흔, 「판소리문학의 결말부에 담긴 현실의식 재론」, 『판소리연구』 제19집, 판소
　　리학회, 2005.

임석재, 『한국구전설화·평안북도 편Ⅱ』(임석재 전집2), 평민사, 1988.

정운채, 「구비설화에 나타난 자녀서사의 어머니」, 『문학치료연구』 제6집, 한국문학
　　치료학회, 2007.

조희웅, 『한국구비문학대계』 1-9, 한국정신문화연구원, 1984.

## 3. 아버지, 나는 내 복에 살아요!

김선풍, 『한국구비문학대계』 2-1, 한국정신문화연구원, 1983.

김승찬, 『한국구비문학대계』 8-9, 한국정신문화연구원, 1983.

김영희, 「'아버지의 딸'이기를 거부한 막내딸의 入社記」, 『온지논총』 제18집, 온지학회, 2008.

김종군, 「북한의 현대 이야기문학 창작 원리 연구 - 금수산기념궁전 전설집 1~5권을 중심으로 -」, 『통일인문학』 제65집, 건국대학교 인문학연구원, 2016.

김혜미, 「설화 내복에 산다의 전승 가치와 그 현대적 활용 방안 - 청소년의 동화창작프로그램 사례를 통하여 -」, 『고전문학과 교육』 제29집, 한국고전문학교육학회, 2015.

박계홍, 『한국구비문학대계』 4-5, 한국정신문화연구원, 1984.

신동흔, 「구비문학에 나타난 부녀관계의 원형 - '집 나가는 딸' 유형의 설화를 중심으로 -」, 『구비문학연구』 제28집, 한국구비문학회, 2009.

임재해, 『한국구비문학대계』 7-9, 한국정신문화연구원, 1982.

전종섭, 『조선민화집(3)』, 금성청년출판사, 2010.

진성기, 『제주도 무가본풀이사전』, 민속원, 2002.

## 4. 생명수를 찾아, 나를 찾아 떠나는 저승 여행

박현숙, 「무속신화 〈바리공주〉의 현대적 재창조에 관한 연구」, 건국대학교 교육대학원, 석사학위논문, 2001.

신동흔, 『살아있는 한국신화』, 한겨레출판, 2007.

전종섭, 『조선민화집(3)』, 금성청년출판사, 1989.

정상박, 『한국구비문학대계』 8-11, 한국정신문화연구원, 1984.

홍태한 외, 『바리공주전집 1 · 2』, 민속원, 1997.

## 5. 우리, 끝까지 사랑하게 해 주세요

신동흔, 『살아있는 우리신화』, 한겨레출판, 2007.

지홍길, 『조선민화집(24)』, 금성청년출판사, 2010.

## 6. 집 나간 남편을 찾습니다!

김재용, 「연재·소설로 본 북한사회3 북한 여성의 수퍼우먼 콤플렉스」, 『사회평론 길』 제94집 11호, 사회평론, 1994.

박순호, 『한국구비문학대계』 5-5, 한국정신문화연구원, 1987.

신동흔, 『세계민담전집(한국 편)』, 황금가지, 2003.

신연우, 「〈구렁덩덩 신선비〉 설화의 결혼 상징과 의미」, 『한국고전여성문학연구』 제 25집, 한국고전여성문학회, 2012.

정순진, 「북한 여성 정체성의 소설적 형상화」, 『어문연구』 제42집, 어문연구학회, 2003.

『그림동화집 악마를 이긴 아랑』, 문학예술종합출판사, 1999.

## 7. 부부의 사랑, 소유를 넘어 존재의 인정으로

고혜경, 『선녀는 왜 나무꾼을 떠났을까 (옛이야기를 통해서 본 여성성의 재발견)』, 한겨레출판, 2006.

김영진, 『한국구비문학대계』 3-2, 한국정신문화연구원, 1981.

림호권, 『금강산 팔선녀』, 조선미술출판사, 1990.

박계홍, 『한국구비문학대계』 4-5, 한국정신문화연구원, 1986.

배원룡, 『나무꾼과 선녀 설화 연구』, 집문당, 1993.

서은아, 『나무꾼과 선녀의 부부갈등과 문학치료』, 지식과교양, 2011.

신동흔, 『삶을 일깨우는 옛이야기의 힘』, 우리교육, 2012.

지춘상, 『한국구비문학대계』 6-2, 한국정신문화연구원, 1987.

## 8. 제가 아우를 지키는 사람입니까?

김진영, 『흥부전 전집』 1권, 박이정, 1997.

전종섭, 『조선민화집(3)』, 금성출판사, 1989.

정충권, 「형제 갈등형 고전소설의 갈등 전개 양상과 그 지향점 : 〈창선감의록〉, 〈유 효공선행록〉, 〈적성의전〉, 〈흥부전〉을 대상으로」, 『문학치료연구』 제34집, 한국문학치료학회, 2015.

최래옥, 『한국구비문학대계』 6-8, 한국정신문화연구원, 1986.

『공동번역 성서』, 대한성서공회, 2015.

## 9. 아프냐? 나도 아프다…

강필주 외, 『옛말』제2집, 조선문학예술총동맹출판사, 1965.

김박문, 『조선민화집(5)』, 금성청년출판사, 1988.

밀란 쿤데라, 송동준 역, 『참을 수 없는 존재의 가벼움』, 민음사, 1988.

손봉호, 『고통받는 인간』, 서울대학교출판문화원, 2014.

이진경, 「대중정치와 정치적 감수성의 몇 가지 체제」, 『다른 삶은 가능한가』, 한울아 카데미, 2015.

지그문트 바우만·레오니다스 돈스키스, 최호영 역, 『도덕적 불감증』, 책읽는수요 일, 2015.

## 10. 구렁이를 보듬어 청룡으로 날게 하다

박계홍, 「한국구비문학대계」 4-5, 한국정신문화연구원, 1984.

사회과학원 문학연구소 구전문화연구실, 『구전문학자료집(설화편)』, 사회과학원문 학연구소 구전문학연구실, 1964.

신동흔, 『국어 시간에 설화 읽기 1』, 휴머니스트, 2015.

이원영, 「변신설화의 원형적 의미구조와 그 현대적 변용 - 구렁이 변신담에 담긴 수성·인성·신성의 요소를 중심으로」, 건국대학교 대학원 석사학위논문, 2010.

정운채, 「〈여우구슬〉과 〈지네각시〉 주변의 서사지도」, 『문학치료연구』 제13집, 한국 문학치료학회, 2009.